末日前，MEET DEMON GIRL BEFORE ARMAGEDDON ·5· 完

我把惡魔少女誘拐回家了！

黑貓C——著
Fori——繪

目錄

MEET DEMON GIRL
BEFORE ARMAGEDDON

人物介紹

【系列主要角色】

蘇梓我／偉大的主角，相當嘴賤好色的香港高中生。
娜瑪／阿斯摩太，侯爵惡魔，擅長誘惑術，任怨任勞的移動圖書館。
夏思思／阿斯塔特，侯爵惡魔，擅長預視術，腹黑又滿懷心思。
利雅言／原聖火堂區助祭、女神適性者。
杜夕嵐／聖火書院學生，羅剎血脈。

【蘇梓我的使役魔神／所羅門七十二柱魔神】（照收編順序排列）

比夫龍／子爵惡魔，排名第四十六位，頭的前後各有一張臉，所持神器為「死靈燭台」。
系爾／子爵惡魔，排名第七十位，生性孤僻不擅戰鬥，能空間轉移，所持神器為「乾坤球」。
賽沛／侯爵惡魔，排名第四十二位，人魚族，統御魔海，能力為「御海術」。
巴巴斯／爵位被褫奪，排名第五位，獅王族惡魔，擁有「黃金雙眼」，能力為「破幻術」。
佛拉斯／排名第三十一位，渾身赤黃，滿是筋肉，能力為「尋回術」。
埃力格／侯爵惡魔，排名第十五位，擅長「預謀術」，別稱黑騎士。

佛爾卡斯／排名第五十位，擅長「火占術」，外貌為一白髯老者，別稱白騎士。

納貝流士／排名第二十四位，原形為地獄三頭犬刻耳柏洛斯，其力量被吸進所羅門印戒中。

瓦布拉／男爵惡魔，排名第六十位，外形是頭瘦削的翼獅，擅長「機工術」。

吉蒙里／原名瑪格麗特，排名第五十六位，神器是「公爵夫人后冠」。

斯伯奈克／原名斯伯奈，藍之村武士隊長，排名第四十六位，擅長「兵裝術」，「五騎士」之一。

桀派／原名桀，紅之村村民，排名第十六位，擅長「避孕術」，「五騎士」之一。

巴欽／蛇尾紅髮青年，排名第十八位，擅長「出竅術」。

因波斯／外形獅頭兔尾鵝腿，排名第二十二位，擅長「機敏術」，能日行千里。

西迪／侯爵惡魔，排名第十二位，少女外貌，為基色城主，擅長以「口蜜術」說服他人。

華利弗／真身為有翼的灰黑騾子，排名第六位，擅長「變形術」，能改變自己和他人為魔獸。

艾妮／排名第二十三位，為「野貓藝團」團長。

格雷希亞拉波斯／排名第二十五位，鳥翼獸耳的少女，擅長「透明術」。

勒萊耶／男爵惡魔，原名小鳥，排名第十四位，擅長「暗殺術」，「五騎士」之一。

沙克斯／排名第四十四位，外形為黑色禽鳥，人稱黑鳩魔王，擅長「聾啞術」。

錫蒙力／排名第六十六位，外貌是一副骸骨，號稱不死魔王，擅長「痲醉術」。

錫馬奇莫／排名第四位，擅長「夢召術」，能在夢中召喚任何人或靈到自己夢中。

斯托刺／排名第三十六位，外形為頭戴知識寶冠的貓頭鷹，擅長「百科術」。

摩拉克斯／排名第二十一位，牛頭惡魔，擅長「匠作術」。

哈艮地／排名第四十八位，擅長「煉金術」，能將任何基本金屬變成貴金屬。

布提斯／排名第十七位，原為華夏最高神黃帝，別號睿智伯爵，擅長「御蛇術」。

【本集重要人物】

撒旦／魔界之皇，外形為一隻紅色巨龍。

聖德芬／天使長，原香港教區的守護天使。

加百列／三大天使，吹響第一號角，梵諦岡的守護天使。

拉斐爾／三大天使，吹響第六號角，被新教控制著。

米迦勒／三大天使，吹響第七號角，聖經中擊敗撒旦的六翼天使。

烏列爾／光明天使，是「神的光芒」。

第一章

美索不達米亞王國

1

天魔戰爭，即是「世界」和「深淵」的戰爭。路西法認為蘇梓我不會全心全意地代表「世界」去打敗「深淵」，便設下陷阱企圖把他關在樞罪之獄數百年甚至上千年，結果被蘇梓我識破。蘇梓我更向撒旦告狀，撒旦不留情面當眾處罰兒子路西法，路西法亦因而失勢沉寂下來，魔界再度由魔皇撒旦主宰。

然而蘇梓我此行並非毫無代價，他從人間失蹤了兩個月，世界局勢變得動盪。但他更內疚的還是讓娜瑪擔憂了兩個月，所以今晚要填補這兩個月的空白，到夜深，兩人累了便相擁入睡。

床上，娜瑪冷靜下來，想起很多煩惱，便對蘇梓我耳語：「還醒著嗎？」

蘇梓我躺著閉眼回應：「怎麼了？」

「關於『世界』和『深淵』的事……你有什麼打算？」

這是無法大庭廣眾之下詢問的問題，只能在寢室私語。

「世界」和「深淵」備戰得如火如荼，看萬鬼之母假借人類的手復活古神，甚至救出撒旦，擱下靈魂循環於不顧；沒有撒旦替惡魔受罪，魔界只會變得越來越邪惡，同時衍生越來越多的惡鬼族消耗這星球僅存的靈魂載額。

所以撒旦回歸，代表將要與「深淵」決戰，而且刻不容緩。

另外，「深淵」同樣透過屠殺人類和地上萬物釋出靈魂，已完全復活了天使聖歌團，其他大天使也在陸續復活；而他們所需的靈魂，這顆星球已無法供給，是超載的狀態。

娜瑪說：「『世界』和『深淵』一戰無法避免，總不能叫撒旦大人回去樞罪之獄，或者要天使別復活聖主……」

「這總有辦法解決。我們現下只要專注阻止天使暴行，其他事不必擔心。」

「你不告訴我，我總會擔心啊……」

蘇梓我嘆道：「最壞的打算，大不了本英雄把『世界』和『深淵』都痛扁一頓就行，告訴他們誰才是地上最強……最強……呼呼……」

他說著說著便陷入熟睡，而娜瑪還是無法想像要如何痛打星星的核心，只能走一步算一步了。

◇

翌日，蘇梓我坐鎮大殿，主持久違的早會，並聽取雅典娜進行這兩個月以來的報告：從天使大舉侵略、魔界各處叛亂，到最後撒馬利亞的反抗勢力被鎮壓，尤其是酒館那些得罪了雅典娜的惡魔。

在失去路西法撐腰後，那些貴族不得不向雅典娜跪拜請罪，平日寡言的雅典娜果然還是不能得罪。不能得罪女人，女神更是如此。

「難怪今早廣場上排滿了一大群惡魔向王宮跪拜。」蘇梓我不以為然。「先不理那些嘍囉，莫斯科居然失守了呢……」

娜瑪一臉無辜。「我也想支援他們啊，只是路西法在魔界從中作梗，我分身乏術……」

「又是那個路西法，不過算了，把他交給撒旦調教就好。」蘇梓我又說：「但這樣還是不妙，聖父聖靈都集到了，天使下一個目標肯定是擁有聖子的瑪格麗特。真可惡，那些天使只要蒐集三位一體，本王的所羅門魔神不知何時才能集滿全套七十二款。」

「蒐集所羅門魔神相較之下可以緩些，但若瑪格麗特被天使抓到，那人類就時日無多了。聖主再臨，撒旦大人也難以招架。」娜瑪說。

「比起人類滅亡，更不能容許天使碰我的女人！還是把她接回撒馬利亞好了。」

雅典娜搖頭道：「瑪格麗特小姐如今可是聖教會的教宗，一撤走等同於放棄地上人類。」

娜瑪附和：「笨蛋你想清楚喔，如果人類滅亡，地上所有美女都會被天使殺死，你總不能把全部美女遷到撒馬利亞避難——」

「喔，這建議不錯嘛。」

娜瑪猛然自覺說錯了話，生氣地說：「總之不准笨蛋你把天下的女人接到撒馬利亞，你還是想辦法保護地上的人吧。」

「妳以什麼身分不准本王這樣做？」

「我、我用王后的身分不允許！」

「唉，真囉嗦。」

撒馬利亞的早會有一半時間都是兩人打情罵俏，眾人只好默默看著。此時蘇梓我提議：「還是交由伊西斯支援開羅可以嗎？畢竟伊西斯是古埃及女神。」

伊西斯安靜躺在黃金獅子背上讀書，雅典娜則代為回答：「不可以，原因有二。第一，撒旦已從樞罪之獄歸來，任何士兵的調動都先得魔皇同意才合規定。」

「什麼？這本王給撒旦通傳一聲就行吧，撒旦早晚也會變成我的女人。」

雅典娜無視這段話，續道：「第二，撒旦大人剛剛向全魔界發出請帖，邀請三公二十一侯與魔界貴族即日動身前去耶路撒冷，為萬魔朝拜。撒旦大人明日還要在王宮檢閱魔界眾將，並決定魔界之後的方針。蘇大人和伊西斯女王當然也在邀請名單之上。」

蘇梓我不悅。「撒旦那傢伙還真把自己當作魔界的主人呢……」

娜瑪驚惶糾正：「撒旦大人本來就是魔界的主人！我說過多少遍了。」

「那找其他人代替伊西斯前往埃及吧。」蘇梓我想了又想，他的心腹好像都是美女侯王，不在侯王之列的，大多都被娜瑪招攬過去了。

幾經思量，蘇梓我有了決定。「桀派、斯伯奈克，你們兩人率紅藍騎士前往開羅，就算拚了性命，也不能讓天使傷害瑪格麗特，明白嗎？」

桀派和斯伯奈克鞠躬領命，蘇梓我繼續吩咐：「雅典娜妳替我送信通知瑪格麗特，至於撒旦那邊，我會親自跟她說。反正明天就會見面。五色騎士是所羅門王的私兵，就連路西法也動不了，跟撒旦報告也只不過是禮貌。」

娜瑪沒好氣地說道：「你喜歡怎樣就怎樣吧。」說完便坐回去聖德芬旁邊，心想跟聖德芬玩還比較有意思。

蘇梓我見聖德芬抱著鳥籠，又想起一件事。「撒旦的請柬也有包括巴力西卜？」

雅典娜回答：「當然有。名義上，巴力西卜大人依然是希伯侖大公，撒旦大人沒有褫奪他的爵位。」

巴力西卜在籠裡大跳大叫：「誰敢偷走本王的爵位，我就把他們吃——」說到一半，又被聖德芬用菜葉塞住了嘴。

其實蘇梓我關心的也不是巴力西卜。「那麼請柬上還有亞巴頓的名字嗎？」

「都有。」雅典娜簡短回答。

「他會來嗎？不對，那傢伙來或不來，感覺都有麻煩事發生。」

而且亞巴頓是男性惡魔，蘇梓我完全提不起勁。

2

目前的世界情勢下，歐洲是天使號角的重災區，已不適合人類居住；大地靈魂被天使抽乾，倖存的人類只能在暗無天日的廢墟中苟延殘喘。

相隔一個地中海的非洲可算是末日淨土了。聖瑪格麗特與安東尼將軍在開羅重建聖教會，以聖子力量隔絕天使入侵，又屢行神蹟變出食物和淨水，使人類獲得一時安穩。

而橫跨歐亞的俄羅斯，在天使戰爭當中則處於劣勢。莫斯科正教會領導人類對抗天使，可惜遭四大聖歌團圍攻，不但損傷慘重，還被天使奪回聖父，實力大不如前，權力核心漸漸移向大陸正教會。

大洋洲也算是另一個比較平靜的地方，少受天使侵擾，在迦蘭避居魔界後更是平靜。當然，比不上全面歸順天使的北美地區就是。

事實上，人類安穩還得看天使的心情，他們要蹂躪莫斯科就揮軍屠殺，沒有價值的亞、非地方則放置不理。儘管如此，地上還是有一處地方天使避之大吉，就是亞巴頓前陣子佔領的領土。

亞巴頓帶領一百萬名惡魔到南美地區，到處摧毀文明，使役人類繁殖；兩個多月來惡魔數量倍增，南美洲的人類統統成為惡魔的奴隸。亞巴頓大喜，一直被困魔界的鬱悶終於能發洩出來。

亞巴頓與天使首領米迦勒還有個協議，以美國與墨西哥的邊境城牆為界，城牆外的地區亞巴頓想怎樣都行。然而惡魔橫行中南美每吋土地，偏偏梅里達教區的方圓一百公里卻有強大結界將惡魔阻隔在外。

在墨西哥猶加敦半島的北部，以梅里達教會為中心的猶加敦州，加上伊雪姬伊雪兒的原初神器煙霧鏡，隕石魔法往往能在千里之外給予惡魔軍團重擊。

另外，利家父子亦輾轉流浪至梅里達，變相在教會贖罪，帶領其餘轉生的古神支援梅里達教會。梅里達此時夾在天使與惡魔中間，成為人類文明對抗神魔的最後堡壘。

◇

在梅里達遠處西南方上空，自從一個月前天空已被魔瘴及人面飛蟲的惡魔侵蝕，隔空與梅里達大教堂對峙。

原來亞巴頓聽聞此地有人類頑強禦敵，聽後不但不氣，反而興奮莫名。於是他飛往猶加敦半島親自督軍，並指派長毛魔王艾什瑪每天率萬魔侵略。豈料每天都被不同的古神擊退，始料未及，戰況膠著了三十天，直至現在亞巴頓還是無法殺盡梅里達的人類。

「太奇怪了……」亞巴頓有著雙角大頭，裂嘴獠牙，皮膚血肉模糊；擁有人類下肢，布滿蛇鱗，算是半人半獸，全身散發瘴氣。

此時亞巴頓正屯兵於梅里達西南一百五十公里的海邊城鎮，名為坎佩切。坎佩切以前是瑪雅人的部落，之後西班牙的征服者在這裡修築要塞，現在則成為亞巴頓軍團的據點。

從「深淵」獲得力量成為邪神的艾什瑪，之前死守耶路撒冷險被娜瑪及夏思思聯手殺死，卻在生死關頭爆出觸手反噬自身，胸腔血肉模糊，是個不折不扣的觸手魔人。

恰巧他接到從魔界來的信件，便到城堡謁見亞巴頓大公，碰見亞巴頓正在苦惱。

艾什瑪張嘴問：「亞巴頓大人在苦惱何事？」

「你來得正好，之前吩咐的偵測報告結果如何？」

「梅里達周圍充斥雜亂波長干擾，所有探測魔法都不奏效；入侵結界又有古神獵殺惡魔，裡面的人類太過神祕了。」

亞巴頓喃喃道：「果然是惡魔的尾巴。遠古時代天外隕石墜落，隕石坑直徑百餘公里，那些人類就是借用外星力量來劃出防禦結界。」

亞巴頓想了一想，便道：「而且那裡的人類掌握奇怪妖術，召喚了很多連本王亦不認識的古神……你傳令召喚其餘侯王趕緊來坎佩切要塞集合，老子要徹底剿滅梅里達的人類！」

艾什瑪滿身觸手垂下，無奈報告：「可是魔界情勢有變……撒旦大人回來了。」

「什麼？偏偏在這時撒旦她——」亞巴頓只差一點就能完全征服伸手所及的人類和土地，建立自己的惡魔王國，如今得知撒旦回歸，內心甚是不悅。

艾什瑪續道：「撒旦大人現在坐鎮魔界耶路撒冷，陛下還發出了請柬號令天下惡魔即日到耶路撒冷朝拜自己，以示魔皇重臨的威勢。請柬上有三公二十一侯的名字，包括亞巴頓大人。這該如何是好？」

亞巴頓握著拳頭說：「撒旦向來偏袒人類，她知道我們擅闖地上殺人肯定會興師問罪，命令我們回歸。那多沒趣？」

「可是我們不能無視撒旦大人的命令啊，除非……」艾什瑪不敢說出大逆不道的話，縱使城堡廳內只有他和亞巴頓。

此時一名傳令兵跪在門口報告：「亞巴頓大人，外面有個天使單獨前來，說要與亞巴頓大人見面。」

「天使？」亞巴頓與天使雖尚未有過節，但不至於到合作的地步，天使單獨來有何目的？亞巴頓問天使的特徵，傳令惡魔只回答對方全身發光。

「讓他進來，諒他一個天使也無法搞什麼花樣。」

不久，美少年天使步步生光走進廳內，他就是別號「神的光」，烏列爾天使長。

烏列爾與亞巴頓素未謀面，但他一眼便看出亞巴頓的煩惱，自我介紹後單刀直入：「撒旦大人的命令不能不從，又不想遵從，是嗎？」

亞巴頓答：「這不關天使的事。」

「但我有一計，能讓你既無須違抗撒旦的命令，同時又能保住你的勢力，甚至變得更強大。」

「哼，別裝作什麼都懂，老子最討厭的就是天使的臭臉！」

「呵呵，聽聽也沒損失吧。」烏列爾說：「明天你假裝順應撒旦之意，帶著六位侯王回到耶路撒冷朝拜就行。」

亞巴頓聽完大怒。「放肆！你們天使利用完本王收割人類靈魂後，現在就想本王歸降撒旦？老子不會中你的詭計！」

「不是歸降……是藉機殺死撒旦。」烏列爾召喚出灰啞劍。「此劍是人類技術最高的結晶，對抗龍族能發揮最強神力，是英雄貝奧武夫用來屠龍的神器。」他冷笑道：「接下來你知道該怎麼辦吧？」

3

魔界耶路撒冷有兩個巨環藏於天地。

天空巨環是魔瘴中的破洞，直徑十公里，濃霧中起伏蕩漾；地上巨環是工整的岩石圍牆，耶路撒冷石堆疊成連綿幾百里，一圈套一圈，每圈建築林立，名副其實是魔界最大的城市。之前與艾什瑪決戰中途就結束，因此耶路撒冷未受太多破壞，但這只是其中一個原因。

另一個原因，因為圍城中央的山丘原是王宮所在，今天則屬撒旦的據點。古龍族的撒旦體形太過巨大，而且無法化成人形，平日只能住在城外山嶺，今天因為要檢閱魔界眾王，才移駕到山上。

魔界三公二十一侯與千百貴族從四面八方遠道前來，半人馬車布滿天空，官道行人絡繹不絕，好不熱鬧。已超過一千年沒有如此繁盛景象，每位貴族都雇用幾百隨從壯大聲勢；難得有幸拜見撒旦，沒有惡魔願意在魔界之皇面前失禮。

「撒馬利亞大公率諸侯王進城拜見——」

耶路撒冷南城門前一眾惡魔、馬車紛紛讓路，城牆上衛兵擊鼓吹號，高聲朗讀眾王之名：「撒馬利亞大公蘇梓我、蘇城女王阿斯摩太、示劍女王阿斯塔特、推羅女王忒爾克西厄珀亞……」

海妖的忒爾女王聽見自己名字，高興得喘不過氣來，得意地撥弄水色長髮說道：「小王終於出頭天了，沒想到還能獲撒旦大人親自接待，嘻嘻。」

但旁邊的人魚女王賽沛冷眼一笑，恐嚇道：「撒旦大人可是萬魔之皇，單單一個吐息就能將妳的靈魂燒至灰燼，我勸妳還是少得意忘形比較好。」

弍爾女王大驚，立即閉嘴不語。

娜瑪見狀道：「別嚇她啊，撒旦大人應該不會那樣凶惡……對吧？」語畢用詢問的眼神望向蘇梓我。

其實撒旦銷聲匿跡多年，在場所有惡魔都沒親眼見過本尊，更不了解撒旦的脾性，只是口耳相傳她的事蹟罷了。娜瑪不敢揣度其心思，但蘇梓我只曾與撒旦共處半天，問他意義不大，畢竟在他眼中，所有女性早晚都會歸順自己。

但總是有點忐忑不安，娜瑪不禁羨慕蘇梓我的輕鬆自在，眼角更瞄到另一些同樣悠然自得的生物。

是一對黃金獅子和兩位女魔。巴巴斯載著盤腿看書的伊西斯，另外芭芭拉背上也趴著一位女王，是幾乎一睡不醒的貝爾芬格。後方緊隨一架半人馬車，車內芭碧蘿在滑手機，同樣沒怎麼在意面見撒旦一事。

娜瑪嘆氣。「該說她們是大膽還是沒神經呢……」

蘇梓我一行人還包括了其他侯王，例如埃力格、瑪門；至於伊布力斯、西迪女王，他們從希伯崙前來，早半個小時前已抵達耶路撒冷，眾人門前會合。

西迪一見蘇梓我等人，連忙跑來相擁──「哇啊！」慘叫一聲，娜瑪被西迪撲倒在地。

「娜瑪大人好久不見！」

「見就見，不用給我抱過來啊。」娜瑪掙扎起身，拍去身上灰塵。

西迪靠近娜瑪嗅著，甜甜說道：「娜瑪大人的身體真香。話說聖德芬小姐沒有跟來嗎？」

「沒有……撒旦大人始終也是魔界之皇，聖德芬還是留在家中比較好。」

不止聖德芬，兩位希臘女神、迦蘭母女及艾因加納也未隨行。娜瑪有種不好的預感，覺得耶路撒冷會有麻煩事發生。而麻煩的根源，肯定就是——

「耶路撒冷大公率諸侯王進城拜見——」

城樓又傳來宣讀聲，南城門外又有另一行諸侯惡魔浩蕩前來。亞巴頓走在最前頭，身後一共六位侯王及六百名侍從列隊道上，旁魔皆不敢仰視。

不敢仰視不僅因為他們位高權重，更重要的是，亞巴頓手下惡魔全是出了名地凶殘嗜血，就連惡魔都退避三舍。除了吸收深淵力量的艾什瑪，其餘五位魔王為：

火焰巨靈伊弗利特，他與伊布力斯同為巨靈族，但不同旁系，氣場亦截然有別。伊布力斯是偏向蒼藍的巨靈，伊弗利特則以火焰作為軀體，同樣變幻莫測，焚燒眾生於無形。

羅睺，他是阿修羅魔王，出自吠陀文明的惡神，喜怒無常，擁有四手一尾，能摘天地日月鯨吞下肚。傳說善神提婆戰勝惡神阿修羅族後獲得不死仙靈，於是眾善神互相分享仙露，羅睺則假裝為提婆偷喝了一口，是唯一擁有不死之軀的阿修羅。

阿普切，他是遠古時期瑪雅的骸骨冥神，骨頭上雕滿紋身，那是法力無邊的魔法圖騰。他野心太大，因盜取煙霧鏡而被主神處死，從此冥界則交由西巴爾巴十二王接管，他則流落至魔界歸順亞巴頓。

八十禍津日神，大和文明的古神，是經由古神身上的污穢沖洗後，具現化成的惡神、荒神，是災難之神。人類必須供奉他以平息其憤怒，不然就會招來天災毀滅眾生，是會行走的大規模殺傷力兵器，更是亞巴頓親自迎接到魔界的愛將。

埃列什基伽勒，美索不達米亞的女神，伊絲塔的姊姊，黃昏日沒之處的瘟神。她能審判冥界一切事物，與妹妹伊絲塔一方在暗、一方在明，帶來死亡與戰爭。

如此可怕的陣容，根本是災厄聚集體，究竟亞巴頓打算如何面對撒旦？蘇梓我停下腳步，目送這一群災厄進城朝拜，經過街道時，兩側的惡魔無不緊張地心臟狂跳。

正當大家想著撒旦是否會興師問罪，或亞巴頓是否將發難之際，耶路撒冷大公已跪在山上的撒旦面前，道：「罪臣亞巴頓，拜見陛下。」

亞巴頓身後的六位侯王也跟著謝罪求饒。

蘇梓我不禁感到意外，亞巴頓居然認輸跪拜？是礙於撒旦威勢，或者他另有所圖？沒有雅典娜在身邊，蘇梓我一時間也想不清楚。

4

耶路撒冷聖殿山上氣氛肅穆，三公二十一侯大張旗鼓地朝見魔皇，聲勢浩大何其壯觀；拋棄魔界的亞巴頓大公回歸，此時回到封地耶路撒冷，不知撒旦將如何處置他。

撒旦撐起龍軀，醜陋的亞巴頓只不過及其龍膝。撒旦居高臨下，以銳利目光掃視亞巴頓及其身後六王，吐霧緩緩道：「聽說你擅棄封地，率百萬惡魔私闖人間，你有何解釋？」

亞巴頓答道：「罪臣一時糊塗，竟置陛下封地不顧，有辱皇恩，罪臣難辭其咎，特此前來向陛下請罪。」

撒旦身邊站著她的獨子路西法，他冷靜勸說：「亞巴頓大公雖有錯，但此舉無非為了魔族發展，要從天使手中保護靈魂和領土，請陛下念在亞巴頓治理耶路撒冷有功，從輕發落。」

亞巴頓瞧著替自己求情的皇太子，於是感謝路西法，並道：「罪臣等願意辭去爵位，歸還封地，在耶路撒冷忠心侍奉陛下，以示悔意。」

撒旦有愧於因自己能力不足、無法吞納所有樞罪，因而妖魔喪亂，便道：「昔日你的祖先與我一同降伏萬魔，我非忘恩負義之輩，不會薄待其子孫。」又道：「不過既然你放棄封地，證明暫不適合領導耶路撒冷，只好懸空大公爵位日後再議。你與六王皆降爵三階，不得異議。」

「謝陛下。」亞巴頓往地上重重一磕，砰一聲，魔瘴溢出他身軀，其餘六王同樣散出黑色磷光，是撒旦正在回收他們的爵位魔力。

撒旦昂首吞納天地之氣，頓時地動山鳴，亞巴頓與六王的魔力就這樣被直接扯走一半。亞巴頓痛得倒地，就算是昔日耶路撒冷大公仍受不了靈魂被活剝的痛楚，雙手掩頭翻滾掙扎，撒旦看得不禁有點感慨。

亞巴頓自始至終不敢與撒旦對上眼，他進城前亦吩咐六王千萬別抬頭，以免洩露殺意。亞巴頓低頭暗笑，懷中抱劍忽地大喝一聲，森然凶光已朝撒旦的前腿亮去——

撒旦起初以為亞巴頓敵不過痛楚而亂掙扎，直到發現他是處心積慮裝瘋扮傻已晚了半步，灰啞劍「咻」一聲便刺進紅龍前肢。

撒旦前腿龍鱗碎開，如瑪瑙裂成千塊；灰啞劍插入數吋，劍刃猛地變作鋸齒狀，劍身甚至發出虎嘯魔光，似要砍斷紅龍的腿——

忽然，亞巴頓握劍的雙手動彈不得，兩手腕被如長釘般的白光刺穿。只見路西法擋在亞巴頓面前，一手掐住他的脖子。

亞巴頓驚訝瞪眼，啞聲道：「你是什麼時候……」

「你那庸魔之眼豈能看穿龍皇太子？」路西法緩緩舉起手，狠狠將亞巴頓擲出十尺外，亞巴頓落地時地上更直接炸出深坑。

灰啞劍「哐」一聲墜地，撒旦跪下前膝，告訴路西法：「不礙事，幸得你及時制止，此妖劍才不至於傷我筋骨。」

撒旦看著亞巴頓，深邃凶光連最後的慈悲都消失。她原視眾魔如子，現在對亞巴頓只剩殺意。紅龍仰天咆哮，亞巴頓頓時口吐鮮血、全身冒汗，心中只有刺殺失敗四字。

別無他法唯有以死一拚，他抹去鮮血對六王喊道：「剛才一劍看出撒旦從樞罪之獄回來元氣大傷，又中了本王一劍，正是誅殺她的好機會！以後魔界將由深淵之王統治！」

此時巨靈伊弗利特突然爆炸，火苗如著火的蒲公英從他火焰軀體飄揚開來，瞬間把山上草木燃成一片火海。縱使耶路撒冷內要求討伐逆賊亞巴頓的聲音此起彼落，但山頂都被火牆隔絕，城內更多惡魔一時只能提起武器，不知所措。

娜瑪對蘇梓我大喝：「笨蛋，快趕去助陣啊！」

蘇梓我回神過來，問思思：「那些侯王中有個挺漂亮的，是妳的姊姊？」

夏思思答：「對喔，雖然過了這麼多個世代，已經沒有血緣關係了。」

蘇梓我用預視術仔細打量遠方女魔神的身材，說：「妳的姊姊有妳沒有的東西喔。」

夏思思臉色一沉。「什麼？馬上把她宰了。」

「嘿嘿，當然是趁亂把她捉回家。」

蘇梓我興高采烈地衝向火光熊熊的山上戰場，娜瑪則生氣地追了過去。另一邊廂，亞巴頓的手下侯王正孤注一擲，向撒旦圍攻而去。

先是阿修羅羅睺，他腳踏魔瘴在半空虎視眈眈。路西法命令士兵圍困，豈料羅睺猛然吐出一顆比起他自身還要巨大百倍的隕石——隕石表面灼燙高溫，伊弗利特從火焰中冒出，站在隕石上橫手一抹，把擋路的士兵全數燒成灰燼。

同一時間，八十禍津日神化成血水滲進泥土，在泥土下逐一扯斷護衛們的腿，替阿普切開路，讓那骷髏王直衝向撒旦。

只見阿普切赤手折斷自身肋骨，肋骨竟成為了他的武器；平日重魔雖傷不了撒旦，但現在能瞄準其被灰啞劍刺穿的傷口砍下——

撒旦猛然睜大龍目，瞳眸映著一副骷髏正是阿普切，但他全身的骨頭卻開始一根根地潰散。

「別接近撒旦！」

魔神艾什瑪大喊卻已太晚。下一秒，阿普切全身的骨頭出現裂紋，啪啦啪啦散落一地，只剩兩根腿骨插在泥中。阿普切站在撒旦面前，遭魔皇的魔力活生生壓成碎骨。

這就是力量的差距，沒想到撒旦被困在獄中幾千年又受了傷，仍有如此大能。可是面對「深淵」賜予的力量又會如何呢？幾十對觸手從艾什瑪的肚子鑽出，一時紫色邪氣充盈山中，接著化成邪靈箭雨飛向撒旦。

每枝箭頭都有發光的內核，就如奇異生物那樣會擾亂心智；然而撒旦咆哮一聲，邪靈的內核紛紛粉碎——

她鼓翼飛上魔空，以單爪擒住羅睺吐出的隕石。伊弗利特的火焰傷不了撒旦分毫，反和隕石一同被掐碎，裂成八塊掉落山上。轟然巨響，嚇得目瞪口呆的羅睺一回神，卻只能眼睜睜看著撒旦喚來荊棘、穿過自己全身，死了。

潛伏在地下的八十禍津日神亦無法倖免。一個龐大黑影再次籠罩山上，撒旦將八十禍津日神從泥土底下抓出來，輕易就把他撕開。連覺醒了「深淵」魔法的艾什瑪也擋不下半招，龍爪伸去，艾什瑪的屍體便掉進火海。

「這、這就是魔界之皇的力量……」亞巴頓萬念俱灰，自知無法與撒旦匹敵，甚至不敢正視她，目光卻與路西法雙眼不經意對上。他忽然有個想法浮現，驚道：「原來是你——」

但眼前掠過一道光，路西法已來到他面前一拳痛毆；亞巴頓小腹凹陷，全身綻光並再吐鮮血。那是有實體的光，如無數長槍從亞巴頓體內刺出，穿心而死。

路西法心想：沒想到在最後一刻知道真相，亞巴頓，你比我想像中還算聰明些。

龍皇太子再度冷笑，飛到耶路撒冷上空替撒旦宣命：「快拿下亞巴頓的黨羽，不能讓任何逆賊逃出耶路撒冷！」

此時路西法再次從失勢的皇太子變成了救駕英雄，更手刃大逆賊亞巴頓，於是山下眾魔一呼百應，舉起刀槍包圍亞巴頓帶來的士兵。

亞巴頓的殘黨還有個日落女神埃列什基伽勒，她之所以沒有參與圍攻撒旦，都是拜蘇梓我所賜。不知是幸運還是不幸，她剛剛被蘇梓我纏上，現在又被耶路撒冷的士兵包圍起來。

「那女人是亞巴頓手下的侯王，拿下她一定重重有賞！」

所有惡魔為了立功都爭著要殺死這位日落女神，這樣下去，即使她有爵位魔力，也敵不過眼前數以萬計的惡魔……

「嘖，礙事的統統給本大爺滾！」

蘇梓我一腳踢開一堆惡魔，又單手抓起想捕捉埃列什基伽勒的食人魔，把那肥胖的妖魔丟進惡魔堆中，又撞倒了幾十個士兵。

他不爽地大喊：「那女魔是我的，你們滾一邊去！」

但眾魔當然不願錯過立功機會，一擁而上反把蘇梓我淹沒了。見他們內訌，埃列什基伽勒連忙掉頭升空離開。

「笨蛋！我叫你立功不是闖禍啊！」

儘管娜瑪在後面抱頭大叫，也阻止不了埃列什基伽勒的身影從魔空消失。

5

數小時、大半天，甚至更長，已不知飛了多久，埃列什基伽勒憑著求生本能盡可能地逃離耶路撒冷。她首先飛往地上，回到南美洲原本屬於亞巴頓的土地。但此片大陸與魔界相連，方才經歷了九死一生，她才不想待在那裡，只求能逃得越遠越好。

她在大海上飛翔幾乎花盡力氣，周圍是灰濛濛的天空，海面黯淡無光，甚至無法分辨現下是白晝還是黑夜；大海雖平靜，卻好像隱藏著未知的威脅。

「可能是太累的緣故……開始胡思亂想了嗎？」

埃列什基伽勒冷靜下來，維持緩慢的速度往西飛行，以她對地上的認知，這裡應是南太平洋的中心，不屬於天使也不屬於惡魔，理應不用害怕有什麼追兵，即使她仍然感覺有雙眼睛在漆黑中注視著自己。

「到底地上世界有哪裡是我的棲身之所？」

落難時才想起來，埃列什基伽勒這名號本是美索不達米亞的冥界女王。雖然她未曾踏上故鄉，但看來那裡是最後的依靠了。

「——慢著。」埃列什基伽勒突然喃喃道。

她想起當時烏列爾慫恿亞巴頓刺殺撒旦的情境。「那天使說過，即使行刺失敗，地上還有足夠的兵力能與撒旦對抗，就埋在三千年前美索不達米亞帝國的土地下，兩河流域有兩個寶藏……」

日落女神好像想通了什麼，打起精神，彷彿在迷霧的海上重新尋回了方向，加速朝著先祖安息的方向飛去。

她離開後，原本的天空變回晴天，奇怪的雲霧散去，海面冒出凹凸不平、像巨大水母的奇異生物，即是克蘇魯。

「那王八蛋蘇梓我，看樣子他把撒旦帶回魔界，而亞巴頓那垃圾應該失勢了。」

剛才一直注視著埃列什基伽勒的也是克蘇魯。自從克蘇魯被蘇梓我打得半死後，便逃到南太平洋的中心休養，捕食大海的各種靈魂療養身體。不過對比之前龐然的章魚巨獸模樣，如僅他只是水母般的軟體生物外表，或者更像一隻大水蛭，力量遠不及從前。因此他十分焦急，想趁聖主降臨前取回力量，不能讓天使為所欲為。

此時，有位老婦在遠方的海平線上走來，即使相距甚遠，克蘇魯仍然嗅出那討厭的氣息。

「今天這裡真他媽的熱鬧，先是亞巴頓的部下，現在又來了個更惹人生氣的女人。」

克蘇魯不斷罵著，而老婦繼續在海面上步行，來到他的面前，並展開三雙翅膀。老婦道：

「你是克蘇魯吧，想不到偉大的克蘇魯竟變得如此不堪。」

克蘇魯二話不說，用混沌魔法發出使人發狂的音波包圍老婦——但顯然沒有作用，老婦只是悠閒地把手伸進克蘇魯的軀體，越伸越深，直接一手掐住體內核心；克蘇魯全身蠕動，發出刺耳的罵聲：

「拉斐爾你這混蛋，老子就算栽在你手上，我們混沌神也一定會砍下你這狗頭報仇！」

「少囉嗦，想活命的話就給我閉嘴。」老婦外貌的拉斐爾還未掐碎克蘇魯的內核。

克蘇魯低聲問：「你不是來殺我的？」

「當然不是，我可是有任務要交給你辦呢。」

「老子在這星球住得比天使久，你有何資格命令老子辦事。」

拉斐爾默默施力打算掐死克蘇魯，克蘇魯才求饒道：「好，老子照辦就是！你說！」

拉斐爾微笑回答：「你要把幼發拉底大河的四個使者釋放出來，就這麼簡單。」

「什麼四個使者？你如此大能幹嘛不親自前往。」

「當然是因為你還有利用價值，趁自己還有價值就給我好好工作吧。」拉斐爾又說：「剛剛那逃難女神的話，你也聽見了吧？兩河流域有兩個寶藏，要是你成功的話，那兩個寶藏可以給你，我只要你替我把四個使者釋放出來就行。」

拉斐爾也只把話說到此，縱使克蘇魯滿是疑惑，但這對他來說何嘗不是千載難逢的機會？正如拉斐爾所說，他們之間不過是互相利用的關係，只要能爭取時間復活邪神力量，到時還須怕什麼天使嗎？

「兩個寶藏、四個使者。」克蘇魯說：「老子就答應你的要求。」

6

回到魔界耶路撒冷，此時氣氛已沉靜下來，亞巴頓帶來的部下統統被制伏；然而群臣祝賀撒旦回歸的慶典提早落幕，取而代之的是撒旦對亞巴頓的宣判。

「立即褫奪亞巴頓及其手下所有惡魔一切爵位，並廢除『亞巴頓』此名號。從今以後，世上再沒有亞巴頓。」

語畢，魔空四面八方有黑色棉絮般的魔力圍繞著紅龍，她回收了地上亞巴頓黨羽的貴族魔力，這是身為惡魔之皇的撒旦才能辦到的事。

路西法恭敬道：「母皇大人，如此一來地上的叛軍已形同烏合之眾，要收拾他們易如反掌，兒臣願代為出征。」

撒旦沒有回答，只輕輕點頭。

在場的貴族紛紛附和：「沒錯，皇太子殿下英明神武，更識破了亞巴頓的意圖，我們都認為殿下是平息這場叛亂的最佳人選！」

其他惡魔亦是對路西法阿諛奉承。雖然撒旦曾當眾懲罰路西法，但到底是她的獨子，而且看得出她對兒子今天的表現十分滿意，果然投靠路西法比投靠蘇梓我可靠多了。

「慢著！」蘇梓我突然跳進眾魔之中大喊：「為何你們都向這個富二代靠攏啊！」又指著掉在地上的灰啞劍說：「這把劍是專門用來屠龍的劍，明明這富二代說過會嚴加看管，那怪物卻用這劍傷害我的撒旦，不都是他的錯？」

路西法不諱言地說：「確實這是我的疏忽，灰啞劍本應收藏在耶路撒冷的寶物庫，不知為何走漏了風聲——」

「屬下罪該萬死！」一名惡魔士兵跪地求饒。「剛才亞巴頓的殘黨在城內搗亂，收拾後我的部下才發現原來城堡的寶物庫曾遭入侵，還在清算失物，看來被盜的就是灰啞劍……只怪屬下不知灰啞劍原來如此重要。」

「算了吧。」撒旦道：「這也是為了保護本皇，路西法不得已才要隱瞞灰啞劍的重要性。亞巴頓並非等閒之輩，他處心積慮要搶到手的東西也難以提防，此事就不追究了。」

但蘇梓我擔心日後不能騎龍，便說：「至少也要砸碎這把屠龍劍吧。現在古龍只剩妳了，妳可是稀有物種，其他新龍半龍都不及妳重要。這東西鐵定是壞人想用來傷害妳，讓我先發制人消滅此劍！」

撒旦心想這傢伙還真把自己當成伴侶，淡然回答：「幾千年前，確實有龍族作亂禍害人間，此劍是人類採集天外隕石混合龍骨鍛煉而成。加上當時法師的詛咒，每當劍刃嗅到龍氣，劍身便會綻放魔光，斷空時如巨獸咆哮，是把好劍。丟棄實在太可惜。」

普通野獸會怕火，但撒旦盯著自己的天敵卻沒有迴避，把灰啞劍懸在面前，告訴眾人：「此劍由我保管，我在劍刃刻下名字，如此一來就不怕他人盜劍傷我。」

灰啞劍化作幽光，被吸進撒旦體內。

蘇梓我問：「把毒藥吞下不危險嗎？」

「蘇公多慮了。」

路西法見母皇與蘇梓我像朋友般地對答，十分不悅，嘲諷蘇梓我說：「你還有臉關心母皇大人的安危？亞巴頓的部下雖統統被褫奪爵位，但侯王就算魔力減半，仍足以對魔界安寧構成巨大威脅。而你，卻放生了埃列什基伽勒，難保她不會在人間召集亞巴頓的殘黨造反，這罪你怎麼擔當得起？」

蘇梓我生氣反駁：「我本來就要把那美女魔神擒住，要不是你突然叫耶路撒冷的眾魔群起圍捕、阻礙我的行動，她又怎麼會逃走？說到底都是你的錯！」

「哼，無恥之徒就是多藉口……」

「到此為止！」撒旦聲如洪鐘，使人聽而生畏。她猛然飛到半空，龐大龍軀遮住魔空，向耶路撒冷的萬魔宣告：

「本皇不在的千年間，魔界經歷不少戰亂，各位公爵甚至兵戎相向。現在我以魔界之皇之名，下令所有惡魔不得向同族拔刀私鬥，否則下場將如亞巴頓。本皇再臨是要帶領大家向天使報仇，我們的敵人只有天使，必須團結一致。

「蘇公，本皇命令你率領撒馬利亞的部眾，盡快捉拿埃列什基伽勒及其手下，以示耶路撒冷的威名！」

撒旦又命令路西法：「路西法亦隨蘇公出征，替本皇監軍，輔助蘇公剿平亂黨。」

路西法猶豫道：「我與蘇大公有過節，恐怕蘇大公不願意與我共事。」

蘇梓我也不想看見路西法。但撒旦心意已決，駁回道：「接下來的天魔戰爭，兩位缺一不可，因此這次平亂你們必須共事。」

路西法無奈接受，撒旦接著望向蘇梓我，厲聲問道：「蘇公可有異議？」

「其他人命令本英雄，我連答都懶得答。」蘇梓我笑道：「但既然是妳的要求，當然沒問題。只是我乃撒馬利亞統帥，與太子監軍誰較高位？」

撒旦答：「軍中當然是主帥最高，路西法還須向你學習。」

「哈哈！那我就代替妳管教一下路西法吧。」

眾魔議論紛紛，不只是路西法與蘇梓我的恩怨，還有蘇梓我與撒旦的關係。充滿混亂的一天就這樣結束。

7

「——就是這樣。」

雅典娜聽完報告，不過負責報告的不是蘇梓我，蘇梓我返回撒馬利亞後只是逗著迦蘭的小公主玩。

「哇哇！」王宮中，蘇梓我抱著小公主舉高轉圈，小公主眉開眼笑，迦蘭和艾因加納則在一旁看顧著。

「笨蛋，我們還在商量撒旦大人交代我們的任務啊！」娜瑪拿著報告書邊翻白眼邊自言自語：「話說為何我能忍受這笨蛋抱著別人的女兒玩耍呢……」

「哇哈哈，戰略交給妳和雅典娜決定，隨便就好，不用麻煩我吧。」

迦蘭問：「勇者大人決定好公主的名字了嗎？」

蘇梓我突然停頓苦思。「此事不能隨便，讓我再想一想……」

娜瑪繼續翻白眼。「為什麼替孩子取名比撒旦大人交辦的任務更慎重……」

「那不是很正常嗎？」

「才不正常，唉……我家的聖德芬你都沒這樣在意……」

「別吃小孩的醋，妳都幾百歲了。」

「才沒有幾百歲！即使是惡魔，你也不能亂說出女性的年齡！」

娜瑪的叫嚷嚇得小公主忽然哭了。蘇梓我責備娜瑪，然後娜瑪也哭了。

一直冷眼旁觀的雅典娜才最無奈，她清一清喉嚨，道：「要拿下埃列什基伽勒，首先要知道她逃到哪裡去，不幸的話，確實如路西法所言，可能會演變成小規模的戰爭——」

戰爭——小公主一聽見戰爭二字，竟頓時不哭了，還在蘇梓我懷中笑著，笑容興奮，感覺變了個人似的。

艾因加納苦笑說：「小公主帶著庇菈神力而來，戰爭是她的興趣，也是她的營養。」

迦蘭有點愧疚，不過蘇梓我大讚：「很好，這才是英雄之後！這次捉拿埃列什基伽勒，不如妳們也一起跟來吧？」

小公主模仿蘇梓我說話：「一起跟來吧。」

娜瑪不甘落人後，連忙說：「我也帶聖德芬出戰！」

雅典娜無奈依舊嘆氣，喝了口茶。她不禁心想，有時候，不需要笨蛋參與還比較有效率。

◇

晚上夜闌人靜，雅典娜所指的笨蛋獨自走到陽台打了一通電話回香港。

「很久不見了，有兩個月沒聽到你的聲音了吧。」

「嗯，算是向君姊報告一下吧，我活著回來了。」蘇梓我靜默半晌，問：「你們那邊沒事吧？雅言和夕嵐也應該安全？」

孔穎君答：「放心，利小姐把教會管理得井井有條。不過，你擔心的話為什麼不親自回來看看？兩個月都沒聯絡，你不怕她們生氣？」

「她們不是會亂發脾氣的人……而且我還不能回家。如果這是個冒險故事，現在應該到了最後決戰的部分吧。可惜我沒有那些故事主角那麼厲害，現在我只能盡量做好眼前的事。」

孔穎君說：「我聽說了，你的女兒出生了吧，身為人父後果然說話也變得成熟。對了，女兒叫什麼名字？」

「還沒取名，其實我今晚打電話過來就是想請教一下孔老師，有沒有什麼威武又霸氣的名字——」

「別拿女兒的名字開玩笑吧，又不是網路遊戲，女孩子要什麼霸氣呢？」

「也不是這樣說，我的女兒好像是太陽神轉世……」

◇

商量了一晚，翌日，蘇梓我在殿上對迦蘭和娜瑪等人宣布小公主的名字。

「赤烏，以後赤烏就是本王的女兒，耶路撒冷的公主！」

娜瑪抱著聖德芬以示抗議。「赤烏有什麼特別意思嗎？」

蘇梓我撐腰答：「首先本王是赤龍，本王的女兒也一定是人中龍鳳。赤烏正是傳說中的靈鳥，在朝鮮被稱為三足烏，在日本則稱作八咫烏。」

接著他又拿出講稿，照著念：「所謂『日中有踆烏，而月中有蟾蜍』，傳說太陽裡住有神鴉，名為赤烏。赤烏本有十兄弟，後被后羿射了九隻下來，剩下最頑強的也就是赤烏。」

艾因加納說：「即是太陽的化身，跟太陽女神庇菈很相襯。」

迦蘭抱著孩子說：「而且女兒也是紅髮，雖然沒有三條腿就是。」

娜瑪答：「根據中國人的陰陽學說，奇數為陽，所以陽烏要多添一足。」

蘇梓我覺得意外。「原來妳也知道赤烏的傳說啊。」

「本小姐可是知識滿分的大惡魔！」

「好啦，但赤烏還有另一個象徵。」蘇梓我翻開另一頁續道：「相傳殷商紂王殘暴不仁，周武王率軍渡河打算起兵伐紂，途中竟有白魚躍到船上。因為『殷人尚白』，周武王認為該白魚就是殷商覆亡的徵兆，便將白魚祭天。又見天上有一火團降落軍營屋上，旋轉不熄，更化身火紅烏鴉。由於『周人尚紅』，武王認為這是周人一鳴驚人的瑞兆，軍中士氣大振。」

迦蘭說：「聽起來赤烏還是帶來幸運的鳥兒。」

「不只帶來幸運，也是武王克商建立周朝，結束亂世的象徵。不過嘛，我不需要額外的運氣，本王天生神運，足以平定亂世了。最重要的是，小不點是否喜歡這名字。」

小公主睜開水靈大眼、張口大笑，像手舞足蹈般地舉手亂抓。蘇梓我說：「哈哈，果然有霸氣，不愧是我的女兒。」

「哇呀！」小公主大聲一喊，背上隱約展開八咫烏的翅膀，火星纏身護體，瞳眸炯炯有神；灼焰頭髮貫注生氣般飄揚，一副太陽靈鳥的模樣。

蘇梓我抱起小公主。「好！赤烏，妳以後便是蘇赤烏，管他什麼南方朱雀浴火鳳凰，妳更有氣勢！」

「哇呀！」小公主再喝一聲，細小手掌不斷抛出火球把地板燒得通紅。

迦蘭只是苦笑：「首先要教烏兒怎麼控制魔力呢。」

殿上的眾人沒有怪小公主搗亂，反而覺得她十分活潑可愛，特別是聖德芬，她背叛了娜瑪衝過去抱著孩子玩。聖德芬帶著烏兒跑到陽台，將她高舉並大叫：「吸收陽光，快快長大！」

「烏兒可不是植物啊。」蘇梓我吩咐娜瑪：「看來妳要教聖德芬一些常識。」

「嗚……明明聖德芬也很可愛。」

家庭鬧劇演到這裡終於有人忍不住喊停了。「請問蘇大公打算什麼時候出發？」說話的人是路西法。

「咦？你為何出現在我的王宮裡？」

「母皇大人吩咐我監督撒馬利亞軍隊。每放任埃列什基伽勒一天，要制伏她的難度就越高，所以你們還要玩孩子玩到什麼時候？」

蘇梓我雖不把路西法放在眼裡，但皇太子的威嚴仍讓娜瑪有本能上的恐懼。於是雅典娜便踏前一步解圍，答道：「剛才只是出征前我家主人以自己的方式與蘇大人放鬆心情，此時撒馬利亞的精銳部隊已登上戰艦，包括御林騎士及諸位侯王，隨時都可以出發。」

「戰艦？妳說是之前用來討伐彼列、從人類世界掉下來的那艘鐵皮船？那東西載不了多少士兵，而且妳知道要去哪裡找埃列什基伽勒的下落？」

雅典娜胸有成竹地回答：「埃列什基伽勒本是美索不達米亞的冥界女王，在這情況下，她只能逃回自己的老家，所以我們打算先前往埃及的開羅教會蒐集情報，以開羅為基地，包圍並捕捉埃列什基伽勒。」

「那鐵皮船又笨重又不方便，飛往地上的另一端妳打算花多少天？」

雅典娜喝一口茶，答：「一天左右。」

8

昨夜撒旦已派出軍隊前往地上，並控制了「惡魔的尾巴」，使亞巴頓麾下的士兵投降。因此蘇神號可以暢行無阻地從撒馬利亞飛到耶路撒冷，再從魔空破洞穿梭到人間。

天空洞的出口是墨西哥，要從墨西哥飛往埃及，以蘇神號的航行速度至少得花上兩、三個月，若要一天內抵達目的地，只能靠她了。

「吸收陽光，快快長大！」

長大的不是鳥兒，而是聖德芬。只見聖德芬朝著太陽高舉拳頭，再度變回那個頭頂第三重天的巨大天使。她彎腰撿起對她來說像玩具船的蘇神號，放上雲層間，同時躍起拍翼飛翔。

「聖德芬號出發！」

蘇梓我從船上探頭抗議：「是蘇神號，別隨便改名！」

聖德芬則哈哈大笑，帶著郵輪高速起飛。

大天使日飛千里，聖德芬更是天使之中最巨大的，她跨步走過山谷，跳躍越過洪水，僅半天就橫渡了太平洋。加速時，船上眾人都要像坐雲霄飛車般緊抓座位，才不致被拋出船艙。

直至速度穩定下來，蘇梓我牽著娜瑪走到甲板上鳥瞰大地，那片被亞巴頓蹂躪的土地盡是無生氣的灰褐枯林。蘇梓我重回人間，確切感受到這世界所剩的日子比想像中還要少，得加緊協助撒旦制止天使了。

「娜瑪媽媽，聖德芬很累，不想飛了。」

聖德芬拿著郵輪飛行了十多個小時，其間娜瑪也一直站在甲板上陪她聊天。娜瑪看了下手機內的地圖，鼓勵她：「我們現在已進入埃及境內，很快就到開羅，只差一點點了，加油！」

「噢噢。」聖德芬又打起精神，正當加速拍翼之際，卻猛然停下，害得娜瑪差點跌倒。

娜瑪扶著甲板圍欄問：「怎麼了？如果太累還是休息一下……」

「人！前面有好多人！」

「娜瑪大人。」雅典娜走了出來。「正前方五百尺、右舷四百尺、左舷四百尺，三個位置都偵測到強烈的魔法波長，是用結界魔法隱藏氣息的埋伏。」

「咦，有敵人？」

「根據地點和對方所施的魔法痕跡，應該是聖教會。」

雅典娜的推測正確。開羅教會與天使正處於戰爭狀態，如今收到情報說東方有大天使飛來，開羅騎士團馬上派出精銳部隊埋伏應戰。

「報告將軍，目標天使忽然停在半空，看來是識破了我們的隱藏結界。要先發制人嗎？」

一位聖教會的騎士向安東尼滙報。這次行動是安東尼親自指揮，他用望遠鏡觀察來犯敵方，不禁驚訝道：「那天使是聖德芬！」

安東尼隨即下令所有騎士安守崗位。他心想也許聖德芬是蘇梓我派來的，但也可能被天使勢力操控，無法判斷究竟是敵是友。

「聖德芬身上完全感受不到殺意，而且好像在發小孩子脾氣？」

這時聖德芬正搖著郵輪，向裡面的人抱怨：「不行，聖德芬飛過去可能會被那些小矮人射傷呢！笨蛋蘇梓我你去跟那些人交涉就好。」

「妳這丫頭說誰是笨蛋！」

蘇梓我怒氣沖沖跑出來，娜瑪連忙抱著他說：「只是個孩子，就原諒她吧！」

雅典娜附和：「開羅教會對天使警戒也是理所當然，只有蘇大人威名才能勸得對方停手。」

「好啦好啦，我跟那些人溝通一下就是。」

蘇梓我展開黑色翅膀朝空曠荒野飛去。在普通人眼裡，那片土黃色的荒野沒有半點生命氣息，只有起伏的沙丘；不過魔法的流動瞞不過蘇梓我的眼睛，尤其對方是上千人的精銳騎士，自然會形成魔法氣牆。蘇梓我帶著強大魔法波紋著陸，魔法互相干擾，騎士團的隱匿結界便露出原形，一隊整齊列隊的盔甲騎士赫然出現。

「我是香港聖火教的代表，你們誰是指揮官？」

銀色盾牌陣中間開了通路，安東尼慎重走來。「蘇主教真的是你，為何不預先通知我，讓我安排專人迎接呢？」

「反正我不通知也會有幾千人列陣歡迎，事前通知的話還會有獅子大象助興嗎？」

安東尼認真回答：「最近開羅教區受到天使威脅，接到天使長現身的情報，騎士團不得不嚴陣以待，若方便的話，也希望聖德芬天使長低調一點。」

於是蘇梓我回頭叫聖德芬變回普通大小，她接著就靠著娜瑪休息了。蘇神號改由開羅騎士團護送，用魔法在陸上行舟，緩慢地駛向開羅。

路上蘇梓我打聽了瑪格麗特的近況。安東尼說自從瑪格麗特避開火山的災害、帶領歐洲信徒來到埃及，在開羅成立臨時聖座後，她已脫胎換骨成為一個令人信服、能帶領聖教走向光明的聖者和牧羊人。

作為聖教會總部的開羅變得更加熱鬧，到處洋溢著宗教氣息，甫踏進城區，便聽到有學生在廣場獻唱聖詩。同時聖座開羅守備森嚴，持槍的士兵不時在路上巡查，尤其對蘇梓我一行人相當警戒，若不是有安東尼陪同，蘇梓我這可疑人士大概早就被抓走了。

「停下來。」忽有兩名白袍騎士攔下蘇梓我的去路，安東尼代為解釋，但兩騎士看來不接受，續問：「你們是什麼人？」

「說出來你們不要怕，本英雄可是聖火教的老大，也是你們女教宗的未婚夫，帶我去見瑪格麗特吧。」

再三確認蘇梓我的身分後，兩名騎士互相點頭，接著又有十數名騎士和士兵跑了出來，紛紛擒住了蘇梓我。

「喂！你們在幹什麼？」

「聖瑪格麗特吩咐，蘇主教日理萬機，無閒前來開羅。假如發現有人冒充，就立即逮捕等候聖座發落。」

蘇梓我一臉莫名其妙。「本英雄如假包換，限你們三秒內放開我，不然我把整個埃及給炸了。」

「果然是危險的傢伙。安東尼將軍，請你立刻協助我們拿下這可疑人物！」

安東尼嘆氣說：「沒辦法，請你委屈一下。」

蘇梓我回頭望向安東尼，但連半句話都來不及說，安東尼的劍便已架在蘇梓我頸上，出手極快，讓同行的娜瑪也吃了一驚。

「總之先跟我回聖座去吧。」

◇

結果蘇梓我糊里糊塗地被押去開羅法蒂瑪主教座堂。安東尼的劍沒有殺氣，其他隨行的惡魔也毫無反抗，但負責督軍的路西法始終看不起蘇梓我，冷笑一聲並拋下一句「適當時候會回來」

後便離開了。

這時已日落西山，斜陽映在座堂的彩繪玻璃，照在瑪格麗特的側臉；她梳起長馬尾，臉龐看起來成熟了些。

「瑪格麗特小姐，這樣好嗎？」

老管家從羅馬到開羅依舊伴隨左右，瑪格麗特也坦白回答：「哼，不想見他就這樣若無其事地跑來，一定要給他教訓，不然聖瑪格麗特的威嚴何在。」

「我明白，只是小姐最近悶悶不樂，比起懲罰別人，還是獎勵一下自己吧。」老管家望向座堂的走廊說：「客人好像來了，我先退下。」

「——瑪格麗特！」

蘇梓我一見瑪格麗特，氣得七竅生煙並全身注入力量，一輪火花飛濺就把押送的騎士推開，衝向瑪格麗特，當頭拍她的頭頂。

瑪格麗特橫揮權杖推開蘇梓我，馬上命令：「聖殿騎士！快把這冒牌的蘇梓我拿下——」

「等等！」娜瑪上前勸阻：「雖然不知發生什麼事，但這個蘇梓我是真的，很難找到比他更好色又幼稚的人了。」

「哼，這個蘇梓我是假的，真的蘇大哥已經不理我了。」

「妳這丫頭又在亂說什麼？」

瑪格麗特別過臉。「蘇大哥一直音訊全無，最近我聽見他回來了，就一直寄訊息給他，但他都已讀不回……」

娜瑪冷嘲說：「真差勁。」

蘇梓我緊張地取出手機查看。「不對啊，明明我有回『ＯＫ』。」

「那怎麼算是回覆。人家每天給你打一千字，你只是偶爾回一個表情……我都不知道你在想什麼，也不知道你是否想悔婚……」

蘇梓我盯著手機，一直滑一直滑，瑪格麗特的訊息歷史還真是超級長，每天還附上自拍照。這時瑪格麗特已眼眶泛淚。「我一直在開羅等蘇大哥來娶人家……想不到被已讀不回……」

眾女紛紛白眼蘇梓我，娜瑪撐腰罵道：「確實是你這笨蛋不對。」

壓力又回到蘇梓我身上，他摸摸後腦，左顧右盼，接著在手機上輸入了幾句，瑪格麗特的手機就響了。瑪格麗特拿起手機看，念了出來：「『總之我一定會娶妳』。」她臉紅問：「真的嗎？」

娜瑪好奇擠向蘇梓我想看看他寫了什麼，結果被他一掌推開。

蘇梓我清清喉嚨，正經地說：「本英雄是來辦大事的，世界一日沒有和平，個人兒女私情只能放一邊。瑪格麗特，妳是聖教會的聖瑪格麗特，今天我前來開羅是有重要的事找妳幫助。」

瑪格麗特繼續臉紅地問：「是、是什麼重要的事？」

「呃，那個怎麼說，就是……什麼？」

娜瑪在旁大叫：「埃列什基伽勒！」

「對！我懷疑亞巴頓的餘黨，以埃列什基伽勒為首逃到這附近了！」

9

雙方的重要人物移步到瑪格麗特的教宗住所，在會客室繼續剛才的話題。

待雅典娜解釋完後，瑪格麗特應道：「原來魔界發生了這樣的大事，最後還被埃列什基伽勒逃回她的故鄉。」

娜瑪說：「埃列什基伽勒屬於蘇美爾文明，而後由巴比倫王國和亞述帝國繼承，她的故鄉應在中東的兩河流域。不知最近聖教會在中東地區有無發現異常呢？」

安東尼答：「中東地區有天使頻繁出沒，雖然那不是最近的事，但昨天傳來奇怪的報告，共有三十人以上目擊到醜陋的天使，也許與蘇主教此行有關。」

聖德芬從娜瑪背後冒出來。「天使都很可愛喔！」

安東尼答：「所以說是個奇怪的報告。根據目擊者形容，那兩個天使的外表更像惡魔，但卻有種說不出的神聖感。而且不是只有一人這麼說。」

蘇梓我喃喃道：「天使總有醜的吧。」

「沒有！」聖德芬駁斥。

結果在場眾人對傳聞中的醜陋天使都沒有頭緒，也不清楚該如何著手尋找埃列什基伽勒的下落，除了雅典娜。

她說：「埃列什基伽勒是蘇美爾的冥后，假如回歸伊里伽爾——即蘇美爾的冥府，有種靈魂最清楚她的下落。」

「是死靈呢。」思思答。

「沒錯，只要前往兩河流域的地區召喚死靈問話，應該能問出情報。」

「哦！不愧是雅典娜。把所有動腦工作交給妳的本英雄也十分聰明。」蘇梓我點頭自誇。

安東尼叮囑：「中東地方尤其是兩河流域經常有天使出沒，也不屬聖教管轄的教區，你們要有戰鬥的準備。」

雅典娜淡然回答：「這邊有蘇大人，頭腦以外的工作都交給他辦，要是連零星的天使襲擊都應付不了，就別談什麼阻止聖主降臨了。」

「本大爺才不怕天使。」蘇梓我又說：「把那個前後有兩張臉的男人也帶上路吧。召喚死靈，很久沒有這樣適合他的工作了。」

◇

得出結論後，蘇梓我一行人再加上雙臉的比夫龍便決定前往兩河流域。昔日巴比倫和亞述的土地，如今則是屬於伊拉克的領土，與埃及開羅相距約一千五百公里，開車約一天的車程。蘇梓我用鵝腿惡魔為坐騎，速度快了十倍，再用轉移術將比夫龍、娜瑪、思思一同帶到目的地的一處荒野。

兩河流域是「肥沃月彎」的一部分，可在蘇梓我眼前的卻是沙漠化的荒野；滾滾黃沙，猶如戴上了銅鏽色的濾鏡，難以想像三千年前這裡曾是一片綠油油的草原。

是因為人類背叛了聖主，失去了天使的守護，所以原本的沃土變成了荒漠嗎？蘇梓我對此地十分陌生，反倒思思則有些與生俱來的懷念及熟悉，縱使她也是首次踏足此地。

「兩河流域、美索不達米亞……思思感覺到姊姊就在這片土地的深處呢。」

比夫龍應道：「各位，我現在要開始召喚死靈了。」

比夫龍提起死靈燭台，燭光搖曳把原本烈日照射的土地染上一層蒼藍；蒼藍魔力在沙地上畫出一個又一個漣漪，正當要召喚死靈出土之際，比夫龍卻忽然愣住。

「怎麼了？」娜瑪問。

「第一次碰到如此沉重的靈魂，像糾纏不清的亂絲，需要慎重喚靈。」

語畢，燭光縮成一圈，變得更精純。比夫龍眉頭緊皺，緩緩蹲下，直至魔法光線集中在地上一點，泥土顫動，便有個半透明的男人爬了上來。

比夫龍直截了當問：「這幾天，地下世界有何異樣？」

死靈的嘴不自然地開闔，牙齒磨擦出聲音；是不完整的話語，只有深諳死靈術才能理解。

「天使……尋找……寶藏……」比夫龍喃喃重複死靈說的關鍵字，接著那死靈就化成磷光消失了。

比夫龍解說：「剛才那是最近逝去的本地人，我再嘗試召喚不同背景的死靈問問看。」

接著他接連召喚，從逝者口中得知類似的字眼：女王回歸、兩個寶藏、天使殺戮……

蘇梓我搶道：「女王回歸，埃列什基伽勒果然返回了冥界！至於天使殺戮，他們一向很殘暴，只是為何眾多死靈都提及兩個寶藏？雙面魔你沒理解錯吧？」

娜瑪插話：「埃列什基伽勒這麼長的名字你都記住了，為什麼比夫龍的名字你就沒記好？」

「我拒絕男人的名字進入我的記憶。」

比夫龍回答：「應該沒有理解錯，死靈們都有提及寶藏，數目也清楚表達有兩個。其中一位約兩千多年前死去的死靈，還提及那寶藏足以征服世界。」

「征服世界？」蘇梓我不以為然。「兩千年前的人談什麼征服世界？」

娜瑪思索道：「死靈基本上沒有思考能力，理應不會故意撒謊——」

忽然黑影掠空，一股魔力瞬間膨脹，把空氣燒成一道焦黑的軌跡，從背後直襲娜瑪頭頂！電光石火間，蘇梓我推出魔力波擋下了殺意。

「哪個混蛋鬼鬼祟祟偷襲我的女僕！」

眾人抬頭，只見天上兩個滿是妖邪氣息、外表幾乎相同的有翼生靈，都是灰白頭髮、黑色羽翼，唯獨一人短髮、一人長髮。他們衣著相同，上半身赤裸，下半身均有白布包裹重要部位，布上凸出的性器陰影一人向左，一人向右。

娜瑪自言自語：「天使？但又好像哪裡不對……」

那位長髮、陰影向右的靈說：「就是你們在召喚死靈，還擁有增幅死靈術的神器，不如借我們一用吧？」

蘇梓我反問：「你們想用來幹什麼？」

「我們在找人，想向伊絲塔的姊姊討回兩個東西——」長髮的靈說到一半，驚覺熟悉的人就在眼前，盯著思思說：「妳、妳是伊絲塔？妳也要來搶走『船』和『士兵』嗎？」

夏思思回答：「思思有三分之一是伊絲塔，你們兩個天使又是誰？」

「居然已經認不出我們，真令人失望。」長髮的靈右手握著荊棘，正要揚手，卻被旁邊的同伴阻止。

「慢著，不只伊絲塔，還有蘇萊曼王和娜瑪，當心。」

「嘖，因緣際會居然聚首一堂。」長髮的靈不爽大喝：「你們姑且繼續吧！但『船』和『士兵』都是我們的，伊絲塔也是我們的，早晚全都是我們的！」

蘇梓我聽得一頭霧水，便對天上兩個瘋子說：「你們要的『船』和『士兵』就在那邊——去死吧！」

蘇梓我二話不說擲出魔法箭，但天上兩個靈張開結界，半空浮出古怪形狀的文字後，他們就消失不見了。

娜瑪喃喃道：「這是天使的魔法，確實是天使，但真的很噁心。」

「思思想起來了，他們是哈魯特和馬魯特。」

10

哈魯特與馬魯特，他們本是天上潔白無瑕的天使，對地上邪惡深惡痛絕。地上邪惡包括了人類，縱然人類是聖主所造，但並不完美，尤其容易沉淪於酒色財氣中。每每望向地上的烏煙瘴氣，哈魯特與馬魯特都會慨嘆。

有天，一位大天使微笑告訴他們：「你們住在地上的話，說不定也會變成那樣喔。」

「怎麼可能？」

哈魯特與馬魯特感覺被侮辱了，於是降落地上，當時是亞述帝國的領土。不過只待了一晚，他們就被一名美女迷惑、灌醉、最後還殺了人，犯盡所有能犯的罪。

他們回到天上，聖主要治他們的罪，將他們逐出天國，降格為人類的奴僕。自此哈魯特和馬魯特的羽翼變成烏黑，最終投靠了蘇萊曼王以贖罪。

在侍奉蘇萊曼王的期間，他們比魔神更加狡詐，偷偷教授人類魔法。經書記載，他們教授的法術能使夫妻離異、兄弟反目，就像妖邪的魔魔法。他們再也不能使用神聖的聖魔法，只剩充滿罪惡的魔魔法。

蘇萊曼質問他們為何要教授人類魔魔法，哈魯特與馬魯特回答，這只是給人類的試煉，要證明人類不值得擁有聖主的愛。

在蘇萊曼死後，以色列王國內憂外患，分裂成南北兩國，最終被亞述帝國與巴比倫所滅。那個時期，哈魯特與馬魯特則成為巴比倫的墮落天使。

◇

眾人回到開羅法蒂瑪座堂與教會商議，娜瑪依據夏思思所說，找來一些關於哈魯特與馬魯特的紀載。有件事娜瑪始終不明白。

「為什麼妳會知道他們就是經書記載的天使？」

夏思思答：「不是說他們降臨亞述第一天就被美女迷惑了嗎？那位美女就是伊絲塔喔。畢竟是三分之一個祖先的記憶，思思多少有記憶。」

娜瑪說：「所以那兩個變態天使才認為我們是伊絲塔、蘇萊曼還有娜瑪。咦？這樣一來就是妳害他們墮落的啊，快負起責任消滅那兩個半裸變態！」

「小娜娜妳想違抗撒旦大人的命令？我們的任務是要收拾埃列什基伽勒，妳沒聽見哈魯特說他們也在尋找思思的姊姊嗎？而且還想強奪死靈燭台召靈，跟我們要做的事一模一樣，再不快點的話，就會被那他們捷足先登了。」

娜瑪苦惱地說：「問題是我們的情報不及那兩個變態多，他們又說『船』和『士兵』什麼的……對了，他們說要找埃列什基伽勒討回東西，也許妳姊姊已經找到『船』和『士兵』了？」

夏思思想了想，說：「『船』的話，傳說伊絲塔曾乘坐天之舟從恩基神廟帶來阿勃祖——那裡蘊藏著強大力量『麥』的聖水。可是天之舟應該不會埋沒在地底才對……」

「地底？」

「小娜娜，思思的姊姊已回歸冥府伊里伽爾，如果她拿到『寶藏』的話，很大機會就埋在地下喔。」

「地下、寶藏、船、士兵……征服世界？」娜瑪復誦哈魯特與馬魯特的話，還有從死靈打探到的情報，兩方資訊好像慢慢連結起來了。

娜瑪問：「比夫龍，你剛才召喚時有注意到什麼異常嗎？」

「除了該地死靈眾多……但這也算是異常了。」

「——原來如此。」雅典娜放下茶杯，胸有成竹的模樣。

「大娜娜別賣關子了，快解釋嘛。」

娜瑪向雅典娜倒茶，已經搞不懂誰才是主人。雅典娜喝了一口，淡淡地說：「大量死靈即是大量的殺戮，大量的殺戮即是戰爭，死者都是士兵。時間是蘇萊曼的年代，地點是兩河流域；娜瑪大人，有關於那時候的戰爭紀載嗎？」

娜瑪在腦海中冥想翻閱歷史。公元前十世紀，所羅門王執政的年代，兩河流域最強大、甚至能征服世界的國家，應該是指亞述帝國。

歷史不是雅典娜的強項，她也要向娜瑪請教：「亞述帝國這麼強大，大概也是野心勃勃，有他們的軍隊大量虐殺敵國的紀載嗎？」

娜瑪歪頭答：「剛好相反，《聖經》反而有記載亞述士兵大量死亡，一夜之間十八萬五千兵馬全滅。」

「是《列王紀》。」安東尼亦有列席，他聞言馬上恍然大悟。「其實在聖座的祕密書閣裡有記載這麼一段歷史，最初聽見你們談論哈魯特與馬魯特我便十分在意，看來不是巧合。」

安東尼表示《列王紀下》和《歷代志下》皆記載，公元前約七百年，亞述帝國皇帝辛那赫里布狂妄自大，四處併吞鄰國，企圖稱霸任何眼前所見之地。他甚至派遣十八萬五千大軍包圍耶路撒冷，當時所羅門死後以色列分裂為兩國，南國猶大根本沒有相應兵力抵禦亞述的入侵。

「可是神蹟出現了，《列王紀》記載聖主派遣使者，在一夜之間消滅了亞述的十八萬五千名士兵，但那是天魔戰爭剛完結不久，聖主顯現不可能是真的，真正發生的事只有祕密書閣裡才有紀錄。」

安東尼續道：「是兩名天使利用幻術，殺死了那十八萬五千名士兵的。」

娜瑪問：「什麼幻術這麼厲害，能殺害如此數量的大軍？」

「關鍵是亞述軍隊的進攻方式。」安東尼說：「亞述之所以能短時間內大殺四方，全因為他們有艘會飛的戰船——空中花園。」

眾人靜默，聽著安東尼緩緩道出教會的祕密歷史。

「人們以為空中花園是屬於巴比倫，其實真正的空中花園應為亞述皇帝所建，其真身正是他用來征伐他國的空中戰艦。當時根本沒有任何國家能抵禦。但哈魯特與馬魯特擅使幻術，他們製造幻覺，讓空中花園撞山，載滿士兵的巨大戰艦就此墜毀。」

「所以那些士兵就這樣死了？」娜瑪問。

「不。」安東尼答：「亞述皇帝辛那赫里布為了穩定軍心，必須封鎖消息，不惜下令活埋所有倖存士兵，紀錄全燒了，空中花園亦被列為最高機密，據說埋在地下，至今仍未被發現。」

「不愧是教會的樞機。」路西法突然現身座堂，打斷眾人。「換言之，兩個寶藏『船』和『士兵』就是指亞述的空中花園和十八萬五千名死靈。這些要是落入天使手上，對惡魔和人類都很不利。」

蘇梓我不悅地說：「你怎麼都在得出結論時才出現，想搶功勞啊？」

路西法冷笑。「我看這會議你在不在都沒影響，又有何分別？而且我來是有個消息帶給大家——埃列什基伽勒確實已回到冥界，並控制了伊里伽爾和空中花園。但空中花園已墜毀壞掉，伊里伽爾亦像瑪雅的西巴爾巴般凋零，不足為患。要是我的話，應該先搶下那十八萬五千名士兵才對，你說是嗎？」

蘇梓我想想自己只帶了約兩千名惡魔前來埃及，若對手搶先一步召喚出十八萬五千亡靈大軍，那確實將十分棘手。正常來說的確應該照路西法所言，先搶下那些亡靈，但蘇梓我就是覺得不爽。

「蘇哥哥，」思思舉手說：「你可以安心前去搶下亡靈喔，姊姊那邊思思會代為分憂，這樣好不好？」

路西法又冷笑。「沒錯，主力部隊一定要阻止哈魯特和馬魯特，這才是最好的應對之策。」

「嘖，你只是負責監軍，別這麼多廢話！」蘇梓我命令道：「娜瑪，快叫聖德芬和五色騎士準備，蘇神號要出征前往亡靈大軍之地。」

11

蘇梓我加入爭奪亡靈的消息很快就傳到冥府，伊里伽爾的一些小妖匆忙跑到地宮向埃列什基伽勒報告。

「女王陛下，地上除了那兩個天使，還多了人類和惡魔在搜索『士兵』的下落！」

眾小妖們渾身腐肉，眼球半吊在眼眶，活像萬聖節的妖怪。沒什麼能力，被人類遺忘、遺棄在地底，直至埃列什基伽勒回歸才蹦跳起來，但現在面臨危機又顯得十分慌張、七嘴八舌。

至於埃列什基伽勒，她馬上知道小妖所說的人是蘇梓我。縱然她始終畏懼蘇梓我等人，但伊里伽爾是她最後的藏身處，她只能背水一戰，已沒有什麼顧忌。

她追問小妖：「那人類還帶來多少幫手？他們的目標只是『士兵』嗎？」

小妖答：「他們有艘會飛的鐵甲船，載著上千名惡魔前往地上沙漠，似乎是衝著目標行動——」

另一小妖說：「報告，剛剛伊絲塔出現在伊里伽爾的大門大肆搗亂，企圖強闖冥界！」

「可恨的妹妹，又要上演伊絲塔下冥界的故事嗎？這次我絕不讓妳得逞。」埃列什基伽勒說：「阿努納基何在？冥界的七扇門不是由七位阿努納基看守嗎？」

「回女王陛下，七位阿努納基已趕赴崗位，及時築起結界了。」

埃列什基伽勒聽見後才放心下來，嘆道：「很好，就依照他們的審判對付伊絲塔吧。這次我可是準備了一份小禮物，要送給我可愛的妹妹呢。」

◇

另一邊廂，蘇神號正前往伊拉克境內的敘利亞沙漠，該處相信是辛那赫里布活埋十八萬五千名士兵的地方。航程途中，娜瑪坐在船上休息室的沙發上，旁邊是熟睡中的蘇梓我，還有聖德芬正在聽著娜瑪說故事。

「這故事叫『伊絲塔下冥界』。相傳伊絲塔和她姊姊埃列什基伽勒關係很差，經常吵架，最終忍不住到冥界找姊姊的麻煩。

「但伊絲塔不屬於冥界神，無法隨意進出，結界被守門的阿努納基擋住。阿努納基是冥界判官，擁有只讓死者或死神進出伊里伽爾的能力，可拒絕伊絲塔的硬闖。伊絲塔便憤怒大罵：『如果不為我開門進來，我就砸爛大門，粉碎門鎖；

我就毀掉門柱，推倒大閘；

我就讓死者復活，讓他們吃掉生靈；

我要讓死者之數淹沒生靈之數！』」

「咦？」聖德芬舉手問：「死靈比生靈多，這對冥界來說不是很好嗎？」

娜瑪答：「可能他們冥界的土地很小，越來越多亡靈的話會很擁擠，住得不舒服。總之，埃列什基伽勒也不想麻煩，縱使不願意，還是睜一隻眼閉一隻眼讓阿努納基自己決定。

「阿努納基雖是判官但也是男人，就是個笨蛋。他見伊絲塔長得漂亮，就提議如果她願意在自己面前脫下一件衣物，就破例讓她進入。

「然而通往伊里伽爾宮殿的路上共有七扇門，有七位阿努納基，當伊絲塔通過第七扇門走到王宮時已是一絲不掛，全身赤裸遭埃列什基伽勒嘲笑。」

聖德芬突然大叫：「娜瑪媽媽又控制不了自己，在說色色的故事——嗚！」

「笨蛋！」娜瑪輕彈聖德芬的額，續道：「總之，最後沒穿衣服的伊絲塔戰勝了埃列什基伽勒，大鬧冥界一番才意氣風發地離開。所以她真的是純粹找麻煩而已呢。」

「居然還有心情哄小孩。」路西法擅自推開休息室的門。「飛船已經抵達目的地，是你們表演的時候了。妳應該知道死靈大軍被搶先一步控制，後果會多嚴重吧？」

娜瑪不喜歡路西法，卻又不敢頂撞。聖德芬則對路西法充滿好奇，不斷大力聞著他的氣味，喃喃說：「很熟悉的味道。」

路西法竟意外地慌忙迴避。「戰場不是小孩該待的地方，你們好自為之吧。」

他生氣地回頭正要離開房間，卻在門口與比夫龍撞上。比夫龍馬上向路西法道歉，並緊張地告訴娜瑪：「大事不妙，我的死靈燭台被人偷走了。」

12

伊里伽爾這邊果然正照著埃列什基伽勒的劇本進行，畢竟就像娜瑪的故事，伊絲塔本身不是死靈，不按照指示絕對無法進入冥界。

埃列什基伽勒高興地從小妖手上接過伊絲塔的第二件衣物，是一條短裙。她暗道：「埃列什基伽勒的祖先從沒忘記敗給伊絲塔的屈辱，所以離開冥界移居魔界前，花了畢生魔力在伊里伽爾的最底層施下詛咒，這是最強力的詛咒，連神魔都無法違抗。詛咒的文字刻滿地底石壁每一處，只要伊絲塔出現，我就要讓她受盡折磨。」

眼前是她召集來的小妖，個個都不明所以地望著他們的女王。埃列什基伽勒冷笑道：「你們脫下衣服吧，此地的詛咒需要你們，凡是赤裸的女性在赤裸的男性面前都無法反抗。」

小妖聞言，依循本能色慾紛紛脫掉衣服，全身赤裸笑嘻嘻的，此時守衛又為埃列什基伽勒獻上伊絲塔的上衣。

◇

危機同樣逼近蘇神號，娜瑪緊張地問比夫龍：「怎麼會弄不見？那可是你的專屬神器啊！」

比夫龍慚愧地說：「剛才我在船艙裡冥想，本想集中精神應戰，但不知為何失去知覺……睡著了。醒來後，我身上的死靈燭台早已消失不見。」

「你有找過船艙各處了嗎？」

突然路西法打斷兩人：「不用找了，死靈燭台大概已落入那兩個天使手中。」

娜瑪訝異地問：「你怎麼會知道？」

「哼，你們還感受不到嗎？這股前所未有的波動，十八萬五千個冰冷的鼓動。」

娜瑪聞言，立即牽著聖德芬跑到甲板，比夫龍亦跟了上去。此時甲板上還有埃力格，正神色凝重地看著船下大漠——

「十八萬五千的死靈……」娜瑪不敢相信，但眼下密密麻麻的死靈已經出土，不是出自他們之手，是哈魯特和馬魯特的傑作——

「哇啊！」

船身猛地傾側急墜，覆滿整片敘利亞沙漠的死靈大軍正以疊羅漢的方式，強行把在半空的蘇神號拉了下來！如千萬蟻群築成蟻橋、讓工蟻跨過障礙物，蘇神號一下子就被無數黑色的靈推倒墜落了。

「哈哈哈！」半空中果然出現了哈魯特和馬魯特的身影，他們的目的顯然只有一個，就是純粹的殺戮。

彷如兩千多年前哈魯特和馬魯特使空中花園攔淺一樣，毫無意義，只是好玩，雖然空中花園如今落入了埃列什基伽勒的手上。

◇

此時埃列什基伽勒依舊陶醉在勝利的喜悅中，最後一件伊絲塔的衣物已送了上來。

數百個赤裸小妖待命，當他們聽見地底通道傳來腳步聲都興奮莫名，是一絲不掛的伊絲塔要來了。

腳步聲漸近，一個赤裸的身影撐腰站在地底王宮門前，埃列什基伽勒卻露出像見到鬼的表情。

「你、你……怎麼會是你……蘇梓我！」

「哇哈哈哈，是不是很想念我呢。」全身赤裸的蘇梓我撐腰大笑，又看見眼前幾百個小妖跑向自己，跑到一半又停下，似乎一時間不知該怎麼做。

「無能妖輩別擋本王的路！」蘇梓我見狀不耐，釋出大公王的魔法氣牆，嚇得眾妖拋下主人拔腿而逃。

埃列什基伽勒不願面對現實，追問：「為什麼會這樣，明明是伊絲塔的衣服……你這變態穿著她的衣服闖進來嗎！」

蘇梓我得意洋洋地答：「既然妳這麼有興致，我就來陪妳玩玩。」

「混帳！阿努納基們怎麼可能會把你放進來！」

「哦，妳說那七個判官，我把他們殺了，不對，他們原本就是死人，應該說是超渡？」

「你殺了他們，那為何還能進入伊里伽爾？」

「這有什麼難度？只要簡單的出竅術，我連瑪雅的地府都去過了，才不用他們開路。本大爺只是看妳這麼有情趣，才配合妳演這齣戲的，哈哈！」

埃列什基伽勒氣得全身發抖，拚死向蘇梓我擲出毒箭，但一瞬間蘇梓我已繞到她身後、抓住她的肩。蘇梓我笑著說：「本王都全身赤裸給妳看了，妳也給我看看妳的身體吧！」

他還是看見美女就按捺不住，把埃列什基伽勒扒光，這次換作她一絲不掛了。接著蘇梓我察覺異樣。「咦？怎麼妳不反抗了？」

埃列什基伽勒動彈不得，驚覺本要用來對付伊絲塔的詛咒，竟成為困住自己的索命符了！

「哇哈哈哈！看來妳也認命了，那我們來增進友誼吧。」

於是地底洞充斥著猖狂笑聲和叫喊聲，其後整個伊里伽爾的最底層都在激烈地搖晃，似是快要倒塌，嚇得其他冥府的亡靈和小妖都逃跑了。

13

蘇梓我最歡樂的時候，娜瑪總會遇上危機，甚至是性命危險。但這次蘇梓我無法置身事外，畢竟他靈魂出竅後，肉體和性命都交由娜瑪保管。

一道轟雷下去，倒下一排死靈；自蘇神號墜地後，萬千死靈包圍娜瑪等人，即使埃力格及其餘的御林騎士築起方陣頑強抵抗，同時娜瑪將一堆堆死靈轟成焦炭，但死靈依然是排山倒海地湧向他們。

十八萬五千這數目實在太多了，畢竟那是亞述帝國用來征服以色列的大軍，單靠娜瑪等人根本應付不來，尤其還要保護靈魂出竅兼出軌的笨蛋蘇梓我。

「嗚……娜瑪媽媽，那些死靈好像打不完，我的手好瘦喔。」

聖德芬一拳一個死靈，雖然她有想過變大來踩扁敵人，但娜瑪剛才見到死靈軍團輕易扯下空中飛船，怕聖德芬的大體型會變成死靈的目標，因而阻止了。

「……怎麼辦？」娜瑪也想不出辦法了，她不斷投擲閃電火，魔力也快要耗光。

「都怪蘇梓我為一己私欲導致任務失敗。」路西法幽幽搭話。「阿斯摩太，我念妳也是一方侯王，如果向我求助，我還可以助你們所有人脫險，就當賣妳人情。」

路西法的嘴臉依然令人厭惡，但娜瑪又不敢得罪他，而且也沒其他辦法。

包圍蘇神號的魔法光影交錯，就連撒馬利亞最精銳的黑色翼騎也快守不住陣型，更別說弓箭隊的綠騎士勒萊耶都快要崩潰了。大家在此地死守了快二十分鐘，再過十分鐘就是極限，果然還是得向路西法求助嗎？

忽然天色變暗，不，是陽光被遮住了。空中一個巨大的懸空黑影正向娜瑪這邊逼近，有點像厚重烏雲，卻感覺非常結實，更像一塊巨大岩石甚至是一座山丘。

「空中花園！」

路西法訝異地暗道：「怎麼會，空中花園應該在伊里伽爾才對，難道蘇梓我這麼快就擺平埃列什基伽勒？哼，真沒用。」

確實埃列什基伽勒名副其實地被擺平了，還被五花大綁在王宮中。蘇梓我沒想到原來伊里伽爾的王宮並不屬於冥界，應該說伊里伽爾早已變成廢墟，臨時作為王宮的地方其實正是空中花園本身。

在埃列什基伽勒尋回亞述空中花園後，就把它安置在伊里伽爾的最底層，把空中花園作為自己在冥界的行宮，所以當蘇梓我踏進地底最深處時，其實早已身處空中花園上。而在教訓埃列什基伽勒時，不知什麼原因觸發了花園的飛行模式，整個花園衝破地上。

總之蘇梓我全然不知發生什麼事，一切都是誤打誤撞。他只看到王宮瞬間變成空中花園的控制室，室內浮現各種半透明的魔法陣；有水平升起如立體投影的鍵盤，也有垂直浮在眼前的羅盤狀魔法陣。

「喂，埃列什基伽勒！妳這空中花園要怎麼控制，不是說它是空中戰艦嗎，有沒有飛彈導彈之類的啊？」

埃列什基伽勒全身無力地回答：「空中花園需要『鑰匙』和大量『麥』的力量才能驅動，還能飛行已是奇蹟，現在轉換不了『攻擊模式』的。」

「不知道妳說什麼，那只好用物理攻擊吧。」

蘇梓我輸送念力往四周的魔法陣式，陣式便如齒輪般旋轉，並發出高頻的機械聲，似乎是成功控制了？於是他大聲指揮空中花園撞向沙漠，打算用花園本體壓死那些死靈。

「你瘋了嗎？這樣空中花園會再次擱淺墜毀！」

「只是嚇嚇他們，掠過大地而已。」

「即使不墜毀，你就不怕意外壓死自己人嗎？」

埃列什基伽勒指的當然是被死靈圍困的撒馬利亞軍隊，尤其是娜瑪等人。不過再拖下去娜瑪他們也支撐不住，只能放手一搏。

前所未有的壓迫感，根本是天空要塌下來的陣勢，空中花園如泰山壓頂，陰影完全蓋住死靈大軍。而蘇神號和五騎士團的兩千名惡魔士兵呢？他們又能逃到何處？空中花園堪比天使巨大，飛行速度亦是倍於一般民航客機，正急速往娜瑪所在之處壓下——

「娜瑪媽媽，快進船！」聖德芬忽然變大，像清掃餅乾碎屑般，把撒馬利亞的惡魔統統掃進蘇神號內，接著抱著鐵皮船大力一躍，跳向空中花園「砰」一聲站到其上，使空中花園左右搖晃了一下。

蘇梓我馬上跑出來查看。「聖德芬妳是不是又吃胖了？空中花園差點被妳弄翻了！」

聖德芬生氣地說：「我一點都不重，只有三十公噸！」

「別家的孩子才三十公斤，妳重一千倍啊！」

「聖德芬不重！」她又大力踏了下，空中花園的花壇冒出粉塵白煙，接著整個花園停在半空不再前進，原本從花園下傳來類似引擎的聲音也變小了。

「呵呵，真可笑，簡直是鬧劇。」此時一直在天上看戲的哈魯特和馬魯特降臨在空中花園之上，威嚇蘇梓我：「你們居然有『鑰匙』開船，把它連同『船』一併交出來吧。」

語音未落，哈魯特率先出手攻擊。只見他身體忽然拉長到不似人形，瞬間百尺距離縮短一半，接著突然在蘇梓我面前冒出、右手一揮——他的手頃刻變成冰刃，蘇梓我喚鐮擋下，「噹」一聲，哈魯特的左手又變成一條水鞭劈來。

此時哈魯特右半身是冰，左半身是水，一剛一柔接連攻擊；蘇梓我只能閃避，於是水花在空中花園的石板地上擊出一個個冰坑洞。

哈魯特的天使名是胡爾弗達特，是水的天使，身體無形無狀，本就令人難以捉摸；馬魯特的天使名是阿穆爾達特，是植物的天使，能控制任何花草樹木，而空中花園有眾多枯木種在四周，那些木頭都變成士兵包圍蘇梓我。枯葉是馬魯特的手，樹根是馬魯特的腳，他捉緊拳頭便有幾棵枯樹撲向蘇梓我。

「嘖，真是煩人。」

蘇梓我向後一躍，接著兩側忽有箭雨落向哈魯特、馬魯特和幾名樹人；蘇梓我拿出火焰鎚隔空一敲，插在天使和樹人的箭桿立刻著火焚燒，把水的天使蒸發半身，植物的天使半身燒作焦炭，樹人也成了灰燼。

「蠢到極點，這邊可是我的據點，你們兩個蠢蛋就這樣闖來是找死嗎？」

語畢，紅色的重裝兵隊便將哈魯特和馬魯特團團包圍住。哈魯特見情勢不對，便拋出一個東西引開眾人視線，與馬魯特一起逃了。

他們拋出的東西還在半空轉著，直到比夫龍一手接下，原來正是他不見的死靈燭台。

「這次總算結束了吧。」娜瑪嘆了口氣坐在地上。「雖然被天使逃了，至少死靈燭台物歸原主，我們也解除威脅了。」

「不，威脅尚未解除喔，小娜娜妳看看下面？」

夏思思指向空中花園的邊緣，娜瑪跑過去一看，死靈大軍正聚集在花園下方，似乎打算像扯下蘇神號那樣奪下空中花園。

14

死靈像無數的黑色鐵屑，空中花園則是巨大磁鐵，隔空把死靈大軍「吸引」在底下。空中花園動力降低，無法脫離敘利亞沙漠，更無法擺脫如此大量的死靈，只能彼此對峙直至晚上。

漆黑的死靈大軍以黑夜為掩護，以同類為階梯，疊羅漢地往上爬。現階段雖還傷不了空中花園，畢竟空中花園比起蘇神號又再巨大百倍，十八萬五千名死靈還不足以撼動。

「我們應該怎麼辦呢。」

娜瑪在空中花園的主平台上踱步，蘇梓我則坐在枯草地上，盯著被綁在樹下的埃列什基伽勒，還有找她麻煩的思思。

「親愛的姊姊，快告訴我們空中花園的原理嘛。」

埃列什基伽勒回答：「我本是敗軍之將，自然不會反抗，只有一個請求……」

蘇梓我說：「我不會讓妳被處刑的，安心留在撒馬利亞吧。」並揚手示意思思替她鬆綁。

「這是蘇哥哥的恩賜喔。」

解開繩結後，埃列什基伽勒便說出自己知道的資訊：「啟動空中花園需要三個條件：必須是王，必須擁有鑰匙，必須注入麥的力量。據我的理解，蘇大公已擁有王的器量，甚至超越了亞述皇帝辛那赫里布，成為空中花園新的主人。」

蘇梓我交叉手臂說：「這是理所當然，那鑰匙又是什麼？」

埃列什基伽勒搖頭。「我也不知道，只是沒鑰匙的話，空中花園一定不可能飛行。也許蘇大公早就擁有鑰匙？」

「哦！是繁星天秤，想不到芭碧蘿推薦的這東西這麼有用。」蘇梓我說：「之前帶著繁星天秤闖進樞罪之獄，當時撒旦曾經提及，不知哪個神用它來建築空中花園。」

夏思思附和：「很合理的推斷，畢竟繁星天秤能隨意改變物件質量，這樣也許能改變花園內部結構，讓整座山浮在天空。最後就是『麥』的力量……」

蘇梓我問：「一直聽妳們說麥什麼的，所以到底是什麼？」

埃列什基伽勒答：「那是蘇美爾文明的神力、魔力，這樣蘇大公有理解嗎？」

夏思思補充說：「神力只是『麥』的其中一個體現，『麥』能變化成戰旗、武器、王座、音樂、智慧、真理，是生命之源、生命之水，力量皆來自阿勃祖，這東西蘇哥哥有很多呢。」

「生命之水？」

「就是會製造新生命的液體喔，呵呵。」

娜瑪聞言立刻掩嘴問：「這東西不會是用那笨蛋的液體作為燃料運行的吧？」

只見空中花園上的花壇灌木淨是枯枝，草坪一片灰褐，娜瑪心想那些植物說不定都被蘇梓我毒死了。

埃列什基伽勒連忙否認。「並非如阿斯摩太女王想的那麼直接……只是行為的過程中會釋放『麥』的力量，儲存在淡水之中，就是阿勃祖。不過就算有阿勃祖，空中花園閒置了這麼久，裡面大半機械和魔法術式都已失靈，別說啟動戰鬥模式，就連飛行模式也難以維持太久。」

「戰鬥模式？」蘇梓我問：「這座空中花園還真的會變形和發射導彈喔？」

「詳細我也不清楚，我只是回收空中花園時看到其中一座建築物裡有花園的設計圖和操作指南，要是想操控花園離開，最好應該看看。」

比夫龍插話：「即使我們能離開沙漠，那些死靈怎麼辦？放任不管的話會釀成災難的。」

「可是我們現在也沒能力淨化那十八多萬的亡靈吧？」娜瑪說。

「不，我有方法可以解決那些死靈。」

蘇梓我聽見比夫龍誇下海口，盯著他的雙眼，沉默半晌，說：「你去做吧，這個給你。」

蘇梓我的掌上召來死靈燭台，但比夫龍婉拒：「我的方法用不著燭台，但需要埃列什基伽勒的協助，可否借她一用？」

蘇梓我有點摸不著頭腦，但也沒興趣深究，便答應了。

◇

半小時後，比夫龍提燈獨自降落沙漠，彷若燈蛾撲火，單獨面對浩瀚黑海，瞬間就被十八萬餘死靈包圍。它們翻騰變成一具具人形生物纏繞比夫龍身邊，而比夫龍這次帶來的只是普通油燈，無法控制任何一個死靈。

「殺……死……入侵者……」

無數亡靈形體拉長，變成兩、三尺高的巨人一同注視著比夫龍。比夫龍用另一手輕輕穩住油燈，心平氣和地說：「請安心，我不是敵人，不會傷害你們任何一人。」

「嗚嚕嗚嚕……呱啦呱啦……」

亡靈七嘴八舌，不相信這雙面惡魔的話。一個亡靈張開血盆大口，一下就將比夫龍的頭顱含進口中——

比夫龍手上提燈動也不動，火光在黑暗中平穩燃燒，他更是氣定神閒。亡靈把比夫龍的頭吐出來，驚訝地問：「你不害怕我們嗎？」

「死靈都是我的朋友，既然是已逝之人，已沒有活人的貪念，只餘下本能的欲望罷了。假如我不傷害你們的話，你們也沒有必要傷害我才對。」

另一亡靈感嘆說：「真是個奇怪的傢伙。」

「我也有自知之明，你看我的外表也夠奇怪了，前後兩張臉，你們會害怕嗎？」

又一亡靈回答：「不害怕……你有同伴的氣味。」

「的確如此，我與亡靈相處的時間比和人類的多，我也比較喜歡和你們作伴。」

比夫龍在亡靈海中四周望了望，亡靈馬上散開，騰出空位讓他放低油燈坐下。這場景就像童話故事中，少女坐在原野與森林的小動物歌唱嬉戲，只不過現在是一眾亡靈安靜圍在守墓人比夫龍身旁。

縱使兩方都不擅言辭，但閒話幾句總算打開隔閡。接著比夫龍問亡靈：「你們被困了這麼多年，還殘留什麼記憶嗎？」

其中一個修長亡靈回答：「其實我也十分迷惘……我連家人的樣子都不記得，只認得浮在天上的那個巨大東西，是我死前最後看見的場景……真懷念啊……」

比夫龍伸手輕碰亡靈的額，左手按著油燈低頭默念，很快就感應到亡靈的血緣印記，遂站起來在茫茫靈海中牽出另一亡靈，道：「雖然你們已死去千年，但血脈一直都在彼此身邊。當年你們兄弟倆一同從軍，遇上悲劇同日逝世，你們還記得嗎？」

兩亡靈赫然有黑光包圍、淨化，無數光球同時浮起，唱出咒語；光球下，亡靈竟逐漸恢復了人類的輪廓和膚色，更眼泛淚光向比夫龍低頭道謝：「雖然不知該如何解釋，但心裡有很溫暖的感覺……終於釋懷了……」

比夫龍又拿出一條破爛手帕給其他亡靈。「這是在空中花園撿到的，我想是你母親的東西。」

那亡靈睜大眼睛，瞳孔是人類的瞳孔，留下感謝的眼神，便化成光球消失了。其他亡靈見狀亦興奮起來，紛紛在比夫龍身邊訴說心事。不過比夫龍其實能力有限，他對此地的認知不多，只是朝天上舉燈說：

「埃列什基伽勒閣下，妳可以安心下來了。」

埃列什基伽勒戰戰兢兢地下降至沙漠，比夫龍告訴她：「妳原是此地的地方神與冥神，這些亡靈是妳的子民，妳一定有辦法幫助他們重回靈魂的循環。」

埃列什基伽勒愣住了，問：「為什麼你甘願冒險，用這麻煩的方法去解放跟你沒半點關係的亡靈？」

「因為逝者是這世上最純樸的靈魂，所以才容易受到污染。」

「你真是個怪人。」

「嗯，這是今晚第二次被如此評價了。」

15

翌日，蘇梓我跑到空中花園的邊緣俯瞰沙漠，依舊有大批死靈集結，但感覺跟昨晚有點不一樣，顯得十分安分。

「蘇大公閣下，」比夫龍前來報告：「經過昨夜的安撫，亡靈們已放下敵意了。」

蘇梓我以為自己聽錯，問：「安撫亡靈？你不是去消滅他們嗎？」

比夫龍連忙搖頭。「不用消滅，只須化解他們在人間的怨念就不會有害。你看他們現在不就很有秩序地靜坐，連邪氣也消失了嗎？」

蘇梓我不得不承認比夫龍的成果，只是有個疑惑。「你這樣豈不是得逐一安撫亡靈，那要多久才能處理完？」

「有埃列什基伽勒幫忙，只要約兩星期，十八萬五千亡靈就會自願離開或歸順撒馬利亞。」

「半個月啊，雖然有點久，但空中花園也需要時間修復。再者空中花園加上援兵作為伴手禮，撒旦也會高興吧。就這麼辦。」

比夫龍道：「屬下必不負蘇大公所託。」

◇

如此一來情勢大好，路西法看不下去便在當日返回魔界耶路撒冷。蘇梓我則趁機回到魔界向撒旦匯報，包括大勝兩名天使，重新發掘空中花園，十八萬餘死靈更將陸續成為空中花園的士兵，順帶亦輕輕帶過自己將埃列什基伽勒據為己有。

撒旦雖未有太多表情，但她在路西法面前表揚了蘇梓我的功績，對蘇梓我來說沒有比這更加大快人心了。

接著他回到空中花園，敘利亞沙漠的白晝依舊烈日當空，縱使已是十月尾聲。只見機工獅子魔神瓦布拉咬著工程圖，好奇又興奮地到處參觀，就像親眼見證活生生的寶藏。好奇心驅使他不但要修理好空中花園，甚至要研究其戰鬥模式加以改裝成為最強的移動要塞。

蘇梓我笑道：「以前那艘鐵皮船在空中花園面前已微不足道，配不上蘇神號的名字了。從今以後，蘇神之名由蘇神級空中巨艦繼承，至於那條爛船就叫娜瑪號吧。」

「我才不是爛船。」其實娜瑪心裡莫名地感到高興。

於是白天就由瓦布拉指揮眾魔修復空中花園，夜晚則是比夫龍與埃列什基伽勒開解那些亡靈。就這樣過了三天，計畫相當順利且成功，失敗的都是跟蘇梓我作對的人，包括那對墮落的黑翼天使。

◇

哈魯特與馬魯特，他們敗給蘇梓我後連夜逃往東方，兩個天使深深不忿，在山上歇息時忍不住破口大罵：「居然就這樣把空中花園和亡靈送了給那人類，豈有此理！」

「伊絲塔……我們的女人啊……」

馬魯特怒道：「別管那女人了，我們任務失敗，怎對得住喚醒我們的『聲音』？」

哈魯特大力踏地，山坡的苔蘚地都龜裂了。他大聲發洩：「那是『深淵』的指示，這星球已被外來異物佔領，必須把所有文明毀滅才得以重生。」

「人類就是害蟲，尤其是那個人類出身的魔王。」

就在此時，苔蘚地的裂縫深處忽亮起白色光點，慢慢接近，而一道聲音傳到兩個天使腦中：

「真是狼狽不堪的廢物。」

哈魯特大喝：「誰！」

從苔蘚地爬出了一隻小水蛭，水蛭說：「人類很弱，但就算廢物聚集起來也比你們強得多。」

哈魯特罵道：「你一隻水蛭有何資格插嘴！」旋即左手成鞭，憑空一劈捲起七層浪花，卻見水蛭竟有結界護身安然無恙！

「你們的弱點就是眼睛長在屁眼，腦袋長在下體，沒看清敵人就先動手。」水蛭說：「他媽的墮天使還真令我失望，難怪聖主也是庸庸碌碌沒有作為。」

馬魯特召出荊棘雙棍，厲聲喊道：「雖然我們是被聖主拋棄的天使，但輪不到你去侮辱聖主，動手吧。」

「放下你們無能的手，老子來是要讓你們覺醒，不至於拖累深淵大人的後腿。」水蛭續道：「如今姓蘇的在地上坐擁死靈大軍，你們不用腦袋想想如何報復？以眼還眼，你們就不會用相同手段對付人類？」

哈魯特稍微冷靜下來。「你究竟想說什麼？」

「利用人類的愚昧與無知，就像姓蘇的一樣。」雖見不到水蛭的表情，但纏繞水蛭的空氣波動彷若冷笑，小小的生物卻帶給黑翼天使無比的恐懼。

馬魯特問：「你是說要我們迷惑人類，教授人類妖法，就像從前以色列王國那樣嗎？」

「你們做得不夠徹底，必須把人類視為豬狗才能得到強者的回報，到時伊絲塔也將成為你們的奴僕。」水蛭說：「跟我來吧。」

「去哪裡？」

「東方的蠻族，他們主教再過幾日就斃命，這是深淵大人賜給你們的機會。你們不是孤軍奮戰，很快就有其他天使加入了。」

16

又過一天，比夫龍只能在夜深與亡靈對話，在伸手不見五指的空間中亮起一盞溫暖的磷光燈為信號。亡靈們一見比夫龍的黑色披風便散開騰出空間，圍在他身邊坐下互訴往事。

今晚埃列什基伽勒依然陪伴左右，作為昔日此地的地方神，傾聽兩千多年前這些亡靈的回憶，而不經意間誘導亡靈恢復人類感情的同時，她好像也受這氣氛感染，自己也恢復了一點人性。以往在亞巴頓手下工作，殺人如麻、草菅人命；現在到了人類蘇梓我麾下，自然不會再如此，但她不明白為何比夫龍對這些亡者如此溫柔，難道這才是地方神本來的面貌？

身為美索不達米亞的冥神，能為亡靈做的只有兩件事：一是解開他們心結，讓他們煙消雲散重歸靈魂的循環；消除他們的怨念，只要他們對生命仍抱盼望，便能恢復意識登上空中花園、歸順撒馬利亞。

今晚已是第七個夜晚，這幾天陸續多了不少白色亡靈在空中花園工作，在比夫龍麾下鍛鍊成為艦上的死靈衛兵，或替瓦布拉修理空中花園。

十八萬五千名亡靈最後有大約十萬名願意登艦，另外六萬魂歸大地，剩下兩萬多個亡靈仍猶豫不決。他們在晚上與比夫龍對談，而淨化的速度比預期快得多。

「其實也不是很困難的決定。」比夫龍說：「我當初也曾把蘇大公視為敵人，但蘇大公救回我的性命，又是魔界的英雄，追隨他只有榮譽，並不可恥。」

一個亡靈說：「可是比夫龍大人接下來要跟天使作戰，對嗎？那些聖主的使者……」

畢竟十八萬五千亡靈都是被哈魯特和馬魯特所害，大部分亡靈聽見天使二字都不寒而慄。

比夫龍解釋：「正因如此，我們才要向天使報仇……不，這場戰爭不為報仇，亦不為善惡，只求生存罷了。如果蘇大公贏了，人類和惡魔就能存活；假若天使贏了，人類與惡魔的命運都不堪想像。」

「好。既然比夫龍大人不懼怕天使，我們也不怕！我決定跟隨大人登艦。」

其他亡靈亦紛紛響應，除了一部分正在瑟縮顫抖的亡靈越縮越小，比夫龍便安慰他們：「這是重大的決定，你們已受了幾千年的苦，如果感到疲累，就算離開也沒人會看不起的。如果有，我比夫龍也會教訓那些人。」

於是懦弱亡靈低頭說：「這樣我們就此告別了……謝謝其他同伴……至少可以離開得像一個人而不是怪物……謝謝比夫龍大人……」

最後兩萬五千名亡靈有五千名離開，其他都登上空中花園。離開的亡靈化成磷光，不過他們的終點不是天堂，而是沉到地下，墮落地底的深處，冥府的盡頭……

◇

「——停下來。」

選擇逝去的亡靈在地底深處被結界封住，動彈不得。強大的神力將眾靈壓迫，把它們壓得不似人形，變成黏液狀。

在黑暗空間中，有兩個天使緩緩走來，越過空間，在混沌中質問亡靈：「你們是哪裡的人？主神是誰？」

亡靈們答：「我們是亞述帝國的士兵，是比夫龍大人指引我們回歸靈魂的循環。」

兩天使聽罷皆捧腹發笑，笑聲有如合奏。這兩名天使長相都非常醜陋，藍眼黑翼、身體腐爛，雖與比夫龍同樣發出墓地氣息，但他們邪惡得多。

「原來如此。」其中左臉潰爛的天使嘴角上揚，隨即拿起荊棘鞭打亡靈，眼冒紅絲怒罵：「異教徒沒有循環的資格！去叫你們的神來救你吧！」

另一右臉潰爛的天使同樣拔出長劍，一邊狂笑一邊亂斬亡靈，亡靈的殘肢體液四散，驚惶聲四起。

「比……比夫龍大人……」

不久前還在期盼得到安息，轉眼已是最後的嘶喊。地底深處只見兩名黑翼天使瘋狂在冥府虐殺亡靈，他們的職責就是要鞭打異教者直至世界末日，折磨異教者永不超生。這無疑是異常殘酷的光景，亞述的亡靈再一次被黑翼的天使凌虐。

比夫龍花了七晚為他們淨化，但一切都白費了，他們又再次變成混沌的存在，失去人性。

「給老子收起你們的爛手！」

忽有異形的聲音喝止天使，一對天使怒目找出源頭，竟是亡靈當中的一隻水蛭。天使見狀，又對水蛭問相同問題：「你是哪裡的妖物，你的主神又是誰？」

「老子是你們的老祖，你們低等生物不配知道。」水蛭說：「老子對你們倒是瞭如指掌，蒙卡爾和納基爾，都是墮落的無能天使。」

兩位天使聞言錯愕。「你真的是深淵大人的使者？」

水蛭道：「跟我來吧，有更多他媽有趣的事等著。」

◇

「——美索不達米亞意為兩河流域，即是幼發拉底河和底格里斯河之間。」

娜瑪在花園解說著。因為淨化亡靈大功告成，白化亡靈亦幫忙修理了空中花園，花園即將要離開美索不達米亞的土地了。

蘇梓我高興地說：「哈哈！蘇神級空中巨艦繼續航行，出發——」

突然有倩影踏著插翼長靴與雲彩而來，竟是瑪格麗特！她匆忙喊道：「蘇大哥，有大事發生！中國教區的牧首剛剛往生了！」

「嗯，關我什麼事？」

「我要代表友教出席葬儀，並見證新任牧首出任。」瑪格麗特問：「能載我去中國嗎？」

「妳當蘇神級空中巨艦是便車嗎？」蘇梓我說：「不過算了，妳一定是對蘇神級空中巨艦感興趣了吧？就姑且給妳住幾天，哇哈哈哈！」

第二章

第六號角

1

為什麼？為什麼我的付出都得不到回報？為什麼所有人的眼中只有他？我沒有失敗，我比他優秀，我不需要運氣，不需要同情……

最後還是我贏了，你們都瞎了眼，只看到噁心的旗幟……

天使也不是好東西，但或許有利用的價值……

2

起風了，印有蘇梓我畫像的旗幟隨風飄揚，平台上十數座石製風車同步運作，形成巨型魔法陣式展開穹頂結界，柔和彩光罩住整座空中花園，如雲朵間的肥皂泡泡。

肥皂泡泡裡充滿生氣、樹木欣欣向榮，風車塔下河水潺潺，水車引水流遍數十公頃的草地，使花園每處角落都得到滋潤和能量。

這是瓦布拉參考亞述空中花園的設計圖，再加上魔界科技改裝而成的綠色要塞。大自然與魔法機關融為一體，最引人目光的是全長一公里的石板跑道，主要給黑翼騎兵奔跑起飛，或讓變大的聖德芬抱著小船跑來跑去用的。跑道另一端連接四層平台，最上層是王宮等主要建築群，還有藉著繁星之秤的反重力魔法所造的噴泉，不負空中花園美名。

至於平台第三層是船長室和機關室等，平時由機工瓦布拉負責，現在則多了一位貴賓。

「起航！」

蘇梓我的號令透過掛在樹上的幾千個擴音器響徹花園，同時瓦布拉指示船工：「浮力魔法陣式最大級別！」

空中花園的四周展開人工翼，每片長百尺，隨著繁星之秤的魔力波長同時發動，原本低空飄浮的空中花園立刻往上爬升，升至海拔六公里的高度，是大部分直升機飛行高度的極限了。

娜瑪帶聖德芬走上空中平台的瞭望塔，遠眺四周，在西方地平線的盡頭是黑暗的歐洲大陸，終有一日要回去解救那裡的人們，但如今東方事態更加緊急。

瑪格麗特也對蘇梓我嚷著要登塔，踏上瞭望台後說：「中國東正教的心臟就在北京，由莫斯科普世大牧首在北京聖母安息主教座堂親自主持儀式。但人選是中國教會指定，尤里一世只是負責任命罷了。」

如今空中花園已到伊拉克境內，從伊拉克飛往北京，航程約七千公里。空中花園的航速平均六十節，即每小時約一百公里；七千公里，便是三天三夜。

瑪格麗特嘆道：「比想像中慢呢。」

蘇梓我反駁：「蘇神級空中巨艦是最強的，世上沒有其他空中要塞能三天就繞地球半周。」

聖德芬則在旁邊鬧彆扭：「聖德芬自己也會飛啊，這裡很無聊，我要玩小孩子。」

「迦蘭和烏兒正在休息，妳別煩她們——」

「天使哇呀！」平台上突然出現小公主赤烏的身影，她飛上來朝聖德芬連續投擲兩顆火球。

聖德芬徒手接住，笑道：「小孩子的魔法進步了，看我的——等等！你為什麼在打娜瑪媽媽？」

蘇梓我拍打娜瑪的頭說：「快把聖德芬帶到外面去，別讓她炸了這裡。」

聖德芬聞言，立即牽著赤烏的手說：「我們到外面玩，這裡有壞人。」

又一個在吵鬧聲中度過的早晨。依照計畫，空中花園會先路經北京，讓瑪格麗特見證中國牧首的任命，接著再飛回墨西哥惡魔的尾巴重返魔界。當然，希望還能從撒旦那裡得到「獎賞」，蘇梓我心情好地想著。

◇

空中花園的能量理論上用之不竭，不過糧食和水仍得靠地上補充。在空中航行的第二晚，這座空中要塞穿過一片片沙漠，終於進入中國境內。蘇梓我一看見青山綠水，決定在附近城鎮尋找補給。

此時青海省會西寧市正好是晚餐時間，街上民眾很多。城西西關大街人潮洶湧，其中一名路人指著夜空說：「是月蝕！」

路人漸漸聚集起來，只見月亮被一道巨大黑影遮住一角，彷彿月亮穿了個奇怪形狀的洞，說是月蝕但從沒見過這樣的蝕法。

「上帝顯靈……還是天使？」

在這亂世中，人民對怪事已見怪不怪，但眼前這巨大黑影竟又冒出了一個小黑影，背著月光緩緩降落。街上民眾議論紛紛，忍不住好奇上前確認。當鐵皮飛船著陸，步出船艙的不是小灰人或外星生物，只是個意氣風發的普通男子。

「哇哈哈！」蘇梓我對民眾說：「這是蘇神級空中巨艦，路經此地打算跟你們做個買賣。」

街上男女老少竊竊私語。他究竟是什麼人？

蘇梓我不理現場民眾的敵意漸升，依然故我地大喊：「哪裡能買到乾糧和水？我們有錢，可以買一整船的糧食！」

——敵人！

群眾內有人朝蘇梓我丟東西，接著是嘈雜的奔跑聲。圍觀的人忽然一哄而散，剩下蘇梓我一個人自言自語：「可惡，你們要去哪裡！難得本大爺拿錢買你們的東西，你們不懂感恩歡迎嗎？別逃！」

「像白痴一樣。」旁邊娜瑪沒好氣道：「你這樣突然出現肯定都把人嚇走了。」

「嘖，但我肚子餓了，至少上街先吃頓飯吧。」

「還得幫聖德芬買外賣，這兩天一直吃硬麵包，都吃到嘴巴變形了。」

但當他們來到餐館門口，店老闆二話不說就猛力關門，把蘇梓我等人擋在門外。正當蘇梓我想破口大罵，餐館老闆又打開門迅速走出來。

蘇梓我說：「哼，算你識——」

然而老闆只是逕自往門貼上紅紙，避開蘇梓我目光又逃到店裡，關了上門。

「把本英雄當成年獸了？」蘇梓我一臉莫名。

他們降臨街上後，整座市鎮不但變得冷清，甚至有股奇怪的氣氛正在夜幕下蔓延。

3

「呼呼……」

男人急促的呼吸聲持續著，一名衣衫襤褸的農民已跑了半個小時，滿腳泥濘，然而沿途農民都忙著跪拜田地，沒人在意他。

半個月前有一水蛭來到青海湖，在高原的湖面上養傷，並且對蘇梓我念念不忘。「那王八蛋蘇梓我，這個仇老子一定報，十倍奉還！」

此水蛭正是克蘇魯。他答應拉斐爾幫忙釋放四個使者，拉斐爾便告訴他前往青海湖養傷能事半功倍。果然，這個海拔超過三公里、面積超過四千平方公里，中國最大的鹹水湖，確實能吸收日月精華。克蘇魯漸漸恢復本來面貌，甚至能製造水蛭化身前往中東招攬四個使者。

招攬四個使者後，克蘇魯命哈魯特與馬魯特各自自稱「北天上帝」和「南天上帝」，施展各種妖法，誘使農民每晚在田邊崇拜他們以為的上帝，還有水蛭。

「——不好了！」

那農民終於跑回村內，向村長報告：「天使預言的敵人果真乘坐巨大飛船來西寧搶食物了！」

村長聞言色變，但天邊有聲音斥道：「又有什麼值得慌張？食物要多少有多少。」

只見頭頂有一名半裸的黑翼天使，在田上揚手一揮，農作物急速成長，轉眼便是一片綠油油的菜田。馬魯特有控制植物的神力，這些不過是雕蟲小技，但在農民眼中卻是難以置信的大能，紛紛跪下敬拜：「感謝上帝賜我們食物。」

「沒錯，這是南天上帝賜給你們的聖糧，就算是菜渣都不能分給那男人。」

「然後是獻祭。」哈魯特心道：雖然村姑不合口味，唯有當作拿下伊絲塔前的開胃菜。

他遂命農民獻出女兒，其餘男丁繼續頭戴紅巾跪拜農田，事實上這儀式已持續了將近一個星期。

青海的居民不但拜田，還會拜山、拜湖。現在青海湖中已擠滿水蛭，家家戶戶更飼養水蛭，用自己的血餵養；當月圓之夜便會在月下全身赤裸讓水蛭吸血，昏黃的靈氣便往青海湖貫注，是拜祭水蛭神的儀式。

縱使有農民被吸血至死、全身赤紅，但紅色是大喜的顏色，加上墮落天使現身，馬魯特更利用水蛭部分的力量眷顧農地，使當地農民對神祕力量都深信不疑。

◇

蘇梓我等人回到空中花園，兩手空空，只有滿肚子怒氣。

「那些鄉巴佬太放肆了！居然有錢都不知道要賺。」

娜瑪說：「只好繼續吃硬邦邦的麵包了，幸好有瑪格麗特在。」

她回頭望，瑪格麗特正在花壇前高舉摩西之杖施展五餅二魚之法，交由亡靈分發食物；可惜空中花園沒有養魚，就只有無數的大餅。

娜瑪續道：「不用逗留了，明天繼續往北京進發吧。」

「不……」蘇梓我交叉手臂，搖頭道：「感覺好像有什麼要來了。」

「欸？一定又有麻煩找上門。」

◇

東方的神話，每座山每座湖都有一個守護神。青海湖東有一座日月山，相傳是綠度母化身文成公主，和親吐蕃時路經此山，捏破寶鏡分成兩半，一半照向西方日落餘暉，一半映照東方滿月初升，因此命名為日月山。

在西方宗教尚未傳入時，東方各地還保有自己的神靈——至少地方神會下山與凡人交媾，誕下後代苟延殘喘。自從正教會執掌中國教區，暗中除掉原本的地方神，倖免的就只有如青藏新疆等邊緣地區，還有日月山上的綠度母。

頭戴寶珠瓔珞，一身翠綠羅衣，日月山中綠度母念頜心咒以結界鎖山，卻似乎擋不住不速之客，白皙額上汗如玉珠。

此時，另外兩名墮天使蒙卡爾和納基爾，已率領農民正打算放火燒山。

4

在空中花園待得很無聊，難得來到有人的地方，蘇梓我決定要找點事做。他憑藉本能，探測到奇怪的波紋，便帶娜瑪翻過日月山頭，在黑夜中看見一行火炬排成如一條火龍，正在山麓上蠢蠢欲動。

「看吧！就說本英雄有不祥預感，果然是神機妙算，就知道有愚民不知在搞什麼鬼。」

「你這樣是知道還是不知道？」娜瑪無奈地說：「深夜有上千人聚集確實可疑，他們該不會想爬到山上，把我們的空中花園打下來吧？」

「是蘇神級空中巨艦。」蘇梓我更正娜瑪，並生氣道：「他們敢碰蘇神號，我就砲火全開把他們炸個清光。」

「別這樣，他們只是普通人類。」

「妳這惡魔一直站在人類這邊，搞得我好像不是人啊。」

娜瑪低頭小聲說：「我站在人類這邊，還不是因為你這笨蛋……」

蘇梓我輕拍娜瑪的頭，又牽著她的手飛往半空，用預視術觀察登山口處的村民。那些人有拿著火炬的，還有高舉各種鐮刀鋤頭等農具。

這些農民都紮著紅色頭巾，目光一時呆滯、一時凶殘；首領是個奇醜無比之人，身體多處腐爛。蘇梓我以為這麼醜一定是惡魔，卻見到那人身上有著黑色翅膀。

他與蒙卡爾和納基爾素未謀面，而天使兄弟也不願打草驚蛇，只是仰天微笑化作黑霧消失。

那些村民突然好像得到什麼暗號，紛紛湧到山上，山路一時擠滿了人；村民們手腳並用，一邊砍劈雜草開路，又一邊高聲叫喊說要燒死山神以祭上帝。

蘇梓我在天上俯瞰，此時山頂有一絲金光繞圈旋轉，不久便畫出一道金光結界，山上一草一花一木皆被魔力所控，彷如被賦予生命，樹木更拔出樹根以根為腳、枝為手、幹為身，變成會行走的樹人。

娜瑪說：「那道金光，是這座山的守護神施法召喚樹靈阻擋村民上山。」

「所以那些暴民是吃飽沒事幹嗎？」

「笨蛋你不也一樣……」

說著同時，山上已展開了殺戮。只見村民猛揮斧頭，見到樹靈毫不留情就砍；反觀樹靈們只默默由其砍劈，山坡便倒了一路的樹木殘骸。

蘇梓我看不過村民的暴行，拉著娜瑪飛往山麓，質問那些村民：「你們在幹什麼？砍著不會還手的樹人覺得很有趣嗎？」

村民見到浮在半空的兩人先是大吃一驚，再見他們未繫上紅色頭巾，代表並非自己人，於是駁斥：「這是我們村子的事，外地來的別插手！」

蘇梓我用可憐的目光看著村民。「如果你們知道我是誰，一定不會這樣跟本英雄說話——」

說時遲那時快，竟有團火球擲向蘇梓我，碰上蘇梓我的防禦結界爆炸出絢爛火花。蘇梓我不禁大感意外，沒想到村民會攻擊。

他見其他村民舉起耙子，耙子竟發出黑光，隔空向蘇梓我轟出魔法砲，卻被蘇梓我輕鬆地一手揮開。

娜瑪答：「一定是墮天使教他們魔魔法！」

語音未落，暴民又紛紛向蘇梓我和娜瑪猛烈投擲魔法。村民越來越多，他們發瘋大叫：「快把上帝的敵人殺了！」

暴民用鋤頭擊地，響徹黑夜的天際，而且個個都不怕死地狂奔向蘇梓我。

蘇梓我大發雷霆。「你們這群愚民居然敢攻擊我！」便舉起右手想用佩龍雷斧劈死這些暴民，卻被娜瑪拉住制止。

「這是當地人的事，而且貿然對人類開殺戒可能會有麻煩。」

這時山上金光忽然像毒蛇出擊，瞬間就纏住蘇梓我的腰、把他捲走；樹林光景急速掠過，似乎有人要把蘇梓我硬拖上山。娜瑪慌忙追了上去，最後停在山頂湧泉處，蘇梓我回頭一看，終於看見日月山的守護神綠度母。

「撒旦的子民，我是綠度母，該如何稱呼你們？」

「妳知道撒旦？」蘇梓我報上姓名，並道：「我正是撒旦任命的撒馬利亞大公，旁邊是撒馬利亞大公專屬女僕。換我問妳了，幹嘛阻止我教訓那些暴民？」

綠度母手執蓮花，不忍地說：「觀世音菩薩慈悲為懷，派遣眾度母拯救眾生，我又豈能眼睜睜看著你傷害百姓？」

還真有點像在寺廟裡的白瓷觀音像，表情祥和，又有佛光在後，腳踏蓮花海一片芳香。

娜瑪馬上查看資料解說：「度母是東方的地方神。相傳觀世音菩薩見眾生受苦流下兩滴悲淚，右眼悲淚化身白度母，左眼悲淚則化身綠度母。」

隨後為了救助更多苦難，又再化身紅度母、青度母、黃度母等。因慈悲而生二十一度母、一百八度母、五百度母，拯救世上一切災厄。

說著說著，娜瑪背後好像也有佛光乍現，雖然無法感染蘇梓我就是。蘇梓我問綠度母：「既然不讓我去教訓那些暴民，如果他們打上來，妳打算怎麼辦？」

綠度母說：「我會說服他們，讓他們回頭是岸。」

「妳傻啊，他們可全都拿著武器，又學了魔法，就是打算上山消滅妳。」

綠度母疑惑。「我沒做過傷害他們的事，為何想消滅我？一定是你的誤會。」

語畢，綠度母緩緩步向山下。一邊是全副武裝，殺氣騰騰的村民；另一邊，也是最危險的，一對墮天使正潛伏泥土下，蒙卡爾與納基爾虎視眈眈，等綠度母一放下戒心就要殺掉她。

任何地方信仰都是克蘇魯和天使的共同敵人，綠度母太過天真了。

5

綠度母召喚樹靈陪伴下山，幾百名暴民則高舉農具往山上爬，雙方最終狹路相逢。

綠度母先開口勸說：「懇請大家冷靜，日月山有柴有泉，資源取之不竭，大家因何事要破壞日月山？」

嬌柔慈祥的聲音在眾人間迴響。幾百火炬照亮山頭，見如觀音般的弱質女子擋路，村民都議論紛紛。

「是個女子呢。」

「好像挺漂亮的。」

「那還等什麼？快捉住她！」

暴民一窩蜂地跑向綠度母，綠度母便挪移樹木保護，但村民們手起刀落，用魔法放火將樹靈士兵燒個片甲不留，而樹靈仍是默默站著任憑宰割，完好的山頭眨眼間就變成斷木遍野。綠度母不安皺眉——她只看見滿山頭的大火，不知真正的危機正在土下逼近。

蒙卡爾與納基爾同屬墳地的墮落天使，他們土遁到暴民腳下，蒙卡爾對納基爾說：「那守護神死到臨頭還懵然不知，真是可笑。」

他們縱然是背叛了聖主的墮天使，不按指示恣意妄為，但唯獨這次想肅清中國各山頭的守護神為聖主開路降臨。第六號角近了，第一個受害目標便是綠度母。

藉著暴民的吶喊聲掩護，蒙卡爾已潛到綠度母腳下，只要伸手就能把她扯進墳墓——

「等、等等！」娜瑪恰好跑來勸阻綠度母：「這裡太危險了，不如妳跟我家笨蛋，不對，是來蘇大公的空中花園避居好嗎？」

綠度母搖頭。「我不能離開這座山，我是日月山的守護神，世世代代住此地已兩千年……」

殺聲已來到耳邊，暴民重重包圍住綠度母和娜瑪，就算再召來更多樹靈都只是被活活砍死，快撐不下去——一波未平一波又起，天上有微弱火球從天而降，砰砰響聲在山頭炸得煙霧瀰漫。

山下竟有另一批戴著紅巾的農民，組合大規模的砲擊魔法，即使練度非常拙劣，但轟在山頭足以燒成火海。娜瑪回望朱紅火舌亂舞的山頂，緊張道：「那些傢伙都瘋了，就不怕連自己人都燒死嗎？再不走我們也有危險了。」

綠度母緩緩搖頭。「守護日月山是我的使命，無論說多少遍，我都不能棄山而逃。」

「可是他們不領情，妳又可以守多久？」

「不知道，但我會留守到最後。」

語畢綠度母念起心咒，金光橫飛，她一邊念咒一邊退後，後面隨即有幾個不懷好意的農民拿著鐮刀和麻繩奸笑。

娜瑪緊張大喊：「看吧，妳又不肯還手，我們再不逃就死定啦。」

綠度母仍不放棄，繼續心無旁騖地念念有詞：「不可以逃，我要守護這座山……」

她再度念咒讓草苗成長，眼前再召喚十個兩尺高的樹靈；只是樹靈再生的速度遠不及暴民摧殘的狠勁，無數鋤頭耙子已直逼眼前——

娜瑪沒好氣地道：「哎呀，我勸不了妳，還是讓笨蛋直接帶妳走算了。」

她一回頭，殊不知泥土下的天使就是等待這一刻，蒙卡爾沒有錯過此機，猛地破土而出、朝綠度母當頭劈下——

轟隆轟隆！天上不知哪個方向飛來一堆燃燒隕石，直擊山麓轟出無數灼熱深坑，蒙卡爾被爆風撞開，不得不站穩陣腳查看究竟發生何事。

此時天空傳來一道憤怒的叫喊：「本大爺受夠你們這群暴民了，嘗嘗蘇神級巨艦的厲害！」

空中的巨大要塞變形，花園內的幾千棵樹木全變成砲桿，長短不一卻密密麻麻；砲火接連發射、暴響如雷，如夜空綻放無數煙花，空中花園的千門砲火同一目標，毀滅式的魔法轟炸——

娜瑪見狀只好連忙抱頭折返，抓住綠度母的手說：「忘了我們這邊也有暴徒，他要徹底炸毀日月山了，妳就算阻擋得住那些暴民，也擋不了那笨蛋，還是跟我走吧。」

「可是……」

「你們中國的古人不是說什麼山不在高，有仙則名嗎？一座山最重要還是山神，妳保住性命後再回來收復就好，山又不會跑掉。」

娜瑪懶得糾纏，索性用雷電綁起綠度母，在砲火中拖著她慌忙逃回空中花園。蘇梓我則在天上滿意地點頭，至少搶了觀音菩薩這戰利品回來。

6

納基爾拖著滿身泥濘返回青海湖，蒙卡爾更是拖著斷手殘肢，至於倖存的村民則狼狽歸家。水蛭模樣的克蘇魯一見此，便召喚另一批紅頭巾的村民包圍兩名墮天使。

「是我們兄弟失敗被綠度母逃了，不過克蘇魯，你這是什麼意思？」

克蘇魯答：「你們現在已不配為老子工作，該『重組』了。」

蒙卡爾與納基爾以為自己聽錯，就連在場的哈魯特與馬魯特也不敢相信，質問：「你想對他們怎樣？你沒有殺死天使的權限。」

「動手。」克蘇魯沒理會墮天使，下令讓農民每人拿出一盤盤水蛭，倒在蒙卡爾與納基爾腐爛的身體上。

好比用鹽水洗傷口，蒙卡爾與納基爾痛得倒地大聲慘叫，黏稠的無數水蛭疊在一起爬在墮天使身上，簡直像無數螞蟻包圍昆蟲屍骸的場景。

連哈魯特與馬魯特看著都不禁皺眉，反觀村民們連眼皮都沒抬一下，冷酷地行刑。

遍地水蛭不斷吸著天使的血、吃著天使的肉，不久，水蛭身體便開始長出了血肉，克蘇魯面色變得更為濕潤有光澤。這並非最意外的一幕——蒙卡爾與納基爾被水蛭吃到不剩半塊肉，其中一隻水蛭居然長出黑色翅膀包裹自己，彷若毛蟲結蛹，待展開翅膀，水蛭竟蛻變成了天使！

新生的蒙卡爾全身赤裸，身上腐肉也消失不見，全身發光，連記憶也煥然一新，一臉好奇。旁邊另一隻水蛭亦破蛹而出，是另一新生的墮天使納基爾。

哈魯特目睹天使重生驚訝萬分，心道：聽說深淵大人最初創造的神祇，需要代替深淵在地上行神力，因此各自擁有「異常」。克蘇魯用自己的分身吞噬並重組了天使，這點無論如何都不合常理啊！天使的靈魂數量可是一般神祇的幾萬倍，怎麼可能就這樣被取代了？

血是生命的一部分，血中藏著靈魂，天使的血本就不能喝，普通人更無法殺死真正的天使。

但哈魯特突然恍然大悟。「對了，正因為無法用常理解釋，才被稱作『異常』，這是無視靈魂質量進行複製的『異常』……」

克蘇魯逐漸長出章魚的輪廓，浮在半空命令分身：「繼續吸食，不要浪費。」

◇

同樣是吸吮的聲音，這邊卻弄得蘇梓我興奮大叫。

星空下，綠度母張開雙唇，雙手捉住蘇梓我的手指問：「這樣不痛了嗎？」

「不痛了，很舒服，哇哈哈哈！連傷口都痊癒了。」

娜瑪將綠度母帶回空中花園，蘇梓我興奮地上前迎接美女，跨過花壇時卻不慎被鮮花刺傷手指頭。綠度母一看見便跪在蘇梓我面前用唾液為他療傷，果然是慈悲為懷、菩薩心腸。

蘇梓我讚道：「真是謝謝妳，妳又漂亮又心地善良！」

娜瑪小聲說：「你連觀音都騙回家，不怕有報應嗎？」

「蠢材，我真的純粹想幫綠度母被那些暴民欺負而已！」

綠度母點頭。「我確實剛才差點鑄成大錯，死了的話就什麼機會都沒有了……只是可惜了日月山。」

「妳就找笨蛋索賠吧。」娜瑪拍拍自己的女僕裙。「又弄得滿身灰塵，頭髮還都是燒焦味，衣服也要拿去洗……算了，今天累了先去休息。」

當時娜瑪和蘇梓我都不知道，救了綠度母才是麻煩的開始。

◇

「嗚……娜瑪媽媽……」空中要塞的平台上，聖德芬全身發抖抱著娜瑪：「聖德芬剛才做了惡夢，醒來又不看不到妳……好害怕……」

娜瑪摸著聖德芬的頭說：「不用怕，我在這裡呢。剛剛下山教訓一下壞人罷了。」

「下山……」聖德芬說：「剛才在夢中就是山下有怪聲不停迴響，好像有人掉進深淵不斷掙扎，用指甲刮著懸崖想爬回地上卻一直失敗……嗚嗚，好可怕，怎麼辦？」

聖德芬抓著娜瑪的圍裙擦眼淚，娜瑪溫柔地說：「我滿身灰塵，妳這樣不就也弄得一臉灰啦。我們一起去洗澡，洗澡後心情就會變好。」

聖德芬點頭，默默回望青海湖的方向，接著牽著娜瑪的手回去空中王宮。

◇

騷亂的一晚過去，蘇梓我也累得抱頭大睡，直至翌日早晨才有體力詢問綠度母到底發生何事。

王宮殿上，綠度母驚訝地說：「原來先生什麼都不知道便率天兵天將前來相助，真是善哉。」

「本王宅心仁厚，一日不行善一日不吃飯。」蘇梓我又問：「所以那些暴民是什麼來頭？」

綠度母搖頭。「他們只是青海湖普通的農民，一直以來都安分守己，只是最近不知為何變得暴戾，還從惡魔身上習得魔魔法。」

娜瑪立即糾正：「那是墮天使教他們的，跟惡魔無關。」

瑪格麗特焦慮地說：「這或許跟中國教區的主教病逝有關……」

綠度母錯愕：「女孩妳剛才說什麼？」

「什麼女孩？本小姐可是安東尼將軍的女兒，聖教會的……」

但瑪格麗特還沒說完，綠度母忽然額冒冷汗，抓住胸口「砰」聲倒地，嚇得瑪格麗特不知所措，心想應該不是被她本小姐的名號嚇得昏過去的吧。

「不好了……這樣就沒有人保護黃土大地……」綠度母虛弱說著，殿上其他人神色凝重，蘇梓我與瑪格麗特不明所以地皺眉。

7

「這片土地的文明比較複雜，縱然現今皆稱為中國，但真正由華夏地方神所創造的，只有一小部分。」

綠度母以空中花園的生命之水淋浴過後，氣色稍微恢復，便以法術更換翠玉羅衣，平靜坐在殿上繼續未完的話。

蘇梓我喃喃道：「遠離了日月山，綠度母果然需要更多的精氣才能維持神力。」

「精氣？」

娜瑪拿出閃電截斷蘇梓我躍躍欲試的話，並道：「之前萬鬼之母說過，我們的星球原是兩顆星星相撞後遺留下的煉獄，奄奄一息。『深淵』和『世界』只好選擇合作，分別透過自己的代理人重構生命，讓星球重生。總之，聖主集中培育閃族人發展出高度文明；反觀萬鬼之母為加速星球重生，便同時委託不同古神，即創造神，創造出不同的文明。華夏文明正是其中之一，而且好像有點複雜呢，我很感興趣。」

綠度母說：「華夏文明起源於盤古開天闢地，女媧摶土造人。不過兩位古神好像沒什麼默契。盤古野心甚大，花了一萬八千年創造遼闊大陸和海洋；女媧則只在盤古大陸東部造人，寄宿在東夷地方建立部落，讓出大片土地。漂亮的盤古大陸馬上吸引其他古神前往，諸如蚩尤、炎帝、黃帝，這些古神都歸化為華夏文明的一部分，又各自模仿女媧造人、建立部落，當中以黃帝神力最強。」根據傳說，黃帝治五氣，藝五種，撫萬民，度四方；又調教熊、羆、貔、貅、貙、虎六種猛獸，發動侵略，於阪泉大敗炎帝，率先統一黃河中游一帶，成為炎黃部族。

而後，炎黃部族再向黃河下游宣戰，即涿鹿之戰；蚩尤呼風喚雨，黃帝以寶具指南戰車衝破結界，遂於中冀之野擒殺蚩尤；炎黃部落再度擴張，炎帝的地方神亦被迫向黃帝伏首稱臣。

雖然連年征戰，部落領土急速擴張，但炎黃部落當時仍十分落後，談不上文明。直至夏禹以定海神針治水、建立夏朝，華夏文明才相對穩定下來。當然之後華夏眾神依舊與鄰近地方神大動干戈，例如與三苗的地方神驩兜激戰，又被東夷神將后羿征服；后羿更射下九個華夏太陽神，之後也是因戰爭而被推翻。

娜瑪插話：「十個太陽有九個被射下，唯一存活的就是赤烏了。」

綠度母續道：「總結來說，黃河長江流域的眾神不斷戰爭，互相吞併土地，所謂華夏眾神本就是一眾不同文明的地方神。尤其在天魔大戰後，地方神紛紛仙遊，失去第一輩古神的情況下，剩下的地方神已難以分辨屬於哪個神系。再加上土地遼闊，鄰近地方神亦在此落地生根，像是吠陀古神；而我的祖先也是其中一位外來神，化身為文成公主降臨此地。」

蘇梓我只管點頭。「嗯，好像大抵明白。然後呢？」

綠度母道：「反過來說，即使我們是華夏的地方神，卻沒有與這片土地確切的連結。我只能以日月山為家，其他眾神也只能寄住在中國四千山水間，有心人若要剷除我們相當容易。」

歷史上也發生過好幾次，最初打著除舊革新的名號摧毀了傳統信仰，之後正教傳教士又全面接管了中國教區，驅逐原本的地方神。

綠度母神色悲傷地說：「我有不少姊妹神在兩次革命中被異人除去，幸得先任正教牧首主持大局，才得以存活。」

蘇梓我立即駁道：「但正教也不是好傢伙吧？他可是侵略香港教區的元凶。」

「正因為他決定侵略聖教，所以才安撫國內地方神，並與我們訂下契約。」綠度母難過地說：「其實這樣是助紂為虐，但我們別無選擇，不然會有更大的災禍降臨……就像現在這樣。」

綠度母不確定自己遇襲是否與中國牧首被殺一事有關，不過自己肯定不是唯一的目標。綠度母道：「恐怕其他度母已被邪魔盯上……蘇先生，能否請你南下一趟，救出白度母呢？」

忽然瑪格麗特神情憂傷，轉身走到牆角面壁，喃喃自語：「明明蘇大哥答應父親大人要載我去北京的，該不會見異思遷拋下未婚妻，然後又不知走去哪個山頭救女神吧……」

「好啦好啦。」蘇梓我聽見她的話，站起來說：「本英雄身負重任，必須護送聖教聖座前往北京，見證中國新任牧首的任命。屆時所有宗教首領聚首一堂，我怎能疏忽照顧兒童，把瑪格麗特獨留北京。」

瑪格麗特大喜：「蘇大哥最棒了！」

「乖，今晚我請妳吃棒棒糖。」

瑪格麗特面紅說：「這、這還是要等我們結婚之後、再……棒棒糖。」

娜瑪聽得雞皮疙瘩，蹲下大叫：「可惡，笨蛋的病毒蔓延了。」

8

「——住、住手！」

花藤冠墜地、髮髻散開，雪白天衣綢裙拖滿泥濘，沿路掉落一串又一串的天花、寶珠和瓔珞，一名凝脂美人被紅巾信徒強行捉走、綁架下山。白度母四肢上的慧眼刺青已被封印，眉心花瓣紅點失去法力。「七眼佛母」原應綻放的皎潔佛光，如今卻如烏雲閉月，任憑被村民帶到河邊。

「嘿嘿嘿，真是漂亮的女神，神諭果然千真萬確！」

幾十個男村民有老有少，包圍住衣衫不整的白度母，見她袒胸露臂，僅有一胸飾遮蔽上身，老村民色迷迷地說：「這小妞身材姣好，吃起來一定很美味。」

村長推開眾人。「讓我先來，我可是村長，我的最肥大！」

語畢，村長便將一盤水蛭倒到白度母的嬌軀上，水蛭便鑽到衣服底下吸食白度母的血——

「啊啊！」綠度母一覺醒來，全身冒汗，撫胸大力深呼吸，房內只聽見自己的心跳聲。「是個不祥的惡夢……白度母應該不會有事吧……」

天還未亮，綠度母走到花園眺望南方，無法安心入睡。

◇

「什麼！綠度母走了？我裝了一整天好人，綠度母應該差不多放下戒心，卻居然給我走了！」

娜瑪翻翻白眼。「難怪你忍住沒對無辜少女出手。雖然不想承認，但蘇梓我撇除淫亂的一面，還算是個值得敬仰的人類英雄——啊！」

「蠢材，如果本王早點向她施以魔爪，她才不會跑！」蘇梓我敲了娜瑪的頭，搖頭說：「不對，不是這問題，她昨晚說過要救什麼顏色的度母吧？」

「是白色！」

「對，白度母，她說南下救白度母，但以她那性格一定救不到人，自己還被抓住吧。趕快派人把她找回來……雖然不知從哪裡找起。」

當蘇梓我聽見綠度母離開空中花園後，便立即吩咐黑騎士在空中搜索，可惜毫無收穫。大概綠度母非常著急，徹夜不停地趕路。

娜瑪噘嘴插話：「我知道綠度母在哪裡。你是笨蛋不知道，但本小姐聰明所以知道。」她用雙手擋著額頭說：「如果你答應不打我的頭，我就告訴你。」

蘇梓我嘆氣，喃喃道：「說起來其實娜瑪妳真有點聰明，又熟悉各地神話，所以妳應該知道白度母是誰，以及在何地，對吧？」

娜瑪撐腰笑道：「當然，正如綠度母是文成公主，白度母便是尺尊公主，歷史上她們一同嫁給了吐蕃王國的贊普，松贊干布。」

贊普即是吐蕃王國的國王、統治者。蘇梓我咬牙切齒地說：「本來還想解成就的，居然有人先我一步把觀音菩薩娶了回家，那個松贊干布真卑鄙。」

蘇梓我越氣憤，娜瑪就越洋洋得意。「所以說白度母是尺尊公主，和親嫁到吐蕃；既然文成公主的綠度母住在日月山，尺尊公主的白度母也一定住在她家鄉附近，就是現今的尼泊爾和西藏附近——哇啊！」

蘇梓我再次拍打娜瑪的頭。「妳中計了！就算把白度母的下落告訴我，也不能阻止我打妳的頭，哇哈哈哈！」

「你這個笨蛋小學生……」

「放心吧，比妳更笨的人在角落。」蘇梓我便傳召埃力格前來，命令：「你馬上率兵隊，日夜追蹤綠度母。目標在哪裡你都聽見了吧，一定要把綠度母和白度母都帶回空中花園，不能讓她們受傷。」

「遵命。」

蘇梓我又召來機工獅子瓦布拉，下令：「空中花園繼續往北京前進，後天便是正教牧首任命的儀式，別讓偉大的瑪格麗特遲到失禮。」

瑪格麗特拖著教宗長袍，從牆邊角落跑來，抱住蘇梓我手臂說：「大哥說得對，我們趕快出發吧。」

◇

由青海湖到延安，延安到北京，繞山林、渡黃河，日行幾千里；雲海間看見天空由橘轉藍、藍轉橘，夜幕低垂，月明星稀，空中花園彷若迷霧中的仙霞宮闕。

反觀地上北京城的莊嚴華麗，紫禁城東門連接中國正教會的行政區域，金頂教堂與月光相互輝映；北京聖母安息主教座堂與俄羅斯大使館互成犄角，守備森嚴。

早上莫斯科大牧首的尤里一世抵達城區入住，蘇梓我亦派出娜瑪的姊姊伊琳娜前去輔助，順便回報狀況。

深宵戒嚴，街燈照在冷清街道上。由於保安關係，蘇梓我的空中花園被拒在城區外，只能在停泊邊陲上空。南城門外的居民偷偷探頭望外，一開始見到那巨大的懸空花園都微微訝異，但卻不感意外。

居民的平淡反應讓蘇梓我覺得沒趣。記得從空中花園一路飛來，那些農民都像西寧市的村民那樣，不把這堡壘放在眼裡。反倒黃河一帶的村民不分晝夜都在跪拜河水、河神，氣氛詭異。直至來到北京，這怪現象才消失。畢竟是中國正教會的根據地，絕不容許在市內發生其他異端崇拜。

尤其明天就是中國正教牧首的委任式，任何意外都不被允許。偏偏這樣的夜晚才是最令人擔憂的時刻，無論守備如何森嚴，總覺得天上有對邪眼虎視眈眈。那究竟是天使還是惡魔？

9

「牧首大人。」

「小心說話，今晚多國首領聚集，被人聽見就不好了。」

一個尖眉窄額的人，說話時總是微微彎腰，對另一名大肚子的男人說：「這裡是中國牧首區的地盤，就算被聽見也得給牧首大人幾分薄面，他們又能怎樣？晚上聚會時，看見日本主教那副模樣，跟我們中國牧首一比，就像小矮人般可笑。」

正教會的組織結構分為牧首區、自主教會、自治教會三層。最高榮譽的牧首區，基於歷史原因，只現存俄羅斯及東歐親俄的國家。在東方，唯獨中國教區升格成牧首區，教眾人數上億，而其他自治教會如日本的影響力就差遠了。

張主教身穿紅白長袍，滿身黃金飾鏈，摸著肥大肚皮，懶洋洋地說著：「雖然我是東方唯一的牧首，不對，明天才是，今晚還是好好休息吧。」

「是的，牧首大人晚安。」

「不，」張主教又叫住了執事。「今晚很重要，你有沒有吩咐騎士團加強巡查？」

「請大人放心，現在北京城內都是教會騎士和政府軍，其他居民都被安排到城外暫住，保證明天的牧首儀式萬無一失。」

張主教聞言才安心下來，準備更衣回房入睡，卻突然有僕人傳話：「報告張大人，軍方的陳上將想向大人請安。他正在貴賓廳等候大人。」

張主教大喜。「原來是陳上將，教會永遠的朋友。至少明天之前還得靠他，不能怠慢。」

接著他急步與執事一同走到貴賓廳與陳上將會面。陳上將是陸軍司令，擁有軍人的冷酷眼神，彷彿仍在戰場上待命。隨他前來的軍人同樣身材壯碩，比房內其他聖職員都高出一顆頭。

張主教喜道：「托陳帥的福，今晚北京城比平日更加寧靜呢。」

「這樣就好。」

張主教問：「不知大人今晚來訪有何要事賜教？」

「張主教，你知道為何今晚國家會調派軍隊保護你們正教會？」

「不知將軍的意思是……」

「正教會結束了。」

陳上將懷中拔槍，一槍穿頭，張主教睜大雙眼倒地。走廊上有軍隊的衝步聲逼近，夜深了，教堂宿舍正靜靜展開冷酷的殺戮。

◇

「蘇梓我，快起床！」

蘇梓我伸手一抓，摸到了娜瑪軟綿綿的胸部。

「笨蛋、現在不是時候！」娜瑪全身電光火花把房間照得又青又紫，用高壓電流強行把蘇梓我從睡夢叫醒。

蘇梓我望望窗外依然漆黑一片，便開始發牢騷：「這麼晚妳又闖了什麼禍……」

娜瑪同樣抱怨：「又不是我想打擾你睡覺，我也被吵醒了。總之綠度母回來了。」

「綠度母？埃力格找到她了嗎？好吧，這也算是妳的功勞，本王就原諒妳。」

娜瑪猛地搖頭。「不，埃力格沒有回來，只有綠度母。她說有要緊事得親自告訴你。」

蘇梓我道：「雖然她回來了，但空中巨艦豈是讓人自出自入的地方？今晚不教訓她我就不姓蘇，哇哈哈哈！」

娜瑪嘆氣。「你看見她應該下不了手。她現在在房間休息。」

兩人轉眼來到綠度母的寢室，只見綠度母傷痕累累地坐在床上，神力微弱得像個普通女子，翠綠羅衣亦染上泥濘，手臂有多道血痕。蘇梓我感到不忍，握著拳頭沉聲問：「是誰幹的？」

綠度母輕輕搖頭，只是看著蘇梓我和娜瑪。蘇梓我告訴娜瑪：「妳先退下吧。」

房門關上，剩下綠度母和蘇梓我。綠度母低頭向蘇梓我說：「我發現了墮天使的計畫，知道他們想除去所有華夏地方神的原因……」

蘇梓我卻勸道：「妳還是先躺下來休息吧。」

綠度母又搖頭：「不，這事十萬火急，不過……」她欲言又止，停頓一會兒再度開口：「先生是否懂得智慧灌頂之法？」

智慧灌頂便是男女的雙身法，蘇梓我曾與七十三大羅剎女修行過。但為什麼她會提起？

綠度母再搖頭：「請別誤會，雖然難以啟齒，但我需要修行……」吐出最後一字後，她已滿臉通紅，卻令蘇梓我費解。

「嗯，不是不能體諒妳仰慕本王的心情，但智慧灌頂就是妳所說的十萬火急之事？」

「對……我有不能說的原因，不過先生請相信我！」綠度母又說：「還有請不要誤會，這是一種法事。」

蘇梓我有種好像誤上了網路色情陷阱的感覺，但最終還是答應了。

綠度母如釋重負，卻顯得問心有愧。

10

熟睡中的娜瑪緊抱著聖德芬同眠，聖德芬感到呼吸困難，本能反應掙扎。

「娜瑪、媽媽……」

好不容易才推開娜瑪，聖德芬赫然醒來，背脊像被電擊般有些許痛楚；不是娜瑪所為，而是遠方有種不明的恐懼逼近。聖德芬坐在床上伸展翅膀，整理了下羽毛——竟見數片白羽落下，不禁心驚。

「——笨蛋笨蛋！」

聖德芬還以為娜瑪是在罵自己，原來是床頭的手機鈴聲響起，也把娜瑪吵醒了。她把電話拿給娜瑪，娜瑪接聽，一開頭便是問候妹妹大人。

「快通知蘇大……們被襲……不行了……」

「喂！是伊琳娜嗎？」娜瑪正要問個仔細，對方已經掛斷，回撥也沒接起，不好的預感。娜瑪告訴聖德芬：「手機信號遭到干擾，我們出去看看。」

她們連忙跑到花園平台上，只見天空滿是濃厚烏雲，雲中閃電交加，不知何時已風雲變色。

「娜瑪媽媽，一定有擅長風雷的天使在附近……」

「莫非要開戰了？」娜瑪一手牽著聖德芬，另一手以雷霆作槍，一同飛往高處俯瞰北京城。

市內依舊是凌晨兩、三點的寧靜，唯獨魔力流動騙不過娜瑪的炯炯雙目。她驚道：「城區魔力急速膨脹，伊琳娜有危險！」

她雖無預視術，但街上平靜，看來不明敵人已佔領各國來賓居住的酒店，包括莫斯科正教會代表所在的旅館。尤里一世有伊琳娜和聖殿騎士保護，應該不會有危險吧？

聖德芬問：「怎麼辦？」

「妳去通知蘇梓我，我先去找伊琳娜。」

「娜瑪媽媽——小心！」

黑暗間忽現水光劃破長空，手握冰刃的天使攔截娜瑪去路，他的羽翼與黑夜同化。

「哈魯特！又是你這墮天使。」

「哪裡都別想逃，這是深淵大人的命令。」

冰刃一擲，娜瑪的紫電反劈回去化解水波。她喝道：「就憑你這半調子的水天使能攔住本小姐？」

雲霧之中，娜瑪能與宙斯一樣呼風喚雨，腳踏捲雲風馳電掣、驚雷裂空，哈魯特便應聲水爆，煙消雲散。

即使自己沒有殺死天使的力量，但這次轟炸總能讓他神力大損，無力再反抗吧——娜瑪如此天真的想法很快就被推翻，殘雲之處，哈魯特再度重新癒合，恢復天使身影。

「怎麼會……」

哈魯特張臂大笑，笑聲震盪空氣中的水霧，凝結成八十道透明冰刃，漆黑中連環襲向娜瑪；娜瑪雙手操雷，築成結界一一擊落冰刃，兩方碰撞火花四濺，像有人在放煙火慶祝。

實際上，城內的人哪有興致？連命都不保了。

莫斯科正教從祕密通道逃到鄰近的俄羅斯領使館，不料那裡同樣被軍隊佔領，正教騎士只能死守三樓，誓死守護尤里一世並等待救援。

這是一場魔法與現代科技的對決，身分不明的特種部隊包圍三樓以衝鋒槍開路，而伊琳娜在樓梯四周布下結界，暫時擋住了對方。

「伊琳娜！小心不要逞強啊。」尤里一世急步走來，怕女兒受傷，又說：「如果不行的話，妳自己一人逃走吧，妳是坎比翁，那些軍人殺不了妳。」

「怎麼可以讓我如此沒用的人獨自逃生呢？而且蘇大人吩咐我要保護尤里大人，保護不了就是我的錯……」

伊琳娜自從被蘇梓我吸掉傲慢後就失去自信，讓尤里一世感到憂心，好像所有接近蘇梓我的人個個都會變成大孩子。

他說：「並非妳的錯，沒人想得到那些中國人發了瘋，難道他們不怕背負千古罵名嗎？居然在神聖儀式大開殺戒。我也太過大意——」

轟隆！樓梯間爆炸，煙霧瀰漫，但伊琳娜不能撤退；她雖然魔力退步不少，但二十年的修行不是假的，纖纖玉指劃出暴風魔法往樓梯吹去，又道：「假如我能恢復白龍的力量，就不用怕這些壞人……」

同時聖殿騎士再次舉盾，封鎖樓梯、升降機槽和各房窗戶。再這麼下去早晚會失守，現在對方只是有所顧忌才不敢全力突破罷了。伊琳娜心想，他們究竟在等待什麼？

◇

「——蘇梓我！蘇梓我！蘇梓我！」

白色連身裙的身影在空中跑道奔跑，夏思思出現喚住那身影：「小芬芬好孩子還不快去睡覺？」

「是娜瑪媽媽說過的可怕姊姊！」聖德芬雙腳原地蹦跳，喘氣說：「快、快點找蘇梓我，找蘇梓我救媽媽！」

「小娜娜？」夏思思閉目偵測，探到天邊烏雲下有神魔交戰，於是認真回答：「明白了，我們一起去找蘇哥哥。」

聖德芬轉眼跑到王宮大王寢間，二話不說使出天使飛踢踹爆門——頃刻間竟開始天搖地動。天使收腿驚呆道：「咦？不是我吧。聖德芬只用了一隻腳趾的力量。」

震動沒有減弱，整條走廊劇烈震動好像發生地震，但這裡可是空中花園啊？

夏思思扶著牆壁說：「是空中花園在動——」

忽然頓時寂靜，河水靜止不流，一切都停住了，簡直像空中花園的心臟停了下來。夏思思馬上用預視術穿透牆壁，掃視各處——娜瑪依舊與天使奮戰，空中花園的異常應該另有原因。

「咦？」夏思思看見了，在空中花園的機關室外，兩名守衛倒下，室內則出現了綠度母的身影，她正一步步走近繁星天秤……

「蘇梓我！」聖德芬大聲的叫喊把夏思思拉回現實，更被她抓著手拉到蘇梓我的床前，此時蘇梓我是一副睡眼惺忪的模樣。

他說：「妳的娜瑪媽媽就是打爛我家陽台的玻璃門來找我，妳們都有暴力傾向啊。」

「蘇哥哥，別管這些了，你知道綠度母正在做什麼嗎！」

蘇梓我表情變得稍微認真，答：「大概要做一些對我不利的事吧，她剛才跟我睡了一覺，還拿走了我的印戒。」

「怎麼可以這樣呢，蘇哥哥的印戒蘊藏莫大魔力，落入他人手中後果嚴重啊！」

「但她哭了。」蘇梓我說：「綠度母也沒有使美人計的本事，所以剛才她索性哭著求我給她戒指，我就無法拒絕了。反正只是一陣子，她應該無法用戒指來做些什麼吧。」

「綠度母利用印戒增幅了魔力，在機關室破壞繁星天秤的法術，空中花園正在墜落啊！」

聖德芬搶道：「而且天使趁機偷竊娜瑪媽媽，媽媽說北京的姊姊也遇襲了！」

蘇梓我驚道：「伊琳娜？究竟發生了什麼事，快把綠度母給我抓回來！」

11

空中花園的變異驚醒了眾魔，只見蘇梓我慌忙地用毛巾包裹下半身就跑到宮外指揮，畢竟是十一月的寒夜，還是會怕著涼。

「來人！綠度母剛取走了本王的印戒和繁星天秤，應該剛逃離不遠，快召集黑翼騎士周圍搜捕；其他人協助那頭獅子修復空中巨艦，我可不想又第二次墜船了。」

瓦布拉早已在控制室搶修破損的魔法陣，看來綠度母強行取出繁星天秤，因而破壞了術式結構，以致中央處理系統出現錯誤。

一分鐘後，各處亮起陣陣紅光，掛在樹上的擴音器長鳴警笛；空中花園進入緊急狀態，啟動後備能源，雖然再次聽見淙淙流水聲，但花園此時已急墜了千餘尺。瓦布拉連忙指揮工人張開滑翼與降落傘，就算無法飛翔也要讓這要塞安全著陸。

當然，把綠度母抓回來就能解決一切問題。但現在茫茫夜空沒有半點星光，談何容易？綠度母拚盡全力逃亡，又念咒召來雲霧掩飾身影，不過埃力格懂得分辨神器散發的魔力波長，便使騎兵左右包抄。雲霧間萬馬奔騰，最終鎖定了綠度母的行蹤。

綠度母聽見鐵蹄聲從後逼近，情急之下心一橫，竟將印戒丟出！印戒如流星般消失於夜空，埃力格始料未及，只好緊急分派另一批翼騎在地面搜索，結果讓綠度母有機可乘，再度隱於暗空中。

另一邊還在戰鬥的娜瑪看到，嘆道：「事情越來越混亂了，都是那笨蛋闖的禍。」

對面的哈魯特冷笑：「真令人不爽，居然一邊交戰一邊在看戲。」

「就算有十個你，都不是本小姐的對手。」娜瑪知道哈魯特與馬魯特靈魂相連，必須同時傷害兩方，否則任何一邊受傷都會立即復元。

面對無止境的復活，娜瑪只能留力應戰，同是揣測這墮天使到底在耍什麼把戲。

哈魯特邊撫摸自己下體，邊笑道：「謝謝妳陪我掙取了不少時間，我的任務完成了。下次再陪妳玩玩啊，可愛的小夢魔。」

「噁心的傢伙！」娜瑪瞬間轟出紫雷，但哈魯特已經消失。

他說的掙取時間是什麼意思？娜瑪回頭看向正緩緩墜落的空中花園，頓時恍然大悟。這墜落的地點十分不妙啊。

◇

空中花園的陰影在北京城內逐漸擴大，覆蓋紫禁城東門每吋土地，街道都被陰影籠罩，而那正是北京聖母安息主教座堂與北京正教會的腹地！正死守俄羅斯領事館的伊琳娜同樣察覺危機。

「原來那些軍人不計後果要殺死所有宗教領袖，就是要讓蘇大人成為代罪羔羊，背負千古罵名！」

尤里一世道：「假如蘇主教的空中花園墜落在主教區，是名副其實毀屍滅跡，大陸軍方就能把一切責任推到蘇主教身上。」

「這樣我們更加要活下來，不能讓幕後黑手逍遙法外——」

突然一陣強光伴隨爆炸和煙硝味，守在走廊樓梯間的聖殿騎士們像骨牌般紛紛倒下，全副武裝的軍人已闖進三樓，舉槍包圍伊琳娜等人。

帶頭的軍人隔著戰術頭盔，冷聲道：「要怨就在地獄怨自己的無能吧。」

◇

此時蘇梓我開始意識到麻煩，總不能讓空中花園墜毀在主教區。但如今還能怎麼辦？失去浮空動力，就算把所有風翼轉向，仍無法改變空中花園的墜勢。

「聖德芬！力氣好大的聖德芬在哪裡，快點幫忙把空中巨艦推離城區！」

聖德芬雖還在反抗期，但身為天使仍不願見無辜百姓被壓死，便應了一聲，變大飛到空中花園外。

聖德芬張開翅膀的翼幅與空中花園同長，但即使是以巨大見稱的大天使，仍難以抬起幾十座標準足球場大小的空中要塞。

她雙手抓住空中要塞一端，猛地拍翼，空中花園確實正遠離城區——只見地上建築漸漸放大，聖德芬鼓翼如風暴，吹得建築物搖搖晃晃。此時離地已不足千尺，沒有足夠時間讓聖德芬改變墜勢，再過一分鐘天空花園就要撞向地面！

「嗅嗅嗅！」聖德芬的腳掌在屋頂間掠過，忽見城中心有一片空地廣場，便大力一踩，踩出兩個大腳印！她奮力一躍再推一把，把空中花園推遠了百尺，可惜還差一點。

蘇梓我見狀焦急萬分。「可惡，本王的印戒被綠度母偷走不能變身赤龍，還有誰跟聖德芬一樣力氣大的？」

就在萬念俱灰之際，奇蹟降臨，地上居然有白龍升天，助聖德芬一臂之力往前多推一步——巨大陰影終於離開了主教區，有如月蝕復圓重見光芒。

「是伊琳娜……」

蘇梓我想起伊琳娜正在陪伴莫斯科那老頭，老頭死了也沒差，但伊琳娜沒事他就安心了。

「——大家抓緊樹幹，固定位置站穩，要準備著陸啦！」

接著天地震撼、地面撞出深坑，煙霧瀰漫，聖德芬掩住口鼻咳嗽。但不幸中之大幸，空中花園在遠離主教區一百尺外，平安著陸了。

12

「很好，在本王的領導下，總算又化解了一場危機。」

至少遠離城區在一處公園著陸，塵土飛揚，幸好空中花園上的眾魔和要塞本體並無大礙。此時白龍回歸，化成傲慢的東歐美女披著圍巾裹體，手握印戒降臨花園廣場，與蘇梓我相視而立。

「很久不見了呢，蘇梓我。」

「喔，是嬌橫版的伊琳娜，確實很久不見了，嘴巴依舊惹人討厭。」蘇梓我伸手說：「但看在妳把本王的印戒取回來的份上，就既往不咎了。」

伊琳娜扶著尤里一世坐在花園長椅上，遂笑道：「你之前也欺負我欺負得太高興了，難得印戒回來我手上，為什麼要還給你？」

「別胡鬧，只有本王才配得上這印戒，上次不也告訴過妳了。」

「嗯，娜瑪認定的男人……」伊琳娜盯著剛剛回來的娜瑪，問：「這個男人有什麼好？」

「沒有啊。」娜瑪斬釘截鐵地回答：「但就這樣有什麼辦法。姊姊妳把印戒還給那笨蛋吧。」

「呵呵，妹妹看來挺享受當王后的滋味，還想吩咐姊姊了。」

「才、才沒有！只是妳不交還的話——」

「有破綻！」蘇梓我大喝一聲，躍到伊琳娜背後一擒，差半吋就捉住她的手腕，卻被躲開。

「想偷襲別人卻在大叫，真是愚蠢……啊！」

豈料蘇梓我扯下了伊琳娜的毛巾，畢竟脫衣服是他的拿手好戲。伊琳娜見自己一絲不掛地暴露在蘇梓我這變態面前，感到不爽，兩人又打起來；拳來腳往、魔光交錯、劃空聲響，蘇梓我最終還是成功搶回了印戒。

「啊……我真是沒用的姊姊，又為蘇大人帶來麻煩了。」伊琳娜又變回自卑模式，蘇梓我見狀把印戒放到伊琳娜頭上，她立即野蠻罵道：「你這淫賊快放開我！」

「哇哈哈哈！一個美女兩種玩法，今晚不愁寂寞了。」

「笨蛋蘇梓我快放開伊琳娜姊姊吧。」

娜瑪幾經辛苦分開兩人，比起照顧滿身灰塵的聖德芬還要累。這時黑騎士團亦回來空中花園，綠度母最終還是被埃加格押了回來。

「噢，綠度母也回來了，妳知道自己闖了什麼禍嗎？」

綠度母跪在地上沒有反抗，交出了繁星天秤。

蘇梓我接過天秤，說：「這次就原諒妳……」

——突然又有爆炸巨響，轟得眾人耳膜疼痛，隨後耳鳴；只見花園一角的樹林被夷為平地，冒出濃煙，蘇梓我立刻意識到有人趁空中花園墜地發動襲擊！

「快張開結界，把繁星天秤歸還原位！」蘇梓我命令騎士團與比夫龍的靈體士兵守住四周。究竟是誰如此大膽入侵空中花園？

一陣揚聲器的宣告傳來：「逆賊蘇梓我，居然趁正教領袖聚首一堂，以不明飛行物體襲擊北京城區，殺害正教會的人！」

伊琳娜驚道：「又是那些軍人，似乎不打算放過我們。」

尤里一世補充：「正是他們包圍大使館把其他騎士和保鑣殺死，聽他們的語氣，大概連中國正教會的人也殺了，再把這罪名嫁禍給蘇主教。」

「但我們還沒有死，可以證明此事與蘇大人無關……」伊琳娜道。

蘇梓我說：「這麼辛苦才把空中花園移開，早知道就索性把那些人一併壓死了。妳現在出去解釋也沒用吧，只會被他們毀屍滅跡。」

此時空中花園再度重新注滿力量，樹木流水恢復生氣，蘇梓我得意笑道：「本王倒想領教他們有什麼本事，居然敢入侵本王的基地。」

跑道兩側千棵樹木化成槍砲，瞄準外圍亂射；遠處有不明軍勢從煙霧闖入花園，比夫龍與死靈大軍築起圍牆阻擋入侵，霎時間刀光劍影。

正當蘇梓我聚集天地魔力集於一身之際，天外飛來另一股強大神力，力量足以跟他匹敵……

聖德芬抬頭望天，張大嘴巴叫道：「是拉斐爾大人！」

蘇梓我喃喃道：「拉斐爾？他來幹什麼。」

娜瑪緊張地說：「當然是吹響號角啊！第六號角你忘了嗎？」

第六位天使吹響號角，我就聽見有聲音從神面前金壇的四角出來，吩咐那吹響號角的第六位天使說：「把那捆綁在幼發拉底大河的四個使者釋放了！」那四個使者就被釋放，他們預備好了，到某年某月某日某時，要殺人的三分之一。軍馬有二萬萬①，他們的數目我聽見了。

——《啟示錄》（9：13-16）

老婦模樣的拉斐爾雍容華貴，手執號角道：「今晚真熱鬧呢，不妨讓老身吹號助興吧。」

蘇梓我在地上指著他罵：「好端端的，誰要看你這老女人吹——」

天地間響徹神號之聲，有如慟哭，或若普世歡騰，鑼鼓喧天；同時北京城四角出現了黑暗軍勢，由四位墮天使領軍，從東南西北四方長驅入城，聲勢浩蕩，震撼大地。

綠度母低聲說：「這就是他們剷除所有地方神的原因，把這國家變成無神的國度，再由他們另立新神……」

根據《啟示錄》對第六號角的描述，二萬萬的士兵不是小數目，但直接把二萬萬人轉化成為自己的下僕就不難辦到了。

拉斐爾在空中笑道：「這裡就交由克蘇魯他們玩玩吧。」

語畢，天使身影便瞬間消失，剩下四位被選中的墮天使入城包圍空中花園。危機一波接一波，娜瑪說：「不知對方人數多少，我們不要硬碰吧。」

「可惡，戰略性撤退！」

墮天使軍勢逼近，人類軍隊繼續砲轟空中花園；空中花園輸出最大力量張開結界，展開浮力，與繁星天秤結合，最終成功從地拔起，有驚無險地甩掉敵軍升空飛去。蘇梓我此時回看京城，城內已籠罩一片陰影。

---

① 即是兩億的軍馬。

第三章

大戰爭的序曲

1

米迦勒告訴我，拉斐爾已經吹響了第六號角，天使的計畫正逐一實現，天國近了……

我不喜歡米迦勒，他們的名字根本沒有資格與撒旦相提並論。但或許這只是我的自作多情，對方跟我的想法完全不一樣……

反而蘇梓我卻得到了我沒有的東西……

是時候做出抉擇了……

2

同夜凌晨，香港東北邊界的沙頭角。沙頭角東面是海，西面是山，南接市區，北望深圳。此地屬邊境禁區，人煙稀疏，入夜後更是清靜。遙想仍屬英國殖民地時代的香港，當時曾有中國民兵非法越境與英軍在沙頭角交戰，沒想到今晚此地又成為遭入侵的目標。

「南下淨是異教子民，以上帝之名，去弄熄他們虛偽的聖火吧！」

沒有任何預告，公路上，幾千名紅頭巾的戰士舉起火炬，在月下燃亮了緊張氣氛。火光燒烘烘越過邊境、入侵沙頭角村，蓄勢待發，誓要逐一殺掉聖火教的村民。

無人能阻擋這場突如其來的襲擊，紅巾戰士分工清楚，迅速封鎖村內街道；突擊隊以魔法爆破闖入公寓，以五人一小隊搜索民房，展開屠殺。

其中一名戰士掀開被套，準備用刀砍向正在熟睡的屋主——

「吼！」

「嚇！怎麼會是怪物？」

床上居然躺著一個大眼鬼，手掌似野獸爪牙，瞬間便劃破了紅巾戰士的肚腹。同時屋內其他鬼怪一擁而上伏擊，劍來刀往，打得甚至把整棟樓房給拆了，一群綠皮鬼族從窗戶紛紛跑出，拿著刀劍追打入侵者，一路追到大街。

這時紅巾士兵們才驚覺整座村都住滿鬼族，情勢瞬間逆轉，惡鬼反過來追殺入侵者。紅巾首領見情勢不利，急忙通知後方：「要求戰車增援，我們遇到埋伏！」

首領又拿起衝鋒槍親自上陣，見鬼殺鬼；經過加持的白銀子彈對鬼族特別有效，路上惡鬼如骨牌倒下，唯獨有隻大鬼不怕死地朝他逼近。

「哼，不知你們是什麼妖怪，受死吧！」

紅巾首領發狂掃射百尺外的大鬼，但見大鬼一手舉盾，盾上火花四濺卻完好無缺，而大鬼更瞬間跑到他眼前，盾後露出另一手的長斧——

此時大鬼的肚臍竟開口說話：「本將軍就算掉了頭顱也不會死，豈是你們這些鼠輩能殺？」長斧砍下頭顱，鮮血噴灑，紅巾脫落。對方不過是個瘋教徒，不像刑天被砍了頭也不死。

刑天大喝：「把那些人類統統殺死，一個不留！」

雖不知為何突然遇襲，但既然已成戰爭就不能仁慈。離戰場稍遠的一位白衣少女心痛不已，只見對岸有數十輛敵方的裝甲車隊朝己方駛來，就算是鬼族士兵也肯定會傷亡慘重。

於是一道蒼藍聖火從天而降，有如東風吹落滿天流星，準確無誤地轟炸敵軍戰車，現場瞬間燒成一片蒼藍火海。

「小心。」

白色裙襬的身影快要跌倒，另一位少女連忙扶起她。

「抱歉，太久沒召喚維斯塔的聖火⋯⋯希望這一擊能嚇退他們。」利雅言說。

杜夕嵐答：「要是他們不走，我就再賞他們一道梵天神箭，紅藍雙焰將他們送往火海。」

「姊姊好兇啊。」

「在蘇梓我不在，就由我們守護這邊了。晞陽你也是這麼想的吧？」

杜晞陽答：「等蘇老大回來，我要他再教我幾招魔法，把那些混蛋統統轟走！」

三人在山丘上遠觀戰火，雖處於被動遭敵軍侵略，但他們早有準備，設下埋伏便能後發先至。見敵方戰車停下，軍人後撤，利雅言說：「都要歸功於雅典娜小姐，今晚才能化險為夷。」

「妳太謙虛了。」雅典娜說：「我雖懂得布陣，但最先發現對岸異樣的是利小姐。妳是如何發現的？」

「我每天都有整理教會報告，發現最近越來越多古怪的人宣揚各種崇拜，而且都是三教以外的人。」

「是邪神。還好這次他們的主邪神沒有親自出征，今晚只是想試探，那我們就要讓對方知道，這裡不是隨便能闖的地方。」雅典娜放下神盾，雙手疊在神盾上方，遠望四方，喃喃道：「早已知道遇上邪神便是場惡戰，現在對方比預期中撤退得快，這樣也好，可以等蘇大人回來主持大局。」

利雅言說：「不過中國教會突然與我們鬧翻，這樣身處大陸境內的蘇主教不就有危險？」

「既然牽涉到邪神，也許中國教會已被敵人控制了。幸好在蠻力方面就算蘇大人不可靠，還有娜瑪大人可以信任。」

3

日出了，北方的天空仍雷電交加，又把一些浮空的奇異生物轟成碎片。

「噢噢噢！」聖德芬隨娜瑪在空中花園上方盤旋，徒手掐碎奇異生物。

那些空中水母太過零碎，空中花園的大砲發射起來就像拿著大刀砍蒼蠅那般，只能親手消滅。從離開北京的四個小時內，她們不知已殺死多少奇異生物了。

蘇梓我非常不耐，把瓦布拉找來問話：「還沒回到香港嗎？」

「蘇大人，北京與香港距離大約兩千公里，全速航行亦需要一天一夜。在敵人領土上飛行實在太危險了，我們得繞東方的海路而行，至少不會遭到中國陸上兵器的砲火威脅。」

「這樣要多久？」

「兩天。」

蘇梓我又在殿上來回踱步。「這兩天內如果那些人攻陷聖火山，雅言和夕嵐就有危險，我要轉移回去看看。」

白騎士佛爾卡斯說：「請大人三思，空中花園如今是我們最重要的戰略基地，蘇大人必須留下來主持大局。再者，雅典娜已先行前往香港，她一人相當於一萬人的力量，請相信智慧女神吧。再者，根據火占結果，香港的火焰堅定明亮，暫時可以放心。」

佛爾卡斯走近火壇，壇上七個火盤，其中六個的火光灼灼，唯獨一個的火焰搖擺不定。

蘇梓我問：「那個火盤是占什麼的？」

佛爾卡斯凝重回答：「現在空中花園恢復能量，正全速往黃海離開中國內陸……那是空中花園在海上的運勢。」

白騎士的火占術似在警告海中有未知的危機，但這是唯一的逃生路線。空中花園從天津港出走渤海，橫越渤海海峽，一陸又擋下沿岸萬箭。最後，這座空中巨艦終於出黃海、臨東海，眼前一望無際，太陽從海平面上升起，總算天亮。

◇

「呼，總算輕鬆點了。」娜瑪抹去額上汗珠。她一直忙著保護空中花園，面對五花八門的追兵，現在才有空閒躺在草地歇息。

「蘇哥哥、小娜娜，又有追兵了！」

蘇梓我不耐地問：「這次又是什麼？飛天水母、爬行果凍、滑翔蜘蛛？」

「統統都不對，這次是大魔王啊！前方一千尺的海上有兩個巨型的邪神身影！」夏思思繞銜尾蛇作一圈，圈中轉播海上邪神模樣，是個九頭海蛇與半人半魚的男性海妖。

「怎麼會有男海妖？」

娜瑪答：「海妖通常都是女性，男性海妖在很久以前已滅絕才對……滅絕前的唯一詳細紀載，就是非利士人的古神達貢，他正是半人半魚的男性古神。」

「這樣一來，在達貢旁邊的就是希臘水蛇海德拉呢。」夏思思說。

「海德拉，」娜瑪翻閱魔法書。「希臘英雄赫拉克勒斯完成的十二件偉績中，第二件就是殺死九頭蛇海德拉，海德拉應該也已經死掉了才對。」

蘇梓我說：「但他們溢出令人發狂的魔力波長，都是邪神準沒錯。但克蘇魯那些不是『深淵』一方的殘缺古神嗎？怎麼又跟地方神扯上關係。」

說著同時，空中花園漸漸逼近兩海怪，蘇梓我走到平台觀察，發現達貢與海德拉的身軀都驚人地龐大，體長過百尺，如影隨形，像對怪物夫婦。達貢半浮海面，下半身覆滿金色魚鱗，魚尾偶爾露出水面；上半身肌肉發達，拳頭如百噸重鎚，二頭肌三頭肌是快要爆炸般地鼓脹，彷彿只拿一條魚丟擲就能粉碎要塞的防禦結界。

至於海德拉，九頭蛇自然沒有半點人樣，但卻有妖柔氣質，眼睛尖長目光銳利，九頭銀光閃閃，同樣是力大無窮能攪動大海。

他們叫聲一陰一陽，刺耳淒厲，比起用指甲劃黑板更令人打從心裡恐懼。光天化日下，兩頭凶殘無比的海怪擋在面前，不讓空中花園越雷池半步。

蘇梓我嗤之以鼻。「先下手為強！傳令充填主砲，在五百尺距離左右開砲，同時擊滅那兩頭海怪。」

空中花園發出隆隆響聲，叢林樹幹變形，花園四周有魔法文字浮現繞動，陰影所覆蓋之海域皆與花園葉林共鳴——幾百光線頃刻綻放，再往相同方向集合，匯集成兩巨槍直轟大海！

在五百尺距離擊中巨大海怪的誤差低於半成，空間蒸發，一行燒焦的空痕，巨大標槍果然以天譴般的氣勢擊中了兩頭大海怪。

千層浪捲起，浪中兩團煙火爆炸。這時夏思思用預視術轉播五百尺外的目標，煙霧散去後，兩頭巨大海怪竟依舊屹立不搖，身軀上更沒有半點傷痕。

「現在的怪物都這麼囂張啊！全都刀槍不入，我還打什麼鬼？」

「任何生物都有弱點。」娜瑪說：「你看九頭蛇海德拉，八顆蛇頭都是銀色，唯獨中間一個是金頭，也許那裡就是弱點。」

夏思思補充：「達貢下半身鱗全是金色，唯獨有一片銀色，或許同樣是弱點喔。」

不過達貢魚半身長期潛在水下，只有思思才能清楚看見，反觀海德拉的弱點就明顯得多。綠騎士勒萊耶手持寶弓請纓：「請、請讓我射殺海德拉為蘇大人開路！」

蘇梓我眉頭一皺。「不，本王親自迎戰，妳要記得自己的技能是什麼，抓準時機。」

語畢他奔向跑道，邊脫衣邊化身赤龍翱翔天際；娜瑪亦拔槍助陣，一大一小的夫妻檔直撲兩海怪。

蘇梓我面向九頭蛇，娜瑪則與達貢對峙。見九頭蛇參差起舞，蘇梓我有個壞主意。

「管你是不是刀槍不入，我先把你這妖怪的蛇頭打個結！」

隨即雙爪捏住兩頭長脖子，蛇鱗確實堅硬無比，連龍爪都刺不破；但赤龍力氣壓倒海蛇，四爪並用把蛇頭硬生生綁了個結。

「哇哈哈哈！瞧瞧你這副醜模樣！」

但蘇梓我也沒想過這樣就能制伏海蛇。果然，海德拉的蛇頭能伸縮自如，似異形，又像海星的觸手，無論怎麼被綁都能透過關節伸縮自行解縛。但蘇梓我已為海德拉準備了另一份禮物，這時勒萊耶的箭頭已經瞄準海蛇。

這就是暗箭術的精髓，越是偷襲，威力越大！勒萊耶屏息靜氣，無聲息地射出一箭——空中花園此時已繞到海怪側邊，暗箭從死角鑽出，藉陰影掩蓋、直射向海德拉唯一的黃金頭！同一時間娜瑪繞到達貢背後，瞄準唯一的銀鱗轟出閃電火——

但突然風雲變色，海面暗潮洶湧，眼前物象竟逆流而轉！暗箭不但沒射中金色頭顱，反而在空中凝住，箭頭更緩緩轉向，以相同高速突襲勒萊耶。勒萊耶沒有任何防備，眼看快被自己的暗箭射穿腦袋，砰一聲，夏思思及時撲倒勒萊耶才剛好避過一劫。

而娜瑪亦面臨相同命運，她不知海怪擁有「突變」的異常，是弱點的部位卻有反射攻擊的能力，紫光反過來擊向了她！

「哇啊啊——」

「娜瑪！」

蘇梓我俯衝接過娜瑪，娜瑪虛弱地嗚咽，赤龍立即鼓翼把她抱回空中花園。混戰中，空中花園已繞過達貢和海德拉，如今娜瑪受傷又得加緊趕路，蘇梓我便決定不再戀戰，反正兩頭海怪再怎麼興風作浪都無法追上來。

4

「嗚嗚……」

赤龍降落跑道，輕輕放下娜瑪，只見她狼狽不堪，手腳還殘餘紫藍電流，電弧像小蟲般環繞全身。

「娜瑪媽媽別死啊！」聖德芬跑過去抱住娜瑪，娜瑪全身殘存的電光卻彈走了她——

「我沒那麼容易死好嗎……」娜瑪虛弱地說：「只是觸電而已，這時候別接近媽媽比較好……痛死了……」

蘇梓我變回人身，恐嚇道：「別懶床，再不起來我就抱妳回房教訓。」

「混帳笨蛋！」娜瑪連忙彈起。「你又在聖德芬面前說什麼！」

「聖德芬長大後早晚也會知道妳的本性，而且妳是太不中用才會這樣，看看本王決鬥完還是完好無缺——」

砰砰！娜瑪零距離賞他一發閃電火，蘇梓我全身冒煙地躺下。

「是你這笨蛋袖手旁觀，都讓部下出手才會完好無缺。」

夏思思在倒地的蘇梓我面前說：「沒想到那兩個邪神不但刀槍不入，弱點的部分更反射所有攻擊，太離譜了。根據紀載不該如此。」

「好像是一種ＢＵＧ，這種變異總令人想起什麼呢……」

綠度母瑟縮在旁，低聲道：「變異……原來是變異。」

「哈啊！」蘇梓我復活躍起，找來綠度母問話：「對了，誰指使妳背叛本王的？白度母現在怎樣了？」

綠度母錯愕。「咦？蘇大人怎麼會知道白度母……」

「愚蠢的問題，在妳嘗試入侵本王靈魂的同時，我也偷看了妳的靈魂；現在我們可以說是夫妻了，夫妻間不應有隱瞞。」

綠度母眼泛淚光，低頭說：「在崑山裡有一個女巫，懂得使用未曾見過的分身邪術。她把白度母和其他度母都抓到山中囚禁，又威脅我要讓空中花園墜落，否則就對一眾度母不利……」

「妳這樣算成功嗎？」

綠度母搖頭表示不知道。

「妳們這些善良的人，就是不懂壞人在想什麼。換作我是那女巫，等妳完成任務後我也不會放過那些度母；如果妳回去報告的話，我也會順便把妳關在山中，哇哈哈哈！」

綠度母惶恐。「真、真的好像壞人。」

娜瑪冷冷說道：「他本來就是壞蛋。」又拿來衣服邊替他邊更衣邊說：「可是他說的不無道理，妳應該早點把苦衷說出來；那些異形是我們的共同敵人，我們一定會幫妳的。」

綠度母愧疚地說：「抱歉，為大家添了這麼多麻煩……你們還願意幫助我嗎？」

蘇梓我笑道：「我佛慈悲，所以美女都注定要由本王保護，不用擔心。」

夏思思說：「在此之前，蘇哥哥，空中花園離開了大陸範圍終於恢復對外通訊，已經聯絡上利姊姊了！」

接著蛇繞圈一周，圈內映照出學生會館的背景，還有穿著校服的利雅言。夏思思同時把手機交給蘇梓我，蘇梓我對手機問：「妳怎麼還沒畢業？」

利雅言答：「學校還有各種事要忙，不能棄之不理。」

「這個嘛，嗯，妳還是繼續穿著校服比較好。」

利雅言微笑。「什麼意思？」

「至少代表你們那邊平安無事，我也放心。」

「全靠雅典娜前來助陣，我看這陣子敵人也不敢再囂張了。」利雅言又問：「我看守這個家，總算沒有失信於蘇主教吧？」

「妳是我永遠尊敬的利學姊。」蘇梓我報以微笑。「我明天就回去。」

◇

在隔天的早晨，聖火山上多出另一座山，是空中花園如彩雲懸浮在附近。一如蘇梓我所說，他大張旗鼓地回到香港，帶艦上士兵回到地面休息。自此聖火山除了人類和鬼族，還多了一堆靈體在飄浮，有人看得見，有的則不能，為聖火聖山增添了幾分神祕。

蘇梓我帶著親信回到聖火教堂，與雅言和雅典娜會合，同時發現兩個意外的人物。

「蟾蜍仔！」聖德芬連忙抱起巴力西卜，那是她第一隻寵物。「為什麼蟾蜍來了？」

巨靈魔王伊布力斯清清喉嚨，道：「聖德芬小姐，巴力西卜大公雖是戴罪之身，但吾皇撒旦陛下賜給大公將功補過的機會，請尊重希伯侖大公。」

巴力西卜則暴跳如雷。「沒錯！本王還是一皇之下萬魔之上的巴力西卜，天使小妮子豈能對本王無禮！」

聖德芬說：「一定是肚子餓所以發脾氣了，我們去花壇採一些花草給你吃！」

「慢著，本王不想吃素！」

「咳咳咳！」蘇梓我插話：「究竟發生什麼事，有人要解釋這場鬧劇嗎？」

利雅言凝重回答：「他們兩位是奉撒旦之名前來，因為不止是香港，墨西哥、還有魔界都遭受攻擊。接下來應該是一場世界大戰了。」

5

「好吃嗎？這裡到處都是雜草，簡直是蟾蜍的天堂。」

聖德芬頭戴花圈，手勾一籃花草餵巴力西卜吃；迦蘭抱著烏兒坐在草地上，讓女兒與聖德芬玩耍。一幅和平的景象，伊布力斯則交叉手臂，飄浮在聖火堂的角落看守著。

而雅典娜則陪伴利雅言來到殿上，一同交換情報。

娜瑪首先報告：「天使在中國吹響了第六號角，他們要在大陸殺死至少四萬萬的人，同時將二萬萬的人變成自己奴僕，如同《啟示錄》裡記載的那樣。」

蘇梓我說：「要滅掉四億人，這樣看來，大陸確實是最適合讓邪神吸收養分的地獄。」

「接下來聖主復活的日子已經不遠，萬一聖主復活，一切就結束了。」利雅言道。

> **但在第七位天使吹號發聲的時候，神的奧祕就成全了，正如神所傳給他僕人眾先知的佳音。**
>
> **——《啟示錄》（10：7）**
>
> **第七位天使吹響號角，天上就有大聲音說：「世上的國成了我主和主基督的國；祂要作王，直到永永遠遠。」**
>
> **——《啟示錄》（11：15）**

聞言，蘇梓我默默站起來拿出一條麻繩，一言不發地將瑪格麗特綁在十字架上。

「哇啊！蘇大哥你在做什麼？」

「妳沒聽見嗎？他們擁有聖父和聖靈，就差妳身上的聖子。妳關乎人類存亡，當然要把妳綁起來不被天使搶走，永永遠遠留在我身邊就好。」

瑪格麗特臉紅地說：「這、這是求婚宣言嗎？」

「總之妳留下來比較安全——」

此時瑪格麗特全身發光、衝斷麻繩束縛，擁抱蘇梓我：「好開心，我不會離開蘇大哥的。不過父親大人那邊有點令人擔心。」

利雅言答：「大陸境內有新舊宗教內戰，看情勢，邪神完全佔據中國只是時間早晚的問題，但他們要徹底肅清正教餘黨需要些時間，暫時無力對外侵略，因此香港邊境只須防範零星襲擊。」

綠度母自言自語：「但不知地方神還能撐多久……」

「不樂觀。當他們剷除國內敵對勢力後，中國就變成邪神降臨的國家，擁有上億軍力，道那時就太晚了。」

若真如聖經所說，二萬萬馬軍南下香港，基本上一下子就會被邪神顛覆，根本無法防禦。那可是香港現在三十倍的人口。

蘇梓我說：「所以要趁邪神還沒站穩陣腳就出兵反攻！撒旦知道了嗎？」

巴力西卜從外頭花園跳了進來，邊咀嚼花草邊回答：「撒旦大人那邊也很忙碌，因為美國新教在聖靈的命令下已向魔界宣戰了。天使聖歌團圍攻惡魔的尾巴，撒旦大人派出皇太子督軍迎戰，在墨西哥邊境打得如火如荼，我也是百忙之中抽空來訪而已。」

蘇梓我道：「所以魔界那邊已經開戰了。」

「沒錯。如今魔界三分之二的兵力都用來對抗西方天使，希伯侖和耶路撒冷的士兵正奮勇抗敵，本王則奉撒旦大人之命前來，帶口諭給撒馬利亞大公。」巴力西卜續道：「撒旦大人有命，東方戰線交給蘇大公全權負責，以上。」

「撒馬利亞的兵隊我能自由調動？」

「撒旦大人說戰爭時期，撒馬利亞大軍軍權全部委任給蘇大公。」

巴力西卜突然撥開聖德芬餵食的樹葉，張開蟾蜍大口吐出一把濕漉漉的權杖。一陣惡臭味傳出，眾人掩著口鼻退後數步，只有聖德芬用芭蕉葉抓起權杖揮舞。

娜瑪制止道：「很髒的，快點把它丟掉。」

巴力西卜說：「那是象徵撒馬利亞軍權的權杖，一切就交給蘇大公了。」

「不過撒馬利亞的軍隊在魔界，要大規模穿越人間得經過惡魔的尾巴，那在地球的另一端喔。」夏思思說。

蘇梓我一臉厭惡。「這又臭又沒用的東西交給聖德芬就好……」

利雅言做出總結：「如今我們得專注眼前敵人，一邊對付中國的邪神，一邊防範天使可能的偷襲。」

蘇梓我問：「邪神與天使應該是敵對關係，互相憎恨對方，什麼時候他們聯手起來了？」

「不清楚，可是他們聯手已成事實，要盡快打倒其中一邊，避免遭受夾擊。」

撒旦決戰美國聖靈，蘇梓我決戰大陸邪神，任何一方的戰果都會影響地球另一邊的戰局。

蘇梓我拍手。「雅典娜。」

雅典娜放下茶杯，冷漠地道：「又有什麼麻煩事？」

蘇梓我笑道：「妳明明很期待困難的任務，又坐在一旁扮智者等別人逗妳高興，妳小時候一定沒有朋友吧？」

「至少沒有白痴的朋友。」雅典娜氣定神閒地又舉起茶杯，繼續喝茶。

「好啦，總之妳有什麼建議？」

「聽說你們保護了尤利一世吧？那麼正好，有三教首領可以互相結盟：莫斯科正教會、開羅聖教會、香港聖火教會。三方可以組成包圍網反擊。兵貴神速，三天內必須消滅中國土地上的邪神，不讓那些東西繼續滋生繁殖。」雅典娜補充：「邪神的繁殖力驚人，尤其在失去信仰的國度，他們能入侵人類的心靈，操縱人類如行屍走肉，是極大的威脅。」

「那我就用轉移魔法送那老頭回莫斯科吧。」

「煩請蘇大人叮囑尤里一世，回到莫斯科後要立即部署騎士團進攻，不能讓妖邪囂張。」

但蘇梓我若有所思，閉起雙眼冥思。娜瑪在他面前揮了揮手，良久，蘇梓我雙手拍拍娜瑪肩膀：「從今天起，妳就是主帥了。」

6

怪石重重，山河迂迴曲折；深入林中，直至杳無人跡之處，在峰中有祕洞，洞內住著一位黑裙女巫，於黑布上飄浮，身邊懸著六、七枚鏡子。

「魔鏡啊魔鏡，這個世上誰最漂亮？」

鏡子沒有回答，鏡子本來就不會說話，都是女巫在自言自語。女巫朱唇輕吐：「她們還在做夢嗎？」

女巫翹腳變換坐姿，洞內蝙蝠都為女巫的美貌傾倒；但她的風姿在十雙眼中有十個模樣，七枚鏡子所映的臉龐皆不同。她能用魔力改變自身在他人眼中的幻象。

「生物睡覺時能量水平降低，貼近原始能量，與大地深處共鳴。做夢是一種幻視的魔法，就算是對魔法一曉不通的凡人，只有做夢的時候亦懂得使用法術。」

但沒有任何人比她更懂得操控夢境，她生來與夢共存，一半是夢的部分，自稱夢之女巫，化成少女模樣時自稱伊德海拉。

伊德海拉是地球上原始的古神，由「深淵」所造的第一代神，生物會做夢多少是與她有關。原本夢境是古神與子民溝通的一個途徑，但「大碰撞」後，地球上原始的古神變得殘缺，伊德海拉亦不例外。她被天上隕石擊毀半身，精神不安穩地沉睡了幾萬年。

直至克蘇魯回歸，奇異生物活躍，像她這種邪神才紛紛復甦；尤其在這無神的國度，伊德海拉也是其中一個幫凶。

「啊啊啊！不要！」

洞內又傳來女性悲鳴，想必又在夢中看見噁心的水蛭包圍自己吧。伊德海拉擅長發掘對方潛伏內心深處的原始恐懼，將恐懼放入夢中，折磨他人。自從她的精神殘缺後，便學得這種邪法，製造惡夢拘禁人，包括地方神，白度母只是其中一位受害者。

山洞內有二十位度母，都交由伊德海拉處置，她將她們禁錮在山洞內，把她們美麗的外表據為己有。

◇

「——蘇先生，就是那座山脈了。」

同一時間，蘇梓我與綠度母騎著鵝腿惡魔，急速飛行至崑山附近，一日內就用盡了能量，蘇梓我便以轉移魔法送牠離開，自己則與綠度母降落當地鄉村。

蘇梓我說：「暫時先別靠近，以妳對那妖女的描述，她既是邪神絕非等閒之輩，貿然靠近會敗露本王行蹤。」

蘇梓我正是怕洩露魔力才以鵝腿魔神代步，在崑山數公里外歇息。遠方是山村，後面則一片農田，如今夜幕低垂，綠度母問：「可是，蘇先生真的願意幫忙救出白度母和其他度母嗎？」

「都飛了幾千里路妳還不相信我？」

「是我連累先生成為眾矢之的，連空中基地都差點因而墜毀，這樣你願意原諒我嗎？」

「無法原諒，妳們一輩子在本王身邊補償吧。」

「明白了……」綠度母又問：「但空中要塞那邊沒問題嗎？」

「打仗的事交給娜瑪，傷腦筋的就交給雅典娜。本王不適合死板的工作，只有出其不意才適合我。」蘇梓我朝四周一望，這鄉村簡陋樸素，卻瀰漫邪氣，大概已被夢之女巫佔領。

綠度母說：「其實紅度母是眾度母之中力量最強的，她能同時控制八種武器，包括弓箭、法輪、金剛杵、金剛索。我的職責是為受苦受難之人度難，但紅度母能以法力直接驅除妖邪、消滅災難……夢之女巫不但生擒紅度母，又活捉其餘十九位度母，降伏平民供奉自己……」

確實蘇梓我歷來面對的邪神都十分棘手，像哈斯塔、達貢和海德拉，他們都無法用蠻力制伏，尤其達貢與海德拉不久前才把娜瑪電昏。

「放心吧，本王已有周詳計畫。」蘇梓我說：「總之先到村落打探一下夢之女巫的情報。」

「好的。」但綠度母又感到疑惑，喃喃道：「別人都說蘇先生思想簡單，但涉及到人命關天果然比較謹慎呢。」

蘇梓我心道：夢之女巫活捉了二十位度母，牽涉到美女就要謹慎點，要一出場就讓她們對本王神魂顛倒。

於是兩人入村，此時大約晚上六、七點，鄉村卻像凌晨時般寂靜，沒有半點人氣，屋內沒有燈光。這時有輛沾滿泥濘的灰色廂型車駛入村內，車頭燈照向蘇梓我與綠度母，忽然對方催踩油門，引擎聲轟轟，廂型車猛地加速撞向兩人！

蘇梓我立即抓住綠度母閃避，車上的人急急下車喊道：「是綠色的！黑色仙女最討厭其他顏色的裙子，快去叫伙伴來捉住那女人！」

蘇梓我大喝：「放肆！你們知道本英雄是誰……老天，你們是誰啊？」

在車燈下，蘇梓我才看見包圍的村民個個眼窩凹陷，頭頂光滑無毛，皮膚更是綠中帶藍。他們說話時更夾雜不似人語的雜音，活像妖怪。

「不是妖怪，」綠度母說：「他們只是被夢之女巫感染了……」

說時遲那時快，其中一村民飛撲向綠度母，綠度母來不及反應——啪嚓！蘇梓我召喚出佩龍短斧，砍爆其頭。

「不用對這些妖怪手下留情。」

「但我們來到別人的村子……」

「妳還看不見他們的眼睛嗎？根本就是奇異生物的模樣，他們已經沒救了。」蘇梓我手起刀落，將眼前的村民殘忍地殺個清光。

這些村民死後化成一灘黑水，或許真如蘇梓我所說，他們早就已經死了。殺死村民的是夢之女巫，綠度母能做的，就是替他們超渡罷了。

7

四周仍一片死氣沉沉，聽不見任何蟲鳴。蘇梓我踏前一步，馬上就被綠度母攔住。

「這些黑水殘存著邪氣，不要碰觸。」

綠度母十指發光，空中劃出符咒結印，念出咒語：「唵多哩咄多哩都哩莎訶！」瞬間光芒萬丈，她像魔法少女那樣念出奇怪的咒語，淨化了村民的「遺體」。

黑水中有白色內核，正如其他奇異生物那樣，果然所有村民都被夢之女巫轉化成奇異生物了。

「妳剛剛念的咒語是什麼？」

「這是『根本十字真言』，又名『十字心咒』，正是我想傳授給蘇先生的法術。雖然我的職責是助人渡難，但相同真言以蘇先生的相來說，應該能用來降魔伏妖。」

蘇梓我有點意外。「像本王這樣放蕩的人也可以學習佛法嗎？佛祖真是心胸廣闊。」

「蘇先生也有救苦救難的心腸，而且那一晚我們……雙修時蘇先生同樣全身發光，便是繼承了佛力的證明。」

蘇梓我嘆道：「原來那一晚我們真的在修行啊。不過剛才我沒聽清楚，妳再念一次那咒語？」

「唵・多哩・咄多哩・都哩・莎訶。」綠度母邊說邊結印，十指金光匯聚，一道穿雲箭繞過長空，在農村盤旋一圈，發出白鳥啼聲淨化一切厄難。

蘇梓我感嘆道：「很神奇的魔法呢。」

「我們的魔法在青藏地方特別有效……雖然應該更為厲害的，不過地方神和度母被夢之女巫抓走，信仰力大不如前，十字心咒只能用來消滅比較弱小的妖邪。」

「那有再強一點的嗎？」

「還有『救度八難真言』，救獅難、象難、火難、蛇難、水難、牢獄難、賊難、非人難。」綠度母續道：「不過救度八難真言比較玄奧，我無法傳授給大人，只好讓先生學習基礎的十字心咒。」

「好吧……妳再念一遍？」

「唵．多哩．咄多哩．都哩．莎訶。」

蘇梓我覺得有點棘手。「本王好像記住了，但本王累了，今晚不如在這村子休息好嗎？」

綠度母緊張阻止：「萬萬不可，在夢之女巫的勢力範圍內睡覺只會一睡不起，永遠被禁錮於惡夢中。這些村民肯定也是被夢之女巫侵蝕生命，所以才變成了奇異生物。」

綠度母又走到農田還有水槽查看，又說：「水也被污染了，水面散發的魔力波紋，與之前我們在海上遇見的海怪相同，想必這國家已被各路邪神佔據。」

蘇梓我說：「原本打算在山下打聽消息，但既然村民都變成怪物，只好提前採取行動了。」

「真的要試那個方法嗎？」

「要潛伏上山只有那個方法吧。」

於是綠度母拿出一寶鏡，解說：「唐朝文成公主和親吐蕃，暗中運走許多寶物和法器，全都收在了這日月寶鏡裡。此寶鏡能藏萬物於鏡中世界，神不知鬼不覺，亦能降魔伏妖。但若把大人藏在鏡中，不清楚會發生什麼後果……」

「就連妳都不知道，這樣才能騙過夢之女巫吧。」蘇梓我說：「別想太多，直接動手吧。」

綠度母說：「被困在日月寶鏡後，我會先把你獻給夢之女巫，接著伺機救走二十位度母。蘇大人就用十字心咒逃脫鏡界，到時我們就能裡應外合、夾擊夢之女巫。」

「沒錯，這就是我堪稱天衣無縫的天才計畫，接下來就看妳的本事了。」

見蘇梓我如此信任自己，綠度母盡己所能。至於蘇梓我，他十分期待與夢之女巫一較高下。

「這樣的話……多多得罪。」

綠度母念起十字心咒破除蘇梓我的魔力結界，舉鏡迎面照向他。

「喔，這美少年真是英雄之相……」

說到一半，蘇梓我就被吸入鏡中，綠度母雙手有些發抖，但接下來只能依計行事。

◇

綠度母戰戰兢兢抱著日月寶鏡，飛上崑山山頂時已是天現晨光。

仙峰白雲飄渺，綠度母如仙女登山，繞過幽泉怪石直達陰森夢穴，夢之女巫的住處。夢之女巫無須睡眠，看見綠度母回歸十分高興：「等妳好久了，還以為妳要拋下妳的好姊妹們不顧呢。」

「小女子不敢……」

「呵呵。」伊德海拉半臥在黑布上，輕佻地說：「不用緊張，放鬆點，至少妳完成了任務啊。雖然最後被蘇梓我逃脫，但他間接殺了各國正教領袖，已經身敗名裂。」

「這個……」綠度母深吸口氣，拿出日月寶鏡說：「其實我把蘇梓我捉來了。就在這鏡子裡，特意獻給女巫大人。」

伊德海拉眉頭一皺，正坐起來盯著日月寶鏡，問：「妳是如何辦到的？」

「我趁與蘇梓我雙修之時，用日月寶鏡封印了他……」

伊德海拉仔細打量綠度母，確認她的確已獻出身體，便喜道：「做得好，快把鏡子拿給我。」

綠度母卻抱著寶鏡說：「女巫大人請先遵守承諾，把妹妹們放走，我才用寶鏡交換。」

「這是當然，我豈是言而無信之人。」

伊德海拉揚手揮袖，洞內機關轉動，在黑霧中有一地道打開，光芒從新的洞口射出。伊德海拉說：「妳身後的地道就是妳妹妹的寢室了，去把她們叫醒吧。」

綠度母緊抱日月寶鏡，走進黑霧，默念心咒警戒四方，消失於黑暗中。

8

伸手不見五指，彷彿走進無光的黑洞隧道，連綠度母的腳步聲都消失在虛無之中。忽然前方有片白光，而一片發光的靛藍花瓣在腳邊飄舞，原來是一隻夜光蝴蝶，蝴蝶飛向白光消失無蹤。

綠度母走進白光，赫然是一間寢室，裡面燈火通明，二十位度母的影子放大映在洞壁上，看似在掙扎、痛苦萬分。

「白度母！」

白度母只有紡紗蔽體，滿身大汗，被綁在石床上閉眼掙扎；一旁還有紅度母等人亦是如此，她們集體被夢之女巫幽禁在夢中折磨。

綠度母連忙跑上前，單掌放光，以光刃斬斷綑綁白度母的魔法索，再抱起她搖晃，希望把妹妹從惡夢中喚醒，搖回現實。

「白度母快醒醒！是我啊！」

「真是姊妹情深。」夢之女巫伊德海拉乘黑布飛來，笑道：「好了，我把妹妹都還給了妳，現在將藏有蘇梓我的鏡子交給我吧。」

「不！妳要先放過白度母她們，白度母還被妳用惡夢控制著。」

「真是要求很多。」伊德海拉冰冷說道：「但妳來到我的夢境山，除了聽我指令，妳還有選擇的餘地嗎？」

綠度母一手藏鏡，一手結印擺出架勢。「這裡本是我們二十一度母的地盤，別得寸進尺！」

「終於露出謀逆的意圖了嗎？讓姊姊來指導妳兩招——」

洞頂百蝠亂飛，蝠影下伊德海拉憑空消失！綠度母旋即默念咒語，洞內金龍飛天，照出藏身角落的伊德海拉——她俯衝雙手擒向綠度母，綠度母立即念出十字真言，一時滿室金光。

伊德海拉周圍懸浮九面寶鏡，逐一擊落金光金龍，火花四濺；最終金光不敵寶鏡，魔鏡反射綠度母的金光繩索將她束縛、吊在洞頂——哐啷一聲，日月寶鏡掉到了地上。

「如此弱小卻想背叛偉大的古神，勇氣確實值得嘉獎。」

「放開我！妳這不守承諾的罪人……啊啊！」

伊德海拉冷笑著收緊金光索折騰綠度母，嘲諷道：「妳們輸了，只要我殺死了蘇梓我，妳們就沒有利用價值。」於是她緩緩走近日月寶鏡，俯身伸手拾鏡——

「唵．多哩……咄多哩……」

日月寶鏡一抖，巨大魔力溢出成魔，蘇梓我的虛像成形，猛然大叫：「都哩．莎訶！」一柱火劍刺穿夢之女巫的肩膀，一踢把伊德海拉踏在腳下。

「哇哈哈哈！妳真不走運，本英雄居然記得心咒啊，這樣夢之女巫就是我的手下敗將！」

伊德海拉躺在地上虛弱回應：「蘇梓我……果然如傳聞一樣婦人之仁……」

「妳說什麼？」

「對女子不忍下手呢……呵呵。」

蘇梓我召喚另一火劍擲地插在伊德海拉耳邊，高溫燒焦了她的黑色側髮，威嚇道：「妳不是本王的對手，不想死的話趕快放走二十一度母，這樣本王就放妳一馬。」

豈料伊德海拉不買帳，同樣笑道：「你的弱點太明顯了，你以為我為何要留她們活口？」

說著同時，她不理會蘇梓我的劍尖刺穿她的肩膀，慢慢爬起，反讓劍身刺穿兩吋、四吋；直至她忍痛穿過整把劍刃，全身血跡斑斑地站在蘇梓我面前冷笑，活像女鬼。

「我是與這星球同在的古神，夢的創造者，在人類誕生前便已存在，與星球同活上億萬年。你們這些渺小的生物不配當我的對手！」

突然狂風颳起，九鏡旋轉包圍伊德海拉，頃刻間洞內出現無數龍捲風暴、吹起千柱亂石，左右夾擊蘇梓我，同時插在伊德海拉身上的焚風雙劍被雙雙折斷！伊德海拉與黑暗同化，化成巨大威壓籠罩山洞，以風暴逼使蘇梓我困在死角——

「正面對決正合我意。」蘇梓我屈膝推出雙掌，雙手活捉風暴，再催動全身魔力將其破壞！蘇梓我在狂風中張開六翼、散出黑白羽毛，高聲大笑：「瞧瞧本王的厲害吧！」

他取出大鐮砍向夢之女巫——大鐮幻化成三道光刃，瞬間就在伊德海拉身上劈出三道血痕，女巫慘叫墜下。

只見伊德海拉以黑霧重塑身體，緩緩站起，輕躍在黑布上半臥而坐，鄙視道：「不跟你玩了，你殺不死我的。」

蘇梓我恍然大悟：「難道這裡是夢境？」

「嗯，你還不算白痴。這裡是夢境山，任何人接近山中便會被夢幻魔法入侵心神，就算你躲在鏡內也不例外。」

一旁的綠度母失魂落魄地說：「所以當我登山時，就已被催眠了……」

「沒錯，你們在盤算什麼、用什麼奸計都好，在登山一刻就已注定失敗！」

綠度母痛苦地說：「對不起，蘇先生，我無法保護大家……」

反觀伊德海拉一副勝券在握的從容貌，任何人見了都會以為勝負已定。但蘇梓我卻不以為然，撐腰嘲笑：「哈！原來夢之女巫也不過如此。」

「死到臨頭你還在虛張聲勢嗎？這技倆可騙不到我。」

蘇梓我續道：「在夢境裡我殺不死妳，同樣的，妳也殺不死本英雄！更何況，正面交鋒妳根本不是我的對手。不瞞妳說，剛才我只用了一成的力量，就已將妳劈得落花流水，所以妳才不敢接近本英雄半步。」

伊德海拉先是愣住，接著笑道：「你忘記此時你們的肉身都毫無防備嗎？我要殺你們易如反掌，剛才不過是消磨時間罷了。」

「還在說謊呢。」蘇梓我摸著下巴笑道：「本英雄深謀遠慮，藏身鏡中，妳不懂破鏡之術，所以才想在夢中動搖本英雄吧？但萬萬沒想到我比妳厲害百倍，就算在夢裡也對付不了我。」

伊德海拉感嘆：「原來如此，難怪克蘇魯說你是頭號敵人，果然不容易對付……但這樣才有趣。」伊德海拉收起輕鬆貌，目露凶光。「這樣就讓你見識下潛藏你本能深處，真正的恐怖……」

9

「——接受惡夢的洗腦變成廢人吧，呵呵呵呵！」

笑聲下，世界凋零碎落，眼前景象扭曲變形，一群蝙蝠掠過眼前變成魔界地獄的光景——灰褐色的鐘乳石洞，染血的斷裂岩石；地面忽然裂出大裂縫成兩半，綠度母在另一邊伸手大喊，強行被分隔兩地。

剩下蘇梓我一人在石洞中，裂縫間「砰」聲浮出泡沫，冒出一潭臭水，昆蟲密密麻麻從中湧出！蘇梓我來不及思考，便遭無形之力綁住雙手吊起，同時從裂縫中伸出數十條觸手。

「這是惡夢嗎！」

每次遇到觸手都沒好事。蘇梓我提劍劈去卻如泥牛入海，斬之不盡；反倒觸手不止襲向蘇梓我，另一邊更將綠度母擒在空中！見她翠綠衣裳被撕破成碎布，蘇梓我竟有生理反應——豈料生理反應引來一群水蛭爬過來，似乎要吸乾他的精氣，嚇得他縮成一團！他生平未曾有過這種恥辱和危機。

「別碰我，你們這些妖怪！」

觸手前端猛地冒出吸盤，直撲蘇梓我的罩門——千鈞一髮間，蘇梓我大喝一聲，那些黑霧就掠過他的胯下，四散消失。沒有無形之力吊起蘇梓我，一切幻象在他的黃金雙瞳下灰飛煙滅。

「幸好我懂得破幻術。」

觸手消失，綠度母從半空墜落，蘇梓我趕緊接躍前抱住。

「蘇先生，你破解了夢之女巫的夢魔法呢。」

「那些雕蟲小技騙不倒主角的。」

不過蘇梓我仍對夢之女巫束手無策，暫時只能見一步走一步。綠度母提議：「趁這機會請蘇大人救救我的妹妹！她們被惡夢折磨，我怕妹妹們會喪失理智，像那些村民那樣。」

「本王立刻去解放她們！」

「這邊！」綠度母與其餘姊妹心有靈犀，如今眾人分享相同夢境，綠度母牽著蘇梓我的手跑往夢的另一端——先是淫靡鶯聲入耳，再來便見二十位度母衣衫不整地躺在石地上遭幻象折磨。紅度母被水蛭吸血、神智不清，已經放棄掙扎；青度母的內衣散落一地，黃度母則被吊在半空任由觸手侵犯，她們都被水蛭團團包圍——

蘇梓我發出破幻術的金光，清除一切妖邪，黑色幻影頓時化作輕煙消失，彷彿邪惡打從一開始就不存在，這裡不過是一間空的石室。

綠度母連忙扶起紅度母，見她身體虛弱，但仍有意識回應：「綠度母、快逃……你們消除了夢之女巫的魔法、她很快就會發現……」

「為什麼？要逃就一起逃啊！」

「已經來不及……」

綠度母徬徨無助，只能向蘇梓我求救：「蘇先生怎麼辦？求你再救救我們姊妹……」

蘇梓我脫褲子回答：「放心吧，只要花點工夫就能瞞過夢之女巫的雙眼。」

◇

此時現實中的伊德海拉，在崑山山洞內的石室裡把玩日月寶鏡，仔細研究，卻仍找不到破解之法。她想過索性砸爛鏡子，卻怕殺不死裡面的蘇梓我，反而讓他有機可乘逃脫。因此舉棋不定，不知如何是好。

「難道只能借助中國地方神的力量破解嗎……真是麻煩。」

伊德海拉嘆氣，窺看鏡中世界，只見蘇梓我躺在地上痛苦掙扎，不斷悲痛大叫：「不要，哇啊！不——」

伊德海拉冷笑，心道：看來這個姓蘇的不過如此，已經被惡夢支配，被夢中妖物折磨。再過一個星期，他就會完全變成廢人，到時就算不殺死他，他也不再有任何威脅了。

但為求保險，她還是想親手殺死蘇梓我，心想也許能從度母身上找出破解之法，於是爬上黑布，飄往另一間石室，那裡正是禁錮二十一位度母的地牢。

只見紅度母淒厲大喊，全身抽搐，伊德海拉暢快笑道：「按照進度，再過兩天紅度母就要失去神性了。」

她又確認了其他度母，二十位度母同樣在床上扭動身體呻吟大叫，全身冒汗，在夢中遭受羞辱。伊德海拉開懷大笑：「根本不用擔心姓蘇的人類，早晚所有人都會成為夢境的奴隸。」

◇

「——啊！」

夢境之中，紅度母踏著蘇梓我的下體，又拿著皮鞭打他。一旁的綠度母害羞地問：「這樣就能騙過夢之女巫？」

「對，有時痛苦的喊聲跟痛快的叫聲差不多，但那個女巫必定先入為主以為我被折磨。本王受過人魚族的『特訓』，這些痛苦算不了什麼，反而能幫我增加獸印的魔力，這樣我也可以治療妳們。」

紅度母猶疑地說：「確實在鞭打蘇先生的同時，我的身體好像也好多了……」

其他度母也有相同感覺，於是綠度母喜道：「接下來我們就一起想辦法逃走吧。」

紅度母答：「關於這件事，我有一個請求。」

蘇梓我滿足地笑道：「嘿嘿，妳要什麼隨便說。」

「剛才大人身冒金光，看來與佛法有緣。我要傳授你最厲害的心咒『救度八難真言』，這樣要逃出夢牢便添幾分勝算……」紅度母續道：「我的法力只夠念一次，你要記住……」

「慢著，我需要紙筆！」

但紅度母沒有理會，立刻低聲吟唱：「唵多哩咄多哩都哩薩哩嚩琶耶那舍儞薩哩嚩覩枯多哩禰莎訶……」然後就昏倒了。

10

「唵多哩……」蘇梓我問綠度母：「妳有記住她說什麼嗎？」

「那是紅度母最強的心咒，即使我記得經文，但法力不足的情況下強行念咒會被真言反傷；就連書寫出來也不行，需要得到紅度母認可的人才能默念此心咒。」

其他度母也紛紛搖頭，表示無力幫忙。

蘇梓我嘆氣。「但我真的不記得那句咒語，印象中開頭和結尾跟十字真言差不多？」

「唵多哩咄多哩都哩莎訶。」綠度母眉心放光。「十字真言和救度八難真言一樣是梵文漢譯，蘇大人只須領悟箇中奧妙，加上神祇說異言的能力，便能參透救度八難真言的全咒。」

說異言的能力，是指任何神族、惡魔族都能理解任何文化的語言，因此蘇梓我是懂得梵語的。

「想不通啦。」最後蘇梓我拿出手機接通惡魔網路，反正是在做夢，認為自己能上網便能夢想成真。救度八難真言早已流入人間，差別在於人類有無法力駕馭心咒罷了。

「唵多哩咄多哩……都哩薩哩嚩……琶耶那舍儞薩哩嚩……覩枯多哩禰……莎訶。」

語音未落，一股強大法力從蘇梓我口中吐出，伴隨每個字音化成言靈力量，衝破視界——七彩煙雲光芒萬丈，撕開一個霧中洞連接現實。夢牢已破，救度八難真言救他們於牢獄難中。

綠度母讚道：「蘇先生成功了！這八難都能渡厄，化險為夷。」

其他度母扶起昏睡的紅度母，準備離開，卻忽見一隻藍光蝴蝶擋在前方。

蘇梓我大喝：「大膽妖魔敢擋著本英雄的路？」

蝴蝶說：「蘇大人明察，我是錫馬奇莫，是第四位的所羅門魔神，同樣與大人被伊德海拉幽禁於夢境世界中。」

蝴蝶是男聲，蘇梓我只對女性有興趣，遂換話題：「伊德海拉，是夢之女巫的真名？」

錫馬奇莫回答：「沒錯。因為我的力量與夢境有關，所以半年前當伊德海拉復活不久，便吞了我的魔力化為己用。幸好我化成夢蝶逃過一死，自此以來，我便偷活於伊德海拉的夢中，直到大人破解牢獄，我才能如此跟大人對話。」

蘇梓我點頭道：「好吧，本王可以順便帶你離開，只要你宣誓效忠本王就行。」

錫馬奇莫答應一半，拒絕一半：「大人破解夢牢，與伊德海拉決戰勢在必行，而且機會僅此一次。但以現在大人的力量，恐怕無法擊敗她。」

蘇梓我盯著蝴蝶威嚇道：「有話快說，說得有理就饒你不死。」

「伊德海拉是星球上最原始的古神之一，自古以來便與地球同在，操縱夢境之術無出其右。就算蘇大王返回現實，冒險破鏡擊殺伊德海拉，但只要有一秒破綻就會被她催眠入夢，萬劫不復。沒有日月寶鏡保護，只會在睡夢中遭遇毒手。」錫馬奇莫說：「就算在下擅長操夢，又或者夢魔女王阿斯摩太親臨，仍遠遠不及伊德海拉。她是夢境的創造神，絕不能以肉身與她對抗。」

蘇梓我沉思，反問：「你身為所羅門魔神有何力量？」

「在下擅長『夢召術』，能在夢中召喚任何人或靈到自己夢中。」

「所以你能把伊德海拉召來這裡？這樣就不用怕她偷襲我的肉身，我又能在這裡攻擊她。」

錫馬奇莫答：「夢境中，大王殺不了伊德海拉，她在夢中是無敵的。」

蘇梓我追問：「那趁她睡覺時，我們爬出現實偷襲應該可以吧？我也只需一秒的破綻就能制伏她。」

「這恐怕也行不通。伊德海拉不用睡眠也不會睡覺。傳說只有她清醒時人類才會做夢，而她睡著人類才能安睡，不被夢境打擾。」

「原來如此，這樣聽起來你真是沒用……咦，我想到怎麼對付伊德海拉了。」蘇梓我浮現出壞念頭，奸笑道：「果然區區妖女不是本王的對手。」

接著蘇梓我將他的計畫告知眾人，並約定時間：因為他們在現實中被分開囚禁，必須約定在同一時間行動——當太陽下山，蘇梓我破鏡而出引出伊德海拉的注意，另一邊廂二十一度母與娜瑪等人會合便能從後方偷襲伊德海拉。

僅此一次的機會，蘇梓我等人在夢境偷偷策劃陰謀，而實行時間就在下午五、六點，萬事俱備。蘇梓我從日月寶鏡中醒來，準備行動……

11

「終於醒來了嗎？蘇梓我。」

蘇梓我睜開眼睛，彷彿置身冰晶世界，周身都被鏡子包圍，頭頂傳來夢之女巫的聲音。

十方冰鏡浮現出伊德海拉的不同的側臉，每張臉都放大數倍，從四面八方不同角度盯著蘇梓我，一齊笑道：「我早就知道你們有破夢之法，就是無法肯定你們在盤算什麼，便將計就計放任你行動而已。」

蘇梓我愣住，心想難道計畫被識破？不對，伊德海拉還沒有完全理解自己的計策，所以她才沒辦法殺死鏡中的自己，而是選擇在現實中握著日月寶鏡等待自己夢醒。

蘇梓我斥道：「妳這女巫死期近了，本王現在就從鏡子出來，妳去洗澡等本王寵幸吧，哇哈哈哈！」

伊德海拉確實顧忌此人，她的無數側臉在鏡上異口同聲地說：「既然如此，我也沒耐性與你糾纏，直接一了百了吧。」

語音未落，每塊映照夢之女巫側臉的冰鏡破碎紛飛，碎片中盡是蔚藍天空的倒影，同時一道清脆聲響有如玻璃碎裂——原來現實中，伊德海拉大力將真實的日月寶鏡砸了粉碎！

「卑鄙！妳這妖女不是想殺我嗎？居然怕得砸破鏡子！」

「之後再慢慢找機會折磨你，現在我去看看我親愛的度母們，決定是否要留她們活口。」

伊德海拉高聲大笑，笑聲漸漸遠去，連同倒影在碎裂的冰晶世界消失。

原本蘇梓我打算用十字真言破鏡而出，不料寶鏡真的破了，連接現實的出入口亦支離破碎。要比喻的話，原先寶鏡是一扇自由出入的窗，現在卻安裝了鐵欄甚至窗網，蘇梓我無法從破碎的通道離開。

蘇梓我望著他以夢召術帶來的「祕密武器」，所幸夢之女巫並未發現他召喚來的幫手，沒有識穿計畫。

「一定要想辦法離開鏡子。」

於是蘇梓我將全身魔力凝於雙掌，掌心朝天，企圖將頭頂的冰晶碎片縫補起來。他伸展六翼，破碎分離的天空碎片隨他掌心緩緩移動，好不容易才拼湊起來，卻像強行拼接不連續的拼圖，穹頂天空的紋理有些許不自然。

「可惡，從來沒有拼組過全幅都是藍色的拼圖。」

忽然蘇梓我的魔力逸去，全身無力地垂下雙手。

「奇怪，為何本王的魔力不聽使喚？」

蘇梓我抬頭呆看穹頂破鏡，也許是接近黃昏的關係，天空有些角落的碎片塗上了一層金黃，又一層粉紅，隨著時間流逝破鏡就像七彩晚霞的萬花筒般變化著。蘇梓我盯著自己召來的祕密武器，忽然想起與眾度母的約定，萬一她們醒來被伊德海拉撞見豈不是必死無疑？

「而且為什麼鏡中世界能折射漫天彩光？難道是寶鏡被丟到野外了？」

蘇梓我靈機一動，想著剛才自己無法聚合力量，是否是因為寶鏡碎片散落四方，鏡中世界天各一方，自己的魔力當然被分散。

只見天色漸暗，時間一直倒數，再不想辦法就要眼睜睜看著女巫殺死二十一位度母了。蘇梓我苦惱著以他個人之力無法重組破鏡，快要栽在這些邪神手中；他們是與星球同在的原始古神，神力不單來自地球，更來自宇宙，能從宇宙獲得無窮的力量。

——所以自己也要這樣做。現在是黃昏時刻，正是時候。

「愚蠢的女巫，將寶鏡分散於各山頭正是妳失敗的原因，哇哈哈！」

蘇梓我大笑，右掌朝西，左掌朝東，雙臂環抱日月！傳說中日月寶鏡一半照日，一半照月，這樣才能吸收最大的魔力；不過一塊平鏡豈能同時照向東西？唯獨破鏡，且在日落一刻，太陽剛從西方落下，月亮從東方地平線升起，無數鏡片才能同時映照日月。

「唵多哩咄多哩都哩莎訶！」

◇

同一時間，伊德海拉來到幽禁二十一位度母的地牢，冷眼嘲笑，果然她們都被蘇梓我喚醒。

「原本打算留下妳們作為誘餌、殺死蘇梓我，但妳們居然想背叛我，為了深淵大人的天下，只好讓妳們死了。」

二十一位度母剛好睡醒，身體還不聽使喚，而法力最強的紅度母更已將心咒傳給蘇梓我，自身毫無還擊之力。她們互相抱住彼此，全身顫抖，根本來不及躲避夢之女巫的攻擊——

只見一行青藍軌跡掠過兩方中間，藍光化身一匹蒼焰公騾，以夢幻魔法抵銷妖術。

伊德海拉厭惡道：「錫馬奇莫，你居然還沒死？」

錫馬奇莫叫道：「妳用卑鄙技倆騙我困於夢中，這仇今天我要跟妳算清！」

「不自量力。」伊德海拉召喚九鏡射出催眠光線，豈料錫馬奇莫在光線中穿梭，四蹄踏焰，魔力遠勝從前。

伊德海拉恍然大悟。「因為找到主人的關係嗎？原來就是你幫助那人類逃脫，今天非殺了你不可！」

女巫感到不耐煩至極，召來土地上所有夢幻魔力。區區只懂夢召魔法的小神，豈能與夢之主宰作對？

頃刻間有無窮黑暗壓力從天而降，與夜幕低垂同步，眼皮不由自主地垂下；世界是名副其實落下黑簾，錫馬奇莫與二十一度母失去知覺倒地沉睡。睡，則是永不醒來，伊德海拉已召喚出夢鐮打算收割眾人性命。

「住手！本王在此，豈容妖魔放肆！」

伊德海拉回頭一看，蘇梓我竟活生生站在她眼前。她不耐道：「雖不知你為何能逃出破鏡，但來得正好，迎接你的死期吧！」

蘇梓我說：「狂妄妖女，十個月後妳就準備產下本王的後代吧！」

伊德海拉不甘被蘇梓我羞辱，立即召來夢幻魔法，打算使蘇梓我沉睡夢中。

蘇梓我卻得意笑道：「早看透妳的技倆，因此我請了另一位專家來對付妳。」他拖來熟睡中的貝爾芬格，大力拍著趴在軟枕上的她。

大罪惡魔貝爾芬格一臉睡容，卻突然被吵醒，便亂抓金髮發狂大喊：「是誰擾人清夢，全世界都去睡吧！」

身為「怠惰」的她也是催眠專家，蘇梓我指罵伊德海拉：「雖然妳支配夢境，但貝爾芬格支配睡眠，先有睡眠才能做夢！聽說妳好幾萬年沒睡覺了，現在給我好好去睡吧，哇哈哈……」

洞中一股催眠濃霧，蘇梓我說到一半便倒下沉睡。同時伊德海拉也感到前所未有的倦睏，體力被怠惰抽乾，無法抗拒睡眠的誘惑——

「不，不要，我不要睡……」

最後她趴在浮空黑布上，閉起雙眼，平靜呼吸著，不再掙扎。

貝爾芬格搓揉眼睛。「大家都睡著了，天黑了，各位晚安……」最後抱著抱枕入睡，整座山洞一片安寧祥和。

12

青瓷杯注滿紅茶，茶面泛起漣漪，杯中茶葉梗忽然抖動沉下，雅典娜說：「時機到了。」

接著數名教會騎士步入聖火堂，向利雅言敬禮報告：「聖女大人，剛剛鬼族士兵在邊境大敗半魚人軍，我方損傷輕微。」

利雅言問：「今天只有半魚人軍隊，夢屍族沒出動嗎？」

「說起來有點奇怪，對方戰鬥中有一半士兵陣前逃脫，我們也弄不清發生何事……總之今天的防衛戰比起前兩天都來得簡單。」

利雅言邊聽邊作紀錄，並對隔壁的雅典娜說：「剛才提及時機成熟，莫非閣下知道了什麼？」

雅典娜答：「奇異生物一族正在中國繁殖勢力，力量之大，只要一個月的時間便能摧毀香港基地，且不費吹灰之力。」

「確實如此，中國的邪神正在將信徒變成怪物，真令人痛心……」

「不是怪物，那是人類的雛形。」雅典娜提醒：「不要忘記我們口中的邪神，才是這星球最古老的神祇，雖然外貌殘缺，但說到底，他們還是比較接近最原始的生命形態。」

崇拜達貢的半魚人，崇拜海德拉的深潛者，崇拜伊德海拉的夢屍族，崇拜克蘇魯的水蛭人。聽說在北方邊境最近更見到一些全身長毛、背有蝠翼的嬰孩飛行，有著樹懶般的大頭，聖火教會把那些邪妖命名為「蝠懶嬰」。

利雅言說：「可惜那些人失去了最重要的人性，我們絕不能讓人類退化成那種模樣。」

「所以我提議要盡快對邪神發兵。雖然如此，其實最初我十分苦惱要如何執行；撒馬利亞的魔族士兵無法帶到香港，我們手上能動用的只有空中花園的兵力。」雅典娜續道：「還好蘇大人能做到超出預期的事，剛才我探測到夢屍族的氣息消失，想必蘇大人已制伏了夢之女巫。」

娜瑪插話：「不過那笨蛋好像失去聯繫了。」

「嗯，在蘇大人身上，任何事都可能發生，說不定他正在跟二十一位度母樂而忘返，只能麻煩娜瑪大人親自走一趟，帶他回來。」雅典娜叮囑道：「他們人在崑山深處，深入敵陣腹地，我建議帶上御林騎士團同行，以策安全。」

親衛團是撒馬利亞最精銳的士兵，五色騎士各有所長，互補長短所向披靡。但如此一來，空中花園就失去了重要的戰力。

雅典娜說：「即使如此我們也要如期痛擊對方，必定要摧毀廣州教省的邪神總部，淨化他們的信仰。唯今之計只好讓我輔助阿斯塔特乘空中花園出兵，比夫龍的死靈兵團也十分重要，這場戰爭得依靠各位。」

夏思思在眾魔神之中位階較高，地位也高，自然是領導討伐軍的不二人選。

她爽快答應：「所以我們要同時兵分兩路，一路由小娜娜領軍救出蘇哥哥，另一路就是思思和雅典娜一起摧毀廣東邪教的總部呢。」

「沒錯。不過兵分兩路不在原先計畫內，如今我們全員出動，聖火山的守備不免令人擔心。畢竟他們最想得到的人，瑪格麗特小姐就在聖火山上。」

瑪格麗特說：「有誰敢來搗亂，我便用聖子之力懲罰他。」

「當然我不懷疑瑪格麗特的神力，不過敵人狡猾，利小姐又心地善良，防守聖火山始終有一定的危險。」雅典娜說：「如果有一位擅長戰爭攻防的軍師輔助利小姐，會比較穩妥。」

「我來幫忙！」聖德芬舉手自薦。

雅典娜喝一口茶，又說了一次：「如果有位擅長攻防的軍師會比較穩妥。」

聖德芬抱起烏兒繼續大喊：「我來幫忙，我和小孩子一起幫忙當軍師！」

娜瑪哄道：「妳在家裡保護好烏兒才最重要。這重要的使命就交給妳了。」

「明白！」

「所以雅典娜妳說要找一位軍師，該不會……是指她吧？」娜瑪遲疑道。

「娜瑪大人聰明，麻煩妳在出發崑山前，順便回魔界一趟邀請她們前來。」

「為什麼是我？」

「因為娜瑪大人有美色。」

◇

——撒馬利亞皇宮內。

如今為階下囚的前希伯侖王后耶洗別，在寢宮悠閒吃著水果，侍女底波拉為主人準備了甜點餅乾，三層架上的食物色彩繽紛、香氣四溢，與房內鮮花芳香和諧呼應。

忽然娜瑪的身影出現，越過屏風見兩人生活奢華，不禁嚇了一跳。

「希伯侖的大罪犯生活得好像比本小姐還要好呢，我還得服侍那笨蛋起床睡覺。」

「阿、阿斯摩太……」侍女底波拉一見娜瑪就想起當晚蘇梓我的調教，既刺激又害羞。

耶洗別依然戴著斷掉的手銬腳鐐作為象徵，卻意氣風發，撥弄鬈曲紅髮笑道：「阿斯摩太大人光臨寒舍真是榮幸，不知有何賜教？」

娜瑪道：「有個任務讓妳們將功補過，成功的話，妳們就不用背負罪名了。」

接著她簡單交代一遍來龍去脈，耶洗別聽完反問：「妳放心把總部交給我們看守？」

娜瑪召喚雷霆長槍撐地，威風凜凜地說：「這場戰爭關係到魔族存亡，我相信妳們有惡魔的尊嚴，不會背叛撒旦大人。」

底波拉有點被娜瑪的氣勢感染，低頭查看耶洗別的表情。耶洗別猶豫一會兒，答：「反正留在撒馬利亞也有點無聊，就去人類世界看看吧。」

13

香港上空砲火橫飛恰似煙花盛會，白天星如雨下，是空中花園鳴砲壯行的大場面。空中要塞在雲海乘風破浪，花火爆竹聲響徹雲霄，就連太陽也彷彿得迴避般，天色陰暗無比。浩浩蕩蕩的聯合大軍往北出發，同時娜瑪與五騎士團偷偷往西北方飛，暗中兵分兩路討伐邪神國度。

另一邊廂，聖火堂上迎接了兩位新女魔，利雅言禮貌地歡迎。

「很高興妳們前來相助，聽說妳們與雅典娜決戰不分勝負，是魔界裡數一數二的軍師呢。」

耶洗別讓底波拉脫下披肩，緩緩道：「我可是希伯侖的王后，雅典娜之流不足以並論。上次交手若時間充裕，她便是底波拉的手下敗將。」

與利雅言截然不同的傲氣、不可一世，就算身為俘虜仍無損耶洗別的尊嚴。但聖火教的騎士頗有微言：「聖女大人，真的要讓她們擔當軍師嗎？區區亡國之后，怎能容她如此囂張。」

底波拉聽見後笑道：「如果你們不願意聽從指揮，那麼我也不浪費時間與愚蠢之人一般見識了。」說完便打算離去。

「請留步。」雅言對耶洗別柔聲說：「越是有才華的人，性格越奇特，妳跟蘇主教很相似呢。我相信妳能保護聖火山，還望多多指教。」

「不愧是一教聖女，妳才是聖火教的象徵吧，擁有的領袖氣質連蘇梓我都欠缺。」耶洗別滿足道：「妳把如今聖火山與敵方的軍力報告讓我們過目，我再決定如何布防。」

利雅言早有準備，帶來了地圖、圖表，並簡單報告雙方兵力：聖火山能動用的鬼族士兵約五千名，聖火騎士同樣五千，合共有一萬。

耶洗別其實沒在聽，一切都交由侍女處理。底波拉喃喃道：「守備比想像中還要薄弱呢。這地方明明相當於希伯侖或耶路撒冷那般重要，但兵力卻不及兩處的一半；反觀敵方幾乎所有平民都覺醒了原始魔力，數量上有點差距。」

聖火教內一位老騎士駁斥：「即使如此，這幾天我們靠自己就能擊退半魚人和夢屍族的入侵，比妳們紙上談兵有用得多。」

底波拉聞言，凝重地反問：「對方來犯的兵力有多少？」

「同樣五千，算是旗鼓相當。」

「不對，人命對他們來說根本毫不在乎，如此小規模的襲擊我想他們是故意為之，是對方的策略。」

「故意戰敗？不可能，妳這樣是侮辱了我們弟兄的努力！」

一眾老騎士均不服眼前的丫頭，一同向利雅言抗議，但利雅言想了一想，回答：「確實前三天的戰爭雅典娜都只是在教堂喝茶，喝完又喝，完全沒插手的意思。難得她專程來到聖火山，卻對戰爭不感興趣，當時我也覺得奇怪，現在聽底波拉小姐一言才恍然大悟。正是雅典娜早就知道對方故意戰敗，所以才未參與呢。」

老騎士忿忿地反問：「他們為何要故意戰敗？」

「這幾天你們反覆跟半魚人和夢屍族作戰，吸收經驗改善戰術一定越戰越好，更好把那些妖怪打得落花流水。但反過來說，你們的戰術會傾向對付半魚人和夢屍族，若此時他們派出一支截然不同的飛行部隊衝上山，由蝠懶嬰突襲教堂，你們手上的刀劍還有用嗎？」底波拉說：「你們應該全部換上弓箭，不懂箭術的也要組織魔法兵隊，在山嶺布置魔法陣，在聖火山的西北方組織魔法砲台的包圍網。」

提到打仗，底波拉就充滿自信，彷彿變了個人，指著地圖解說，又問：「這裡最擅長弓箭的是誰？」

「是我……應該是。」杜夕嵐帶著弟弟與阿提蜜絲踏前一步。阿提蜜絲是奧林帕斯最出色的獵人，至於杜氏姊弟則是由阿提蜜絲直授箭法。

耶洗別好奇地問：「咦，妳手上的弓箭看來並非俗物？」

「是梵天神箭。」

耶洗別輕嘆：「妳們還真是每人隨手一堆神兵利器呢，蘇梓我真隨性，把原初神器塞給其他人。」

底波拉看見寶物亦兩眼一亮，興奮地說：「這太厲害了，梵天神箭的主人可以埋伏在聖火山的東北山峰，當敵人接近時，神箭的魔力能將幾千名邪軍一網打盡！」

杜夕嵐問：「妳好像能預知對方的一舉一動？」

底波拉微笑答：「預知是小姐的能力，我只是計算戰爭的動向而已。」

「那麼擊潰對方的飛行軍隊後，就勝利了嗎？」

「不，蝠懶嬰大軍盡出，換言之蝠懶嬰的主邪神也一定會出現。邪神繁殖速度極快，我們首要任務是要殺死對方頭目，光滅掉部下完全沒價值。」

利雅言問：「這樣要截斷他們的退路嗎？」

底波拉又搖頭：「假如蝠懶嬰之主是邪神級別，我們未必能阻止他；一定要想辦法引誘他孤身來襲，正面與他決一死戰。」

「妳已經想到方法了，對吧？」

「根據你們提供的資料，蝠懶嬰之主以嬰孩為食，甚至能把嬰靈的力量化為己用，我們可以利用這點誘他上山——」

「這免談，」利雅言板起臉說：「如果妳想利用烏兒為誘餌，就不必再白費唇舌，蘇主教把他女兒安置在聖火山，我不會讓她涉險的。」

「可是只有蘇大人的孩子，才能有如此魔力能吸引蝠懶嬰之主。」

「烏兒年紀尚小，絕不能讓她面對邪神。如果被狂氣波長感染了，我如何向蘇主教交代？」

雅言也並非想像中好說話，正因如此她才能領導聖火教吧。底波拉自知無法說服她，耶洗別也只是在逕自梳頭照鏡，氣氛一時尷尬——

「我來幫忙！」聖德芬再次舉手自薦：「我也是天使中的小孩子，強壯又強大，而且不怕邪神的音波。」

利雅言無奈地說：「雖然是長得比較大的孩子……」

底波拉卻道：「說不定行得通，如果行為跟嬰孩差不多的話……」

14

空中花園投射的陰影覆蓋整個廣州，巨艦大砲瞄準市內邪神雕像轟炸，毫不留情。

邪神在城市、農村、荒郊野外都設置了無數雕像，有達貢、海德拉和札特瓜的。沿海一帶漁民多數崇拜達貢和海德拉，視他們為父母，內陸地區則敬拜以嬰靈為食的札特瓜，甚至奉獻新生的嬰孩給其食用。

夏思思用預視術瞄準地上十分醜陋的巨型石像，頭似樹懶，身體似蝙蝠卻十分肥胖，四肢短小。她不爽地道：「到處都是蝠懶嬰之主的雕像呢，又沒蘇哥哥那麼威風，真是影響市容。」

雅典娜答：「根據古冊，那邪神的名字叫札特瓜。廣州市中心都是他的石像，大概就是這地方的主神吧。」

「那就炸爆那些垃圾石像！」

在夏思思令下，數十主砲放出熾熱光線直轟向石像——但札特瓜的石像帶有魔力和結界，反射魔光，使周遭馬路被劈出裂縫。

同時幾百隻蝠懶嬰從裂縫飛出、撲向空中花園，只見比夫龍四眼觀顧八方，左右號令，死靈士兵如同他的刀劍，重現亞述軍事帝國的龐然兵陣；埃列什基伽勒在旁輔助，以冥后身分為亡靈鼓舞打氣，亡靈投出戰矛空中擊殺怪物，空中滿散黑色血花。

夏思思說：「敵人的反抗比想像中還弱呢，思思都還有放出烏洛波羅斯和巴比倫之獅。」

雅典娜答：「妳看城內還有夢之女巫的石像，不過黯淡無光；夢之女巫失勢了，邪神在這裡的影響力亦弱化不少。而且……」

「最重要的札特瓜不在這裡，他們果然打算偷襲聖火山。」

◇

如雅典娜的計算，札特瓜帶著數萬翼妖入侵香港邊境；以蝠懶嬰為主力，那些大頭嬰會在空中哭泣使人類發狂。不過這邊底波拉早有準備，已疏散平民到地牢避難，尤其把三歲以下的小孩都集中到聖火山上守護，不讓對方有機會沿途吃掉嬰孩。

札特瓜在空中不屑地道：「自以為聰明的人類，看你們還能撐多久。」

妖邪之氣染黑天空，空中翼妖浩浩蕩蕩直衝向聖火山十公里外。

蝠懶嬰之主自信滿滿率領大軍，萬妖拍翼有如雷鳴，淒厲叫聲如鬼哭神嚎，一路上的生物就連樹木都為之凋零。邪神擁有發狂電波壯行，漆黑電弧使人毛骨悚然，凡人皆無法接近如此濃度的奇異生物——

忽然有另一魔力在山頭出現，原本寂靜的山嶺瞬間眾集千人，原來是隱形結界的埋伏！雖不如格雷希亞能全程隱形，一動就會現形，但用來埋伏札特瓜是綽綽有餘。

打頭陣是鬼族軍隊，山峽間刑天號令士兵推出弩砲、射向天際！那是蒼藍騎士斯伯奈克臨行護送娜瑪前，用兵裝術召喚出來的武器。鬼族不擅弓箭，她便送鬼族百台弩砲，操作簡單，卻能轟出威力強大的魔法弩箭。

天空一支支巨大弩箭射向蝠懶嬰大軍，魔法弩箭的直徑甚至比蝠懶嬰巨大，一砲把翼妖紛紛轟成黑水。札特瓜大怒，心知奇異生物的最大武器就是發狂音波，便下令大軍冒著箭雨衝向地上的鬼族軍隊，打算近身肉搏。

這也是底波拉下令所有人換上遠程裝備的原因。另一山頭又有魔法陣的埋伏，聖火祭司百人為一隊，布出大規模毀滅魔法，神聖光線如天降神鎚、側擊札特瓜的軍隊，奇異大軍開始潰散。

札特瓜見狀，想兵分兩隊繞路襲擊山頭部隊，卻不知不覺陷入底波拉設計的包圍網，越是強行突破，傷亡越是慘重。結果札特瓜帶著不足一半的殘兵突圍逃走，但殘兵排成一行繞路進攻，殊不知已墜進梵天神箭的射程內——神箭貫穿了幾千隻妖魔。

杜夕嵐拉弓瞄準札特瓜，阿提蜜絲則在旁輔助，不過有件事她們太過大意……竟有脫隊的蝠懶嬰在背後撲出，伸出利爪——

啪嚓！一對利爪將奇異生物撕成兩半，使出羅剎之力的杜晞陽空手把奇異生物劈斷消失，哈哈大笑。

同時梵天神箭再次破空而出，帶上五昧真火，箭軌燒盡一切，如火焰巨龍吞噬萬物。

札特瓜慌忙避開，後面軍隊卻再死一半，僅餘千妖。

「可惡……到處都是陷阱，卑鄙的人類！」偉大的古神豈容被人類和小神欺弄？怒火衝昏腦袋，札特瓜不想空手而回，一定要蘇梓我的人來陪葬，甚至是聖子之力的女人。札特瓜張牙舞爪，瞧向明明只有一步之遙的聖火山……

「嗯？」札特瓜嗅到香氣。「有個強大力量的小孩。」

孩子的香氣從聖火山上傳來，札特瓜知道大概又是什麼陷阱；陷阱能殺死那些奇異生物，但若想對付邪神那就大錯特錯。

札特瓜沒有遲疑，馬上飛向有著孩香的森林，高速著陸，看見一個用毛巾包裹全身的小孩，背對著自己躺在草地上。

他立即五指突變成蝠爪抓向小孩，但毛巾猛然一掀，聖德芬敏捷躍開，張開天使翅膀與札特瓜互相對峙。

「我是正義天使聖德芬，今天要代替娜瑪媽媽討伐妖魔鬼怪！」

札特瓜相當訝異。「居然有天使？而且不是墮落天使……」他心想天使不受邪神波長影響，無疑麻煩。

聖德芬則雙手握拳，左閃右跳地向札特瓜宣戰：「你已經中了聖德芬的計謀，乖乖受懲罰，向聖德芬懺悔吧！」

但札特瓜嘴角上揚。「哼，不過是天使中的小孩，無論設下什麼陷阱，妳都會先成為我的食糧！」

語音未落，邪神張開結界侵蝕空間，翠綠樹木像被潑墨般消失於黑暗中。聖德芬睜大眼睛，卻驚覺自己孤身一人，身處只有兩人決鬥的舞台。

札特瓜喊道：「直至我們其中一方死亡，結界才會解開，今天就是妳的死期！」

15

這是邪神擅長的技倆，能隨意操縱空間，製造決戰舞台捕食敵人。而且名副其實是捕食，因為札特瓜最喜歡吃小孩子了。

札特瓜半閉的雙眼滲出食欲，伸舌左搖右擺盯著聖德芬，令她不寒而慄。

「嗚嗚，不要小看聖德芬！」

身穿純白連身裙的聖德芬朝邪神赤腳奔跑，裙襬在幽暗結界裡飛揚；她握緊拳頭，迎面轟出天使正拳！這拳力大無窮，方圓百尺的空氣都在震盪。

然而札特瓜擁有蝙蝠的上半身，一對尖長耳朵對空氣震動特別敏感，就算置身漆黑結界亦能料敵先機，反身跳到空中捉住看不見的支柱懸掛，就像樹懶一般。

聖德芬隨即往上一躍，卻被無形橫桿絆了一跤，翻了個筋斗跌倒在地。

「嗚，那是什麼東西？」

札特瓜倒吊半空回答：「這空間有不同的魔力濃度，能互相連結成魔力樹枝縱橫交錯，織成只有我才能探知得到的樹網。而妳，就是困在蜘蛛網上的可口小蟲。」

「聖德芬才不是昆蟲！」

聖德芬二話不說，雙拳挾在腰間，放聲大叫，身體原地放大！兩倍、四倍、八倍、十六倍，變成札特瓜巨大身軀的百倍大，神氣地俯視，見他已變成自己手掌般的大小。

但札特瓜抬頭望向聖德芬說：「這樣巨大的孩子，可以吃足一個月呢。」

「不要吃聖德芬！」

聖德芬舉起右手觸碰無形天頂，從百尺高空垂直打向札特瓜——什麼魔力的樹枝都無法阻止聖德芬的蠻力，當身體放大之時，物理威力同樣放大百倍，勢如破竹地直轟那妖怪！

連空間都被聖德芬的天使神掌砸破，只見她五指憑空擊出火花，札特瓜嚇得奮力躍躲，險被聖德芬拍成粉碎。

他汗顏道：「這就是天使等級的蠻力嗎……」

「呼！」聖德芬緊握雙拳大喝：「接受天使鐵鎚的神罰吧！」

她旋轉雙臂在暗黑空間搥出一個個凹洞，渺小的札特瓜只能拚命逃離巨拳的壓輾。空間揚起魔力煙霧，聖德芬本以為能乘勝追擊，此時札特瓜竟從她視線裡消失了！她停住腳步，覺得手臂有點癢，原來札特瓜爬到她臂上，露出蝙蝠尖牙，刺進她皮膚下像蚊子般吸血。

聖德芬一掌拍去，但見札特瓜耳朵一動，瞬身閃躲了她的攻擊，接著爬回無形樹上，陰險地冷笑。

「哼，有什麼好笑的？」

「果然小孩的血很甜美。」札特瓜抹去嘴上鮮血，聖德芬見狀十分生氣，想跑去追打卻全身無力，兩腿一瘓跪在地上。

「嗚嗚……你這壞蛋對我做了什麼？」

札特瓜用舌頭舔舐嘴巴，答：「剛才我故意試探妳的身手，看妳有何絕技，不過就是力大無窮罷了。這樣就容易對付，因為我的唾液能隨意消除任何人的一種能力，妳現在最引以為傲的力氣已不復存在。」

聖德芬嘗試站起身，卻十分辛苦，幾乎耗盡力氣，再也不能像之前那樣蹦跳。

札特瓜大笑起來。「失去蠻力的巨人也只是個箭靶罷了，乖乖成為我的食糧吧。」

語音未落，札特瓜猛地一躍，張口撲向聖德芬的頸部——聖德芬的天使連身裙也是神物，感應到主人的恐懼，便化成圍巾保護，不讓敵人咬她的肉。

可是札特瓜仍逐片咬碎了魔法白布，聖德芬驚見這邪神真想咬食自己的肉，該怎麼辦……

——聖德芬妳又砸爛玻璃了！

眼前一黑，回憶如跑馬燈般閃出。聖德芬想起有一天娜瑪為她煎了塊牛排作晚餐，她拿起刀叉，一刀「匡噹」竟將牛排連同碟子一併劈成兩半。

聖德芬連忙道歉：「對不起娜瑪媽媽，一時不小心用力過度，但聖德芬是不會浪費食物的。」

於是她再次握緊鐵叉，大力刺向牛排——這次連餐桌都應聲粉碎了。

娜瑪瞠目結舌，來不及伸手阻止，無奈道：「我煮的牛排……還有一地垃圾又要我清理，唉……」

「對不起娜瑪媽媽，聖德芬因為太高興才控制不了力道，不是討厭娜瑪媽媽煮的食物！」

娜瑪深吸口氣，再嘆氣訓斥：「妳可是女兒家，怎麼不學習一下儀態呢？女孩子要溫柔優雅才討人喜歡。」

「不過聖德芬要好大力，才能從壞人手中保護娜瑪媽媽。」

「妳是大天使，怎麼只能靠蠻勁呢？就是因為妳不懂控制力量，才不會操縱天使的聖魔力、學不會魔法。」

於是娜瑪從另一張餐桌上拿起水杯，放到聖德芬的頭頂，說：「為了讓妳學習儀態，今晚妳就頂著水杯活動，不能讓水杯掉下來，就算濺出杯中水也算失敗，明白嗎？」

聖德芬大力點頭。「明白。」說完水杯落地破碎，聖德芬沮喪地低頭。

「什麼時候都要保持儀態，這時輕輕微笑就可以了。」

娜瑪又將另一水杯放到聖德芬頭上，結果那時雖仍改不了聖德芬活躍好動的本能，但現在的情況下好像能辦得到……

失去力氣，躺於黯黯天地間，手腳不聽使喚，快要被邪神的黑暗吞噬全身。聖德芬沉靜下來，隱約聽見聽內一顆種子萌芽、溫暖全身；就像平日沒有在意的荒廢野草，她集中精神與萬化冥合，感受到來自天上的祝福……

此時札特瓜仍附在聖德芬的脖子上，正不斷咬碎她的圍巾。忽然空氣靜止，頭頂有聖光灑落，札特瓜大嚇一跳，本能反應立刻閃開，伺機而動。

只見四方聖力匯聚於聖德芬身上，純魔力的空間風起雲湧；她屈膝站起，大地頓時颳起風暴掃走腳下邪氣，連身裙隨旋風舞動，聖魔法的龍捲風雷宛如變成聖德芬的新衣裳。接著聖火止於聖德芬的右掌上，化成一車輪，輪連輪，輪中套輪；分別前後、左右、上下三軸互相垂直，那是風雷的來源。

札特瓜驚見那輪中輪，勾起回憶。「難道那是『王座戰車的左前輪』！」

> **我正觀看活物時，見活物的臉旁各有一輪在地上。輪的形狀和顏色好像水蒼玉。四輪都是一個樣式，形狀和製作方法好像輪中套輪。**
>
> ——**《以西結書》**（1：15–16）

座天使除了「寶座」外，亦有「車輪」的意思。先知以西結曾看見異象，目睹神的王座戰車，正是四位車輪的天使（座天使）護送神座移動，而聖德芬就是四輪之一。

「……不能被壞蛋欺負。」輪中輪卻已成為聖德芬的神器，她放下輪子行走，輪也在旁跟著；聖德芬連帶輪中輪騰空上升，風雷閃電與之伴隨。

風雷輪伴隨聖德芬左右，聖德芬注滿了風屬的聖魔力，剛好剋制地屬的札特瓜。

札特瓜見狀，身體濕透全身冒汗，心知自己用了殺手鐗，對方卻突然醒覺天使的聖力。「這小孩居然是大天使，太失策了……」

此時兩人體積差了百倍，縱使聖德芬失去蠻力，卻能以右手掀起風暴，這孩子手上玩耍的龍捲風也是百倍大於札特瓜——

「壞蛋大風吹！」

巨型風暴奔向蝠懶嬰之主，一個沒有部下的首領，札特瓜弱不禁風地瞬間就被捲到天際；暴風漩渦龐大的離心力使他毛髮飛脫、面容與身體扭曲！

他被拋到結界盡頭，「砰」一聲穹頂被撞至龜裂透光，札特瓜帶著旋風餘勢墜地滾了好幾圈，不但斷了幾根骨頭，就連生命的內核都暴露出來——只要打破核心，邪神就會死亡。

聖德芬步步走向札特瓜，札特瓜全身顫抖，但大天使只是問眼前渺小的邪神：「為什麼你要做壞事？」

「我沒有做什麼壞事，只是把人類變回原本的模樣罷了。」札特瓜趴在地上駁道：「反而妳忘記了自己的使命，居然投靠了敵人——」

「你亂說，娜瑪媽媽是好人，利姊姊也是好人，小烏也很可愛。而你們怎麼看都是壞蛋，到處傷害別人，又要吃聖德芬。」

「居然把惡魔認作母親，難道妳不知道在妳旁邊的車輪是什麼嗎？那是王座戰車的其中一個車輪，妳的主人是萬主之主，是深淵大人的屬下，其實我們才是近親啊。」

「聖德芬才不是你這壞蛋的近親！」

札特瓜續道：「妳被異星的地方神與『世界』的子民洗腦，忘了自己的本分，真是可憐。妳知道為何妳能對我們古神的耳語免疫，其他人卻會為之發狂？這就是我們同宗同源的證據！」

聖德芬猶疑。「可是聖德芬不會做壞事，不會把可愛的人類變成怪物的樣子。」

「所以只是因為我長得醜，妳就要置我於死地嗎？別忘記我們都流著『深淵』的血，都是『深淵』的神。」札特瓜突然凝重地說：「終有一天，妳會帶著王座戰車迎接聖主降臨；雖然我們古神族與聖主發生過爭執，但始終血濃於水，我們才是一家人，妳怎忍心對付我？」

聖德芬確實從沒想過要對札特瓜怎樣，更別說殺死他。可是這邪神傷害自己的朋友，究竟是壞蛋還是家人？

見聖德芬思緒混亂，札特瓜爬向聖德芬腳邊，在腋下藏著吸血的鎚子和飲管。「聖德芬，我們來交個朋友吧。」

「可是……」聖德芬半信半疑，蹲下接近札特瓜——

札特瓜抓準時機，舉手拿起鎚子便要鑿穿聖德芬的血肉！空間頓時碎裂，四方黑暗如粉彩褪色，樹林重現，環境音再度流淌；千鈞一髮之際，一道蒼焰掠到兩人中間，藍光照亮札特瓜的蝙蝠毛軀，還有胸膛的核心——

「不能讓你傷害聖德芬！」

聖火騎士闖破結界，只見利雅言一馬當先擲出聖火，將札特瓜瞬間燒成火團，核心直接被維斯塔的神火淨化，如直擊神經痛不欲生！札特瓜丟下武器抱頭退後慘叫，利雅言身後的騎士一同衝上前，聖槍陣下剿滅邪神。

「十分抱歉，聖德芬小姐。」利雅言說。「本來不想讓烏兒冒險，卻讓妳差點被邪神所害，是我的責任，對不起。妳沒受傷吧？」

札特瓜的生命與天上烏雲一同消散，力量歸還聖德芬，她便縮小身軀回復原形，變得比雅言還矮了些。她搖頭道：「沒事，聖德芬很強壯呢。」

利雅言微笑地輕拍聖德芬的頭：「不愧是娜瑪的乖孩子。」

不過聖德芬顯得有些落魄，也許體力使用過度，或者受驚。利雅言對眾人說：「敵人的大將已被聖德芬大天使制伏，我們勝利了！不過依然要保持警戒，至於其他人則隨我陪伴聖德芬返回教堂休息。順便通知娜瑪小姐，讓她不用擔心。」

她牽起聖德芬的手。「回家吧。」

17

聖德芬一回到教堂，便直接趴在地毯上大喊：「呼，好累喔！」

利雅言苦笑說：「妳又隨便睡在地上，娜瑪會生氣的。」

「娜瑪媽媽……」

「——聖德芬！」

聖德芬連忙爬起。教堂講台上的投影屏幕浮現娜瑪的頭，傳來娜瑪的訓話聲，原來已經接通了視訊畫面。

「不是說過別趴在地上睡覺嗎？雖然天使的裙子不會弄髒，但感冒的話怎麼辦？」

聖德芬答：「天使不會感冒喔。」

「笨蛋，妳要在烏兒面前建立好姊姊的榜樣。尤其我不在，妳不要麻煩到其他人。」

「娜瑪媽媽會什麼時候回家？很快嗎？明天？」

「只要另一個大笨蛋沒闖禍，我就很快回去。」銀幕上的娜瑪在雲中穿梭，雙馬尾舞動，又說：「我知道妳立了大功，一個人打贏了那毛翼邪神。證明妳也長大了。」

「長大了？」聖德芬站起來問：「聖德芬會變得更高更大嗎？」

「笨蛋，我是說心靈和智慧的成長，這樣才能保護別人。」

「嗚嗚，聖德芬不是笨蛋。」

娜瑪嘆道：「好啦好啦，聖德芬今天打贏了壞蛋，等媽媽回去煮好吃的獎勵妳。」

「好！聖德芬等媽媽回家。」

娜瑪這才鬆一口氣，切掉視訊畫面，把惡魔手機收回裙下。其實她十分擔心聖德芬一個人會遇上危險。

「好想回家抱著聖德芬呢……」她轉頭向同伴詢問：「我們已經急行了半天，還沒到崑山嗎？」

佛爾卡斯騎著飛天白馬回答：「我們不像蘇大公有因波斯的機敏術輔助，照現在行軍速度需兩日才能趕到。」

「唉，好像第一次與聖德芬分隔得這麼遠。」

越是深入敵陣，娜瑪越忐忑不安。雖然她只擔心聖德芬，對蘇梓我則沒什麼擔憂，畢竟那笨蛋才不會這麼容易有事，要是她每次都擔心，早就心臟病發了。

她率領的精銳千人團離開香港後，一直往西北飛行，以白雲掩護下穿越城鎮，繞過邪神布置的雕像，以結界隱藏氣息；腳下大地由人工的建築森林變成方塊農田，最後是荒野高地，目前都還未遇上敵人攔截。

一個小時後，西方地平線漸漸染成橘紅，高空中的娜瑪說：「很奇怪，明明是戰爭狀態，居然如入空城。」

佛爾卡斯答：「沿途沒有生氣，感受不到人類氣息，不知這裡又發生什麼事。」

「現在中國大陸被邪神佔領，什麼事都無法預測……」娜瑪沉思數秒，豈料回過神天空已是全黑。「怎麼這裡天黑得特別快？」

佛爾卡斯召喚一根蘆葦引火燃燒草頭，卻見蘆葦火勢旋轉不停、閃爍不定，娜瑪從未見過如此火勢，彷彿有種無法知曉的暗湧伴隨夜幕逼近。

佛爾卡斯說：「此地有魔力繞流，只有強大的邪神或魔神才擁有這種影響力。娜瑪大人，我看今晚還是找個安全地方先作休息整頓。」

千人軍隊在空中停下，娜瑪苦惱道：「也是，這夜晚來得太快……我們不熟悉附近地形，被人布下埋伏也很麻煩。」她遂命令：「埃力格，你派遣斥侯偵測周圍，我們找一處空曠平原駐軍休息，這樣比較容易警戒。」

「遵命。」埃力格拉韁，蝠翼馬與數百翼騎往低空盤旋，馬上就找到一片無人又一望無際的遼闊高原，能見四方地平線，漫天星空，視野沒有任何阻礙。

該地正合娜瑪所意，況且埃力格的預謀術能預見任何軍勢，只要是打大仗他都能事先知曉。唯一的弱點就是只能預見軍勢，對於小規模或單一邪神的戰鬥卻無法看見。埃力格的預謀術像篩子一樣，能捕捉大規模的未來動向，個人的未來則無法掌握。

眾人駐紮在平原後，佛爾卡斯語重深長地說：「阿斯摩太女王，這裡始終是敵人的陣地，假若發生衝突也是預期之內，但千萬要避免糾纏。等明天休息過後繼續上路，崑山就在眼前。」

娜瑪點頭。「明白。假如發現敵人就先想方撤退，不然就讓本小姐親自出馬，速殺邪神。」

圓月高掛天頂，千人兵團部分熟睡，部分輪流看守；埃力格和娜瑪都是半睡半醒，那是高階惡魔在野外生活時的必要技能，就算置身夢境亦與現實相連。夢境猶在，不知夢之女巫還在嗎？

「佛爾卡斯，你能占卜一下蘇梓我正在做什麼嗎？」

「阿斯摩太女王還是很擔心蘇大人，真是青春。」

佛爾卡斯攤掌召火，火勢激烈，兩道火舌互相纏繞，娜瑪問：「這是什麼意思？」

佛爾卡斯清喉嚨說：「大概又是女難呢。」

娜瑪立刻理解，蘇梓我那傢伙一定又在她最擔心的時候，跟其他女生乾柴烈火！

18

漆黑中見光洞漸遠漸小，彷彿走進隧道，卻是垂直墜下萬丈深坑；黑布飛走了，頭髮披散，只有七面鏡子陪同自己跌落深處……

「啊！」伊德海拉猛地睜眼，發現自己躺在鐘乳石洞中，平日半臥的黑布消失了，她赤腳站起。剛才的不是夢嗎？

「不對，一切都是夢，這裡是夢境。」伊德海拉想起來了，剛才正要殺死蘇梓我等人，中途卻有怠惰惡魔催眠自己；幾萬年來未曾睡覺的夢之女巫，如今卻被困於夢境，令她越想越氣。

「該死，一定要將那人類碎屍萬段！」伊德海拉大罵，見眼前有一隻睡眠中的藍色公騾，厭惡道：「錫馬奇莫，上次被你僥倖逃過一死，這次你哪裡都別想逃！」

伊德海拉揚起黑紗長袖，夢中魔力任她主宰；她五指一掐，藍色公騾便燒成一團火屑紛飛。接著另一端又見綠度母，那賤女人三番四次背叛，最後還跟姓蘇的結盟，同樣不能放過。伊德海拉一掌轟出強大魔力，十尺外的綠度母瞬間灰飛煙滅！綠度母身後還有二十位度母，女巫同樣看得不順眼，逐一將她們打在洞壁上，化成光點消失。

但再怎樣折磨她們也無濟於事，事實上伊德海拉在夢中禁錮那二十個女人也不是幾天的事，她們意志太頑強，還是盡早離開夢境更為實際。沒錯，要找到那穿著睡衣的惡魔，好像叫貝爾芬格，是怠隋的大罪惡魔，想不到自己會大意栽在她手上。

「我一定要用上比折磨度母殘忍百倍的恐懼來對付她，使她懼怕睡眠，永遠無法入睡！」

語畢，黑裙女巫浮空半尺，在洞中穿梭尋找貝爾芬格，豈料還沒有找到她，卻先看見自己的仇人躺在路上。

「蘇梓我……」

伊德海拉一股無名火起，轟轟氣焰充斥三尺內的空間，化成百枝長矛直直插向地上的蘇梓我！她在夢境中將蘇梓我萬箭穿心、魂飛魄散，又隔空捉住他的魂魄重組，單手用力掐住蘇梓我的脖子吊高，蘇梓我這才睜眼醒來。

「哼，你終於醒了嗎。」

蘇梓我全身無力，四肢垂下地說：「怎麼每個反派都是奸笑三聲後，再問吃飯了沒之類的問題──」

伊德海拉動作快若疾風，二話不說便將蘇梓我「砰」一聲擲到牆上，轟出兩尺深坑。山洞搖搖欲墜，蘇梓我被斷石尖刺劃傷四肢。

伊德海拉喝道：「即使你用無聊的小聰明催眠我，但在夢境內，所有事物得聽從我的指令；一花一草，我要它們枯死就得枯死，你以為能逃得出我的手掌心嗎？」

蘇梓我右手散發光芒，駁道：「本王天下無敵，區區一個妖女的夢境魔法，休想綁住赤龍的力量！」

隨即碎石橫飛，蘇梓我的半臂化成龍臂，洞壁抵不住公爵級的魔力瞬間化為烏有，龍臂一爪伸向夢之女巫──

伊德海拉裙襬一搖，七面鏡成弧狀對準蘇梓我發射絢爛彩光，將他炸成七彩碎片！夢中氣流亦聽從伊德海拉號令，蘇梓我的魔力頓時消失，再度被打回人形趺在夢之女巫面前。

女巫冷冷道：「夢境中我是天下無雙，我要你死多少遍，多一遍或少一遍都由不得你！」

頃刻間，滿洞無數蝙蝠掩過視線，從不同方向衝撞蘇梓我。蘇梓我被咬得遍體鱗傷，不甘示弱旋即雙手舞動火劍，卻見伊德海拉怒目一瞧，火劍瞬間熄滅，女巫一掌把他擊至幾十尺外。

伊德海拉再度變化洞中結構，鐘乳石洞好比巨大生物的體內，洞壁伸出尖刺將蘇梓我亂插在空中；女巫背後取出大刀說：「就算殺不死你，我也要你變成廢人。」手起刀落，目標正是蘇梓我的胯下！

刀光一閃，被砍的蘇梓我再度魂飛魄散——可是連伊德海拉的上衣都被扯走，女巫驚訝得不知發生何事。

同時蘇梓我形體聚合重新站起，笑道：「嘿，大丈夫一諾千金，是時候兌現承諾了。」

「你想做什麼？」

「別問這些愚蠢的問題啦，我們孤男寡女，還可以做些什麼？」

蘇梓我一邊脫衣一邊走近，伊德海拉連忙召喚大劍把他劈成碎片；豈料他又消失了，連女巫的裙子亦被脫下，就像有雙無形之手褪弄著，強行脫下她的黑色長裙。

伊德海拉面色蒼白。「難道你——」

「妳知道得太晚了！」

「怎麼可能，就連我有睡眠抗性都被催眠，你不可能沒在沉睡……不，你在夢境中，代表你也睡著了才是。」

蘇梓我笑道：「所有男人在灌醉無知少女後都是半睡半醒抱她上床啊，妳以為這樣真的沒意識了嗎？哇哈哈哈！」

伊德海拉聞言退後半步，以猛烈魔法砲轟，光砲紛紛轟炸，眼前一片白茫茫的，洞頂崩坍，爆炸聲此起彼落，蘇梓我亦如同斷線風箏被轟飛。但無論夢中的伊德海拉如何將蘇梓我碎屍萬段，現實中蘇梓我已在女巫身上進行懲罰。

「別過來！」

伊德海拉喚劍迎面砍向蘇梓我，但蘇梓我的幻影死纏爛打；夢中有女巫虐殺蘇梓我，現實中蘇梓我則懲罰著伊德海拉。縱使她操縱夢境自如，但與現實結合的情況下，卻無法改變夢中遭遇，不知不覺雙手已被蘇梓我捉住。

「哇哈哈哈！」蘇梓我推倒伊德海拉，同時覺得怪異。「怎麼妳的臉好像一直在變？雖然從任何角度看都很漂亮，但每個角度的模樣都略有不同。」

「我是夢的具象化，就憑你這人類如何捉得住夢？」

「嘿嘿，物以稀為貴，越是這樣說我就越興奮。」蘇梓我使出破幻術，忽見伊德海拉身邊一直有鏡子在半空圍繞，並釋放邪氣，二話不說便丟出七顆火球、摧毀全部魔鏡。

魔鏡燃燒時有妖邪的叫喊聲，如從深處傳來，最後隨灰燼散去。七鏡皆破，邪氣消散，伊德海拉的真身現形，居然是個模樣十幾歲的小女孩！

蘇梓我瞬間彈起說：「比思思那傢伙還要稚氣啊，可惡，浪費本王的時間。」

「我是活了千萬年的古神，你竟敢污辱我！我是魔鏡說過最漂亮的女人，一定要讓你迷戀上我——」

「失去興致了，我要將妳吊在山洞發洩心頭之恨。」

「不——」

夢境到此結束。

19

另一邊廂，娜瑪帶著御林騎士終於來到崑山，山脈繚白縈青，彷若神仙樓閣，一點妖邪之氣都沒有。

唯一的「晴天霹靂」就是娜瑪，她此時頭上有雷電交加，一片烏雲逼近崑山頂；繞山路，見蝙洞，怒氣沖沖地闖入。

「混帳蘇梓我在哪裡？本小姐親自來叫你起床！」

無人回應，娜瑪高舉閃電照亮山洞，暗罵：「可惡，每次都要人家冒著危險，自己就只顧享樂。」

「——哇哇，不要，放開我！」

忽然洞中傳來女孩求救的回音，娜瑪心想蘇梓我肯定又在誘騙無知少女，正好來個捉姦在床重振王后的聲威，便爆炸破牆而入——

「蘇梓我！其他人在打仗，你又在做什麼？」

娜瑪貫穿洞壁，突襲蘇梓我大喝；但眼前光景卻只是一個頭暈眼花的女孩被吊在洞頂上旋轉，口齒不清地求救：「別在轉了，快我放下來……」

蘇梓我一臉正經，捉住女孩雙腳不停使她轉圈，突然看見娜瑪顯得有點意外，娜瑪也是如此。娜瑪驚訝的是蘇梓我居然穿戴整齊，便問：「你這笨蛋在做什麼？」

「妳這樣也不明白嗎？本王在盤問這小妖女。」蘇梓我又質問旋轉中的伊德海拉：「快將你們復活的目的，還有同伴邪神的一切資料，原原本本地告訴本王，這樣可以饒妳不死。」

伊德海拉像是旋轉中的揚聲器，聲音時大時小，忽遠忽近。她連忙道：「我受不了啦，好暈啊，我投降了。」

娜瑪愣住。「她是邪神？所以你這笨蛋是在盤問邪神……那為什麼不跟我們聯絡？」

蘇梓我不爽地回應：「本王可是費盡心力才破除妖法、從夢境醒來，再把夢之女巫吊起來逼供。其他度母都在療傷，根本沒什麼好玩的，貝爾芬格剛剛醒來五秒後又睡著了，我們是費盡千辛萬苦，好不容易才制伏夢之女巫好嗎。」

蘇梓我又盯著錫馬奇莫，錫馬奇莫機靈回答：「是的，蘇大人差點就被夢之女巫殺死……」

「什麼？本王怎麼可能會被她殺死！」

錫馬奇莫修改說法：「蘇大人雖力量凌駕伊德海拉，無奈伊德海拉對夢境的控制力太過強大，大人得策劃妙計才能將她擒下，花了不少時間，所以來不及跟大家聯絡。」

蘇梓我點點頭，又看向娜瑪反問：「所以剛才妳罵誰是笨蛋？」

娜瑪不敢正視他，回答：「人家以為你又在玩樂忘了時間，因為其他人都在打仗，所以才急了些，想提點一下……哇啊！」

蘇梓我二話不說便衝到娜瑪身邊，猛拍她的頭：「區區女僕居然懷疑自己的主人，本王日理萬機，妳又豈能窺探本王的真意。」

「好啦……對不起……」

「——大公閣下，」佛爾卡斯替娜瑪解圍，稟報：「從香港傳來的戰報，已成功破獲廣東邪教的基地。同時莫斯科教會亦正式向邪教宣戰，戰報滿天飛；而我們身處敵方腹地，正好能扼住敵方咽喉……」

「又是雅典娜的主意吧？她最會吩咐別人。」蘇梓我又把憋屈發洩在娜瑪的腦袋上。

「哎唷。」娜瑪抱頭盯著蘇梓我。

20

幾則戰報傳來。

十一月十二日，在中國正教牧首任命儀式發生意外的翌日，中國教會將所有責任推到聖火教身上，隨即把聖火教列為犯罪組織徹底取締。同日，聖火教指控幕後黑手應為中國政府及國內復活的邪神，正式向邪神宣戰，解放大陸正教徒。

三日後，香港與廣東教省開戰，聖火教大捷，空中花園進入廣州市，摧毀市內全數邪神雕像。中國教會從廣東教省撤離、重整軍勢，投入正規軍隊還擊。

同日，一度傳聞死於北京的莫斯科牧首尤里一世，祕密返回俄羅斯，並得到俄羅斯政府支持，向中國教會宣戰。中國一方指控尤里一世為冒牌貨，挑釁中俄關係，中方絕不向霸權主義低頭。大戰一觸即發，其餘周邊國家仍在觀望中。

與此同時，美國新教會忙於與墨西哥出現的惡魔軍團戰鬥，惡魔軍由赤龍率領，美國國民與信徒驚見撒旦知道審判已近，全力抗戰。戰爭一進一退，撒旦與路西法擊退新教騎士，更一度逼近美墨圍牆；但在天使聖歌團的增援之下，撒旦最終退守至惡魔的尾巴，抵擋天使入侵魔界。

另一宗教巨頭，埃及開羅聖教會則養精蓄銳，在末日關頭宣揚世界的真實，號召信徒前往開羅，準備反擊天使。縱然與兩邊的主戰場都有點距離，但安東尼將軍沒有放棄，希望能支援東方戰場，圍攻天使與邪神在中國的勢力。

只是東南亞地區長期處在中國支配下，尼泊爾、緬甸、孟加拉等國都是中國西南部的後援倉庫，據聞都正運送信徒和資源支援中國教會，這無疑對消滅中國這龐然巨物又添一重障礙。

以上是娜瑪簡單報告給蘇梓我，他陷入夢幻魔法時發生的事，並道：「聽說俄羅斯已派遣太平洋艦隊逼近東海，不過東海有兩個邪神達貢及海德拉，即使現代的艦隊也暫時束手無策。」

佛爾卡斯補充：「阿斯塔特閣下與雅典娜小姐雖在南方戰線取得勝利，但在沒有兵力增援的情況下，僅只能佔領廣州，無法再近一步。」

娜瑪說：「中國東北戰場則交由莫科科正教會與俄羅斯陸軍負責，但他們沒有強大的武器打破僵局，因此雅典娜才希望我們能在中國境內製造一些混亂。」

蘇梓我點頭。「聽起來很有趣，搞破壞我喜歡。」

娜瑪又說：「這次任務必須盡快進行。就算俄羅斯有能力與中國打持久戰，聖火教也無法支撐太久。萬一東南諸國的援兵和物資抵達，到時將有一大群邪靈入侵香港；就算是你，一人也阻止不了幾十萬大軍，更何況根據《啟示錄》，他們將有二億軍力呢。」

蘇梓我向娜瑪確認：「妳帶來的只有一千名士兵？」

「對，但我們還有撒馬利亞五騎士、貝爾芬格、錫馬奇莫和二十一位度母。」

「我們可以到哪裡駐紮？」蘇梓我沉思嘆氣，其他魔神見蘇梓我認真起來，亦苦惱何去何從。

這時綠度母吭聲說：「那個……」她欲言又止。

「本王不是什麼可怕的人物，快說。」雖然蘇梓我一直拉扯娜瑪的雙馬尾，看起來沒有半點說服力。

「王宮的話，應該能與蘇大人的身分配合……我想。」

「王宮？紫禁城嗎？妳打算用這裡的一千兵馬反攻北京？」

「不……是這裡。」綠度母指著桌上的地圖。「布達拉宮，拉薩。」

「拉薩？為何選擇這座偏遠城市？」蘇梓我反問。

「那裡曾供奉文成公主與尺尊公主，雖然正教傳入中國後寺廟被強行拆除，但聽說文成公主與赤尊公主像依然保存在布達拉宮地底；當地有祕密的地下異教徒，或許能試圖聯絡他們，讓他們協助蘇先生，也能協助救出散落全國的其他地方神。」

白度母亦說：「王宮不能沒有王。我和姊姊是文成公主與尺尊公主的轉生，這樣蘇大人就是我們的王。」

蘇梓我覺得有趣，於是問吊在空中旋轉的伊德海拉：「有什麼邪神在拉薩嗎？」

伊德海拉答：「那裡由中國政府自行管理，克蘇魯叫我們不用理會。不過以做夢人口計算，拉薩最近流入幾萬人口，應該是人類的士兵吧。」

「你們與中國政府的關係不淺呢。」

「我才不管那些人類，只是克蘇魯說要跟那些人合作，還有墮天使什麼的，我們覺得有趣就照辦而已。」

「所以這次邪神復活是克蘇魯策劃的？早知如此，當時無論如何都要劈死他才對！」

伊德海拉說：「克蘇魯好像也是被天使威脅的樣子。現在一想……我們古神搞不好是被天使利用，用來阻擋人類魔王和破壞人類宗教。」

戰況複雜，但仍得先顧及眼前狀況。蘇梓我說：「拉薩也好，只要佔領布達拉宮，同時也能阻撓東南亞的輸送，確實是個好方法。」

娜瑪見蘇梓我認真研究戰況，心感欣慰。「不過我們只有一千軍馬，要攻破拉薩這大城市有點困難——哎啊。」

「妳就只會說掃興的話。」蘇梓我輕敲娜瑪頭頂，接著環視眾人，視線停在伊德海拉身上。

此時又多了一個難題，蘇梓我懊惱道：「女孩子不能吃，也不能殺，又不能讓她亂跑，把她留在身邊使役好了。」

娜瑪說：「但她可是邪神啊。」

伊德海拉閉眼別開臉說：「我才沒那麼壞，既然你們不殺我，我也不害你們。」

「看吧，她好像變好了。」蘇梓我忽然心生一計。「咦？說不定大名鼎鼎的夢之女巫能替我們引開敵人？」

伊德海拉猛地搖頭。「我沒有邪氣附體，沒辦法啊！」

「妳去嚇一下敵方就好，我會派人輔助妳的，嘿嘿。」

21

公元七世紀初，雅魯王朝第三十三任贊普松贊干布統一西藏；為削弱地方貴族勢力及展示自己王權，決定將權力核心遷至拉薩，並在瑪布日山上興建吐蕃帝國的王宮。

相傳觀世音菩薩與度母皆住在補怛洛伽山，而身為菩薩轉生的松贊干布，又迎娶綠度母轉生的文成公主及白度母轉生的尺尊公主，自然將王宮以「補怛洛伽」命名，即「布達拉」，便是布達拉宮的由來。

紅白相間的布達拉宮依山建砌，有如矩形積木高低起伏，雄踞整座山峰，聳峙於拉薩最高點。一千三百年來沒有其他建築敢冒犯布達拉宮神聖不可侵犯的高度，沒有一磚一瓦能高於布達拉宮——好讓供奉松贊干布與兩位公主的寺廟能俯瞰國土。

然而世易時移，藏傳佛教早被正教瓦解，布達拉宮如今只是文物保育建築，所有異教徒都被迫改信正教——至少表面上是如此。

在正教堂林立的拉薩市內一直有默認的共識：地下教徒只要保持低調，不保存佛經，口耳相傳佛法，正教就會視而不見。原本中國政府與正教都不怎麼管西藏地區，直至今日有數萬解放軍進駐市內，連原本的正教西藏教省的主教長也變得相當怪異。

最近傳聞，年屆七十的主教長竟好像返老還童，變成壯年男子，左臉發紫，雙眼深紅，而且性慾旺盛，市內婦女失蹤的傳聞都與他有關，百姓都說他被水蛭污染了。

不過百姓無法反抗，城內駐軍同樣是鬼魅的一伙。他們押送從尼泊爾入境的奴隸，聽說要在拉薩進行什麼召喚儀式，市民都人心惶惶。

但沒人會拯救這偏遠的城市，正值多事之秋，佛教存亡之際，拉薩又出現了邪神作惡。據報，夢之女巫在拉薩東北二十公里外誘拐村民，警備團拿她沒轍，不得以只好要求拉薩駐軍支援。

另一邊廂，西南方有從尼泊爾前來的奴隸車隊，一千人左右的規模，由裝甲車護送。拉薩附近都是黃土山脈，峽間一條長直公路上有幾百尺的車龍，裝甲車穿梭在囚車之間押送奴隸；囚車上的奴隸都面無表情，領頭的裝甲車都是狂熱的邪教徒，邊大笑邊將奴隸送往拉薩。

「哈哈，又多一千人了，這樣主教大人就能解開布達拉宮地底的寶藏吧！」

「這樣我們就能得到永生，天堂會有無數處女等待我們。」

裝甲車廂播放著詭異的經文，是人類無法理解、殘缺的話語，但狂熱信徒樂在其中。他們交換水蛭吸血，又在車上練習邪術、吸毒、吞雲吐霧；開始產生幻覺，覺得世界越來越慢，一雙眼皮越來越沉重……

公路兩側山脈飛來大量黑影，蘇梓我拖著半睡半醒的貝爾芬格降落車隊旁邊，此時狂熱信徒和奴隸都已陷入熟睡，一旁的娜瑪說：「什麼不直接把拉薩的士兵全部催眠就好？」

蘇梓我答：「笨蛋，我們是正義的魔神，又不是來屠村，把所有人都催眠，就沒人見證了。」

娜瑪不服氣。「可是你這方法真的行得通嗎？」

說著同時，黑騎士團把囚車上的民眾帶下來，與魔族交換衣服。蘇梓我答：「黑騎士都是高階惡魔，假裝人形不就是惡魔的專長嗎？」他又吩咐錫馬奇莫：「等下你叫醒那些奴隸，與貝爾芬格一起護送他們乘翼馬離開拉薩。完成後就去撒馬利亞休息吧。」

錫馬奇莫道：「蘇大人要小心。」

「沒什麼好小心的，我本來就是人類，根本不會被發現。」

娜瑪插話：「雖然是裝成尼泊爾人。」

蘇梓我派出了伊德海拉引開拉薩教會的注意。如今市內都是解放軍駐守，他們不像教會騎士的鼻子那麼靈才對。

蘇梓我的計畫是將千名黑騎士與千名奴隸交換衣著和身分，自己也走入囚車，再解開狂信徒的睡眠魔法。

他從伊德海拉身上習得擾亂夢境之法，讓那些軍人分不清夢境與現實，讓他們在夢中以為自己仍駕車押送奴隸，待醒來時認為只是不小心睡了幾分鐘，便繼續行駛，不知此時囚車裡的奴隸已被掉包。

一小時後，蘇梓我等人順利以奴隸身分入城，天空剛好一片彩霞，映在半山王宮；本是莊嚴華麗的景色，可惜廣場上的狂信徒粗魯地呼喝奴隸下車，把新來的「祭品」們押送至布日山下的奴隸營地，破壞了千多年來的神聖。

拉薩聖地今非昔比，穿著破爛布衣的綠度母回看夕陽下的山城，除了感到惋惜，還感到有怪異的氣息瀰漫街上。縱使拉薩的市民沒像日月山村的農民那樣變成妖怪，不過在綠度母看來是同樣的氣息。

「布達拉宮的地底下……」

文成公主的古老記憶不由自主地襲來。

22

——聯合廣播時間。

轟耳聲響迴盪，廣場一眾奴隸聽見四方傳來廣播，都顯得不安；只見大街小巷的電燈柱上、教堂大門、瑪布日山頭、白宮每級樓梯、紅宮屋簷下，揚聲器無處不在，同時廣播：

「很可惜，又一天結束了。」男聲的廣播迴響：「今天的處刑時間又到了。你們這些異教徒連這點小事都做不好，下輩子好好反省一下吧。」

接著巨大的引擎聲蓋過廣播，幾輛坦克與貨車駛進廣場，步兵舉槍威嚇現場的奴隸退後，騰出空間讓貨車傾倒出一堆染滿血跡的屍體；屍體尚未腐爛顯是剛死去不久，硬邦邦地疊成一座小山丘。

「十人、二十人、三十人……」娜瑪邊數邊顫抖，蘇梓我按下她的手。

「別數了，都是死去的人，就算妳把坦克全炸了也不會復活。」

娜瑪沉聲道：「太殘忍了，就連死後都要當眾羞辱嗎。」

此時其他軍人拿起火把圍在屍堆旁，準備燒掉。娜瑪見狀生氣地問蘇梓我：「那些壞人每天都在屠殺百姓，每天都在燒屍，笨蛋你不生氣嗎？」

「每天都殺這麼多人，一半都是女生的話，當中又有一半是少女，一半的一半的一半可能是美女……」蘇梓我忽然咬牙切齒：「怎麼會不生氣，連女人都殺，他們還是人嗎？」

同時拉薩廣場燃起大火，屍體雖無法言語，現場卻彷彿有無數靈魂在哭訴求助，綠度母只能默念經文超渡。

裝成尼泊爾奴隸的蘇梓我一眾人，被拉薩軍官繼續押送到臨時搭建的集中營，幾百間木屋總共擠上萬人，全都是隱性的異教徒——包括從尼泊爾來的佛教徒，至今尼泊爾仍暗地裡信奉佛教為國教。

夜幕低垂，當晚蘇梓我安分守己，在長方形的狹窄空間內跟同房的平民蒐集情報。

「聽說拉薩附近發現夢之女巫在破壞，好幾村的村民都被拐走，於是主教長率領軍隊前往驅逐，如果明天『儀式』因此中止就好了。」

蘇梓我問：「是什麼『儀式』需要每天大量殺人？」

那奴隸一聽面露驚惶，左顧右盼後小聲回答：「復活古神啊。傳說布達拉宮地下有古神遺蹟，藏有遠古時代的超級武器，但需要合適的靈魂才能解開……詳細情形我也不清楚就是。」

此時傳聞中的夢之女巫完成任務，突然現身，立即被蘇梓我責備：「又是你們邪神的信徒，真是瘋了。」

「我才不知道呢，好不容易才跟你的手下在外面裝神弄鬼，現在又趕回來讓你差遣，這樣我還不夠善良嗎？」

「不信，給我摸摸妳的黑心。」

蘇梓我一手摸上她的胸部，只見她跟以往判若兩人地求饒，堅稱自己清白：「我是這星球掌管夢境的善神，沒有做壞事，只是偶爾會偷窺人類的春夢而已！」

綠度母附和：「好像是呢，感覺之前禁錮我和妹妹們的那個夢之女巫已不復存在。」

伊德海拉綻放白光，拍拍胸口說：我可是夢之女神，別再將我當成壞人了。」

蘇梓我感嘆：「難道邪神的本質都是如此嗎。」

「都是如此善良！」

「那善良的女神，妳知道妳有同伴牽涉此地嗎？他們大費周章每天獻上生人活祭，想復活古神解開地下不知什麼武器，絕對不能落入那些瘋子手上。」

伊德海拉別過臉。「不知道。」

——晚餐時間到。

木屋外再次傳來廣播聲，蘇梓我也肚子餓了，二話不說就拉著娜瑪跑出屋外排隊。集中營中間一塊空地上擺有熱鍋熱粥，一旁有軍官監視眾人。一名軍官見蘇梓我如此充滿活力，一馬當先跑來搶著吃飯，笑道：「決定了，等下就輪到你們貢獻靈魂，吃飽後就跟來！」

◇

夜深，被選中的蘇梓我、娜瑪還有綠度母和伊德海拉，加上若干黑騎士被押往山上的布達拉宮。黑夜滿天星宿，赤色、金色、藍色的星光點綴銀河。「今天深遠星空的排列充滿力量啊。」伊德海拉抬頭說著。

克蘇魯神話裡都喜歡在特殊的星球排列下召喚古神，不過，蘇梓我對古神守衛的武器更感興趣，至少不能讓那些軍人信徒得逞；娜瑪有時也說得對，他這本英雄不出場拯救世界，誰來拯救？蘇梓我如此想著。

平日被視作異教古蹟、守衛森嚴的布達拉宮，只見巍峨矗立、順著山勢的不同殿宇連成一體；繞過一道又一道的正門後，是壯麗宏偉的大殿，亦有孤寂的廟宇。全都超過數百年歷史，甚至千年前的痕跡猶在，紅宮正中央的法王殿相傳就是從吐蕃帝國保留下來的。

月光從木窗滲進大殿，檀木香味撲鼻而入，殿上供奉松贊干布的本尊——以密宗的術語，即是曼陀羅中的菩薩像。

「前進！別停下來！」

士兵粗魯喝令打破了法王殿的莊嚴氣氛，他大力推著蘇梓我走到佛像身後，赫見有百尺樓梯通往地下；按照地理，應該就是瑪布日山的中心。

樓梯盡頭豁然開朗，眼前是一座圓形的地下廣場，四周有八十一尊坐姿的佛像包圍，有兩、三尺高；火紅梁柱牆漆與佛像金光閃閃，和地上法王殿有異曲同工的莊嚴感。

綠度母猛地驚覺。「立體曼陀羅！」

蘇梓我小聲問：「什麼是曼陀羅？」

綠度母耳語道：「真言密教的最終奧義，密宗之祕是凡人無法理解，只能以圖像昭示凡人，那便是曼陀羅。」她望向圓壇天花板。「我知道他們想要召喚的神了……」

23

砰！原本走來的樓梯入口被四尺高的木門隔離，將蘇梓我一行人禁錮於半球狀的地下室內。像穹頂的星象館般，地下室樓高二十尺，能容納千人席地而坐；牆壁有環形陽台高六、七尺，站滿綠衣軍人，抬著步槍來回踱步。蘇梓我等人只能站在地上，抬頭仰望環顧四周，心中盤算接下來會發生何事。

蘇梓我繼續問綠度母：「妳知道他們在做什麼？」

綠度母點頭。「曼陀羅主要有三個作用，第一能將森羅萬象的真理『可視化』，以幾何圖案在肉眼前呈現，供人窺探奧祕。第二則是類似西方的魔法陣，凡人禪修入定之際容易招惹魑魅魍魎入侵，必須築起方形或圓形的土陣為結界保護。」

「前兩者不太像眼下狀況？」

「所以便是第三種，古神召喚的曼陀羅，是源自古印度的術法。」綠度母凝重解釋：「這不但是曼陀羅，還是立體曼陀羅；不止地上圓形法陣，還有牆上諸佛像，這整個地下室就是個立體的魔法陣，與地上法王殿的曼陀羅魔法陣互相呼應。」

法王殿是其一，其實整個布達拉宮的紅宮都以立體曼陀羅形式建造，內圓外方，三千佛像林立，四角分別鎮守降三世明王、軍荼利明王、大威德明王、金剛夜叉明王。

「五大明王唯獨欠缺中央的不動明王。」綠度母說：「如此格局，那些軍人顯然是要召喚大日如來！」

「大日如來……」蘇梓我重複一遍。「聽來名字很響亮。」

二樓陽台的軍官聽見蘇梓我大叫，不禁皺眉。「你們是什麼身分，怎麼會知道？」

綠度母對軍官喊道：「你們不會成功的。大日如來已不受六道束縛，不會被你們召喚而來。」

但她的發言卻引來哄堂大笑，一位軍官答：「誰說我們要召喚那個超脫俗世的如來，我們只要如來的力量打開地下寶藏，即使召喚出來的是殘缺品。」

「殘缺……就算明知失敗也要召喚嗎？」

綠度母聞言大驚，但蘇梓我聽不明白，娜瑪便解釋：「與死靈術有點類似，他們想用負面情緒召喚出不完全的大日如來，所以才用人類靈魂來生祭。」

軍官說：「你們知道太多，應該有死的覺悟了吧？」接著他揚手一揮，地下囚房的前方牆壁升起，門後居然有一大群低聲咆哮的老虎，似乎被吵醒十分不爽。

軍官高聲笑道：「讓你們享受在恐懼之中死亡的滋味。」

一眾士兵拍手看好戲，奴隸們左右退後讓出一路，中間蘇梓我隻身步向虎群，眼皮一闔一開，黃金龍瞳怒視群虎！牠們馬上變成小貓跑向角落伏地，或猛抓身後牆壁想翻牆逃跑，動物的本能反應比人類更加真實。

軍官瞪大雙眼。「到底是什麼人？給我開槍殺了他！」

時間彷彿靜止——蘇梓我同時用預視術摸清地下室的所有通道數量、防守人數，並念動通知娜瑪，娜瑪立即投出閃電火封死二樓退路；同時以此作為暗號，房內五百奴隸脫下人類外皮，一時群魔紛飛，隨黑霧襲向二樓！士兵們慌忙舉槍亂射，惡魔左閃右避；子彈射中黑騎士的皮膚反彈，只留下灼熱傷痕，但士兵則已身首異處。

密集槍聲和硝煙蓋過視線，一片混亂，卻無阻蘇梓我飛到二樓，將士兵丟到虎堆處置。士兵們慌忙四散，但逃生門前沒有人能通過娜瑪的威勢，她兩、三下工夫就把在場士兵全部收拾。

「把那些人統統丟下去餵老虎吧。」

「不，我不想死，啊——」

一個個身影被丟下，滿地鮮血、血肉模糊，綠度母大叫：「不行！這樣會污染曼陀羅！」

可惜一切已太遲。蘇梓我不知召喚大日如來的儀式已接近完成，就差一些鮮血——忽然室內邪光閃爍，地上血池泛起漣漪、焚燒的真火疊起三尺，赤光中冒出全身火焰的憤怒凶神！凶神站在虎群面前，體格如巨熊，右手持智慧劍，劍身纏有火龍；左手捲金剛索，能纏萬魔；口緊閉，露尖牙，金剛索一揮就火把眼前屍體燒燃殆盡。

綠度母大驚：「大日如來……變成邪神失控了！再不阻止他，整個拉薩可能都會被夷為平地，大日如來可是密宗擁有最強大力量的佛陀！」

娜瑪緊張地說：「難道中國軍方有辦法控制邪神？總之不能讓他們或大日如來亂來。」

「但大日如來法力無邊，換成你們的說法即是地方一等神，如今與邪神結合更不能輕視！」

娜瑪喃喃道：「受邪靈感染後力量暴增，難以估計，看伊德海拉便知道。」

蘇梓我輕拍娜瑪頭頂。「就是給本王暖身的程度而已，讓我給他冷靜一下。」他語畢躍下，立體曼陀羅頓成他與大日如來決戰的圓形鬥獸場。

受感染的大日如來赤臉猙獰，右目開、左目閉，單眼怒視蘇梓我，吐出灼燙的聲音：「來者何人，因何喚醒本座？」

蘇梓我同樣召出一雙火劍，得意說道：「不管你是什麼如來佛祖，我是來把你喚醒的。」

兩方各有充斥每處空間的火焰在後，寸步不讓，樓上圍觀眾魔不得不出盡全力保護自己，才有辦法近距離見證二神相鬥。

24

大日如來屹立於曼陀羅正中央，智慧劍朝天，金剛索垂地，全身冒火，使密封的地下室變成火爐一般。二樓圍觀的眾魔以結界護身，聚精會神，尤其娜瑪緊盯蘇梓我，卻見他的身影瞬間在火光中消失──

「受死吧！」

蘇梓我旋轉雙劍，颳起焚風直擊大日如來，不過大日如來只是劍尖朝向火龍捲一刺，截中蘇梓我的雙劍劍脊，空間一震，焚風化於無形，大日如來依舊不動如山。

同時壁上八十一尊佛像浮雕有金光聚向智慧劍，劍身發出龍吟，纏劍火龍猛然幻變成巨獸、撲向一角──那正是蘇梓我隱身的所在之處！

蘇梓我橫躍躲開，火龍轟炸在地炸出兩尺深坑，這緋紅的空間已是煉獄模樣。

他大喊：「這樣暴力的如來佛還是第一次見啊！」

但大日如來雙唇閉上，只露出左右獠牙，二話不說，左手微抖便使金剛索如鑽石般堅硬，將空間劃成兩半直劈蘇梓我。

蘇梓我左手橫劍一擋，劍刃應聲斷飛；右手再擋，劍刃同碎，化成火屑消失。反觀大日如來拉回完好無缺的金剛索，單目盯視蘇梓我，彷如刺穿心神，毫不讓他有機可乘。

「暫停！」蘇梓我大喊，接著蹲下。

觀戰的娜瑪擔憂道：「那笨蛋想幹嘛？」

見蘇梓我召喚出火神鎚，悠閒敲打斷劍、修復劍刃，室內鏘鏘聲迴盪。大日如來感到狐疑，眾人亦看得緊張，蘇梓我卻偷笑——

「有破綻！」

他瞄準大日如來的額頭擲出火劍，劍軌快如閃電，卻逃不過大日如來的法眼；如來閉氣一揮，智慧劍光弧形砍落飛劍——但這都在蘇梓我計算內，又緊接擲出火鎚！火鎚掠過大日如來頭頂，陷入其身後浮雕數吋爆炸，碎片橫飛，原來目標是要摧毀曼陀羅法陣。

「哇哈哈哈！」蘇梓我瞬移到大日如來身後，奮力踩向大日如來下盤，雙手抓住對方肩背，將比自己高出一顆頭的大日如來拋上天花板！

「看你不動明王如何不動！」

大日如來離開了曼陀羅後法力減弱，此消彼長，蘇梓我手背發光，丟出火球把如來釘在天花板壁中；剩餘的左手一劍直抵大日如來咽喉，將其陷入石壁中無法動彈——

突見金光照堂，大日如來身軀放大十倍，衝破天頂大洞、飛出山外！蘇梓我見狀，立刻變成赤龍破洞而出，兩巨神再戰於拉薩上空。

「變大是吧，就看本王如何收拾你！」

蘇梓我吸納天地雲霧，吐出破空的地獄火球！夜空頓時亮如白晝，火球來得急勁，而大日如來身軀放大無法迴避，便念頌經文——

左手佛光乍現，一陣幽香，竟照出萬丈光芒掩蓋了火球！這是更大規模的光屬大砲，蘇梓我不及閃避，硬擋下佛光「砰」聲墜地。

娜瑪等人追出來查看。「笨蛋沒事吧？」

蘇梓我緩緩站起，好在只有胸口被直擊的龍鱗變形，代替了金光的擊殺。

綠度母大叫：「那是大日如來的絕技，也是密宗最強心咒的『光明真言』。」

「可惡，為什麼你們嘴砲特別強！」蘇梓我鼓翼騰空，高聲怒哮，以兵裝術召喚出一百長矛，齊射向大日如來——

長矛魔力纏身，每支都足以毀滅村落；大日如來拚盡法力，全身火焰直燒天際，以劍索逐一打落長矛；長矛彈到地上爆炸，衝擊波使拉薩市內的樓房窗戶盡碎。黑騎騎兵紛紛掩耳，就連娜瑪都差點被爆風吹倒。

然而赤龍嘴角上揚。「你中計了。」

原來長槍沾上了寒冰魔法，大日如來每砍一劍，劍上火龍都被冰槍降溫，轉而黯淡。蘇梓我消失於黑夜，這次從頭頂偷襲，以泰山壓頂之勢伸出龍爪、捉住大日如來，兩方一同撞向地上了廣場——

山搖地動，方圓百里都能感受到彷若千噸火藥爆炸的震盪，不止市內百姓以為末日來臨，就連群魔都看得心驚膽戰。

不過對兩位巨神來說都只是暖身，大日如來奮力一躍，重擺架勢與蘇梓我對砍！先是火龍一劍，掠過之處盡成焦炭，逼退蘇梓我迴身閃避，再從死角擲出金剛索綁住龍足——

蘇梓我嘗試掙脫，但見大日如來面容扭曲，凝氣奮力將他繞轉一圈拋出十里之外！衝擊下蘇梓我心神漸遠……幸好及時凝神，瞬間再長出四翼，背上龍鱗如光點散落，化成六翼赤龍站穩夜空。

「混帳東西，本王被惹火了。」

龐然赤龍高速衝向大日如來，準備厲聲大喝——

地上的娜瑪掩耳大叫：「張開結界！」

那是沙克斯的盲聾術，以音波奪去敵人感官，能輕易使人盲聾，但當對手換作大日如來，只得花上百倍魔力咆嘯！大日如來猶豫了片刻，仍馬上揮劍反劈赤龍，赤龍亦還擊一爪；金剛索與火球交錯來往，凡人皆盲看不見其色，卻能感受其壓迫殺氣；凡人皆聾聽不見其響，內心卻跟隨二神的出招鼓動，心臟快要破裂。

——又是花香？

只見大日如來左手勾著金剛索，雙手結印，寶珠蓮花憑空冒出，光明照遍大地，是為光明真言——

但見赤龍預視、轉移，凌駕光砲之上，飛在大日如來頭頂念道：「唵．阿謨伽．尾盧左曩．摩賀母捺囉．麼抳．鉢納麼．入嚩攞．鉢囉韈哆野．吽！」

「不可能！」

光芒超越空間所能承受的極限，拉薩化成清白一片，沒有顏色，持續數分鐘。

25

碎石剝落的聲音，有人踏在冰冷瓦礫上，另一邊又有熊熊大火發出啪啦聲響；白光漸漸退散，世界恢復原本的聲音和畫面。此時拉薩仍是凌晨兩、三點，不過市內一片凌亂，山上也穿了個大洞，可謂面目全非。

大日如來盤腿安坐山頭一角，赤龍則拍翼飛在空中與其對峙。蘇梓我說：「你認輸了嗎？」

「嗯……很好。」大日如來的怒火熄滅，只有餘煙，遍體鱗傷，空氣恢復高山上的低溫。他祥和地回答：「雖然十分意外你竟懂得光明真言，不過這也是你來到這裡的原因。」

蘇梓我答：「你們的真言很好懂，第一次聽綠度母說時不明白，綠度母再解釋一次就能理解。」

他的二十四字訣：不空光明照遍大地、大手印、珍寶、蓮花、發射火焰吧。

「原來有度母相助。」大日如來被蘇梓我說服了。「你習得了梵語的最高心咒，算是能打開寶藏的半邊大門了。」

「難道你們這些古神又在給我試煉？」

「並非試煉，剛才的戰鬥是真實的，但又變成虛幻。」

蘇梓我聽得不耐煩。「總之你現在就投降，把寶藏和武器交出來，還有幫我趕走那些邪教瘋子。你也想重新住在拉薩、教化人類吧？」

「事情沒這麼簡單……」大日如來說到一半，四周忽然布滿騎士，在月光照映下連綿排列山上，一重重地包圍住他和蘇梓我。

蘇梓我冷聲道：「有嘍囉來掃興了。」

大日如來以神力傳音說：「撒馬利亞的赤龍，我已無法幫上什麼忙了，抱歉。」

——發射！

忽然一個橫跨山嶺的巨大繩網覆蓋天際，拋向大日如來！大日如來重燃火焰，大喝旋劍一同劈開天空與繩網，火焰將麻繩吞噬化成灰。

灰塵中有無數火點如雨落下，蘇梓我凝神一看：「又是水蛭嗎！」

水蛭表面燃燒，卻燒不破邪物表皮，內核無損，從天而降撲向大日如來。大日如來的劍砍不掉漫天水蛭，只能以金剛索迴旋周身，築起結界阻隔水蛭入侵，同時回頭傳音：「撒馬利亞的赤龍，立體曼陀羅不只兩層，你們想要的東西埋藏在更深的地下。走吧，這邊我替你爭取時間，不必擔心。」

蘇梓我回應：「不用爭取時間，我們聯手把他們消滅就行。」

「不，本座被此等屈辱召喚而來，無法容忍苟且偷安；再者，消滅這群人類對大局毫無幫助，神器比他們有價值多了。假如你背負大任，應該懂得抉擇，現在就帶著光明的力量前往地宮，確保神器入手。」

大日如來邊打邊答，同時更以光砲橫掃山頭；群山四方都有旋轉的魔法陣發砲還擊，彩光亂飛，炸得整山燃起大火，殺聲四起。

見大日如來置生死於道外，或者說，佛陀本就是超脫於生死輪迴之外，蘇梓我似懂非懂，轉身用念動術吩咐娜瑪：「立即派兵佔領布達拉宮，妳跟我一起回去立體曼陀羅的地下室看看。」

分秒必爭，黑色翼騎包圍宮殿，蘇梓我與娜瑪重回地底法陣密室，尋找大日如來所說的第三層曼陀羅。眼前石壁滿是裂痕，天花穿了個大洞，地上曼陀羅的圖案亦是殘破不堪。

娜瑪蹲下查看。「這裡不像有暗道通往地下呢，還是用暴力炸開地板看看？」

「不。」蘇梓我搖頭。「本王是繼承光明真言的英雄，大日如來說光明真言能打開寶藏的半邊大門，所以……」

忽然遍地開滿蓮花，寶珠、光明、火焰圍繞蘇梓我旋轉，發出魔力振動的聲音。

轟！蘇梓我右掌發射光砲轟炸地上曼陀羅的正中央，赫然炸出一個大洞。娜瑪大叫：「笨蛋，你最後還不是用暴力炸開地板？」

「咳咳，少廢話，看看裡面有什麼。」

地下果然又有空洞，只是氣氛有點不同。

「開燈。」

娜瑪雙手捧著光球，輕輕放下往洞中一照，照亮下層空間；她探頭越過洞口，眼前全是青銅製的空間。

蘇梓我指道：「下去看看。」

「嗚，又是人家。」

娜瑪躍下四尺高的空間，落地聲在青銅室內迴響；抬頭一看，眼前有一個懸空的金屬正方盒，約莫一顆人頭的大小；盒子發出幽光，傳出低沉吟聲，影子投射牆上散發神祕氣息。

「笨蛋，快下來啊，這應該就是你要的武器。」

蘇梓我躍下，一手搶來盒子查看。「話說上次拿了木盒，結果孵出了一個天使。」

「才不是孵出來的！」娜瑪說：「不過看來也有厲害的武器藏在金屬盒中？」

蘇梓我舉盒猛搖，咯咯咯咯，聽見裡面有硬物碰撞聲；又放在光線下仔細觀察，試圖強行拉開，不過金屬盒光滑堅硬，表面也看不出有任何機關。

「娜瑪，就交給妳打開了。」

娜瑪答：「你忘記大日如來說的，習得梵語系的魔法只能打開寶藏的半邊門，所以我們還差另一半啊。」

「荒謬，開了一半門還不能拿走裡面的東西？我脫掉妳一半的衣服就能把妳就地正法啊。」

「笨蛋，你一定是什麼事都只做一半，所以才被迦蘭搶先懷了小孩。」

「妳這可惡的女僕……」

——轟隆！

娜瑪大叫：「別玩了，外面還在戰鬥啊，大日如來那邊不知怎樣了？」

蘇梓我沉默片刻，答：「時間也差不多了，回去把那些騎士全宰了。」

娜瑪隨蘇梓我飛往地上，佛爾卡斯跑來報告：「大日如來閣下剛在山上戰死了。」

「什麼？大日如來他……」

「他是意圖尋死的吧。」蘇梓我把盒子拋給娜瑪。「畢竟是值得一戰的對手，我去收拾那些嘍囉送他給陪葬。」

語畢，赤龍揚長飛往月下，口吐光明真言大砲掃平了軍隊，結束了這一夜。

26

布達拉宮依舊聳立，在夜空中守護拉薩。市內埃力格高舉蘇梓我的頭像旗幟策馬奔跑，黑色鐵騎每百匹一隊，在市內分頭以聖火教的名義巡邏。

斯伯奈克與桀派前往囚禁奴隸的營地，當時所有政府軍與正教騎士已不知去向，任由兩位魔神闖營解放無辜百姓。

桀派一身緋紅盔甲，雖然其貌不揚，但旁邊站著身材魁梧又威風凜凜的女獸人斯伯奈克，她厲聲呼喝：「你們已經自由了，是聖火教前來解放你們的，你們再也不用恐懼受怕了。渴望自由的都站出來吧！」

但當中有人害怕斯伯奈克的模樣。「妳、妳是誰？惡魔真的前來幫助我們嗎？」

「我們是蘇大公忠心的魔神、人類的同伴，不相信的話，你們可以用自己雙眼看清楚，用自己雙腿走出來看。」

與此同時，佛爾卡斯則騎著白馬到廣場迎接蘇梓我。「辛苦大人了，市內秩序漸漸恢復，居民都忙於撲火，對大公閣下是又驚怕又尊敬。」

從赤龍變回人形的蘇梓我一臉疲態，除了睏倦，接連使用大日如來的光明真言也消耗不少力量。他問佛爾卡斯：「敵人的軍隊呢？」

「已從拉薩撤離了，十分匆忙，留下不少軍備，軍營已是空無一人。」

蘇梓我喃喃道：「剛才我在山上也消滅了對方約一千名兵力，看來大部分都被他們逃跑了。」

佛爾卡斯答：「不過大日如來閣下捨命，給拉薩政府軍重創，他們應都元氣大傷才對。」

娜瑪心中惋惜，畢竟都是地方神祇的同伴。雖然對此地文明來說，如來佛應是超脫六道之外，不屬於天道神祇。也許正因如此，大日如來才能灑脫離開。

蘇梓我又發脾氣。「不管了，我累了，已經一整天沒休息過，我要像貝爾芬格那樣抱頭大睡一天！」

「欸，這樣麻煩到我們其他人無法休息啊。我們只是暫時佔據拉薩，外面還有萬人以上的政府軍，不得不提高警戒防備。」娜瑪說。

「不然妳打開那個金屬盒來看？也許裡面會有超強武器，能將敵人全數蒸發。」

娜瑪接過盒子，無奈說：「這東西肯定用了什麼奇怪方法封印，也許是簽下了契約，迫使金屬盒無法輕易打開——咦？打開了……」

娜瑪打開盒子，尖叫一聲，把盒子拋回給蘇梓我。蘇梓我看了看，裡面竟是顆頭顱。這東西就是超級武器？

「算了，先去睡！」

◇

說實在蘇梓我真的累透了，在市內找了間旅店便抱頭大睡，睡夢中依舊聽見娜瑪督促自己的聲音。理想中她的登場應該是春夢，實際上只是個惡夢。

他在床上輾轉反側，突然夢中娜瑪的身影消失，密雜且嘈吵的「砰砰」聲響直接把他拉回現實。他花一秒鐘回過神，看見牆上有強光連環閃爍。

窗框在震動，桌上的時鐘亦被震得翻倒；他伸手拿起來查看時間，正好下午一點整。

「又發生什麼事……」蘇梓我走近窗前，發覺天空有黑騎士正在列隊，氣氛緊張，同時身後房門打開——

「笨蛋你睡醒啦。」

「妳這傢伙沒有其他方法打招呼嗎？」

「這是愛的表現。」娜瑪自動自發地幫蘇梓我更衣。「稍早前，敵人的斥侯在拉薩外圍掠過，雖然被埃力格擊退了一次，但剛剛又再來襲。這次可是主力部隊呢，你也是時候該幹活了。」

蘇梓我伸展手臂穿衣。「那些人類妳用閃電把他們炸清光不就好了？」

「炸不完啦。」娜瑪皺眉答：「你出去看看便知道。」

於是兩人步出酒店，站在大門前見氣氛緊張，佛爾卡斯努力疏散百姓，跑來報告說：「蘇大人，拉薩軍隊回來了，正集結於十公里外，而且戰鬥力比想像中高出不少，先前大人派出去偽裝夢之女巫作亂的騎士全都負傷撤退。」

「不就是人類，居然打不過？」

「不只人類，他們還配有戰車兵隊，在拉薩的主教長掩護之下，他是十分難應付的對手。」

娜瑪說：「今早我有跟他們的主教長交過手，單打獨鬥當然沒問題，但那些戰車的砲火太猛了，還有幾千名配備魔法子彈的士兵，我一人也難以抵擋。」

「妳用閃電火把戰車炸掉就好了啊。」

娜瑪搖頭。「這才是麻煩所在。那主教長從西藏搜括了許多法器，尤其其中八件法器更足以增幅魔力百倍。」

八件法器分別是法輪、法螺、法傘、白蓋、蓮花、寶瓶、金魚和吉祥結，合稱「佛門八寶」或「八吉祥」。拉薩主教長正是搶奪了八吉祥作為祕密武器，使坦克戰車刀槍不入，就連魔魔法亦難以傷其分毫。

娜瑪說：「所以笨蛋你跟我一起反攻吧，連同埃力格侯的黑騎兵在空中掩護……」

蘇梓我打斷她的話：「不對，我們不是已經有超級武器了嗎？」

「你說那頭顱？那東西要怎麼用……」

「那就是妳的職責。」

「欸？你不是常常說，自己是充滿智慧的所羅門王嗎？你的智慧去哪了！」

「那不是智慧能解決的問題。妳最熟讀各地神話，一定知道為什麼大日如來要保管那顆頭。」

「大日如來保管它？」娜瑪問。

蘇梓我反問：「妳不是說盒子可能是因為跟人訂下契約，才打不開嗎？後來大日如來死了，妳就打開了，肯定是因為大日如來這契約主消失了。」

娜瑪沉思，喃喃念道：「光明照遍的大日如來、頭顱……這讓人想起另一個遺失的頭顱呢。」

蘇梓我恍然大悟。「娜瑪妳先引誘敵人到空曠地方，我立即找武器的主人來！」

娜瑪無奈點頭，如果沒猜錯的話，那超級武器確實能帶來毀滅性的破壞，得把敵人引離拉薩越遠越好，自己完成任務也要盡快離開……

「開火！」

忽然數十枚坦克砲彈轟向娜瑪，所幸她已飛到無人區域，總算成功拖住戰車隊的步伐，免得拉薩遭受波及。

娜瑪憐憫地對坦克車隊說：「你們快要死了喔……好好享受最後的餘生，為自己所犯的罪行懺悔吧。」

坦克後方，穿著華麗的拉薩主教長舉起法輪權杖說：「八吉祥只守不攻，帶來圓滿吉祥福氣，就憑妳這惡魔怎能傷到我們？繼續開火，我要把這狂妄的惡魔炸得粉身碎骨！」

娜瑪反問：「如果不是普通的魔法，而是古印度最高主神的魔法呢？」

語畢，戰場氣溫忽然驟降，連坦克的履帶都結了霜，實則是所有熱量都被吸收到半空中的一點——蘇梓我回歸了，帶了一位女伴上陣。

「那顆頭顱是梵天的頭顱。」蘇梓我還不知道如何使用，但在杜夕嵐身邊抱住梵天頭顱，梵天的四首神箭頓成五首神箭；五首神箭有毀天滅地的神力，箭經之處無不成焦土，命中之地則化為塵埃。

杜夕嵐突然被召喚帶來，還穿著睡衣，格格不入的樣子；她拉起初次形成的五首神箭，在百尺外瞄準坦克車陣射去！

忽然世界消音，一道巨大蘑菇雲升起，漸漸變大掩蓋整片天空，坦克所在之地只餘一座深坑和無數火屑。神箭以最暴力的方式結束了對方最後的希望。

第四章

大進擊

1

昨夜米迦勒跟我說了許多，如今魔界的氣氛不太一樣，雖然惡魔現在的士氣亦是大好。

聽說那個人又拿下了邪神，克蘇魯也許不是他的對手，這樣就只有我能揭穿那卑鄙小人的真面目。

對，我已經有了決定。那個人做到的事，我同樣可以做到。

2

拉薩一役，由於梵天五首神箭威力過於強大，拉薩主教長當場蒸發，連同幾千人和戰車同時消失。原址徒留巨大深坑，八件法器留在坑中。

話說回來，杜夕嵐縱使有羅剎血統，仍無法完全駕馭神箭，因此五首梵天神箭威力雖大，卻與原本能毀天滅地的程度有點差距。

「雖然不知道發生什麼事……」晚上杜夕嵐在佔據得來的王宮，對蘇梓我等人說：「不過能幫到你們就好了。」

桌上擺放著梵天神箭及梵天的頭顱。原本神箭只有一首，在射殺刻耳柏洛斯後，吸收三頭犬的地獄火變成四首，如今再加上關鍵的梵天頭顱成為五首神箭。不過神箭與頭顱的組合方法尚未知曉，這大概神箭威力大減、難以控制的原因吧，蘇梓我如是說。

娜瑪回應：「你不是有鍛冶神的火神鎚嗎？可以用這兩種素材鍛造出神箭的完成體？」

蘇梓我盯著頭顱，好像盯著晚飯餐桌上的魚頭、雞頭等。他答：「這可是古神的頭，實在不知如何把它當成武器材料加工。」

佛爾卡斯答：「老身有個想法，有位魔神應該能提供大人意見。」

「是新的所羅門魔神嗎？」

「正是。第三十六位魔神斯托剌，是頭戴知識寶冠的貓頭鷹，擅長百科術，天文地理無一不通。」

蘇梓我說：「有如此便利的魔神為何不早點介紹？」

佛爾卡斯答：「因為是貓頭鷹魔神，與其說是夜行性，不如說是一個年代紀的終結……只有在世道混亂之時才會出現。」

「畢竟第六號角響過了，世界也快要走到盡頭吧。」蘇梓我說：「老頭你立即把那隻鳥帶回來，要盡快鍛造完整的梵天五首神箭。」

「謹遵大公之命。」

佛爾卡斯退下，蘇梓我繼續整理當前情勢。香港戰場，利雅言與耶洗別聯手守住了聖火山；夏思思與雅典娜駕駛空中花園征服廣東教省，大獲全勝，拆盡邪神雕像。莫斯科正教與俄羅斯陸軍三個集團軍駐紮在中國東北邊境，更有太平洋艦隊準備就緒，是正式戰爭的規模。

翌日正午，蘇梓我集結各方宗教代表遠端開會、討論戰略，包括莫斯科正教、香港聖火教及開羅聖教。其中開羅聖教代表安東尼將軍在視訊會議上說：

「幸得迦蘭樞機的幫助，我們聖教兩千名聖殿騎士順利飛抵印度新德里，隨時與蘇主教在拉薩會合。」

「父親大人也來了啊！」在聖火山上的瑪格麗特興奮地說：「這樣我們必勝無疑，一定要徹底清除佔據中國的邪神，把所有邪魔逐出人類的土地！」

蘇梓我答：「當然要贏，不然我們是來野餐嗎？」

娜瑪小聲說：「其實對你來說是來搶女神，意思差不多吧？」二十一度母與伊德海拉都來到布達拉宮，熱鬧不少。

蘇梓我續道：「最終根據聖經預言，大陸邪神至少會有二萬萬的邪惡軍團，即是二億怪物。大陸人口十幾億，按照邪神洗腦平民的速度來看，這數目一點都不誇張。雅典娜妳有什麼主意？」

遠在空中花園的雅典娜，看著電腦回答：「主力部隊始終是莫斯科教會與俄羅斯軍方的聯合軍。不論兵力、裝備，甚至地理位置都比較接近北京。不過單靠尤里一世先生，並無法對抗邪神的龐大軍團，因此必須同時進攻。」

蘇梓我爽快道：「既然如此，本英雄任命尤里一世為北方大將軍，統籌東北戰區；利雅言為南方大將軍，統籌廣東和香港戰線；安東尼為西方大將軍，統籌青藏一帶擾亂敵人後方。最後本英雄當然是大盟主，你們沒有異議吧？哇哈哈哈！」

沒人反對。雖然總覺得蘇梓我不是領袖人選，但以過往經驗，他總能帶領人們創造奇蹟；基於無法解釋的原因，還是由蘇梓我帶領眾人最為合適。於是北方軍團陸海軍合共二十餘萬，南方軍團以死靈為主約十萬，西方軍團在籠絡戰俘後得一萬兵，三方互為犄角、圍攻北京。

娜瑪說：「雖然是很沒品味的命名，但四個方向唯獨欠缺了東方軍團。」

蘇梓我隨意回答：「東方一片汪洋沒什麼好理的吧。」

「不，」雅典娜說：「東方大海正是敵人防守的弱點，如今只有兩大海怪保護，若能消滅海怪我們就能長驅直進，直搗黃龍。」

兩大海怪，達貢和海德拉。蘇梓我問：「有打倒他們的方法嗎？」

突然有道高傲女聲插話：「好久不見啊，蘇大人。在海上與奇異生物作戰，怎能少了我們。」

「賽、賽沛女王。」蘇梓我心一驚。「妳不是在魔界嗎？就算從墨西哥惡魔的尾巴走來中國，也太過遙遠。」

雅典娜代為回答：「在蘇大人離開香港時，賽沛女王與忒爾女王已率領人魚與海妖士兵合流，兵力兩萬，暗渡太平洋，如今軍隊現正埋伏日本海底。」

蘇梓我反駁：「是妳說兩地相距萬餘公里，短期內無法調動她們啊！」

忒爾女王在海底用手機笑道：「因為偉大的賽沛女王有原初神器，能駕馭海流，眨眼間就到啦！雖然仍得用上七天的時間。」

蘇梓我覺得被糊弄了，遂教訓雅典娜：「沒有本王批准，怎能調動魔海軍團？」

「得到了撒旦大人的批准，」雅典娜喝了口茶。「好吧，緊急狀況無法通知蘇大人，請見諒。」

難得雅典娜請求自己原諒，蘇梓我感到飄飄然就不再追究。「那麼本英雄就命賽沛為東方大將軍，負責突襲東海防線。擇個吉時，吃飽飯明天同時出擊，殺他們個措手不及！」

3

能力越大責任越大的蘇梓我，開戰前夕返回魔界撒馬利亞，騎著鵝腿的因波斯飛快抵達北方盡頭，按照佛爾卡斯的指示，在睿智之森尋找知識的主人。

闇色魔空下，高木垂蔭，枝末串串毒果子，引來許多烏鴉蝙蝠。此地沒有腐臭，確實有種清泉的感覺在森林中央，隱約聽見流水聲音。

「你是笨蛋，有資格進入這森林嗎？」娜瑪跟了過來。

「本王的智慧深比海洋，高比穹蒼……哦，剛才這番話真是金句，哇哈哈哈！」

然而兩人在睿智之森走了半個小時，景色依然如舊，完全沒有貓頭鷹魔神的行蹤。娜瑪說：「一定是迷陣的幻術，你看看能否破解。」

蘇梓我便使出破幻術，但眼前曲折枯木動也沒動，根本沒有幻術，單純只是一座錯綜複雜的森林迷宮。

娜瑪說：「假如沒有幻術，我們只是被困在一個不會動的迷宮裡，難道這是在考驗我們的智慧？我想斯托刺一定就在森林正中央。」

蘇梓我說：「那就用最原始的方法，在樹上畫下記號吧。」

接著他走近其中一棵粗壯巨木，卻見樹幹上畫滿各種圖案，不同形狀有如萬花筒，整棵樹都被塗鴉了一遍。

娜瑪觀察周圍其他樹幹，道：「看來每個挑戰迷宮的人都在樹上留下了記號……笨蛋，你畫什麼誇張失真的陽具，小學生嗎！亂畫一通根本認不出來啦。」

蘇梓我沒趣地把當成刻刀的劍收回，再望向腳邊，見枯葉隨風亂飛，就算在地上畫記號也不太實際，可能還會被落葉覆蓋。他問娜瑪：「輪到妳工作的時候了，有什麼建議？」

「本小姐是學識淵博的侯爵惡魔，看見此地讓我想起希臘神話中米諾斯的『迷宮』。」

她接著解說，很久以前有位國王叫米諾斯，他的妻子出軌，與公牛誕下一隻半人半牛的鬼神——米諾陶洛斯。米諾陶洛斯生性凶殘，國王對此十分苦惱，於是下令工匠建造出巨大迷宮讓他居住，實則幽禁那半人半牛的魔神。

由於迷宮結構縝密複雜，連工匠在建好迷宮後都差點離開不了。工匠一方面得走出迷宮，另一方面不能留下痕跡讓牛頭魔神循線破解，於是便用一球毛線沿途記錄走過的路，成功逃出迷宮後再一併回收，不留任何蛛絲馬跡。

娜瑪說：「可是後來這方法被忒修斯知道，忒修斯又拿著毛線球跑到迷宮中央，殺死米諾陶洛斯成為了英雄。」

蘇梓我點點頭。「可是我們手上沒有什麼毛線，」他盯著娜瑪全身。「妳的裙子不是很長嗎？撕掉裙子下襬做記號就行了。」

「笨蛋，這是魔法裙，是我最近用魔法物料縫製的。」

「明天我們就要跟邪神決戰。全天下人類的性命重要，還是妳的裙子重要？」

「嗚嗚……」

「放心吧，不穿衣服的娜瑪本王也喜歡，不對，甚至更好，嘿嘿。」

娜瑪無奈聽命，掀起裙子小心地撕開，一邊走一邊放長裙子的布鋪在地上。兩人穿梭枯林中，又穿過巨木狹縫到另一邊，蘇梓我的上衣都被弄髒，娜瑪豐滿的上圍差點卡住。

由於魔法布料堅韌的關係，娜瑪拉出幾百尺的長布，長裙變成迷你裙差點露出純白內褲，最後終於來到森林中間一片綠洲，唯一一棵立於湖中的大樹。

「恭喜蘇大公破解了迷宮。」

樹上有隻長腿貓頭鷹說著話，雖然這樣形容很奇怪，但貓頭鷹確實有著與身體差不多長的細長雙腳，是隻怪異又戴著王冠的白色貓頭鷹。

蘇梓我抬頭一看。「哦，你就是那個……叫什麼？」

娜瑪在旁提醒：「斯托剌。」

斯托剌自我介紹。「第三十六位的魔神，只有在世界終末之際才有興趣觀察世界的一族，我頭頂上的是代代相傳的智慧王冠。」貓頭鷹魔神笑道：「不知不覺已三千年，第二次天魔大戰令人期待。」

蘇梓我說：「我今天來是為了兩件事，一是要收你為使魔，二是要你說出重煉梵天五首神箭的方法。」

斯托剌同樣爽快地回答：「能在蘇大公身旁見證天魔戰爭是我的榮幸，不過大人需要先找出另外兩位魔神，這樣兩件事都迎刃而解。」

貓頭鷹的大眼深邃不可測，是會走會飛的百科全書，對蘇梓我所求之事亦瞭如指掌。蘇梓我追問是何方魔神，最重要的是男是女？

「是一對牛頭魔神，有翼無翼。長翅膀的是哈艮地，沒長翅膀的是摩拉克斯。」

娜瑪喚起記憶，第四十八位魔神哈艮地擅長煉金術，能將任何基本金屬變成貴金屬，尤其黃金。這亦是所羅門王的王國如此富庶的其中一個原因。

娜瑪續道：「至於第二十一位摩拉克斯，好像是位工匠呢。他們能幫忙重製梵天神箭嗎？」

「不僅是梵天神箭，只要有他們協助，其他原初神器也能重新打磨，還原最根本的威力。」

「聽起來很厲害，」娜瑪追問：「那我的閃電火也能強化嗎？」

「只要有適當的魔法素材便可。」

娜瑪興奮追問：「那麼他們兩人在哪裡？」

斯托刺在樹上回答：「牛頭魔神摩拉克斯，線索就藏在這迷宮當中。阿斯摩太知道迷宮的故事，一定能找到摩拉克斯所在。」

4

斯托剌拍打翅膀，這隻白色貓頭鷹穿過頭頂樹冠鑽在枯葉之中消失。同時娜瑪恍然大悟，說：「摩拉克斯是牛頭半人魔神，形象跟之前我說的故事主角米諾陶洛斯一樣，說不定摩拉克斯就是米諾陶洛斯躲到魔界後的惡魔名。」

蘇梓我答：「但那牛頭人不是死在希臘神話的迷宮裡？結果沒死喔？」

「反正只是猜測，不過我們有其他方法引證嘛。你忘記我們有地方神和惡魔譜系的古書嗎？《天使長拉結爾之書》，蘇梓我已把全書記進腦內，只須用念寫把書中內容摘取到眼前——

愛琴文明，克里特王國王子，米諾陶洛斯……摩拉克斯。

蘇梓我說：「確實是王子遭受迫害，遠離家鄉後成為所羅門王的魔神。」

「所以他這傢伙一生都喜歡住在迷宮呢，摩拉克斯一定也在森林裡。」

「好吧，既然在附近，我就感應看看。」

堪比萬用刀全能的蘇梓我屏氣凝神，從體內召喚出佛拉斯的力量，以「尋回術」偵測森林各方，萬象氣息間尋找本就屬於自己的使魔。突然手背的獸印有所感應，摩拉克斯就在不遠處，正是之前貓頭鷹站著的大樹之中。

大樹直徑超過三尺，高十餘尺，能感受到千年的生命力，樹冠枯葉中能隱約看到一樹屋。兩人越過深藍湖面，飛往湖中央，在樹屋內發現一位雙腳站立的牛頭魔神。

蘇梓我一臉沒趣。「雖說沒有半點期待，不過果然是個牛頭妖。」

牛頭魔神說：「斯托刺已告訴我了，」他瞧見裙子破碎的娜瑪。「淫亂的夫婦將要來找我，他是這麼說的。」

「我什麼都聽不見……」娜瑪委屈淚目地問：「摩拉克斯，你是否願意成為撒馬利亞大公的使魔，與我們一起對抗天使？」

摩拉克斯不禁有所動搖，深吸口氣，拿出一個貝殼和一條線，說：「這裡有一個困擾我幾百年的難題，你們能先替我解憂嗎？」

蘇梓我嘆氣。「又是考驗智慧的難關？經常要睿智的本王出手也太過沒趣，娜瑪妳去挑戰看看吧。」

「好啦，我試試看。」

摩拉克斯續道：「妳看這螺旋形的貝殼多麼完美！就像幾何的螺旋線，沒有半分偏差。我也對數學的螺旋線很感興趣，不但海中貝殼有螺旋線，天上繁星也呈螺旋線分布，是一個巨型的螺旋星雲……」

蘇梓我打斷他：「我們現在沒空跟你閒扯，快說重點。」

摩拉克斯指著桌上的線與貝殼，答：「把這根棉線穿進貝殼最深處，這樣棉線便成為螺旋模樣了。」

「這還不簡單！」蘇梓我推開娜瑪，撿起線頭試圖穿進貝殼中。不過貝殼不單是螺旋狀，裡面窄道屢有阻塞、障礙，如羊腸小道；軟線穿到半途就停下，任蘇梓我怎麼塞都是徒勞。

摩拉克斯說：「當然不能破壞貝殼內部，這樣才是迷宮的難題所在。」

娜瑪嘆道：「對了，這螺旋貝殼也是個迷宮，與森林呼應，是大型迷宮與迷你型迷宮呢。」她伸手向貝殼，卻被蘇梓我擋住。

「不行，我一定有方法破解，妳等著看就好。」

「我也想試一下啊。」

只見兩人圍著貝殼研究，棉線始終塞在貝殼中間，無法貫穿。蘇梓我越來越煩躁，娜瑪也在旁著急。

「笨蛋，不能用蠻力啦。」

「那妳說要怎麼辦？」蘇梓我說：「本王全知全能，無所不能，豈會被區區一個貝殼難倒？看我一拳打爆它！」

娜瑪連忙制止：「等等啦！別這樣。就算你如何厲害，但這方面不是你的專長啦。」

「哪方面？」

「呃，用腦方面……」

「啊？妳敢再說一遍！」

「哇，不要打我。」娜瑪辯解：「我不是這意思，我說，蘇梓我就好像撒旦大人一樣地偉大，區區貝殼如此渺小，配不上你親自上陣嘛。」

蘇梓我冷靜下來，覺得娜瑪說得頗有道理。

「沒錯，本王如此偉大，這貝殼太小了。這樣的話，嗯嗯……」突然樹屋外有蝙蝠、烏鴉在林中穿梭飛舞，十分靈活，他頓時想出辦法。

「我們召喚小矮人幫忙吧。」蘇梓我說：「只要有比貝殼還要小的小矮人，就能鑽到裡面穿線吧。」

「笨蛋你燒壞腦袋啊，哪裡有小矮人？」

說著同時，有隻小甲蟲飛過天花板，蘇梓我說：「就靠蟲子穿線吧。」他逐命令甲蟲引線，但甲蟲不理會，轉身飛走；蘇子我一怒之下便用手指捻死甲蟲，再用死靈術召回甲蟲靈魂，把棉線綁在甲蟲身上，以死靈燭台命令甲蟲走進貝殼。

娜瑪在旁冷嘲道：「你還真是個暴君。」

「一隻甲蟲和人類全體的命運相比，算得上什麼？」他對甲蟲的靈說：「哇哈哈！你立即帶著線頭走到盡頭，不然我就囚禁你的靈魂一千年！」

甲蟲爬進貝殼，見棉線緩緩伸進殼內，不消一會兒便解決了摩拉克斯的難題。

「哦！不愧是撒馬利亞大公。」摩拉克斯心滿意足，忽然長篇大論：「在雅典也有位很出色的工匠，叫代達洛斯，就是建造迷宮幽禁米諾陶洛斯的工匠。不過故事最後，米諾陶洛斯沒有死，他逃出了迷宮，一心在茫茫人海尋找代達洛斯報仇。

「然而苦無頭緒，於是他便想出這道貝殼難題，懸賞萬金。結果引來一位貴族邀請手下工匠解題，一位工匠用了蜜糖讓螞蟻拉線。破解難題的工匠正是代達洛斯，米諾陶洛斯二話不說便斬下他首級，報了大仇，最後流浪他國。」

摩拉克斯對蘇梓我說：「你是第二個能破解難題的人……」

娜瑪連忙擋在蘇梓我面前，架起閃電火。「你敢傷害他？」

牛頭惡魔大笑。「阿斯摩太女王請放心，先祖曾交代，日後只要有人能破解此難題，摩拉克斯就向此人賣命。」摩拉克斯拿出祖傳的代達洛斯水平儀，自我介紹：「在下第二十一位所羅門魔神，擅長匠作術，梵天神箭的鍛造就交給小人吧。」

5

「剩下的另一頭牛叫什麼來著？」

「哈艮地。」

「聽起來很像某冰淇淋品牌。」

蘇梓我回頭問摩拉克斯：「你知道那個叫哈艮地的惡魔在哪裡嗎？」

摩拉克斯答：「哈艮地佔據了附近一帶，統領三十三支百人軍團佔地為王，自封『金牛伯爵』。蘇大公你必須做好戰鬥的準備，那三千多名惡魔都凶猛異常。」

蘇梓我感到疑惑。「魔界北境都是撒馬利亞的領土，在本王領土內居然有人敢佔地為王？娜瑪，這裡是哪位侯王的封地？」

「此地為戈蘭，上次打完彼列後轉封給侯王瑪門。」

摩拉克斯補充：「瑪門貪財，哈艮地能將基本金屬轉換成貴金屬，正合他意。哈艮地一直向瑪門進貢，有瑪門撐腰，他才能毫無顧慮培養私兵到人間搶掠，養肥一支三千三百人的獸人軍隊。」

蘇梓我生氣地說：「換言之，瑪門也是同罪。他管理不佳，居然還讓哈艮地自己封爵，視本王與撒旦於無物，更在戰亂時期做著惡魔的行為！」

「這個……他們本來就是惡魔。」娜瑪問：「所以你要怎麼對付哈艮地和瑪門？」

「抓起來，吊在城門打一頓。」

「笨蛋，雖然他們不尊重你，但你已是一魔之下萬魔之上的大魔王，斤斤計較難成大器啊。如今大敵當前，但魔界仍有很多惡魔不滿人類擔任大公，哈艮地與瑪門不是唯一的例子。你這樣偏袒人類，可能會引來反彈喔。」

「嗯……那怎麼辦？」

◇

當夜，哈艮地與十數名高階翼牛惡魔使用魔空間侵蝕、闖進人間，來到尼泊爾的一座偏遠農村搶掠金屬材料鍊金。那農村沒有教堂保護，任由惡魔蹂躪，手無寸鐵的村民根本不是哈艮地的對手。

「真是沒用的人類，快交出所有鐵器，還有金銀財寶，本金牛王就免你們一死！」

哈艮地雙手握著點石成金的大斧，削鐵如泥，散發暗淡銅光。他與親信十數人列隊踐踏田地，凶形惡相，村民在月夜下慌忙逃難。如獅子入林，所有動物譁然四散，不過並非金毛獅，卻是黃金牛罷了。

哈艮地滿足大笑，他與瑪門最大不同是，瑪門喜歡蒐集財寶誘惑他人替自己工作，哈艮地則是激進、我行我素，與蠻牛部下衝入農家略奪財寶，是侵略派。

一翼牛闖入民房內，見一名黃衣少婦正準備爬窗逃走。少婦身上戴滿寶珠，手抱寶瓶，頭插金釵。翼牛擴張大鼻孔噴氣，興奮大叫：「哎呀！哈艮地大人，發現有一位黃金美女，這次中大獎啦！」

哈艮地與其他親信繞了過來，大步奔向黃衣少婦。黃衣少婦狼狽跌倒，哈艮地撲前暴力地捉住少婦玉臂——

「大膽淫賊！」女聲一喝，紫電吞噬夜空，猛地轟向哈艮地！巨大衝擊逼退牛頭惡魔，他全身麻痺數秒。

「本王乃金牛伯爵，來者何方神聖！」

「本小姐是夢魔女王，金牛伯爵聽都沒聽過。」

娜瑪攜風帶雲而降，雙臂纏電，向哈艮地威風大喝：「看見本女王還不行禮？」

哈艮地握緊大斧，瞪眼緩道：「原來是阿斯摩太女王。我們河水不犯井水，妳打算為了這些人類向本王宣戰嗎？」

「你是瞎了眼吧，剛才被你們這群公牛追捕的可不是普通人類，她是寶源度母，即黃度母，早已歸順了撒馬利亞。所以該由本小姐反問，你們是要向撒馬利亞宣戰？」

哈艮地聞言愣住，低聲道：「聽聞撒馬利亞大公想要我的力量，所以才設下這陷阱嗎……真卑鄙。」

「卑鄙是對魔王的讚美，蘇大公會很高興喔。」

「那麼，妳是要在這裡殺死我嗎？」

娜瑪反問：「你想嘗嘗本小姐的閃電火嗎？」

少女手上紫電在黑夜中明滅，與哈艮地心跳同步。氣氛如箭在弦，哈艮地緊張地道：「恐怕我無福消受，但若女王執意要殺在下、奪走魔神的力量，我們自然是奉陪到底。」

——哇哈哈哈！

一匹赤龍從天而降，蘇梓我以魔力傳音，笑道：「娜瑪，妳怎能對同為所羅門魔神的同伴如此無禮。」

娜瑪放下武器向蘇梓我行禮，哈艮地則是心驚地全身僵直，隨時拚死一戰——

「哈根達……不，哈艮地，本王十分欣賞你的才能，你留在瑪門身邊太浪費了！」蘇梓我高興地說：「你和你的手下一同來本王麾下，我有數之不盡的金屬財寶讓你冶鍊呢。」

哈艮地謹慎回答：「我不太明白閣下的意思。」

蘇梓我答：「所羅門王國因為有你的鍊金術才能興盛，重建一座偉大王國比在山中當流寇有趣吧？」

娜瑪補充：「蘇大公寬仁為懷，只要你答應加入撒馬利亞，過往一切都不再追究，更保證你榮華富貴。」

哈艮地沉思良久，吭聲：「敢問蘇大公，你會如何評價瑪門侯王的功過？」

「瑪門能為王本帶來良將，我會賜他黃金百箱以示獎賞。」

事實上只要得到哈艮地的鍊金術，區區百箱微不足道；反觀瑪門因此失去錢財收入，還遭蘇梓我搶走封地的士兵。乍看像是報答瑪門，實際上卻是對他的警告。

這當然對哈艮地也是個警告，但至少蘇梓我以禮相待，並非如傳聞般暴戾無常。最終哈艮地接受了蘇梓我的要求，為撒馬利亞效力。

貓頭鷹魔神斯托剌在遠方觀看整個過程，頗為意外。本以為哈艮地之事稍有差池便會引起內亂，但阿斯摩太卻很好地輔助蘇梓我解決政治問題，是位十分稱職的王后。蘇梓我也輕易破解了摩拉克斯的難題，確實是有趣的一對。

6

月圓之夜，北京有大批信徒聽見遠古的召喚，紛紛走到街上祭神。正教信仰在此地已過時，取而代之是崇拜鮮血的月亮。

以水蛭為媒介、擁有克蘇魯的印證，天安門廣場齊集萬人手指月光，吟唱低沉詭異歌調；鮮血從指流出，化成紅線在夜空編織出血紅的圓陣——圓陣越來越濃，是血液的濃度，集液成形，腫脹成血紅頭顱，剪影赫然浮現月下。

那是「斷肢的月亮女神」科約爾沙赫基。傳說阿茲特克有位以百蛇為裙的女神，她降臨凡間替神靈誕下四百子女，正是科約爾沙赫基的生母。

有天，蛇裙女神在山上打掃，不經意間有片蜂鳥羽毛飄落她腹上，隔日女神就懷孕了。母親再次懷孕的消息傳到科約爾沙赫基耳中，她以為母親不貞，遂率四百胞弟上山、揚言殺死母親。蛇裙女神大驚，卻無處可逃，豈料子宮中有聲音安慰她無須驚慌，接著幼子出世，更全身覆滿盔甲，拿起火蛇作為武器，迎戰四百位兄長和姊姊！

原來蛇裙女神誕下的，是日後被供奉為戰神的維齊洛波奇特利。他以火蛇貫穿姊姊月神的身體，再徒手扯斷其頭顱、切斷她四肢。被肢解的屍塊遍布整座蛇山，血腥味刺鼻。

四百兄長亦難逃一死，維齊洛波奇特利也將他們統統殺了。母親蛇裙女神十分悲傷，維齊洛波奇特利便將死去的四百胞兄丟到空中化成南方星群，再將姊姊的斷頭掛在空中變成月亮，好讓母親能每夜看見自己的子女。

這便是「斷肢的月亮女神」傳說。血腥傳說與邪神體系最為合適，今晚克蘇魯又用上血祭魔法誘惑信徒，復活受污染的月亮女神。

「克蘇魯啊，看來你的力量已恢復得差不多。」

一位全身漆黑渾沌的邪神，在空中對著臃腫肉塊觸手的克蘇魯問話。克蘇魯見對方只有人類大小，卻深不可測，答道：「原來是夜魔奈亞拉托提普，黑暗者、無貌者、夜吼者……所有讚美你的名字都很適合這夜晚呢。」

縱使兩位邪神浮立於夜空，但相貌渾沌、凡人不可察，只能感受到他們的神性。對信徒來說，邪神有時親切，但更多時候是活在更高的次元，無法捉摸。

夜魔奈亞拉托提普說：「人類已經行動，天使也在背後搞小動作；接下來這幾天關乎存亡，無論人類贏了或聖主復活，都會對我們不利。」

克蘇魯回答：「我只是假意答應拉斐爾擋住蘇梓我，另一計畫已加緊準備，今晚月神復活就是最後一次實驗。」

夜魔沉吟，聲音彷若在深海中迴響：「計畫完成後，我們便潛伏回黑暗。讓惡魔與天使相鬥，我輩坐收漁翁之利。」

克蘇魯點頭，晃動他巨大的章魚頭，再揚起一排觸手施放神蹟——天空繁星化為血塊落下，血雨淋在信徒身上、吸收；不論男女、不論身分，所有信徒都懷孕了。

◇

太陽自東方海平線上升起，拉開橘色和灰藍交錯的天幕；湛藍海底下，兩萬名人魚與海妖正高速游向東海。

「看見遠方岸上的那群建築物嗎？」賽沛對忒爾女王說：「那裡是人類的城市，叫上海，是敵人其中一個主力要塞。」

忒爾女王凝聚魔力，炯炯目光穿梭碧海千里，謹慎回答：「此地有很沉重的殺氣，如果發生戰鬥一定死傷慘重。」

「我們都是一方女王，女王的責任就是要領導子民守衛家園。不止依靠蠻力，這時就考驗妳的統馭能力了。」

語畢賽沛女王使喚人魚傳話，兩萬名士兵於海中停下。

忒爾女王確認道：「我們的敵人是奇異生物之主，對吧？」

「達貢與海德拉。太過接近他們夫婦會容易發狂，不過能殺死兩海怪的也只有我們了。」

忒爾女王忐忑不安，心想自己有能力對抗奇異生物嗎？就算是魔海女王賽沛，都只是擅長與奇異生物作戰，但遇上奇異生物之主、深淵的邪神，也未佔有任何優勢才對，更何況是兩位，所以這次才要動用兩萬兵力拚死一戰。

「別在無謂的地方丟掉性命喔。」賽沛妖艷地笑道：「雖然人魚族生在戰場，死亦在戰場，不過能活下來就不要放棄，特別是妳們可愛的海妖族。」

◇

同一時間，空中花園正全速前進。指揮者是夏思思，艦上還有雅典娜、比夫龍和蘇美爾冥后埃列什基伽勒。

「前進吧，嘻嘻！」思思站在空中花園的跑道中央，笑道：「要替蘇哥哥把天下打回來，炸毀沿海全部的邪神像！」

跑道上有露天茶座，白傘下，雅典娜茗茶觀天，觀察空氣中的魔力流動；比夫龍與埃列什基伽勒則加緊練兵。

雅典娜說：「這邊如期進行，就剩蘇大人那邊不知結果如何。」

◇

拉薩上空，蘇梓我和娜瑪乘風歸來，帶一對牛頭魔神與貓頭鷹從天而降；一次增添三位所羅門魔神，七十二柱當中收復了二十九柱，獸印月相正接近上弦月。

上前迎接的除了五色騎士團，還有安東尼將軍的聖教騎士，杜夕嵐也帶著弟弟和阿提蜜絲一同參戰。

另一邊廂，聖火山上利雅言亦手牽聖德芬眺望北方，溫柔地說：「要開始了，人類首次的反擊，誓從敵人手中收復失地。」

7

海納百川，長江口每年億萬江水浩蕩流入大海，水波翻騰，海天間兩頭巨獸以濤聲對話：

「親愛的，那些渺小水鬼聯群結黨，竟衝向我們而來。」

半魚人達貢同樣以海浪為語，回答海德拉：「即使聚集萬妖也打不過我們，正好有機會殺死那些地方小神。」

達貢擁有異常發達的上半身，他浮出海面，舉起拳頭轟向東方，瞬間擊起千層巨浪，直撲數百尺外的人魚軍團。

潛伏海底下的賽沛感到海水如千斤壓住胸口，馬上舉起神器牢牢釘住海水；但凡入侵軍隊百尺內的波浪，盡化成一片寧靜，一針定海。

賽沛知道行蹤敗露，觀其波浪力量速度，於海底傳令：「展開箭陣，左右翼弓箭隊向九頭蛇發箭！」

平靜海上頓刻冒出五千名人魚弓手，左右陣端整齊瞄向天空四十五度拉弓，霍霍射出五百箭雨交錯！

只見海德拉挺身而出擋在達貢前，難以置信的一幕正在上演——與兩海怪距離千尺的距離，五百枝利箭停在海德拉頭頂，緊接如時空逆轉般，矢頭箭羽突然紛紛破碎，箭身從相反方向射回人魚陣，以箭還箭。

「海遁迴避！」

五千名人魚隨賽沛指示立即潛入海中變陣，箭雨落在海上失去力度，幾百枝斷箭飄浮海面。回想娜瑪和勒萊耶曾與兩海怪交手，尤其勒萊耶放冷箭偷襲海德拉的黃金蛇頭，暗箭卻遭反彈，分毫不差回敬給她。如今同出一轍，幸好賽沛早有準備。

她仔細觀察箭雨。「這已不是普通的反射了，更像因果逆轉的『異常』，就連反彈的箭軌都一模一樣，根本是反轉把箭射回來。」

同樣潛伏海中的忒爾女王回應：「可是海蛇有九頭，八銀一金，唯一弱點就在那裡。假如黃金蛇能反射攻擊，豈不是無敵？」

賽沛答：「生物都有天敵。既有捕食，就有被捕食；沒有無敵的存在，否則世界會失去平衡。剛才達貢與海德拉的行動已暴露出破綻了。」賽沛遂命令人魚弓手：「成圓陣，浮上引箭，直接擊殺海蛇！」

五千名人魚在海中優雅翻身，冒出水面劃出半圓，如五千出水芙蓉卻帶著殺氣射出千箭！箭光掠空，海德拉再次低沉吟念咒語，再逆轉時空——箭陣赫然發光，與海上磷光閃閃輝映，倒影浮見空中圓形光陣。

海德拉驚道：「居然是魔法陣！」

箭雨在空中放光，如點畫般畫成大型魔法陣，召出飛流瀑布！賽沛舉杖指揮瀑布劃下，如隔空揮舞大刀。

只見海水隨定海神針加速化為鋒刃，巨刃直劈海蛇；海德拉見狀不及迴避，千鈞一髮之際卻有龐大身軀擋其面前、化解海浪，流水砰聲四散。

忒爾女王說：「是達貢替海德拉擋下流水攻擊。」

賽沛道：「那半魚人真礙事。」

半魚人與人魚族不同，達貢雖同樣人身魚尾，但人魚族更接近人類外表，半魚人則是魚類頭身；如今人魚族只有女性，半魚人只有男性。

達貢背鰭放光，突出一雙圓眼盯著賽沛怒道：「該死的人魚，居然想傷害海德拉，不可原諒！」

賽沛沒理會他，傳令副官舉起訊號旗幟，準備第二輪射擊。

但說時遲那時快，達貢擺尾急衝兩個身位，頓時已游出三百尺、直逼人魚箭陣。賽沛命兵隊即刻後退，自己緊盯達貢，罕見地面露緊張。

「哪裡都別想逃，看我親手將妳們撕成魚塊！」

巨獸掀起巨浪追逐賽沛，但見賽沛忽然轉頭停下，兩側驚濤中居然已埋下伏兵。

「呵呵，看來可憐的半魚人進化變成人形，腦袋卻沒進化。」賽沛大笑：「我早看穿你們夫婦一人能逆轉魔法，一人能逆轉實物！現在，該讓我反過來問，你要往哪裡逃呢？」

這正是達貢能反射閃電火、海德拉能反射暗箭的原因。原本兩海妖陰陽互補，能無敵於天下，但賽沛激怒達貢讓他獨自衝來，殊不知已被另外五千名人魚埋伏包圍。

「放箭！」賽沛一聲令下，人魚舉箭，卻見暗潮洶湧，似有某種「東西」從反方向襲擊——

「嗚啊嗚啊！」一群半魚人躍出水面伸出魚鱗長手，揮爪襲擊；人魚連忙以匕首還擊，短兵相接，殺聲騰騰。賽沛驚訝萬分，心想對方什麼時候埋伏的。

她不知信奉達貢和海德拉的信眾已「完全變態」，潛入海中結蛹轉化成「半魚人」與「深潛者」——魚頭妖怪，以及全身覆蓋魚鱗的妖人。

「我的子女們，去殺死那些人魚！」

達貢緊握雙拳朝天怒吼，妖異的邪音籠罩大海，烏雲密布。

人魚部隊弱化大半，快被妖邪音波入侵心神，更無力同時對抗半魚人與深潛者，情勢一時陷入苦戰。

賽沛雖橫杖以水波護體、隔絕邪音，但受影響是早晚的事，這是最差的狀況。

8

兩道巨大黑影翻騰暗海，千萬半魚人與深潛者密密麻麻布滿海面；邪惡魔力使日色黯淡，煙霧瀰漫，寒氣刺骨。人魚族厲聲大叫奮勇抗敵，但赤紅鮮血浮散海面，就連賽沛亦遭深潛者圍困，奮力厮殺。

同一時間達貢運氣咆嘯，奇異邪音乘陣陣陰風擴散；音波擾亂心神，空氣震盪靈魂。賽沛隨即以定海神針從海面喚起十二支長槍，交差砍劈面前小妖，卻已感到十分吃力。

「……手指開始冰冷了，再這樣下去，我可愛人魚部下將會被污染吧。」賽沛抬頭看像九頭蛇海德拉，見其游往達貢身旁助陣，準備大開殺戒。

——是機會！

海面忽然吹起柔和東風，東風吹散烏雲，雲間光梯照落溫暖大海。大海的浪濤聲起初似是雜亂，仔細傾聽卻是熱鬧的音樂聲：豎琴聲夢幻神祕，長笛優雅柔和，歌聲清脆悅耳；濁氣妖邪一掃而空，海天碧澄，千里外清晰可見有五千海妖演奏迷惑魔法。

忒爾女王大喊：「讓海妖的魔法聲音蓋過一切醜陋吧！」

她身後想起千人樂團五重奏，不擅戰鬥的海妖族只能用最擅長的音樂對抗奇異語言；兩種音波擴散交錯，若要互相抵銷，就看雙方魔力孰強，正是以五千海妖對抗兩大邪神的原因。

忒爾女王同時率兵高速游向戰場，氣勢有如分割大海，不顧危險，在最靠近敵方時以音樂魔法衝擊奇異音波——兩力抵銷，賽沛瞬間呼吸恢復順暢，魔力逐漸恢復。

達貢和海德拉剛好聚在一起，賽沛於是舉杖厲聲施法：「海上天下只有唯一的海洋之主，人類的海洋由魔海女王接管了！異界的所有水靈，令你們聽從魔海之命，兩萬海兵的性命就押在你們身上！」

號令落在海面，赫然一柱海水擎天，賽沛乘海飛升萬尺！那是一條由海水構成的蛟龍，冰晶為鱗，漩渦為爪，巨浪為身；魔海女王站在巨龍頭頂，目光俯視變成一半大的海德拉，定海神針已變成生死簿上的鋼筆，準備劃去海蛇的名字。

情勢再次逆轉，達貢見妻子有危機，便奮不顧身撲向海龍，卻正中賽沛下懷！倩影躍下，身為人於女王的賽沛化作人形，躍上巨妖達貢的背鰭，垂直矯捷地跑向對方尾巴。她高速接近那金光閃閃的鱗片，已鎖定對方唯一的弱點——銀色魚鱗：正中偏右五尺、深六尺的唯一死穴——

喀嚓。定海神針刺穿銀鱗。

「聽說半魚人體內八成都是水分嘛。」賽沛直接連結半魚人體內血液，使其血液沸騰，活活從體內焚燒達貢！同時海龍與海蛇一同倒下，拍起滔天巨浪；海龍更已咬斷海德拉的蛇頭，露出魔核弱點。

「不讓妳得逞！」達貢悲憤翻身甩開賽沛，凌空向眼前仇人連轟三拳！達貢的反擊嚇了賽沛一跳，明明已身負重傷難以動彈才對。她連忙旋轉定海神針，浮光魚躍，以浪花迎擊拳頭，魔力四濺。

「難道想與我同歸於盡？」賽沛道：「真是可憐，為了保護愛妻而發狂嗎？好吧，這才是最適合你赴死的時刻。」

達貢怒號：「妳區區地方小神，何以有魔力操控無窮大海殺死我們？」

達貢威力再次壓倒賽沛，單是吼聲已震得賽沛吐血。但賽沛抹去血沫，自信地道：「我是魔海女王，人魚族世代與奇異生物作戰，花上數千年的時間來對付你們。就讓本女王告訴你什麼是戰爭吧。」

賽沛揚手，下達最後的暗號；忒爾女王亦同時趕到，連同海面突然出現數十艘漁船包圍戰場，是海妖族用魅惑歌聲奪下的物資。船上有忒爾女王的姊妹：珀伊西諾厄、阿格勞珀、摩爾珀，四姊妹們組織出大規模魔法——

忒爾女王命令：「距離一千尺的話，音速魔法須三秒擊中目標，所有人趁此空檔結束歌聲結界，全力釋放魔法殺死海怪！」

先是萬籟俱寂，後有銀光倒影，從一排排的漁船上轟出魔法亂射，目標正是達貢下半身的傷口。火光熊熊，達貢轉眼全身著火，鱗片剝落，魔核現形。

賽沛再以原初神器開路，繞在波瀾之間，定海神針瞄準達貢魔核——

「是個可敬的對手，」賽沛說：「但我也要保護可愛的人魚與海妖一族，永別了。」

勝負分秒間，達貢沒有最後遺言，便全身化成黑霧煙消雲散。剩下已露出魔核的海德拉與蛟龍纏鬥，賽沛身形晃了一晃，自身魔力近乎耗盡，但還有最後一件事要處理。

「人魚女王……妳的名字叫什麼？」

斷了一頭的九頭蛇忽然問賽沛，賽沛便報上姓名，又問所為何事。海德拉答：「剛才見達貢魔核破碎，腦海浮現了許多往事……達貢是非利士人的古神，只不過遭妖氣入侵，那顆魔核本不是屬於他的。」

賽沛平靜回答：「是嗎，真令人惋惜。」

「我是生活在愛琴海的古蛇，不知何時被魔核操控……但我體內的魔核看來跟達貢是一對的，達貢消失了，魔核的妖力亦隨之衰弱，才讓我勉強保持意識跟妳對話。」

「所以妳要合作一點，讓我殺死嗎？」

「我本就被赫拉克勒斯殺過一次，才留下傷口的弱點。達貢也是，早就被以色列人所殺。」

賽沛疑惑。「妳想告訴我什麼？」

海德拉答：「小心，對方有復活死去靈魂的能力。但這種能力不該存在，那不單是召喚死去靈魂或轉生，是完完全全復活的異常。」

賽沛不太理解，但仍記在心中。「感謝了。」

「破壞我的魔核，看看能否救回那些變異的深潛者……」

賽沛點頭，定海神針牽引海水為鞭，粉碎玻璃魔核，大海巨影最終殞落。

9

布達拉宮的殿前空地上擺放了火爐、鼓風爐等古代冶煉設備。七彩火光圍繞兩位牛頭魔神，哈艮地以煉金術把梵天的頭顱變成金屬，再變成液態黃金倒進池中；摩拉克斯則借用斯瓦洛格的火神鎚，加上梵天的法力為神箭加工。

「骨頭的成分主要是鈣，鈣也是一種基本金屬，所以能轉換成黃金。」娜瑪解釋給蘇梓我聽。「造好了。」

摩拉克斯舉起梵天五首神箭，在重鑄後弓身煥然發光；可是光芒黯淡，有種說不出的感覺，像尚未解鎖的課金裝備。

貓頭鷹魔神斯托刺說：「如今梵天之首與神箭重聚，如同重獲新生，是有生命的神器。」

「有生命？」蘇梓我問：「什麼意思？」

「請問我的主人是誰？」一道機械聲忽然傳出，無法辨認性別和年紀，冰冷且沙啞地發問，聲音方向正是從梵天神箭傳來。

蘇梓我與娜瑪大驚：「神箭會說話！」

斯托刺答：「這才是原初神器最根本的形態。」

貫注靈魂的神器，擁有自我意識。蘇梓我追問：「那意識是梵天的？」

斯托刺再答：「原初神器是由『世界』所鍛造，意識是來自『世界』。」

此時神箭又打斷兩人說話：「請問我的主人是誰？」

於是蘇梓我把杜氏姊弟喚來，叫杜夕嵐接過神箭。神箭確認：「妳就是我的主人？」

杜夕嵐望向蘇梓我，見蘇梓我點點頭，便深吸口氣，堅定回答：「沒錯，我就是你的主人，需要借助你的力量與敵人對抗……啊！」

忽然一陣火焰從弓身燒到杜夕嵐的腕上，擴散至其肩膀和胸前。但這火焰沒有攻擊性，反而像溫暖全身，如同被一位火焰女神擁抱，接著瞬間消散。

「成功確認主人身分，已授權羅剎後人使用神器。」

杜夕嵐拿著梵天神箭，有些不知所措。

蘇梓我說：「不是很好嗎？也許還能問它天氣，無聊時可以跟它聊天。」

杜夕嵐說：「又不是智慧手機。」

「不過最重要還是確保原初神器的威力。我想其他方向的軍隊已經開始行動，本王雖然壓軸登場，也不能落後太多。收拾行裝之後就出發吧。」

◇

作為包圍網的西方軍團，蘇梓我擁有精銳黑翼騎士一千，哈艮地帶來的半獸人三千，安東尼將軍所率的聖殿騎士兩千，另外拉薩當地有兩千信徒願意追隨，總共接近萬人。不能以轉移魔法入侵，只能從陸路跨越西藏高原，才得以進入中國邪教的核心。

這對普通人來說是不可能的任務，幸而西藏高原是二十一位度母的土地，有了眾度母在山中引路，大開方便之門，竟不消半日就越過高地。轉眼像過了四季，景色變幻萬千，抵達終點時眼前是一片白茫茫的雪景。

「走著走著都不知來到什麼地方了。」蘇梓我說。

綠度母答：「這裡是西嶺雪山，山下便是成都，是中國軍隊駐紮的其中一個要塞都市。」

雪山海拔五千尺，長年積雪，十一月裡更是嚴寒。杜夕嵐喚出火種為眾人暖身，杜晞陽則興奮地跑來大叫：「蘇老大！很久沒有跟蘇老大一起冒險了，心情很緊張呢！」

「你是誰，別裝熟。」

眼前少年眉清目秀，指著自己的臉說：「是我啊，蘇老大你不會把我忘了吧？」

「杜小弟？你怎麼長高了！」蘇梓我見杜晞陽變聲後，聲音更像自己，便連忙推開他。「別過來，我不需要男人對我緊張，你躲在一邊保護夕嵐就好。」接著在雪山頂踏前數步，遠眺山下景色——山下同樣雪白一色，萬里飄雪。

杜夕嵐問：「十一月的成都會下雪嗎？」

娜瑪說：「很少，有點不尋常。」

杜晞陽大笑道：「哇哈哈哈！是戰爭的感覺嗎？」

蘇梓我厭惡地說：「這臭小子有點噁心啊。」

「笨蛋，不是跟你很像——哇啊！」

蘇梓我與娜瑪在一邊打架，另一邊的佛爾卡斯同樣遠眺一片朦朧的成都市。白霧籠罩上空，覆蓋方圓五十公里。

佛爾卡斯喃喃道：「確實怪哉，可是沒有感覺到邪神的氣息。」

蘇梓我擺脫娜瑪，同樣定睛透視，確實不見周圍有邪神埋伏。但城內有軍隊駐紮，不愁沒有對手。

娜瑪問：「打算怎麼辦？要強行突襲，還是偷偷在山上測試一下五首梵天神箭威力？」

「但對方在城內駐軍，想必是要讓平民來當擋箭牌，或者那些平民已被邪神洗腦了。」蘇梓我說：「根據本王的周詳計畫，西方軍團負責擾亂中國後防，製造越大麻煩越好。沒時間猶豫了，夕嵐，妳能對成都射出一箭測試威力嗎？」

杜夕嵐說：「假如威力更勝拉薩之時，那麼一箭射下，必定會殺死不計其數的平民。」

神箭插話：「計算所得，以主人現時的魔力增幅後的結果，換算成人類單位，大約是一萬噸黃色炸藥的威力。」

「這代表是什麼程度？」

「能徹底摧毀一座城市，所有活的東西都會被燒死，死的東西亦會被衝擊波撕扯死亡。」

杜夕嵐聞言，再次向蘇梓我確認：「真的要測試威力嗎？」

蘇梓我說：「我可是弒親十惡不赦，又有獸印認定的大魔王，照我意思去做就行。」

杜夕嵐點頭。「這就是戰爭的覺悟呢。」

戰爭本應如此。

10

眼前是中國的核心城市之一、四川省會，人口千萬，無數性命就握在自己指間。杜夕嵐深呼吸再三，雪山上的空氣變得更寒冷，直入心肺，卻使她更加冷靜。

事實上若稍有猶豫，萬一梵天神箭威力減弱，加上冰天雪地的惡劣環境，這一攻擊可能失敗，反而打草驚蛇；不但千萬平民的性命操其手上，蘇梓我一方的命運亦要依靠杜夕嵐的判斷。

杜夕嵐心道：當初相信蘇梓我的理念才走到這裡，這一箭不為任何人而發，而是我相信自己的選擇……

——現在我把「力量」賜給妳。

當杜夕嵐緊握梵天神箭之際，忽有幻象置換眼前景物，續有中性聲音繞在耳邊：「妳將以此『力量』臣服萬物，建立文明。如有違抗，等於違抗『神的力量』，妳便驅使此神器消滅敵人。」

朦朧中有光芒刺眼的光影交付聖物，那道光說：「神的威望稱之為閃電，神的慈悲稱之為海洋……這是妳的神之力量，稱為火焰……」

杜夕嵐全身充滿火焰，猛然眨了眨眼，眼前依舊白雪紛飛，蘇梓我等人在背後期待自己。剛才的幻覺是什麼？然而意外地溫暖。她穩定心神，召出魔法弓箭搭在弦上，提弓瞄向山下遠處的目標。梵天神箭的冰冷聲音響起：「已鎖定人類都市，正等候主人指示。」

「得罪了。」杜夕嵐引弓一箭發出，箭如流星，所經之處瞬間融雪！

彷彿隕石低空掠過雪地，留下巨神劃下的凹槽直通成都；彈指之間，成都燃燒，四面頓成火海。火舌衝上天際，綻放出巨大蘑菇黑雲，耀眼爆炸，巨大爆炸聲待數秒後才傳到蘇梓我等人耳中，震耳欲聾。

眾人不禁掩住耳朵，眼前卻是接連不斷的災難——大地燃燒後完全蒸發，在千里雪地中像麥田圈般地突兀。整座成都市被夷為平地，雖已有心理準備，杜夕嵐仍被神箭的威力嚇了一跳。

「夕嵐辛苦妳了，這下子那些邪神不能再無視我們，能動搖他們部署吧。」蘇梓我又抱著她的腰說：「反正一切罪名由我承擔就好。」

「不，我也有份，我是出於自願這麼做的。」

蘇梓我大笑起來：「不過這種程度還不夠呢。娜瑪，我們一起下山蒐集死者的靈魂。靈魂即是力量，對惡魔有用吧？」

「你還真是大魔王啊。」

蘇梓我一行萬人沿著神箭融化破冰的山徑下山，從原本一片純白漸漸進入焦灰世界；越接近梵天神矢落下處，空氣越是混濁悶熱。公路上電燈柱凌亂倒地，路上的積塵漸厚，建築物像積木殘破倒塌，統統都覆上數公分厚的燒焦塵埃。

接著始見人類屍體不規則地躺在路上。剛過正午十二點，路上行人最多的時刻，如今都變成了具具屍體，鋪上一層厚灰宛如尊尊石像。

「牛頭人……有翅膀的那個。」蘇梓我命令哈艮地：「你和你的手下最擅長搶掠人類靈魂吧，交給你們動手了。」

哈艮地領命，眾魔一聲四散行動。這時夢之女巫伊海德拉感到不妥，嚷道：「這鬼地方還是快點走吧，其實到處都是邪神的痕跡喔。」

蘇梓我聞言，望向周圍廢墟每個角落，卻始終找不到可疑之處——

「小心！」

只見勒萊耶猛地撲向黑騎士埃力格，卻不及冷箭的攻勢快！冷箭瞬間破甲，一條血痕橫貫埃力格的胸腹間，魁梧戰士當場從馬背倒下。

蘇梓我大為緊張。「來人照顧好他，其他人警戒四周。」接著走近埃力格，娜瑪亦蹲下幫忙扶起療傷。

娜瑪說：「還好避過了致命傷，多虧勒萊耶夠機警。」

勒萊耶說：「如果我能更早發現暗箭就好了……」

「打起精神來！」蘇梓我大聲鼓勵：「敵人就在附近，而且深藏不露，居然能瞞過我們法眼，絕不能鬆懈。」

四周亂石堆成頹垣敗瓦，高空雪雲密布；仔細看著，千層雲霧似有生命流動，而且好像有一對紫色眼睛監視自己……

蘇梓我驚覺道：「豈有此理，難道整片天空就是邪神本身！」

「怎、怎麼回事？」娜瑪抬頭觀天，隱約有邪惡氣息壓頂；換句話說，頭上覆蓋天空萬里的整片雪雲全是邪神本體？

娜瑪說：「那麼我們就是被包圍……啊，偏偏是埃力格遭暗箭所傷，大概是要奪去他半小時預謀之術。笨蛋你不妨看看未來——」

「已經太遲。」蘇梓我凝望雲間，除紫色眼睛還多了紅色光點，一對、十對、百對，密布天空；空中傳來萬鳥驚啼，從雲霧間浮出身影，連綿百里的邪鳥鼓翼俯衝向蘇梓我的軍隊。

伊德海拉說：「那些是紅雪鳥，是『風行者』伊塔庫亞的眷屬。想不到他已經把那麼多人類變成紅雪鳥。」

伊塔庫亞為風雪邪神，外形就是一片雲。信奉風行者的人類會被邪風捲到雲上、結蛹、羽化成紅雪鳥——擁有一雙赤紅眼睛，人類四肢萎縮、長出翅膀，就像蝙蝠退化的雙手，極其嗜血，喪失人性。

「不用手下留情。」蘇梓我揮動火劍朝天，喝道：「對方用這裡的人命為誘餌、設下伏兵，企圖擾亂我方心神，我們偏要衝破那些紅雪鳥陣！黑騎士團保護地上眾人和埃力格，安東尼將軍與信眾原地召喚魔法砲擊，牛頭戰士聽從四色騎士作戰，娜瑪與眾神眾魔隨我往天上開路！」

蘇梓我放聲龍吼，化成赤龍道：「邪神來得正好，待本王親自與他一戰、吸盡他的邪力！」

11

赤色巨影遁入雲中，娜瑪攜閃電火打算上前助陣，可是天空能見度極低，風雪忽變猛烈，天空更不斷傳來「砰砰」巨響。

娜瑪停下腳步，抬頭暗道：「能覆蓋整個成都的邪神果然不能輕視……蘇梓我剛才獨自闖入雲中，不會有事吧？」

此時千層雲霧間有赤龍身影若隱若現，像看著蘇梓我奮力大戰的皮影戲。

另一邊廂，伊德海拉抱著頭跑來找娜瑪：「快來保護我！那些吃人的紅雪鳥！」

她身後有一群半人半鳥的妖怪朝她窮追猛打，伊德海拉從邪惡的夢之女巫變成善良的夢之女神，對邪氣沒有抵抗力，只能一味地逃跑。娜瑪見狀擲出雷霆槍、掠過女神頭頂，閃光帶火「轟」聲將一排紅雪鳥燒成焦炭！

伊德海拉對娜瑪說：「做得好，妳留下來對付紅雪鳥大軍吧，反正妳的閃電帶到雲上也起不了作用。」

娜瑪質問：「什麼意思？」

「這裡是伊塔庫亞的地盤，他吃了那麼多人才養得那麼肥大，大得能改變氣候，就算是炎夏也可以冰封都市。」伊德海拉續道：「事實上，深淵的每位初代古神都擁有莫大神力，全是脾氣差的獨居老神，沒事別亂闖他們的地盤啊。」

「可是……若我們避開的話，北京的邪神教團會更加不在意這邊，我們就完成不了任務。」

定要想什麼方法幫助蘇梓我打敗伊塔庫亞。」

「不可能啦。伊塔庫亞這種等級的古神，就算出動整個國家的力量都難以對抗。」

娜瑪最後舉起電鞭恐嚇：「妳不也是夢之女巫嗎？最後也是栽在我們手上啊。那伊塔庫亞肯定也有弱點。」

「我也不知道，我是善良的夢神伊德海拉，對邪惡的神不太熟悉。不過，假如要跟伊塔庫亞決鬥，最差勁的方法就是飛進他的身體混戰。」

「會有什麼麻煩？」

「聽說伊塔庫亞在自己的巢中是無敵的，而且普通人看見一團煙霧也不知如何應付吧？這樣飛上去是自尋死路，那男人沒救了……啊啊！住手！」

娜瑪邊教訓夢之女巫，想著必須找方法幫助蘇梓我。

◇

蘇梓我飛進雲中，卻如墜五里霧，迷失方向，無論如何拍翼都無法逃離暴風雪的世界。風雪拍打龍鱗，手臂結霜；忽現群鳥凶殘撲來，蘇梓我揮爪亂舞，徒手扯下滿天白色鳥羽，白雪和血雨在空中交織。

蘇梓我心道：這邪神身軀龐大，有點像巨靈族。

即伊布力斯，原屬希伯侖大公麾下的惡魔大將。

「哈哈，沒想過本王有跟巨靈作戰的經驗吧？」蘇梓我逆風飛翔，用預視術捕捉邪神伊塔庫亞的魔核。

一路上他擒殺紅雪鳥群，邪惡波紋越來越強；陰風怒號，視線漸暗，最終抵達雲裡最核心。

若說仙境是天上宮闕，潔白煙霧瀰漫，眼前此景則是恰恰相反；冥茫邪氣飄浮，在黑霧中有座正方的「巢」，以黑色玄冰築成數公畝的露天牢獄。獄中正在「孵育」著一排排密密麻麻純白色的「蛹」。

「——人類的魔王，你讓我等得好辛苦啊。」

聲音來自一團巨大黑霧，霧中一雙紫眼發光，周圍有八道氣流吸進體內，如一隻氣態的蜘蛛，疑似嘴巴附近的氣流開闔說話：「你還不知道自己人頭的價值，居然隻身而來。」

「這個嘛，至少我知道你付不起。」蘇梓我態度輕鬆地走近黑煙蜘蛛，猛然伸爪一擒——但被對方避開，原地消失，眨眼移動到百尺外，完全抓不著。

蘇梓我問：「難道你懂得空間轉移之法？」

黑煙蜘蛛伊塔庫亞沒回答，只是從體內吐出葫蘆，一個名為阿南西的葫蘆，傳說阿南西把天氣都收在其中，能隨意呼風喚雨。伊塔庫亞打開葫蘆，放出酸雨融解了巢中白蛹，爬出無數紅雪鳥襲向赤龍。

◇

戰況變得熾熱，蘇梓我熱血沸騰的鼓動傳到娜瑪心中。此時娜瑪在地上正清理一波接一波的妖鳥，同時策劃著如何對付空中的反攻。

「弓箭隊準備！」西方軍團的弓箭隊由勒萊耶領導，聯合一些牛頭惡魔與騎士臨時組軍，有阿提蜜絲還有杜氏姊弟，最重要是梵天神箭。

佛爾卡斯向娜瑪報告：「魔法隊無法偵深到邪神的內核，探測波長都被伊塔庫亞的魔法雲吸收了。」

「咦？明明剛才沒有這問題……方才他一定是故意解除結界，誘導蘇梓我進入陷阱。」娜瑪冷靜下來。「不過我能感受到蘇梓我的位置，大家聽我指揮，向蘇梓我與伊塔庫亞的周圍砲轟！」

杜夕嵐的魔力亦恢復過來，拿起梵天神箭與弓箭隊一同瞄準天空——卻忽然落下傾盆大雨，雨中帶雪。

梵天神箭說：「錯誤發生……與原初神器的魔法發生衝突。」

娜瑪不解。「不可能，水屬的神器還在賽沛女王手上才對。」

貓頭鷹斯托刺答：「換言之，定海神針的缺損部分在伊塔庫亞手上。這是危機也是轉機。」

12

蘇梓我繼續以赤龍巨軀與伊塔庫亞在天上奮戰。只見雙翼展開飛舞，龍臂拉弓牽動千層雲，再往蜘蛛本體一拳打去！伊塔庫亞的霧狀身軀再次扭曲、消失，忽然移動到蘇梓我背後，反過來用八足箝向赤龍背脊——

只見赤龍同樣以轉移術交換空間，兩獸處境逆轉，赤龍反壓蜘蛛頭頂張開血盆大口，噴出能燒燬一切的高熱火球。

火球直逼伊塔庫亞，不過蜘蛛八足與雲霧相連，整片烏雲都是他的蜘蛛網，任何風吹草動都能立即察覺；火球剛從赤龍噴出，伊塔庫亞便已瞬移到十尺之外，安然無恙。

長此下去不是辦法，蘇梓我沉思半晌，忽然催動全身魔力，吞雲吐霧吸下空中所有火元素，再原地旋轉，連環噴出漫天火球——

火焰彈幕鋪天蓋地，不規則交錯，且毫無死角，每吋空氣都被火球燒熱；可是伊塔庫亞同樣無章法地消失、冒出，一下出現天頂，一下轉移到蘇梓我背後。

蘇梓我終於停下來，稍作喘息，心道：就像遇到ＢＵＧ一樣，以前玩線上遊戲遇到畫面延遲……這怪物甚至氣都不喘，是無限魔力值嗎？空間轉移魔法是非常高階的魔法才對……每次跟邪神交手，都有這種無法理解的現象。」

難道眼前蜘蛛妖怪想這樣耗掉他的魔力？蘇梓我繼續謹慎應戰。

至於地面上，安東尼的聖教騎士裝備精良槍砲，已完全制伏了紅雪鳥群，可是以娜瑪為首的魔法軍隊始終對空中混戰束手無策。

狂風暴雨淋熄梵天大火，娜瑪的閃電火亦難以施展。她全身濕透，煩惱地說：「在雨中擲出閃電雖沒問題，但其他人會觸電擊傷吧……」

雨勢越下越大，大得伊德海拉得放聲大喊才能聽見：「快撤退吧，我們站在這裡無法傷到伊塔庫亞，如果進入雲中也是束手無策，更何況他偷走了原初神器的碎片啊！」

大雨不但抑制住梵天神箭和閃電火，就連佛爾卡斯的火占術亦派不上用場。娜瑪萬分焦慮，嚷道：「不行，我要上去幫蘇梓我助陣。」

安東尼將軍趕來說：「越是危險的狀況我們越要保持冷靜。娜瑪小姐，妳回想一下，和蘇大人征戰這麼久，有沒有遇過類似的敵人？」

埃力格附和：「聖教大將軍說得沒錯，況且蘇大公還沒有使盡全力，阿斯摩太大人不必過分憂慮。我們能做的就是想想有無其他辦法，助蘇大公對付伊塔庫亞。」

娜瑪努力回想她在希伯侖與巨靈伊布力斯對戰的情況，當時她把霧氣凝冰凍結對方身體，這樣就能成功攻擊——娜瑪大喜，馬上以念動術通知蘇梓我：「笨蛋，你那邊狀況怎麼樣？」

蘇梓我回答：「少囉嗦，我與妖邪蜘蛛正打得如火如荼，不要礙事。」

「我就是來告訴你消滅邪神的方法！你有沒有試過把整個空間結冰，抑止他的行動呢？」

「碰不到那鬼蜘蛛啊，他懂得空間轉移，能瞬達百里之外，難以冰封他的行蹤。」

「空間轉移？蜘蛛？」娜瑪沉思。蘇梓我確實沒有魔法能結冰整個天空，物理上也不太可能，不過對方是會轉移的蜘蛛又是什麼回事？於是她追問：「你能再講多些對手的特徵嗎？」

「葫蘆，有個葫蘆好像封印了巨大法力，是蜘蛛的法寶。」

葫蘆、蜘蛛、呼風喚雨……娜瑪腦海連接世界圖書館，翻閱古神資料、古神譜系，找出擁有以上關鍵字的一位西非古神，名為阿南西。

阿南西是天空神恩雅梅的兒子，蜘蛛化身，能喚雨息災，把世上智慧收納葫蘆中。有天，他為了突顯自己的智慧，向父神要求擁得「所有故事的智慧之王」的名譽。恩雅梅一笑置之，故意提出三道難題刁難，殊不知阿南西一口答應。

第一道難題是捕捉有著短劍齒的獵豹。該頭獵豹凶狠殘暴，硬拚的話肯定會被咬傷。於是阿南西化身美女，牽著麻繩提議與獵豹玩綑綁遊戲，居然成功束縛住獵豹。

第二道難題是捕捉尾針燃著烈火的黃蜂。阿南西找到黃蜂的行蹤，馬上心生一計，改變天氣降下大雨。黃蜂怕尾針火焰熄滅，匆忙找地方避雨，飛進一個葫蘆，結果被阿南西抓住。

第三道難題是捕捉隱形妖精。妖精雖不見其身，但能聽到其聲。於是阿南西用焦油造了一尊人偶，嘲笑妖精打不過人偶；妖精生氣便與人偶大打出手，卻反被焦油黏住動彈不得——

「對了，就用這招！」娜瑪興奮不已，可是哪裡能找到焦油或類似的替代品，還要造出人偶呢？

13

關於阿南西的傳說，娜瑪找到了可用資訊，蘇梓我也明白了。簡單來說就是捕蠅紙，等待對方自投羅網。

娜瑪以念動術告訴蘇梓我：「可是沒有焦油來造人偶。」

蘇梓我在空中繼續對戰雲霧蜘蛛，不斷向伊塔庫亞的殘影吐火球，不讓對方休息，黑霧中處處是火光。蘇梓我回答：「最關鍵的是用黏稠液體封住對手吧？本王可是有大量龍液……」

娜瑪搖頭大叫：「等等！我知道你說什麼！太髒了，又臭！很難想像用那東西搓成人偶對付邪神啊。」

「但這方法行得通吧？或者混入蜘蛛的雲霧身體，這可是從內部攻擊對方呢。」

「笨蛋，成都天空整片霧霾都是邪神的身軀，你在他體內注入精氣，不就等同於性行為？我可不想要有連空氣都想侵犯的伴侶！」

——砰！蘇梓我聞言一驚，瞬間露出破綻被伊塔庫亞吐絲綁起，召來漫天冰雹轟炸；赤龍費盡力氣衝破蜘蛛絲，擺尾橫掃，想抓住伊塔庫亞又被對方用無限轉移逃開。

蘇梓我憤怒地念動給娜瑪：「那怪物又醜又是個男人，可不能浪費龍液在他身上，妳趕快再想想另外辦法。」

伊塔庫亞見蘇梓我心不在焉，暗忖：是求救還是在盤算什麼詭計？是地上的同黨嗎……

蘇梓我見伊塔庫亞將目標轉移到地上的娜瑪等人，心感不妙——只見邪神打開葫蘆傾倒，下一秒降下腐蝕酸雨的洪水！地上立刻傳來混亂的逃難喊聲。

「這就是跟天空神作對的後果。」

地上的娜瑪指天大罵：「你這卑鄙的邪神，以為躲在雲上就很厲害嗎？有種下來跟本小姐單挑，本小姐馬上用閃電火收拾你！」

聽起來是喪家之犬的吠聲。然而伊塔庫亞殺氣凌雲，一雙發光紫眼高速逼近，同時夾帶酸雨衝向娜瑪。場面頓時陷入混戰，娜瑪以閃雷為槍揮舞卻斬不斷流水，酸雨腐蝕女僕長裙，漸陷劣勢。娜瑪一個不留神，四面八方有水流包圍自己，最後被困在一大水球中，水球表面開始凝固——原來伊塔庫亞打算活活冰封她！

蛛足刺向娜瑪，此時的娜瑪盡是破綻；伊塔庫亞眼見快要得手，卻有道血紅身影擋在面前——是赤龍。

「送你們一同上路！」伊塔庫亞大喊。

蜘蛛八足忽然放大，大開大闔往八方交錯襲向蘇梓我！赤龍遂以結界硬擋，卻沒料到伊塔庫亞根本不必拘泥於蜘蛛形態，雲霧腹中再伸出一足，以尖刺直插赤龍胸膛，雨中鮮血四濺——

然而伊塔庫亞頓感到一陣灼熱，連忙把長足從赤龍體內拔出，卻已被牢牢黏住；不但黏住，赤龍更像融化的蠟像般，沿著八足擴散向伊塔庫亞的軀體，使他的煙霧身軀染上朱紅。

「上當了吧，哈哈！」此時娜瑪展翼衝破雨水，舉槍指向邪神大笑。

伊塔庫亞不解，娜瑪便興高采烈地解說：「是酸雨，酸雨把泥土中的金屬元素溶解溶入水中，讓哈艮地更容易煉成黃金流體，再混入遍地屍體的血漿；那都是被你污染的人類，是你手上沾染的血，兩者攪拌融合就是赤龍血偶！」

「居然能在這短時間內做出血偶……」

娜瑪說：「摩拉克斯是出色的工匠，只要有素材，他能做出任何東西。你認命吧。」

確實伊塔庫亞全身被黃金和血漿沾附，寸步難行，而且最大弱點是恢復了實體，無法像之前那樣隨意穿梭，更被自己降下的酸雨侵蝕。於是他求饒道：「慢著，殺了我沒有好處。況且你們殺不死我，就算將我碎屍萬段，我也無法被摧毀。既然你能招攬夢之女巫伊德海拉，我們不妨可以談判。」

其實伊塔庫亞說著同時，正釋放奇異音波，侵蝕蘇梓我手下士兵的腦袋，甚至要將那些聖教騎士洗腦孵化成紅雪鳥的妖人，至少要跟眼前敵人同歸於盡！

娜瑪一向容易心軟，猶豫了一瞬，危險就多一分。伊塔庫亞凝神聚氣，準備放出聲波掃蕩千里——

「好辛苦……」幽怨的人聲響起。

「怪、怪物……我不要變成怪物……」

「把孩子還給我……」

蜘蛛模樣的伊塔庫亞蛛足僵硬，有幻象聲音直接傳到他的靈魂當中，有男有女，有老人哀求，有嬰孩哭泣。伊塔庫亞見自己的身體被人血支配，居然控制不了自己，被人類的怨念反噬！

接著他變形扭曲，蛛足糾纏一起，血液像紅絲將其包裹拉緊，包成一團血肉模糊的生物。

彷彿聽見伊塔庫亞的悲鳴，但瞬間就沉沒於無數怨靈的哀嘆聲和暴雨聲當中。娜瑪不忍地小聲道：「真可憐，遭到受害者的反噬……假如他是阿南西，好歹也是個地方古神，邪神這樣做對任何人都沒好處啊……」

「那個嘛，幫助他們只有唯一方法。」

蘇梓我赤龍在天，伸展六翼，吸納天地魔力，瞄準伊塔庫亞吐出光明真言光砲——烏雲綠雨淨化，邪氣化為煙塵，伊塔庫亞灰飛煙滅，隨怨靈升天，天空在梵音之中放晴。

戰場景象十分慘烈，蘇梓我變回赤裸人形降落廢墟之中，同時伊塔庫亞的葫蘆在其消失處掉了下來。

娜瑪拾起輕輕搖晃，裡頭匡啷響動，接著從葫蘆倒出一塊不規則狀的暗沉鐵石。

「是阿南西的葫蘆，裡面正是定海神針的碎片。」娜瑪碰觸鐵石，鐵石的記憶傳入她腦中。

「這是神物『息壤』，和定海神針為一對，能隨意伸縮。傳說夏禹的父親就是竊息壤、建堤阻水，導致洪水泛濫，最終被貶成怪物……真是可憐。」

娜瑪再次感慨，為何古神都被迫成為了妖邪。

14

應是朔月的夜晚，北京城上空卻依舊掛著不規則狀的血月，像長滿毛髮的頭顱，令人毛骨悚然。然而此月不同彼月，之前滿月時，天空有兩個月亮並存，妖異紅月簡直快把本來的銀白月亮吞噬。

僅僅一個月內，北京已變得比魔界更妖異，稱為「妖都」名副其實。白晝彷如黑夜，只有血紅月亮照明，街道一片暗紅，所有人的皮膚都染上粉斑，猶如百鬼夜行。

留在北京城內的人類已成為一種更接近原始生命的存在，五官四肢都變得更簡單、原始。可能是感官變得更加原始，人類只在乎直接的快感，像是食欲和性慾等，是不需要文明的。

升格為戰神的月亮邪神、斷肢的月亮女神，科約爾沙赫基身披七彩蛇群，十多顆蛇頭垂在其臀部旁嘶嘶吐信；科約爾沙赫基的身體比普通人類強壯，身高四尺，她穿過城門進入人類的皇宮，如今已變成遍地血肉的屠宰場。

文明古蹟毀於一夕，宮殿變成瓦礫；文化對邪神來說是不需要的，躺在石堆之上對他們來說更加舒適。他們嚮往原始，只是將皇宮作為神權象徵。

「伊塔庫亞死了。」如今成為月亮邪神的科約爾沙赫基踏進燒焦的宮殿，向夜魔奈亞拉托提普與克蘇魯簡潔報告。

奈亞拉托提普喃喃道：「那些地方邪神和信眾比預期的更不中用。」

月亮女神說：「蘇梓我用了奇怪的法術，只花半天就穿越了高原、討伐伊塔庫亞。伊塔庫亞在那人類面前是何等不堪一擊。」

不但如此，蘇梓我更沿路淨化古神、馴服地方小神，幾天之內，由不足萬人的規模變成超過萬人、多數還為地方神的軍勢。

同時東方盟軍魔海女王更滅了達貢與海德拉，聯合人類艦隊封鎖全部港口，沿海的深潛者和半魚人開始遭到毫不留情地清洗，這魔海女王絕非省油的燈。

月亮女神冷冷地續道：「連同北方人類的鐵甲軍隊，南方的空中花園，四路大軍正在逼近，估計不出三日，他們其中一路就要抵達此地。」

夜魔晃動他修長無形的身體，漆黑的臉看不見表情，低沉地說：「時間緊迫，不能派人去拖延那礙事的人類嗎？」

克蘇魯答：「不能調走城內士兵。其他地方和古神變成怎麼樣都無所謂，但二萬萬的軍馬是主上的親兵，必須留守城內。」

「唯有主上能帶我們重回『深淵』，他的復活至為重要……」

污染地方眾神，先後在全世界建立克蘇魯的信仰，把這顆星球的信仰力逐漸傾向邪神一方。尤其以中國大陸作為生祭的據點，大量剷除異教徒，為的就是要復活地球上首位神祇——「最古神」阿撒托斯。

星球誕生之初，「深淵」作為星球核心，百無聊賴，只好創造至高靈芭碧蘿、創造性交，用以慰解苦悶。每次交媾「深淵」都會釋放龐大神力，尤其第一次放出的大量精氣直接昇華成生命，便是最初古神的誕生，名為阿撒托斯。

與至高靈不同，阿撒托斯並非在「深淵」的意願下誕生，只是性的副產品，因此模樣就是一片血紅和奶白，像史萊姆般黏呼呼一團，十分簡單醜陋。

阿撒托斯沒有智能，但由於是「深淵」純粹的神力，威力卻是最大的，之後「深淵」與芭碧蘿交媾釋出的其他古神都比不上，因而阿撒托斯又被稱為「古神之首」。克蘇魯等古神皆臣服於阿撒托斯，而月亮女神奈亞拉托提普則是阿撒托斯的從屬神。

「一切榮耀歸於吾主阿撒托斯。」

奈亞拉托提普跪在天壇前，三層圓形祭壇上有坨紅白肉塊，像活人心臟，表面布滿血管，怦怦鼓動。在大碰撞前，正是這坨肉塊支配了星球，創造生命萬物，位同聖主。

若早於聖主復活，或許就能重新得到深淵的寵愛，而不是那些後來的天使。

——嗚撒嗚撒。

忽然肉塊在壇上顫動，像人類打嗝，全北京城卻因而震晃；一陣妖邪音波以擴散千里，所有生物聽見都要朝向天壇跪拜，邪神之主當之無愧。

◇

「吶，蘇梓我。」

同一晚，娜瑪躺在床上好奇地問：「我們很快就要跟邪神決戰，他們不是觸手就是腐肉，你應該不會對他們有『想法』吧？」

「啊？妳以為本王是什麼身分？我對外表很嚴格要求的……不過經妳這麼一說，北京好像沒有美女，真提不起勁。」

「或者撒旦大人會獎勵你？不知撒旦大人那邊的情況如何。」

漫漫長夜，這是決戰前的寧靜。

15

伊塔庫亞的殞滅導致紅雪鳥全數死亡，方圓千里落下無數怪異鳥屍；此異像對人類倖存者的精神衝擊甚大，嚇得跟妖物劃清界線，暴動反抗。內戰戰火馬上擴散至整座成都市，再傳至西藏、陝西，只要蘇梓我行經之處就會有暴動。

蘇梓我引起的宗教衝突有四處，來自東北的戰火燒遍黑龍江、吉林、遼寧；沿海江蘇、浙江各地有激烈衝突，是魔海女王在煽風點火；空中要塞行過廣東、福建，與人魚、海妖在上海會合，形成龐大軍勢。共四萬名惡魔接連攻陷南京、臨沂，如入無人之境橫掃至距離北京三百多公里，竟在濟南市外遇上飛彈襲擊——

刺耳聲響衝破灰暗天幕，數十支火箭流星般劃過天空；美索不達米亞女神埃列什基伽勒站在樹林中，抬頭被耀眼的火光刺痛雙眼，飛彈在她頭上百尺處炸出一團團火花。

她嘆道：「再這樣下去，空中花園就要被擊落了。」

此時全身盔甲的雅典娜走上中央庭園，揮舞軍旗指揮：「準備以第一戰術反擊，埃列什基伽勒麻煩妳繼續指揮亡靈、監督花園結界，若結界值低於百分之六十，就立即回報——」

比夫龍跑來報告：「前方空中出現人類的鐵甲鳥，為數上百餘隻，正以高速逼近，三十秒後接觸。」

「那是人類的正規空軍，不能讓那些戰機接近空中花園，瓦布拉在嗎？」

機工獅子瓦布拉說：「所有船艦已改裝完成，只待受命啟動。」

「好，空中花園的護衛就拜託賽沛女王及忒爾女王。」

此時花園平台被清空，跑道兩側繁花綻放亮光，數十艘插翼滑翔的海妖戰船加速滑行，從路道上乘風起飛！在陰沉天際中，花園上方約三十艘飛行帆船排成橫陣，以砲火迎戰中國的空軍——

轟炸巨響，空中花園四周的氣溫霎時急升好幾度。來襲的「鐵鳥」如一大群掠過荒野、精準搶食的禿鷹，海妖飛船的機動性輸了一大截，只能靠船砲驅散敵機，迎面而來的機關槍更使船身射穿一排排彈孔，就連旗艦都冒出濃煙。

忒爾女王冒著槍林彈雨站在甲板上，姊妹們築起魔法護盾，女王高唱迷惑歌曲——

然而敵人空軍早有對策，全都配有干擾器對抗海妖音波，戰機一輪轟襲後飛到遠方，左右分開兩隊整齊調頭，劃出兩個U字陣式又回來轟炸空中花園。空中花園雖有半球結界，卻開始出現龜裂，防護力下降至一半。

剛升空的海妖艦隊著火墜毀，反過來毀壞了花園結界！敵軍戰機乘勢追擊，飛向中央庭園投下火藥——

「烏洛波羅斯、巴比倫獅，隨思思上陣吧！」

空中花園頓時冒出兩頭巨獸，左巨蛇右金獅，中間的阿斯塔特則有七光守護，放出十二魔光黑箭、射穿鐵甲戰機！同時巨蟒釋出紫氣毒霧、巨獅咬碎鐵甲，戰機陣行崩潰；空中花園的死靈軍團同時朝天發箭，射落變成刺蝟的鐵皮戰機。

空中混戰的飛機、導彈煙軌交錯，又一架戰機爆炸解體成碎片散落。雅典娜凝神觀戰，耳聽八方，見情勢倒向己方，心道：這樣頑強的抵抗還是頭一次，雖擊退了第一波敵人，但空中花園亦元氣大傷，難以繼續前行……

幾小時前，雅典娜接獲其他軍勢的報告，俄羅斯軍團亦在遼寧、瀋陽附近遭到重創，看來邪神教團將重兵調往山東和遼寧、不讓我們入侵北京，不知蘇梓我那邊是否能有機可乘？

「軍師大人，從美洲傳來的戰報！」傳令兵匆忙報告：「是捷報，撒旦大人與路西法皇太子分別在墨西哥灣殲滅了天使第一、第二聖歌團，突破天使的封鎖線，正向美國本土反攻！」

「多麼振奮的好消息！」雅典娜大喊：「各位！掃光眼前敵人，與魔皇一同擊敗仇敵！」

「好！」比夫龍率萬靈振臂回應，士氣高昂。

雅典娜心道：當初規劃以三路進攻北京，但空中要塞與俄羅斯軍團同時陷入苦戰，已來不及阻止邪神的計畫。只有蘇大人和娜瑪大人的軍團人數最少，反而能避開陣地戰。突破北京的關鍵，最終還是得交給他們嗎……

◇

濟南市外的激戰方歇，此時西安市內則是雞飛狗跳。街上到處貼滿蘇梓我的通輯照，但當大街想起廣播擴音「蘇梓我大魔頭正在接近」時，所有市民嚇得棄家而逃，就像看到年獸那樣聞風喪膽。

蘇梓我的軍勢挾著梵天神箭大肆破壞，已毀掉數座都城。他們主要依靠步行，卻能翻山越嶺神出鬼沒，猶如鬼神。傳聞這人類大魔王是什麼撒旦的左右手，專門活捉良家婦女姦淫擄略。此時這無惡不作的魔王正在華山山麓上大笑。

「老頭辛苦你了，哇哈哈哈。」

眼前的白髮老翁名為谷春，蘇梓我淨化了這位太白山的山神，順著靈氣穿越山脈，眨眼間便從長江來到秦嶺另一端。

谷春笑道：「各位來到西安後，老夫便功成身退。」

娜瑪感謝道：「旅程很順利，想不到半天就走完幾百里路。」

「山水都有生命，其實這片土地並非想象中那麼遼闊，世界本來就很小。」

蘇梓我問：「但從這裡過去北京還很遠，有什麼方法能直接到嗎？」

娜瑪駁道：「直接抵達不可能吧！」

谷春搖頭。「不，要說有的話還是有……」

山神滿面皺紋，神色凝重，良久才吭聲：「剛才說過山有山神，水有水神，此地的大河也有神明。」

娜瑪說：「是黃河的河神。」

「不僅是河神，更是華夏的最高神。整個文明正是圍繞這偉大的主神孕育而成。」

「華夏文明的最高神……」

「黃帝是也。」谷春告訴娜瑪：「此時邪神活躍，本來為了保護黃帝陛下不便多談，不過假如你們能得到黃帝相助，收復如今的北京便易如反掌。」

「原來黃帝是你們的主神啊。」娜瑪問：「可是他應該已不存於世了？」

「在遠古之時，黃帝就預見了自己的壽命，嘗試御女之法延命不果，最終自行休滅，沉睡黃河中。只要黃河川流不息，他的靈魂就能依附在黃河水循環不止。」

娜瑪追問：「那麼有辦法喚醒黃帝嗎？」

「蘇大人的話或許可以。」

眾人看向蘇梓我，又望向谷春。娜瑪問：「是因為那傢伙跟黃帝一樣好色？還是有其他的共通點？」

「黃帝陛下是黃龍的種族，血緣與古龍的撒旦接近，雖然外形上有出入就是。黃龍比較像是有爪的飛蛇，無翼，條狀長軀，能蛇行飛天。」

娜瑪嘆道：「所以黃龍入河，黃河就是黃帝神靈的軀體嗎……真厲害。」

蘇梓我不耐地問：「快告訴本王如何能召喚黃龍。」

「就在軒轅之丘，常人無法找到確實位置，讓老夫聯絡附近山神商量，為大人引路吧。」

16

蘇梓我在眾山神的引領下，來到黃河中央一座沙島，拿出匕首往掌心輕割，帶有魔神力量的鮮血滴到土壤中。蘇梓我續念：「本王以死靈使者比夫龍之名喚起沉睡靈魂，軒轅黃龍，你應當聽見召喚。」

蘇梓我帶著娜瑪在小島上滴血施法，埃力格等騎士軍團則在河對岸看守。然而蘇梓我的死靈術起不了作用，明明感應到黃帝的靈魂就埋在腳下深處，卻始終沒有回應。

大概黃帝十分謹慎吧，他預視到了此片土地變異，便遁藏到深處隱藏。蘇梓我只好於右手背上再劃一刀，念道：「本王以遠古龍族之皇撒旦的名義，命令黃龍回答，聽見血的召喚後馬上回應……」

娜瑪擔憂地問：「你在說什麼話……啊！」

忽然左右翻起滔天濁浪，河中沙島地面隆起，蘇梓我抓著娜瑪拉在一旁，見黃沙滾滾，一座小山丘升起，約十多尺高，正是谷春說的「軒轅之丘」。

蘇梓我抬頭逆光看著頂峰，不見黃帝的影子，只有浮動著神力的感覺，更有疑似金屬的反光物。他問：「你就是黃帝的靈魂嗎？」

「很久沒見到龍族的血裔了，而且是純正血統。」

整座軒轅之丘發出嗡嗡聲響，泥土隨之振動、黃河浪拍上岸，化成只有蘇梓我聽得懂的奇怪語言。

娜瑪自言自語：「說不定是遠古龍裔的語言，比地方神誕生還要早，我不懂也很正常啊……」

而蘇梓我繼續問話：「本王是赤龍的唯一合法繼承人，你是黃龍對吧？為了龍族繁榮，我們必須打倒共同敵人。」

山丘再次晃動，泥土像嘴巴般一開一闔：「為時已晚，阿撒托斯快要復活了。」

「已經有個趕著復活的聖主，現在又冒出一個什麼托斯嗎！究竟是何方神聖？」

「我們龍族其實不是正統神祇，只屬於野獸之類，不過活得比一些古神還要久，因此才獲得不下於古神的神力，而撒旦更是我們當中的佼佼者。作為悠久的種族，龍族知道，我們的星球曾滅亡過一次，如今是滅亡後重生的狀態。」

娜瑪插話：「滅亡應該是指星球的『大碰撞』吧。」

黃龍續道：「現在的生命皆由萬鬼之母與聖主所委派的創世神所造，但在第一次滅亡前，這顆星球上所有最原始的生物都是由一位最古老的神祇所造——阿撒托斯，此星球的最古神，也是第一位創造神，那時連萬鬼之母和聖主都還沒誕生。雖然發生了『滅絕事件』導致阿撒托斯消失，但阿撒托斯身為最古神，即使是撒旦，不，就算是身為至高靈的聖主，亦只能與其勉強打成平手，你們有何自信要挑戰阿撒托斯？」

「突然又說什麼創造神……換言之，你是說阿撒托斯是邪神之王，只要打倒他，邪神戰爭就結束了？」蘇梓我說：「那還不趕快送我去北京，本王要成為傳說的大英雄。」

軒轅之丘低吟道：「我已失去力量，只能以山水形態存活，昔日黃龍已不復存在。要載你的萬人軍隊前往北方，恐怕力量不足，這又是另一道難題。」

「什麼！那些山神欺騙我嗎？」蘇梓我找娜瑪出氣：「花了半天找出黃帝陵墓，結果這傢伙居然無法送我們去北京。」

娜瑪無奈道：「畢竟是用神力換取存在的地方古神，像艾因加納和雅典娜一樣。你只好把力量借給黃帝了。」

「那妳說要怎麼辦？」

「所羅門的惡魔契約，將黃帝任命為所羅門魔神。」娜瑪解說：「所羅門魔神第十七位布提斯，這惡魔名號失傳已久，是七十二柱魔神當中唯一以飛蛇的形態登場……大概與黃龍族有關。」

蘇梓我讚嘆：「妳還是一如既往地瞭如指掌啊。」

「本小姐在聽到黃龍族這名字後便有此想法了，我可是做足準備工夫的。」娜瑪又說：「不過要任命所羅門魔神需要專屬的神物，如果黃帝想出題考驗你，神物一定就在附近。」

布提斯的模樣奇醜，是條醜陋大蛇，卻智勇雙全，擁有「睿智伯爵」的美名，喜歡纏在自己寶劍的劍刃上。

蘇梓我聽見後，便飛到軒轅之丘頂上，發現頂上的反光物是一柄倒插長劍。於是他握劍拔出，山下頓時驚濤拍石、黃河水洶湧滾滾，大河所有無窮的神力全集中於劍上——軒轅之劍散發金黃淡光，輕晃削風如龍吟之聲。

天地間有回音說著：「赤龍之子啊，如今我就將黃龍之力借予你，訂下契約吧。」

蘇梓我以劍指天。「你能如何助我前去北京殺敵？」

「布提斯的御蛇術，所有蛇，即是黃龍血族，都能助你上路。」

「嗚啊！」娜瑪忽然抱住蘇梓我大叫，河中有萬蛇飛天，水花飛濺；萬蛇互相咬著頭尾，自行組成一條巨蛇，像條龍遨遊天際。

又有蛇身人首的半裸女子在萬蛇掩護下升出河面，看來她也是黃帝的部下，有著黃龍血統。眼前眾蛇飛天，蘇梓我唯獨見裸女大喜。「哦！終於有個能看的了。」

「笨蛋，除了人魚，又想征服人蛇了嗎？」

「是龍，半龍。」蘇梓我糾正說：「算是作為征服撒旦前的熱身，半龍也不錯。」

化成布提斯的黃帝依附在劍刃道：「我的力量尚未恢復，只好暫時讓女媧侍奉閣下了。」

「誰管你，你以後最好躲在劍裡不要出來。」蘇梓我收起軒轅之劍，跳到萬蛇背上準備出發。

17

「阿撒托斯……阿撒托斯……」

能吞噬一切光明的深邃暗空，渾沌中赤月映照北京紫禁城，一眾月神信徒扭曲四肢，以詭異的彎曲姿勢集體敲打苔蘚石地、破漆牆壁和斷裂梁柱；宮外廣場信徒高歌讚美阿撒托斯，但所用的語言都是擬音，只能聽出「阿撒托斯」四字。

刺耳的敲擊樂曲中，夜魔奈亞拉托提普圍繞天壇一周，喃喃自語：「人類終於『進化』回原始狀態，這樣阿撒托斯就能在最適合的環境中甦醒……」

「夜魔閣下！」一位面無五官的邪人喘著氣跑來，奈亞拉托提普問他：「是人類的軍隊嗎？」

「不、是天使，受傷的天使長……他要求與克蘇魯大人見面。」

——是我。

暗空降下一位白羽染血的天使，眉清目秀的外表，與在場眾邪神截然不同。夜魔看他一眼，答道：「光明天使烏列爾，『神的光』因何事負傷前來？」

另一端傳來吼聲：「果然天使正被撒旦打得落花流水，可憐啊。」

烏列爾冷聲道：「克蘇魯，多餘的話就免了，確實在沒有聖主的領導下，我們難以跟撒旦對抗……但拉斐爾不是給了你們軍馬嗎？我們需要支援，不必現在，只要阿撒托斯復活後，二萬萬的軍隊理應交還天使。」

克蘇魯滿面觸鬚蠕動，顯示心情不佳，勉強回答：「烏列爾閣下，恐怕我難以做出承諾，要知道那人類不好應付。」

「你忘記是誰救活你的靈魂嗎？我想深淵大人不會坐視不管。」

克蘇魯發出詭異笑聲。「不用生氣，阿撒托斯與聖主雖然關係不好，但也不能決裂，在殺死蘇梓我後，自然會回來幫助天使擊退撒旦，到時這顆星球就是深淵大人的。」

烏列爾冷眼盯著克蘇魯，缺乏感情地警告：「別忘記你剛才的話。」接著他掩著胸上的傷口，消失於暗空。

◇

飛龍在雲霧間飛翔，此龍長若江河，能戴萬人；站在龍首上的蘇梓我意氣風發，與女媧迎風看雲閒聊。

「聽說妳也是黃龍族，但為何妳的同伴都是長蛇模樣，妳卻身材玲瓏是位美女呢？」

女媧和藹笑道：「自古神靈造人都是參照自己模樣，所以我與生俱來就是此軀，以便造人。與其說妾身長得像人類，倒不如是人類與妾身相像。」

女媧直髮烏亮，雙眼秋波，聲調溫柔，是古典的東方美女模範。蘇梓我心想幸好女媧不是醜女，不然這世界會很可怕。

他又研讀了女媧的傳說，古書記載女媧殺黑龍以濟冀州，積蘆灰以止淫水，忍不住笑道：「哈哈，是淫水嗎……」

娜瑪大聲教訓：「你這笨蛋滿腦子髒東西，淫水才不是你想的那樣，是化解泛濫的水。」

女媧答：「昔日創造大地之時，的確有用到息壤治水。」

說著同時，四周忽然昏暗無光，就像誤闖烏雲雷陣；女媧叮囑眾人伏下抓緊龍身，飛龍潛下脫離雲層，視野豁然開朗，地面百景一覽無遺。

蘇梓我望見眼前一座綠色山脈，河流沿山脈一直蜿蜒伸延遠方……直至被一個黑色半球狀、覆蓋百里的結界吞噬。

「那裡是……北京？怎麼會污染成那樣子？」蘇梓我說：「就像大地上一個逐漸侵蝕周圍空間的腫瘤……」

女媧說：「那就是阿撒托斯的力量……想不到他的神力已溢出千里，原本奄奄一息竟又快速恢復，一定要趁他完全取回力量前殺之。」

娜瑪也說：「不然整片大地會被阿撒托斯污染，一切生靈成為阿撒托斯的養分，其他地方古神亦會變成奇異生物那樣。」

即使相距幾千尺，蘇梓我仍能用肉眼看見結界正在擴大，身下飛龍則是減速不敢再向前。

女媧說：「我們只能送你們到結界前，接下來就看各位了。我們地方神的命運就交到蘇大人手上。」

飛龍在紫禁城四十公里外放下萬人軍隊，娜瑪提醒蘇梓我：「雖然我們沿途一路順風，但城內不知隱藏了多少敵軍，笨蛋你要認真點啊。」

五色騎士團、牛頭惡魔軍、二十一度母、千百位從各地臨時參軍的異教徒，在結界前整齊列隊。眼前黑色結界的物質如液體，像水牆，遮蓋了整座北京。眾魔也明顯感受到不同階別的神力，那是「最古神」的等級，梵天神箭在其面前大概都難以匹敵。但蘇梓我二話不說，便大步走進結界內，娜瑪連忙追上去。

「慢著，都叫你要謹慎點——」

越過邪氣的界線，氣氛一轉，景物全非。腳下一片濕黏，結界內的地上滿布血肉纖維、觸手扭動，樹木枯萎纏繞，各種奇異走獸亂竄，河邊更見熱油冒煙，煙霧間有陰魂叫囂，難以理解的噪音充斥耳中，名副其實的煉獄景象。

「老天……好瘋狂的世界。」娜瑪見天上沒有星星，只有一個高掛的赤月頭顱，心裡發寒。

蘇梓我說：「任誰看見這些東西都會發狂，不能讓那些平民跟來，妳回去讓飛龍送他們離開。」

「其他人呢？」

「也留在結界外，聽候我的指示。」

「你打算一個人闖關？不行，城內一定埋有伏兵。」

「正因如此，只能由本王打探邪神虛實，這地方就連其他魔神都不宜久留，妳也一樣，必須要找到機會突破。」

娜瑪擔憂地說：「萬事要小心。」

「從心念動，保持聯絡。」蘇梓我語畢，身影漸漸遠去，對手是他完全一無所知、滿是邪肆的北京城。

18

娜瑪離開後，蘇梓我隻身繼續深入，感受到結界內沒有任何同類，淨是妖樣生物。有無數原始靈魂分散在廢墟各處，這裡大概是郊外的農家，只是農民的房子都變成各種大小肉瘤，血腥臭氣衝鼻。

蘇梓我踏前數步，大地忽然被分割成無數方格成棋盤狀，他則站在其中一格裡。

其他格子突現異動，幾百隻異形各自從不同方格爬出，有的是蜘蛛外形，有的是六條腿的狗，有的是單純的肉塊狀生物，有些格子則是空蕩蕩的。就像戰棋遊戲，在不同區域遍布不同敵人，但每格限定只能有一個生物。

「又怎麼了？」蘇梓我喃喃道。

若非親眼看見他實在難以相信。另一件困惑的事，那些從地底冒出的妖怪竟然安分地待在格內，好像在等待蘇梓我行動。於是他踏前一步，眾妖也同時移動一格——

然而其中一隻有著粗壯雙腿和頭顱的混沌妖怪，居然一連飛撲十格，迎面襲向蘇梓我！正當蘇梓我打算拔劍除魔之際，那妖怪卻被相鄰的肉塊伸出觸手捲走，更打開肚皮吞下、吐骨；妖怪之間的捕食，噁心得令蘇梓我後退一步。

接著觸發了下一回合，只見那團肉塊脹大、分裂成兩半，佔了兩格，更同樣長出雙腿。

「去死吧！」蘇梓我揮劍隔空劈開肉塊，怪物「砰」聲爆炸消滅。

接下來同樣畫面反覆重現：異樣生物誕生，聚在一起、捕食、交配、產卵、分裂、進化、退化、死亡……

「這就是生命了。」

一道男聲傳進蘇梓我腦中，蘇梓我十分不爽，就像聽見了仇人的聲音。

蘇梓我問：「這究竟是什麼樣的生命？」

「是這星球所有生命的演化。它有一些規則，當一個生命的周圍八格附近多於三個生命時，就會互相捕食，直至生命密度回復適合繁殖的狀態，各生命間便進行交配、繁衍後代。」

若周圍八格都沒有生命，失去競爭力的孤獨生命便會遭淘汰。

蘇梓我質問：「是誰在搞這些生命模擬遊戲？」

「遊戲嗎？錯，本質就是如此，這是真實的生命過程，一切只不過是阿撒托斯遵從本能釋放己身神力罷了。」聲音續道：「阿撒托斯是力量最強大的神，亦是最愚蠢的神。他的神力只能透過這種方式釋出，依附到其他混沌物質中，隨機演化萬物。阿撒托斯已恢復了『造物』力量，你再不快點的話，他就要醒來了。」

蘇梓我質問：「所以你在這裡有什麼目的？」

「我期待你的失敗，還有你的部下一個個死去的畫面。」

「恐怕你沒有這機會呢。我會殺死那個醜陋的阿撒托斯，然後跟收拾完天使的撒旦討一下報酬，這次她再沒藉口打發本王離開了，嘿嘿，你這混蛋是羨慕不來的。」

聲音沉默良久。「做得到的話儘管做。」

聲音中隱含無限鄙視，蘇梓我馬上施法追蹤男聲，卻見天空突現一逐漸放大的黑影，比冥空更為漆黑，是個無頭的人影。接著，那人影竟伸出雙手環抱血月，把月亮安裝在自己脖子上！血月瀉下血水浸濕黑影、從蛇裙上流下，最後這巨大黑影從夜幕走來現出真身，是位身材高大、紅皮膚的凶暴女戰士。

女戰士嘴邊滿是鮮血，手臂紋上不明符號；只見她左手撩起長矛刺穿身旁的妖物，另一手則劃動鐵鉤，活生生將邪物剝皮大口咬下、吸收血肉的邪力。

蘇梓我呆望著血月女神，不知她正是科約爾沙赫基，只直覺認為惹上她一定會浪費時間，便打算走為上策——

「往哪逃！」

這是蘇梓我這輩子聽過最刺耳的音頻，心裡一寒，眼前立刻無光。女戰士閉起雙眼，奪去世界唯一的月光，下一瞬間便刺矛而來！蘇梓我隨即閉目聽聲辨位，揮動軒轅劍擊走長矛，喝道：「不自量力的邪神，報上名來。」

「吾名科約爾沙赫基……嗯啊啊……」血月女神無法抑壓將人分屍剝皮的欲望，語音未落又向蘇梓我出手。

這次蘇梓我閉目預視，清楚察見長矛動作，便壓低重心讓矛頭掠過背脊，同時虎步踏前，一拳毆上科約爾沙赫基腹部，將女戰士應聲打倒地上。

「快告訴我哪裡能找到妳的頭目，不然就將妳碎屍萬段。」

「碎屍……哈哈哈……我還會怕斷肢嗎？」科約爾沙赫基站起身，抱頭大笑。「你不知道自己正在與誰為敵……」

蘇梓我感到一陣惡寒，空氣變得沉重，赫見地上鑽出像獠牙的白色硬物刺來！另一邊地上伸出百條觸手遮蔽頭頂，蘇梓我見狀旋即閃避，卻見地面逐漸液化，竟有獸掌破土而出，一巨掌拍走蘇梓我——

蘇梓我在空中翻滾，立即展翼穩住架勢，又見夜風變成有形刀槍連環劈來；他邊打邊退，以為已退到安全距離，但才發現每吋土地都已布滿血肉——整個北京都是阿撒托斯的細胞、器官和纖維。

神化現象——阿撒托斯不但能污染地方神，就連無生命體都是他的一部分。因為他是替「深淵」創造萬物的主神，地球上最古老的創造主。

「榮耀歸於阿撒托斯！」

冰冷喊聲刺破蘇梓我的神經，腦袋麻痺半秒，科約爾沙赫基已從背後揮矛而來！蘇梓我只能緊急用背先捱一刺，轉身掐緊血塊凝冰擲向對方，再提劍守備，心道：狂氣濃度太高了嗎……思緒好像變遲鈍了。

血月女神宣告：「這顆星球最原始的所有物質都由阿撒托斯所造，這座人類城市已歸還吾主，阿撒托斯的靈魂是城內兩千萬人口的總和，你的力量只比得上其千萬條觸手的其中之一……」

蘇梓我心想：確實這地方太可怕，幸好沒帶娜瑪等人前來，不然未必能保護得了他們。

他懸浮空中，仔細思量速戰速決的方法。

19

「哈哈、哇哈哈哈！」

蘇梓我忽然大笑，對血月女神嘲諷道：「其實我根本沒必要理妳，妳不過是用來拖延時間的一只棋子，是生是死對局勢沒有影響。」

科約爾沙赫基怒道：「你這人類懂什麼，有何資格批評神族！」

她大喝一聲，月神的彎月鉤去，緊接長矛破風直指蘇梓我胸前！電光石火間，蘇梓我身影消失，轉移至月亮背後，同時颳起魔力颶風。原來他打算繞過對方拍翼逃跑——

蘇梓我左閃右躲越飛越遠，女戰士迴身追上怒火更盛，隨即召出萬妖破土、加入圍捕，卻見蘇梓我雙手換上火劍舞出火龍，劃破群妖，地上留下一行著火的血痕，照亮漆黑。

火紅地獄中見科約爾沙赫基的巨影低飛，拖著長矛追捕，蛇裙拂地。

她同時喃喃說起無法理解的言語，周圍空間的邪氣與之應和，夜風掃起。

殺氣直逼，不過蘇梓我眼中只有一個想法，就是要比誰都更快飛向北京市腹地，以預視術掃視空間，鎖定阿撒托斯的位置。

轉眼掠過大大小小的血肉建築、活體器官、腥臭河流；正面有巨大肉塊擋路，蘇梓我就轉到另一邊的交錯血管上方飛行。那些地方原是城牆、高架橋、廣場和公路，如今城市面貌蕩然無存，車聲被奇異的啼叫聲取代，也沒有人影。難道瘋狂信徒都被吸收了？

「紫禁城、天壇……與地圖吻合，六條通道……但如此妖氣，源頭究竟是……」

蘇梓我持續高速飛行，在風中偵測地勢，卻不料科約爾沙赫基已擋在面前。

「愚蠢，『世界』的人類就只有這點能耐？」

蘇梓我見大地黑霧漸散，霧下竟隱藏密密麻麻的軍馬埋伏在廣場上，數之不盡，像蜂巢裡的無數工蜂，從大地孔洞排隊冒出，排成一柱柱騎士，每柱都有超過千名的邪靈，整裝待發、包圍半空的蘇梓我。

邪靈軍團擊打長槍、聲如天崩，鞭打聲有如地裂。科約爾沙赫基宣告：「你不知好歹竟獨自闖進不該來的地方，認命死去吧。」

一切都是血月女神的計謀，她以夜風誘導蘇梓我闖進陷阱。不過蘇梓我也將計就計，冷靜看向女戰士，用念動術吩咐結界外的人。

「娜瑪，妳剛才有記下到我看到的一切嗎？阿撒托斯就在天壇中央，聖經說有二萬萬軍馬確實沒錯，硬碰的話根本不可能靠近。唯一方法只能本王引開對方，引出他們的軍馬，你們就同時從西南方入侵，什麼都不要管、直衝向紫禁城，破壞阿撒托斯的核心。」

娜瑪擔憂地問：「這樣你不是很危險？」

「我危險也好過妳遭難。放心吧，沒人能打敗我，妳才要小心，對手可是創造神阿撒托斯，現在整個北京都是他的身軀……不僅是地面的東西，垂直上至十三重天，下至九重地裡，全都是阿撒托斯的一部分。」

娜瑪深呼吸，踏進結界內，下定決心道：「那笨蛋由本小姐來保護……」她回頭大喊：「大軍隨我前進，無論發生任何事都不回頭，直至殺死阿撒托斯！」

「誓死追隨阿斯摩太女王！」

紅騎士桀派的避孕術阻止生物繁殖，短暫截斷對方的偵測；萬馬齊驅，踏破肉塊，名副其實殺出一條血路，妖物紛紛不及抵擋。有肉塊在地上蛇行逃走，卻逃不過娜瑪的閃電之火，她展開黑翼橫跨百尺，拚盡全力往天壇直進。

「沒有伏兵，蘇梓我成功引開對手了？」

埃力格策騎追上。「阿斯摩太女王，未來已經無法測得……」

「什麼意思？」

「未來一片混濁，末將看不穿軍勢。」

一旁的佛爾卡斯說：「這片土地已是阿撒托斯的軀體，阿撒托斯是萬物之主，擁有無窮未來，即使是埃力格閣下都無法預測。就像一個刻度只有攝氏百度的溫度計，用來測度太陽根本不可能。」

娜瑪喝道：「就算是太陽，本小姐也要把他粉碎！」

「娜瑪！」杜夕嵐坐與埃加格同坐一騎，她指向前方。「那紅色的東西是紫禁城城門。」

「很好，目標就在眼前，只要破壞阿撒托斯的核心，邪神一族便無法翻身……」說到一半，猛地有冰冷視線刺來，娜瑪本能反應側身閃躲，竟見夜風化成劍刃剛好劃過自己脖子，留下輕微血痕。

「是誰？」

「真可惜沒殺死妳。」無形夜色漩渦在娜瑪眼前匯集，沒有容貌，全身是陰風怒嘯，正是夜魔奈亞拉托提普。

夜魔臉上虛無，卻有令人膽戰的目光注視著娜瑪的心臟、咽喉等致命處。

奈亞拉托提普說：「烏列爾對你們的計畫瞭如指掌，可惜他是天使，不然真是個好助力。」

語音未落，大地瞬時塌陷出無數深坑，數以萬計的邪靈騎士從坑中冒出，早有埋伏要殺死娜瑪等人。

「哼，就區區萬馬能阻擋本小姐？」娜瑪雙眼有紫電交錯，她知道這是決定命運的一戰，沒有失敗的餘地。

20

暗紅深空戰雲密布，映照地上東西兩軍對峙；一方數以萬計的破翼腐妖騎乘戰馬衝鋒陷陣，另一方亦是漆黑翼騎及一眾古神、牛頭士兵奮力迎戰。

剎時撼天動地，雷鳴大響，見妖群中轟出一道紫電擊殺千騎，地上蜂巢立刻湧出萬騎，劃破長空舉槍進擊。紫禁城拱門前巨大夜魔站起，拉長身軀比拱門更高，左右展開雙臂，腋下釋放各種懸浮生物結集成軍，打算遮蔽撒馬利亞聯軍的視野。

因此埃加格不敢怠慢，踏空策騎率兵還擊，拚死也要保住制空權。廝殺聲、割喉的嘶叫、嘈雜的萬馬奔騰灌注到娜瑪耳中，此時的她身纏侯王級魔霧，攜長槍大開大闔砍劈妖軍，敵人身上濺出的血水已將她長裙染成鮮紅。

「完全殺不完，真煩人！」

佛爾卡斯騎在白馬上，舉木杖噴火燒退妖騎，道：「幸好伏蟄地下的軍馬沒有奇異屬性，都只是深淵部眾。」

娜瑪說：「即使如此，蘇梓我也正在被數之不盡的妖騎追殺……」

◇

——戰爭開始了嗎。

另一邊廂，蘇梓我站在堆積如山的腐屍上，以殺氣嚇退眾妖不敢靠近。科約爾沙赫基見狀怒喝：「你們在怕什麼？上去殺了他啊！今天他一定要死！」

發狂的血月女神隨手刺穿身旁士兵的胸膛，另一鉤將士兵活剝，鮮血淋漓，以儆效尤。背插破爛黑羽的妖邪騎兵眼神游移，最終還是聽從女神之命衝向蘇梓我，從四面八方舉槍亂刺——

蘇梓我召出列彼的御焰之力，六顆火球圍繞自身旋轉。先是雙掌擊出煉獄火柱穿梭敵軍，火光間軍馬都著火焚燒了；他用火焰雙盾包裹自己，在熊熊大火中衝撞，撞飛迎面而來的千軍萬馬，盾下藏著焚風雙劍，準備劈向後方領軍的科約爾沙赫基！

那些士兵不知為何，竟都呆愣看著火焰纏身的蘇梓我，根本擋不住他。縱使距離還有百尺，科約爾沙赫基已緊張大喊：「快擒住蘇梓我，你們這麼多人連他都收拾不了嗎！」

邪神士兵們這時才回過神來，再次包圍蘇梓我。

「好，引來越多人越好。」蘇梓我摩拳擦掌，笑道：「這樣本王不必手下留情，想死的就統統過來！」

他在半空化身為一巨大火球，從中赫然爬出一赤龍，伸展六翼咆嘯震天！赤龍遂口吐光明真言大砲，對地劃出「之」字形狀，地上黑影盡數一掃而空。

◇

戰爭的魔力波動傳到夜魔奈亞拉托提普的腦中，他不得不承認蘇梓我及阿斯摩太的戰力已超越魔神等級，值得稱讚。

「但所謂英雄，下場都是慘死。」

二萬萬的軍馬是北京人口的十倍，源源不絕地從地底冒出。在混戰的漩渦中，娜瑪以一敵百，但雙手已瘦得發抖。

娜瑪緊握閃電火心道：糟糕，那笨蛋好不容易引開敵人，現在我們卻被圍困宮外……崇拜阿撒托斯的祭壇應該只有一步之遙，只能放手一拚。

接著她奮力朝宮殿擲出閃電，卻見宮門上的肉塊竟伸出觸手攔截，電光在空中頓時解體！這顯然是阿撒托斯的自我防衛機制。於是娜瑪退後，在陣中找到杜夕嵐，問：「剛才我用閃電試探，看到拱門一角有破綻可以闖入。成功的話，只要找到一個空隙、瞄到阿撒托斯的核心，妳就能用梵天神箭將核心摧毀了。要拚一拚嗎？」

杜夕嵐點頭。「確實再這樣打下去沒完沒了，我沒有異議。」

娜瑪再對哈艮地指示：「你馬上召集一百名牛頭士兵衝向那夜魔將領，我和夕嵐用原初神器從另一方向偷襲對方側翼……」

杜夕嵐亦跟弟弟說：「你已經是個男子漢，要好好保護阿提蜜絲姊姊。」

阿提蜜絲手持銀弓，平靜回話：「我們會撐住，直至娜瑪大人妳們擊破邪核。」

這不是生死別離，是未來嶄新一頁的轉機。見娜瑪腳踏旋風而飛，金銀光芒纏身，並一手拿著定海神針的碎片，另一手持閃電衝向目標——

同時杜夕嵐隨後快箭開路，火、水、雷三路齊發，勢如破竹！接著喧嚷的刀劍聲漸遠，娜瑪與杜夕嵐在荒廢宮殿中奔跑，邪靈的低吟聲和觸手鼓地聲漸近，是狂氣的合奏會。

眼前景象開始如萬花筒般扭曲變形，殘影不斷複製讓人眼花。娜瑪搖了搖頭試圖保持清醒。「很強烈的妖邪氣息，阿撒托斯一定就在附近。」

「沒錯。」杜夕嵐滿頭大汗，緊握梵天神箭，凝神尋找核心——

「為何人類每次都總是想壞我的大事！越渺小的生物，生命力就越頑強。」一團肉塊浮現兩人眼前。

「這聲音……克蘇魯！」娜瑪認出了肉塊，而不但有克蘇魯，一旁更有四道黑影待命。

克蘇魯續道：「我沒空應酬妳們，就讓我四位忠實的部下撕開妳們的屍體！」

娜瑪心一驚，緩緩道：「其中兩個是墮落天使哈魯特和馬魯特……」

「還有蒙卡爾與納基爾。」克蘇魯笑著續道：「如今他們已是本座的傀儡，天使都如此愚昧無知，尤其那個拉斐爾和烏列爾，以為我們是幫忙他們消滅人類嗎？哈哈哈，一切都只是為吾主復活！」

不論娜瑪或蘇梓我，都是獻祭阿撒托斯的珍品。「只要主上復活，聖主又有何用？」克蘇魯大笑，下巴的觸手不斷蠕動。最後，他命令四位墮天使：「殺死她們，尤其是阿斯摩太。」

21

隆隆巨響，半空五團火球連環爆炸，黑煙往天地四散。濃霧中，一赤紅龍爪冒出、攔腰掐斷妖物，並屍體擲回地面，大地砰聲被擊出裂縫。

然而赤龍的狀態並不樂觀。「太慢了……娜瑪那傢伙還沒成功嗎？」

另一方的科約爾沙赫基殺氣正盛，揮舞雙手長矛和鐵鉤，說：「還差一點！殺死他，阿撒托斯大人就能完全復活！」

這句話有點奇怪，蘇梓我在天上發問：「所以說，我的死能復活阿撒托斯？」

「阿撒托斯大人的復活勢在必得，不過你的血魂會是很好的補品！」科約爾沙赫基發狂大叫：「吾主的子民啊！不要吝嗇你的生命，衝上去綻放光榮的火花吧！」

語音未落，地上又湧出無窮無盡的腐肉軍馬；不久，妖騎便已收緊包圍網，團團圍住了赤龍。

蘇梓我猛地揮爪回擊，又羅列各種聖武具將其放大，水平放在胸前——大鐮、雷斧、火劍、火鎚、蛇劍，銀光武器凌空亂舞，劍勢浩大！

此時滿天騎士擲矛投射魔法，赤龍腿上亦有無數士兵拖住牽制，每人紛紛舉矛插向蘇梓我——

蘇梓我猛地拍打六翼，不但吹走地上屍首，眾妖亦因而飛跌下馬。然而他發現自己已是遍體鱗傷，反觀敵人仍是有增無減，是數量上的絕對壓制——

別無選擇，此刻蘇梓我全身發燙、每片龍鱗都釋放魔光；他化作生命之樹上每個質點，從天外借來強大魔力！只見龍臂擦出魔火迎擊，半空中上演著足以粉碎空間的大戰，幾十萬妖邪生物圍剿天地間最強大的赤龍。

思緒比平常轉得更快，蘇梓我奮力擊殺眾妖，又心中疑惑：莫非娜瑪那邊也是如此？是我吸引過來的敵人還不夠——

頓時大地震動，遠方山脈變形，長河逆天飛濺，天地異變！

「嗚嗆咩咀喀叱咖咩——」

深空迴盪著不明語句，卻如雷鳴震動；雖不明白，但有悲痛之感。蘇梓我瞪眼望天，但科約爾沙赫基比他更加驚訝。

她慌道：「主上……阿撒托斯大人！」

那是阿撒托斯的悲鳴，娜瑪成功了嗎？然而蘇梓我立刻否定這想法。「不對，聲音如此洪亮有力，並非死前的哀嚎；他不為自己而鳴叫，到底是為誰？為什麼？」

同樣離奇不解的事繼續上演。蘇梓我上方冒出更多飛騎重布滿天空，然而他們越飛越高，漸漸遠離蘇梓我；遠處傳來號角長鳴，眾飛妖整齊列隊，緩緩飛向聲音源頭。

蘇梓我暗忖：「不是天壇的方向，是南方……」

此時遠處地平線上憑空出現空間扭曲、形成漩渦，聲音正是從中而來；飛妖軍馬前往穿越漩渦，竟然就消失了。不好的預感湧上心頭，但蘇梓我現在無暇確認，因為有另一件事他必須親身前往。

「人類休想逃！」科約爾沙赫基大喝：「我要用你的人頭獻祭吾主阿撒托斯！」

蘇梓我駁道：「只懂得依賴弱小的妳，能夠如何？」

語畢，蘇梓我召喚布提斯的御蛇術，魔法陣包圍住穿著蛇裙的月神，只見蛇裙屈曲揚起，居然反過來咬噬了科約爾沙赫基。這是她最後的下場，蘇梓我送上光明聖言淨化她的詛咒，這也是蘇梓我最後的魔力。他變回人形，赤裸身軀，頭也不回加速飛向紫禁城。

蘇梓我穿越宮門，赫見圓形祭壇前血流成河，一具龐然巨屍浴血倒地——是克蘇魯。屍體背後站著四位天使，神聖的聖魔力包裹醜陋身體。他們是哈魯特、馬魯特、蒙卡爾、納基爾。

「蘇梓我！」娜瑪與杜夕嵐跑來，娜瑪說：「你沒事吧！」

蘇梓我問：「但……這裡發生什麼事？」

「剛才克蘇魯正在嘲笑天使，忽然有號角長鳴，那些墮天使就好像覺醒了什麼……或者說，從原本被克蘇魯操縱，變成被其他東西控制……」

鏘鏘。四位墮天使紛紛舉劍，蘇梓我緊盯他們，他們卻無視蘇梓我等人，與漫天妖騎軍馬一同朝南遠飛，如黑河源源不絕流去天邊。

杜夕嵐鬆了口氣，問：「我們……得救了嗎？」

「不。」蘇梓我說：「我終於明白剛才的悲慟聲是什麼了，那是阿撒托斯為他的部下而哭，憤怒的哭號。」

不——可——饒——恕——

天幕的軍馬長河消失，換成邪氣衝天，遍布地上的肉塊鼓動；天壇上有個扭曲三維、吞噬光線的空間缺口，渾沌無邊無際——阿撒托斯甦醒了！

「好痛苦……」在場娜瑪的生命被阿撒托斯抽走，更別說杜夕嵐更毫無抵抗之力，在絕對力量的面前，眼睜睜看著自己的生命飛速流失——

流失的生命能用肉眼所辨，如幻似霧，但見中間有道六翼黑影飛向缺口，正是蘇梓我。

「笨蛋——」

連聲音都被吸進黑洞中，下一秒，黑洞便從天地間消失，阿撒托斯與蘇梓我的魔力同時化為無有；黑幕四散，地上血肉化成磷光，滿地妖物屍骸亦恢復人類模樣，北京變回正常卻陌生的頹垣敗瓦。

一切就像做了場夢，只剩娜瑪與杜夕嵐站在其中，回頭看向趕來會合的五騎士等人，唯獨蘇梓我已經不在了。

第五章

天國

1

我下手了，但為什麼我沒有悲傷，而是如此憤恨。

因為母皇最後也是選擇了那個人……

2

巨大空中戰艦出現在北京城上空，這艘半毀的基地從天而降，桅杆搖搖欲墜，從中步出十多位魔神。

此時娜瑪正在廢墟中到處尋找蘇梓我的痕跡，卻是徒勞，她見雅典娜從空中花園下來，連忙跑上前說：「雅典娜，蘇梓我不見了！妳快過來幫忙找！」

五色騎士個個神色凝重，眾將疲累，只有娜瑪不顧全身髒污搬移石塊。

「娜瑪大人，請先冷靜下來。蘇大人的事……我也十分遺憾。」

「別亂說！蘇梓我只是消失了，別說得像死了一樣！」

雅典娜緩緩道：「有兩件事妳必須冷靜下來聽著。首先是美洲大陸的戰爭，路西法途中叛變，設下陷阱伏擊撒旦；當時撒旦只有帶幾百名魔神在身邊，結果被天使圍剿當場戰死。剩下的軍隊潰不成——」

「妳說什、什麼？」在娜瑪耳中，雅典娜說出的每一字都十分陌生，只聽見撒旦大人戰死的關鍵字。她猛地搖頭。「不可能，絕不可能，撒旦大人天下無敵，怎麼會輸——」

可是同樣天下無敵的還有另一人，娜瑪想起蘇梓我的情況，她的心就好像穿了個缺口。

雅典娜的表情更加嚴肅，續道：「第二件事更嚴重。聖火山已被天使夷為平地，特別是瑪格麗特……恐怕已凶多吉少。」

從北京往南飛的軍馬，以及率領兵隊叛變的四位墮天使，他們真正目標正是瑪格麗特。即使克蘇魯假意聽從拉斐爾，打算利用墮天使的幫助復活阿撒托斯，最終克蘇魯仍是被拉斐爾玩弄於掌中。

墮天使雖遭洗腦、清空了神格，但他們最深層的靈魂裡，仍得聽令於天使長。

因此中國的戰爭主要有兩個目的：一是借助邪神強大的感染及繁殖能力生產士兵，二則是引誘蘇梓我的主力部隊進攻北京，好讓他們天使有機可乘，奪回三位一體的最後一片靈魂。

◇

——半日前，香港聖火殿。

「敵人來得太快。」

耶洗別坐在鏡前，一邊讓婢女底波拉梳頭，一邊喃喃自語：「我們哪裡都逃不掉。」

此時在教堂彩繪玻璃窗外，聖火山四個角落站著四位巨大天使，有如摩天大樓插在四方，同時有千軍萬馬列陣其後，將整個香港包圍。

號角長鳴，有詩歌在雲間迴響，聲波敲著聖火堂的彩繪玻璃。利雅言憂心忡忡地跟耶洗別說：「在這時候妳還有心情化妝？」

耶洗別答：「這個嘛，如果要死，至少要對得起高貴的身分，美麗地死去。」

「是小人的過失。」底波拉低頭說：「天使的行動無法依循因果推敲，我完全幫不上忙。如今外面布置了隔斷空間的結界，大概是想阻止我們離遁魔界……趕盡殺絕。」

「那……」利雅言說到一半又失望嘆氣。「如果有反抗之法妳們早就說了，對吧？」

「抱歉……測量班探測到超過一千萬個體的聖魔力，對手數量是我們的千倍，差距懸殊實難抵擋。」

「只能坐以待斃嗎？」

底波拉搖搖頭，耶洗別則依舊照著鏡子，氣定神閒。這樣利雅言便明白了，沒人會坐以待斃等敵人殺死自己，代表她們都束手無策。可憐聖德芬、烏兒，早知演變至此，就不把她們留在香港……

「我有一個方法。」瑪格麗特不知何時站著門外偷聽。「我知道天使的目的。」

利雅言驚道：「妳打算怎麼做？我怎麼可以讓妳——」

「不要緊，我是安東尼家的長女，聖教會的教宗。這些日子麻煩你們保護，辛苦了，接下來就是我的職責。」瑪格麗特眼神堅定，說：「由我去說服天使打開結界，放你們離開吧。」

耶洗別起身笑道：「這是我們唯一能逃生的方法喔，衡量一下兩種結局，得好好感謝這丫頭的犧牲囉。」

瑪格麗特附和：「如果我能用自己來換取所有人平安，避免一場屠殺，這樣很值得。」

利雅言沉默良久，苦笑回答：「我不會讓妳的決心白費。」

「很好。」瑪格麗特同樣笑道：「不過假如蘇大哥回來的話，可不可以讓他在我的墓碑寫上名分？」

「妳很喜歡他呢。」

「怎麼說……我也不知道，但現在的我是最閃亮的，就像出嫁的新娘一樣。而且，既然我體內有聖子的靈魂，說不定我會上天國，或者會復活呢，嘻嘻。」

於是聖火殿中飛出一位六翼少女，純白少女站在天使的千萬軍馬面前，喊道：「我乃聖瑪格麗特！我要求你們立即撤回結界，否則就親手粉碎聖子的靈魂，不讓你們輕易得手！」

四位墮天使之一的哈魯特像木偶般抖動被附身，回話：「我是拉斐爾，親愛的瑪特麗特，我們無意破壞任何人，亦不想傷害妳，只要妳隨天使回來就好。」

「結界呢？」

於是拉斐爾從遠端控制墮天使解除結界，聖火山上的一個個光點消失，就連人類都一同退至魔界避難，直至整個山頭再無生命氣息。

借用哈魯特身體的拉斐爾續道：「這樣可以安心隨——」

突然，瑪格麗特右手發光、緊握匕首，往自己胸口一刀插下，染成鮮紅的玫瑰。拉斐爾見狀立即命令軍隊擒下她，不論生死都不能讓她魂飛魄散。

3

——伊甸園的記憶。

藍天、青山、紅花、綠樹，溫暖的東風吹來，有少年坐在樹蔭下觀察世界。草原上幾位天使圍起來有說有笑，在眾天使中間的是一位發光的少年天使，他哈哈大笑，與少年對上眼，便帶著同伴走來。

「路西法，你真是個陰沉的孩子呢，跟我完全不一樣。」光明天使自誇道：「本座是受聖主眷顧的希望天使，深淵的所有造物都是屬於我，受到我的神光照耀，就連伊甸的一花一草都不敢違抗我的旨意。你羨慕嗎？」

光明天使背後幾位跟班附和大笑，坐在樹下的路西法冷靜地說：「我有龍鱗護體，伊甸園的一草一木同樣無法傷害我，有什麼了不起？」接著伸出手掌反問：「若你不信，不如我們互相測試對方的力量？你先用樹枝測試，只要你能刺傷我分毫，我就認輸。」

光明天使嗤之以鼻。「伊甸園裡沒有其他天使比得上我，讓我代你『母親』教育一下你吧。」

語畢，天使運起聖魔法將樹枝變成鋒利無比的尖刺，一下便刺穿路西法的手掌，傷口見骨、血花四濺。路西法面容扭曲，卻敢怒不敢言的傻模樣，令人發笑。

路西法收起表情後，冷冷回應：「確實剛才我說的都是假的……你才是伊甸園內刀槍不入的天使。」

「哼，你明白就好，我們天使十分寬容，就不跟你這野孩子計較。」

「不過該輪到我測試了……」

路西法默默將樹枝變成漆黑大刀，手起刀落一道弧光，「唰」地就將光明天使的左臂整條斬下！天使當場浴血慘叫，路西法則收回樹枝緩緩道：「抱歉，以為你真的刀槍不入，所以出手重了點。不過比對一下結果，應該是我贏了吧？」

「啊啊……路西法！」倒地天使發狂大叫，原本以為正要上演一場大戰，但伊甸園忽然颳起大風，樹木沙沙搖晃。

一道巨大黑影降臨地上，單是存在的壓迫感就已讓在場眾天使停手。

路西法跪拜道：「母皇陛下。」

赤龍撒旦看了下受傷倒地的天使，默默嘆氣，對路西法說：「跟我回去地上，立刻。」

路西法冷笑點頭便隨紅龍離開。那時天使與龍族之間的氣氛愈發緊張，是天魔大戰的「前夕」。一個月後，龍族站在所羅門一方遭遇大敗，那是路西法第一次送別撒旦。

◇

——怎麼了？

同伴的聲音把他拉回現實。

米迦勒說：「難道想起往事了嗎？烏列爾。」

「不錯，但沒有後悔。」

米迦勒微笑回答：「跟我回去月上，準備見證聖主的復活吧。你值得擁有這個機會，三大天使以外，烏列爾，你便是第四大天使了。」

烏列爾拍開米迦勒的手。「我討厭『四』這個數字，只有『一』才能形容我。」

◇

天使登月，同一時間空中花園沉沒太平洋海底，娜瑪等人分別回到耶路撒冷，迎接他們的是伏臥山上的紅龍屍體——冰冷黯淡、沒有魔力，永遠靜止。

「撒旦大人……這是真的嗎……」

山下聚集萬魔，悲憤不已。娜瑪亦在耶路撒冷的宮中，始終難以相信眼前發生的事。一切來得太突然了。

「現在怎麼辦啊！」

殿上有上百位惡魔七嘴八舌爭論不休，吵得娜瑪有點眩暈。雖然殿上皆是伯爵以上的貴族惡魔，但都奇形怪相，連娜瑪都有些眼花撩亂。只見一名綠色巨魔大喊：「撒旦大人不在，魔界要完了！假如聖主復活，我們個個只能等死！」

另一獨角修長惡魔說：「無論如何我們都需要一個領袖！已經是最後關頭了，最好是由耶路撒冷當地、富有名望的侯王繼任……」

「放屁！你們可是皇太子一黨，若不是路西法背叛的話，撒旦大人豈會出事！我們應該先安內後攘外，肅清所有太子黨！」

「別含血噴人！我們也是受害者，你現在不打天使反過來打自己兄弟，我看你才是天使派來的奸細吧！」

娜瑪見大家越鬧越烈，便出面調停：「其實撒旦大人可能還沒離開，至少大人的靈魂應該正在回歸世界的循環，說不定我們能從鬼界帶撒旦大人回來……」

「哼，妳這淫魔有什麼資格指揮本王？妳只不過是那人類的情婦，出賣自尊成為人類的使魔，還想取代撒旦大人為皇嗎？」

另一惡魔附和：「對啊，妳說要去鬼界，誰去？大家都知道去過鬼界就不能回來，妳是想借鬼界剷除異己對吧？」

眾魔開始鬧騰：「沒錯，都說魔界有奸細，除了路西法皇子，不是還有那女天使嗎！」

幾百雙惡魔紅眼盯著娜瑪身旁的聖德芬，團團包圍，聖德芬退到娜瑪背後，但後面忽然有惡魔拿起屠刀，準備砍過去——

一道黑影猛然舉起那惡魔，只見巴力西卜伸出長舌綁禁錮住惡魔，用魔音道：「小天使那麼笨不會是奸細。」

「蟾蜍仔……」聖德芬驚訝不已。

然而就算巴力西卜出手，也無阻眾魔對聖德芬的猜忌。娜瑪想帶聖德芬離開現場，卻突然跪跌地上——

「娜瑪媽媽！」

「咳咳……」娜瑪感到一陣胸悶，摀住嘴，十分不舒服。

賽沛女王搖頭嘆息。「阿斯塔特、忒爾，我們留在這裡也不能幫到什麼，先帶她們回撒馬利亞吧。」

聖德芬連忙扶起娜瑪，同時感到無數飽含殺意的視線一直鎖定自己背後，一陣惡寒。

4

返回撒馬利亞後，娜瑪發燒臥病在床，經診斷發現是十分罕見的狀況，不過她的母親阿格蕾卻很熟悉。

「懷孕了喔。」

此時娜瑪正在寢室休息，眾魔神則回到王宮大殿。夏思思聽到阿格蕾的話，嘆道：「是小娜娜朝思暮想的孩子呢，可惜這時蘇哥哥偏偏不在。」

阿格蕾說：「夢魔族以吸食精氣為主，本不容易懷孕，因為懷了小孩會阻礙生存；而且夢魔族與人類的結合更加困難呢，可以說是天意。這兩人一定是形影不離才有辦法，畢竟媽媽也年輕過。」

「聽阿格蕾姊姊這語氣，事情好像沒那麼簡單？」

大殿的火爐劈啪燒著，殿上只剩下親友熟人，他們屏息以待阿格蕾的答案。阿格蕾沉默半晌，最後小聲說：「其實算是我們已公開的祕密。基於我族體質需要避免懷孕，夢魔平日累積精氣，化成魔力增強自身；但當懷孕時就恰好相反，會釋放魔力加速嬰孩誕生。因此這段時間娜瑪的力量會流失大半，你們一定要加緊照顧她。」

「在這兵荒馬亂的時刻呢……」夏思思說：「放心吧阿格蕾姊姊，小娜娜的事就交給思思，誰敢傷害小娜娜，我就放蛇咬他。」

「一切就拜託了。我也會盡量留在城堡裡，由我這位母親照顧，總不會引來其他人非議吧。」

突然有女孩的聲音打斷兩人：「那個……」

原來是聖德芬，自從回到魔界後她一直默不作聲，只是跟在一旁、聆聽大人間的對話。她站在眾魔之中，問夏思思：「雅典娜不在嗎？以前娜瑪媽媽有什麼困難都會找她幫忙。」

夏思思答：「雅典娜也有很多事要煩惱，她說自己不會生孩子便回家了。」

「那麼可以告訴我雅典娜的家在哪裡嗎？」

「就在附近山林的小屋，智者都喜歡住在山中嘛。」

「明白了，謝謝！」接著聖德芬就跑走了，像是有什麼重要事情不得不與雅典娜面談。

然而僅僅五分鐘的路程，在轉入枯木山林後很快就有數十雙紅眼尾隨著聖德芬；殘葉樹影幢幢，殺氣漸近，聖德芬感到透不過氣只好停下腳步——

「天使的丫頭受死吧！」

殺氣終於從一旁草叢撲出，只見幾名半獸人左右撒網，用來封魔的繩網蓋過了聖德芬頭頂，緊接又有兩個單眼惡魔隔著繩網將她壓倒在地。聖德芬用圓大的雙眼盯著眾魔，隔著繩網問：「為什麼你們要傷害聖德芬？」

其中一個綠色惡魔粗魯罵道：「你們天使一夥害死了撒旦大人，我要替大人報仇！」

綠色惡魔提起獵刀，但刀子終究未落下，他遭背後插刀，嗚呼倒下。

凶手單眼惡魔擦擦刀子，搖頭說：「就是不聽勸阻，只好殺死你了。」

另一同族惡魔說：「對啊。殺死這丫頭有什麼好處，當然是把她活捉，帶回地上獻給聖主，望聖主收留吧！魔界已經沒救了，誰還要替撒旦報仇。」

聖德芬聽見後小聲說：「果然我無法留在魔界呢……」語畢，她全身發出威嚴聖光，同時展開四翼，強大氣場應聲在地上崩出裂紋！封魔的魔法繩無法禁錮大天使，聖德芬從掌心釋出灼熱聖魔力碰觸繩網，繩網立即化成灰燼。

同時魔空降下如太陽耀眼的輪光，是風雷的輪中輪、王座戰車的車輪。聖德芬站起身，輪中輪懸浮在她手上，萬千光芒纏繞車輪，照亮林間。

「慘了，快逃！」在場眾魔嚇得全身發抖，如鳥獸四散。

確認惡魔逃遁後，聖德芬才收起純白羽翼和輪中輪，森林回復平靜。這時她才見到一棵長著白葉的怪木上，坐著身穿銀光盔甲的女神。

雅典娜緩緩降下。「聖德芬小姐沒事吧？顯然不用我出手幫忙呢。」

聖德芬大力點頭。「雅典娜，我有事想請教妳，妳這麼聰明一定知道答案。」

「妳是想回到地面去找蘇梓我，對吧？」

「嗯！」

「確實……如果大地已落入天使手上，我們任何人入侵都會馬上被發現，只有身為天使的妳能勝任此工作。」

聖德芬虛心請教：「這樣我可以怎麼做呢？」

雅典娜仰望魔空回答：「坦白說我也沒頭緒，不過如果妳能打探到地上情報，或有蘇梓我的線索，也許我能想到辦法。」

於是雅典娜列了三個任務：首先，去美國調查撒旦戰死之地；第二，潛入香港尋找瑪格麗特的下落；最後，順道蒐集地上殘存的邪神痕跡。

「可以的話，蘇梓我最後出現的北京是個有趣的地方，去一去無妨。若有任何發現，立即聯絡我。」接著雅典娜召出神物，認真地說：「娜瑪大人憑著父神的閃電火橫行天下，雖然我沒有原初神器，但此埃癸斯神盾也是宙斯愛用的聖武具，現在我就把它交給妳了。」

聖德芬雙手接過神盾——神盾萬分沉重，浮現奧林帕斯的神光。她感覺神盾已吸進自己體內，只見神盾消失，身體一道暖意流經。

「願埃癸斯的神盾保佑妳的旅途平安。」

聖德芬深深鞠躬。「麻煩妳轉交給娜瑪媽媽。」她遞出一封親筆寫的信，她知道娜瑪一定不會讓她獨自一人離開冒險，但若要幫助娜瑪，又不給魔界朋友添麻煩的話，就只能離家出走。

雅典娜微笑道：「去把妳們的笨蛋救回來吧。」

5

在撒馬利亞的南門驛站，聖德芬看見一對奇怪的組合正等著自己。

「聖德芬小姐。」

她點頭問好：「是利雅言姊姊和比夫龍。」

比夫龍說：「我們早就猜到妳會離開魔界，所以前來送行。」他慢慢走近聖德芬，將死靈燭台交給她，續道：「蘇大人不小心遺下了此物，請代為保管，當作是旅程的護身符。」

利雅言則微笑道：「我沒什麼法寶，只是想告訴妳不用擔心，我們所有人都會支持妳。」

「聖德芬閣下。」天空出現黑翼軍騎，領頭的埃力格說：「此時要獨自穿越耶路撒冷，肯定會遇上麻煩，就由屬下護送妳離開魔界吧。」

聖德芬鞠躬：「謝謝大家，聖德芬一定會成功歸來的。」

於是聖德芬隨翼騎飛往魔都耶路撒冷和地面世界的缺口，該處守衛森嚴，沒有撒旦之命誰都不能進出魔界，更何況現在正值存亡之秋，守關的惡魔不願放行。一直陪伴娜瑪身邊的隱形魔神格雷希亞便協助聖德芬變成透明，聖德芬終於在眾人的幫助下離開魔界，從惡魔的尾巴重返人間。赤腳、身穿白色連身裙、揹著一個裝著滿滿法寶的大背包，少女天使展開了她的旅程。

初次一個人上路，從白天走到黑夜，從荒野走到叢林；在漆黑的森林裡，只有自己的腳步聲和蟲鳴獸叫，她不敢張開結界怕被天使發現，只能提心吊膽、摸黑前行。

目的地是撒旦的葬身之所，旅程第二天聖德芬來到美墨邊境，在一望無際的荒地上看見毀敗的城牆、燒焦的骸骨，以及大地龜裂的痕跡。這裡是撒旦進攻美國新教會的主戰場，惡魔之皇正是從此處展開反擊，企圖佔領位於鹽湖城的教會總部，卻在六百公里外的盆地遭天使伏擊而亡。

最終魔界一方軍事潰散，只能狼狽地將撒旦遺體搬回魔界。

「死亡谷……可怕的名字。」

第四天的正午，烈日當空，聖德芬終於走來美國加州的沙漠谷地。萬里黃沙，地面滿布岩石、凹凸不平，有著長期被暴風侵蝕的痕跡；滿目褶皺沙丘，迎面而來的風都是灼燙萬分。此地溫度有四、五十度吧。

一個星期前，撒旦施展渾身解數力敵天使，至今雙方的魔力仍殘留此地，魔力濃度比其他地方都要高。盆地中間有個橫跨千尺的巨大凹痕，那便是撒旦殞落之地。

聖德芬走向坑洞內，本以為這裡只有她一個生命，可是坑洞中央有凌駕自己存在的聖魔力，魔力來源望向聖德芬說：「居然是妳，真令人意外。」

「路、路西法！」聖德芬伏低身體，像小貓準備撲鬥。

然而對手只不過浮於空中，冷聲回答：「現在的我是光明天使烏列爾，請好好記住。」

聖德芬說：「路西法這名字好聽多了，是光明的晨星。為什麼拋棄了母親給你的名字？」

「妳不也拋棄了伊甸園的同伴，與惡魔為伴，有何資格教訓我？」

「我、我……」聖德芬皺眉，再擺出戰鬥姿勢說：「我記得很久以前有個男孩，他擁有人類、天使及龍族的血統，最終選擇與母親回到龍族身邊，他應該十分喜歡他的母親才對……」

——路西法。

「——路西法，你剛才有在聽嗎？」

三千年前的回憶又再勾起，昔日的紅龍撒旦在天魔大戰後遍體鱗傷，與他告別：「吾兒路西法，如今龍族即將滅亡，你便是龍族最後的命脈和希望，整個龍族的命運就握在你手上了。」

「母皇，妳說這話是什麼意思？妳要走了？」

「為了『世界』的神祇及人類的將來，只有我能封印樞罪之獄，我必須離開。」

……

一道男聲說：「你就是撒旦大人的兒子嗎？」

「沒錯，母皇不在，我要代替她領導魔界。」

「哈哈，就憑你這乳臭未乾的小子？這裡是魔王亞巴頓的領地，不需要雜種的幫忙。」

「你罵誰是雜種？」

「你父親擁有一半天使和一半人類的血統，還不夠雜嗎？撒旦大人居然這麼愚蠢愛上那男人，才弄得我們要逃到地底不見天日……」

「你剛才說了母皇的壞話，對吧？」

……

一道女聲說：「路西法大人，計畫十分順利，魔界邊境的眾王都願意追隨殿下重建魔族。」

「我也跟萬鬼之母見過面了，這世上只有我能救出母皇，帶領惡魔族消滅天使。」

……

萬鬼之母說：「路西法，地上有個有趣的人值得你去見見。」

「誰？」

「一個叫蘇梓我的人類。」

「這人類有什麼特別，竟讓堂堂萬鬼之母記住他的名字？」

「妾身見過不少有趣的人類，包括他的父母。他們把最強的人類英雄成功製造出來了。」

「那又如何？三千年來有億萬個人類誕生，現在不過偶爾有一人與蘇萊曼相似罷了。」

「你和蘇梓我對『世界』都非常重要，妾身希望你們能一起救出撒旦，是時候與『深淵』一較高下了。」

……

憤怒之獄中，蘇梓我狼狽地與和神獸睚眥決戰，不料被奪去視力，睚眥準備擊殺蘇梓我——路西法及時出手，捉住蘇梓我的肩膀拉離，救了他一命。

路西法心想：這人類果然不如本王，或者這是人類的極限嗎？這個人的經歷不過是白紙一張，人類壽命短短數十年，能成什麼大器？」

……

「哇哈哈哈！路西法你聽見了嗎？本英雄要抱走撒旦，你等著叫我爸爸吧，哈哈哈！」

……

——路西法。

死亡谷中，聖德芬問：「你為什麼要害死你的母親撒旦？」

「與妳無關，要殺死妳是易如反掌。」路西法橫舉亮出灰啞劍，劍身寒光讓聖德芬嚇得動彈不得。

「下地獄去見蘇梓我吧！」

劍光直刺聖德芬咽喉，千鈞一髮之際，有長舌把聖德芬捲到百里之外逃脫。

6

聖德芬像溜溜球般被急速拉走，但沒感到痛楚，而是被一股溫柔的力量安置在草地上。眼前長舌的主人自然是巴力西卜，恢復了小蟾蜍的模樣。

「蟾蜍仔！」

巴力西卜蹦跳說：「小妮子，妳不懂稱呼本王偉大的名號嗎！」

聖德芬自然地放下背包，從裡面掏出一根青菜塞給巴力西卜，巴力西卜邊咬邊說：「吃素不錯，最近吃素後頭腦好像比較清晰了，哈哈哈！」

「惡魔來到地上不會很危險嗎？」

「哈！妳以為本王是魔界那些平庸之輩嗎？本王可是世代為王，魔界三公之一的希伯侖大公王！在撒旦大人和其他二公缺席的情況下，本王就是魔界的金字塔頂端——」

他說到一半又被塞青草，聖德芬蹲下說：「這樣你離開魔界不就造成大混亂？魔界需要蟾蜍仔呢。」

「哼，如今魔界群龍無首，只剩下烏合之眾……」

「娜瑪媽媽才不是烏合之眾。」

「嘖，敢打斷本王說話的，就只有妳這丫頭一人。」巴力西卜邊咀嚼邊說：「算了，總之本王留在魔界也沒意思，要是等天使他們侵略魔界便為時已晚，所以才出來透透氣。倒是妳，真不靠譜，居然輕易接近那叛徒，要是沒有本王出手，妳早就死了知道嗎？」

「明明是出舌頭……」聖德芬嘆氣：「可是路西法真兇呢。」

「那叛徒既有天使的血，又流著龍族血脈，選哪邊都不意外啦。總之他已經瘋了，妳沒事別接近他。」

聖德芬問：「那麼要逃走嗎？路西法可能馬上就會沿著蟾蜍仔的口水追來。」

「這倒不用擔心。今天有大事發生，路西法沒空理會我們。」巴力西卜續道：「今天是世界終末的最後階段，新教將會依循聖意，召喚出末日巨獸摧毀一切文明。」

「末日巨獸比蟾蜍仔還厲害？」

「不能拿本王來比較，每頭末日巨獸都是撒旦大人的階別。」巴力西卜跳到聖德芬的肩上說：「百聞不如一見，我們親自去新教會總部看看就知。」

◇

——是日下午，鹽湖城。

今天美國全國休息，或說安息，因為今天是新教徒期盼已久的世界末日。撒旦已被打倒，邪神同樣絕跡，最後的邪惡僅剩人類，是時候要終結一切了。進城的公路塞滿長長車隊，有些人知道已經無法進城，索性在路上棄車或坐在車頂與周圍的司機一起慶祝世界末日。

如此的熱鬧氣氛迅速淹沒聖德芬與巴力西卜，因此他們混入城內時都沒人察覺。一天使一蟾蜍走進市中心的商店街，街上所有店舖都不見店員，任由行人取走商品，大家都還很守秩序，一片喜慶氣氛。聖德芬見狀，便對巴力西卜說：「像是嘉年華呢。」

「就是所謂的末日派對，愚蠢的人類。」巴力西卜搖搖頭。「不過也是文明的最後一刻，小妮子妳好好用雙眼記住吧，一切都完蛋了。」

四周喧鬧、摩肩接踵，聖德芬和巴力西卜好不容易才擠進一座公園。公園草坪上早已紮滿帳篷，不少人從全國各地前來鹽湖城朝聖，難怪路上不論旅遊車、私家車和行人，都擠得水泄不通。

聖德芬小心翼翼跨過席地而坐的人群，但左看右望都沒有空位，只好爬到樹上從這貴賓席望天。此刻天空陰晴不定，有幻象在空中閃爍，又有號角和聖歌在背景伴奏；眾人都看向白色聖殿，殿上齊聚三位總會會長、十二使徒和各地的七十名成員，所有人一同見證接下來的奇蹟。

首先聖詩的樂曲靜止，換成走獸叫囂，百鳥亂飛；大鹽湖盪起浪花，彷彿有了生命般蠢蠢欲動，大地搖晃發出低沉的隆隆聲響。

但這聲響很像母親胎中羊水的流動聲和回音，接著一條長頸從湖中冒出，高若摩天大樓，眾人以為正親眼目睹尼斯湖水怪還是什麼雷龍。然而那只是貝西摩斯的象鼻，褐色巨獸從大鹽湖爬出，整座鹽湖都被其龐大身軀塞滿，鹽湖水溢到城上。巨獸站起的姿態有如山峰般巨大！

「噫噫噫！」貝西摩斯擺動長鼻大鳴，接著踏前一步，只需一個腳印便將半座鹽湖城踐踏摧毀！土地垂直下沉十數尺，更連帶扯下四周泥土，說時遲那時快，第二步的腳板已來到在頭頂，聖德芬抱著巴力西卜連忙飛走，不出半秒，背後一切都被末日巨獸的巨足遮蓋，城內所有人在一片歡樂聲中被巨獸踩死了。人類是萬惡的源頭，所有人都十分慶幸能親手毀滅自己。

「小妮子，記住那頭怪物的特徵。」

聖德芬回頭查看，那頭巨獸的身形雖像一頭大象，可是四肢更為粗壯，比例上較為矮小，更像隻河馬；每足直徑超過三十公里，以這步幅，只需一千步就能環繞地球一周，所經之地都將成平地。

天空忽然夜幕低垂，因為四分之一的美國土地被另一隻巨獸席茲的巨影蓋住了。天空的末日巨獸席茲看起來比太陽還要巨大，上半身如火雞，下半身卻像孔雀，色彩斑斕，而且能飛出九重天與繁星嬉戲，彷彿能啄下月亮。

巴力西卜在天使懷中嘆道：「『深淵』終於啟動了還原機制，如此一來，這顆星球就要重新開始了吧。」

聖德芬拍翼問：「為什麼要這麼做？」

「人類太多就喧賓奪主了，天使這樣做是要審判沒資格留在地上的人類，準備讓聖主再臨，任誰都無法阻止。我們要防範的是之後的事。」

該日後，分別掌管陸地與天空的末日巨獸僅用了六天時間便毀掉人類一切文明；貝西摩斯圍繞地球踏平一切，席茲則摧毀太空軌道上的衛星，每晚都有衛星穿越大氣層墜落，比天使摧毀得更為徹底，而且不可逆轉。

7

「蟾蜍仔，這是最後一株了。」

在太平洋飛了一整天，終於看見陸地，卻像是月球表面；海岸一個個巨獸踏平的坑洞，貝西摩斯走過的地方都被踏成粉碎，像垃圾車壓縮垃圾一樣。巴力西卜跳到五顏六色又臭氣熏天的土地，但不減食欲，繼續將乾草吞進肚內。

「小妮子妳不用吃嗎？當天使真無趣。」

「嗯嗯，我幫你找食物就可以。」聖德芬在海岸飛來飛去。「不過周圍寸草不生呢。」

「全被壓扁了吧。妳看地上還有不少深紅色的斑點，大概是那些人類一同被踏成肉醬，混在泥土裡。」

聖德芬聽見感到噁心。不過仔細想想，遇上貝西摩斯，普通人根本無法逃脫；那巨獸一步就幾十公里遠了，再怎樣走都不比牠走得快，唯一保命的方法就是祈禱牠避開此地，不會突然出現在自己頭頂。可是現在能向誰禱告？

巴力西卜問：「那個叫香港的地方不會同樣被踩扁了吧？」

「應該再往南走就會看到了……」然而聖德芬眼前的景色已被巨獸踩得面目全非，認不出原貌。

不但認不出地形，亦分不清日夜。天上巨獸圍繞地球轉圈，牠的影子不時遮日，每天都有日蝕上演，如今是下午三、四點，卻如同黑夜。聖德芬的白色連身裙發出微光，她帶著巴力西卜起飛，翻山越嶺，終於在遠處看見一座熟悉的山丘——

「那裡！那裡是教堂！」

聖火山上燈火凋零，山下一片廢墟，好比獨立於濁流中的一座浮島。幸好聖火教堂依舊，至少貝西摩斯沒有路經此地；山下有擱淺的貨船，是海嘯過後的痕跡，可想而知是巨獸下海掀起的巨浪淹沒了海岸。

「蟾蜍仔，我們去山頂看看！」

聖德芬興高采烈地飛到聖火山上，馬上見到一些陌生臉孔，幾個中年男女走上前攔下他們。

陌生男子問：「妳這野丫頭是誰？為什麼會從天上飛來，是原本住在聖火山的神仙嗎？」

「我以前受過聖火山的照顧，想回來看看和打聽消息的。」

「沒什麼好看吧？原本聖火山上的人都已經消失了，妳不會在這裡找到認識的人。」男子說：「我們也不想再跟魔神扯上任何關係，只想安靜度過餘生。不管妳是天使還是魔鬼，都請妳離開好嗎？」

聖德芬答：「我只是想問問一個外國少女的下落。她叫瑪格麗特，是聖教會的教宗，不過天使入侵香港時把她擄走了。你們知道她嗎？」

男子搖頭揮手說：「我們不知道那種人，快走！」

「可、可是……」

——砰！砰！砰！

突如其來的地震打斷對話，男子面色發白，抱頭大叫：「啊……貝西摩斯又來了……都是妳招來的不幸！」

遙遠的雷鳴是末日巨獸的腳步聲。聖火山的居民終日惶惶不安，不知哪天會被踩死，已經快要瘋了。聖德芬看見他們的模樣，一陣心酸，但不知該如何安慰。

這時有個女孩從教堂跑來，她的父母來不及攔住，小女孩便跑了過來，大叫：「有翅膀的姊姊，妳想找的人就在教堂裡啊！妳有辦法趕走那怪獸嗎？求求妳了。」

「瑪格麗特嗎！」但聖德芬又垂下頭。「可是……我不知道如何幫忙。」

男人嘲道：「妳看也沒用，那女孩早就死了。只是她的屍體沒有腐化，一定是有什麼力量，說不定是保佑我們山頭不被貝西摩斯踩踏的護符，怎能把她交給妳。」

眾人爭吵的同時地震越來越近，震耳欲聾；聖德芬回頭遠望，見貝西摩斯正朝聖火山而來——地平線上巨大身影突兀而行漸大，看此速度，三分鐘內必定會來到聖火山！

「快把那巨獸趕走！」

「都是妳帶來的惡運！」

「天啊！這次我們要死了嗎？」

教堂陸續走出幾十人，男女老幼一同跪下叩頭，用盡任何方法祈求巨獸遠離。聖德芬不忍見，對巴力西卜說：「蟾蜍仔，不如我們試一下阻止貝西摩斯？」

「小妮子，那可是撒旦大人的階別，妳去不是白白送死？」

——異象再現，青空重光，空氣揚逸聖詩作伴，兩行千人天使聖歌團在彩雲間列隊奏樂。每位天使都如太陽耀眼，而天使中更有一道與天光渾成一體的萬倍光芒；凡人皆不可直視，只有聖德芬能看見光芒的真身。

「聖、聖主……」

光芒之中有慈祥老人的輪廓，只見老人浮懸在貝西摩斯上方，手舉萬頃光輝，壓縮成聖輝長槍擲向巨獸！長槍從背脊直穿，貝西摩斯慘厲嘶叫，當場倒下。

隨行的天使在空中盤旋吹奏喜悅的號角。聖主輕揮衣袖，貝西摩斯便化為雲雨滋潤大地，荒野廢墟長出青蔥嫩芽，海水無盡湛藍。

「是救世主……」

山上的人類紛紛低頭懺悔，大喊：「偉大的救世主啊！偉大的天使啊！」

然而聖德芬嚇得目瞪口呆，本能意識害怕聖主會懲罰自己。巴力西卜見狀，便對山上的人說：「這女孩正是大天使，天使命令你們將瑪格麗特交出，快快引路！」

那些人類果然照做。聖德芬心想，一定要趁天使聖歌團發現她前救走瑪格麗特，這是唯一的機會了，就算是一具沒有呼吸的軀體。

8

聖德芬從教堂迅速帶走瑪格麗特，轉眼間逃至空中。肩上的巴力西卜伸長舌頭，感應空氣流動，說：「小妮子，往這邊。」

舌尖指向內陸，是剛才貝西摩斯踩過的土地，在聖主的聖魔法下已成茂密叢林；樹蔭高低起伏，樹冠百鳥共鳴。聖德芬連忙飛進林間，四周空氣清新且洋溢著聖魔法的溫暖。

巴力西卜的舌頭對魔法溫度特別敏感，他伸舌頭說：「這片土地已被聖主重新塑造，就連無形的風都是祂的爪牙，不宜久留，要找一個無風的地方。」

隨後他們飛進樹林百尺，樹木的呼吸聲和流水聲越發清晰，證明聖主的支配力越來越強大。這樣不怕被聖主發現嗎？聖德芬感到疑惑，忽見眼前樹影下有個深坑，才恍然大悟。剛才聖輝長槍貫穿巨獸，並在地上留下了巨大坑洞。

她旋即拐彎鑽進洞內，見洞壁還沾有閃閃金光，像依附在壁上的發光青苔，一望之下，到處都是聖主的餘輝。

「最危險的地方最安全嗎？」

巴力西卜答：「至少這裡的聖魔力比較弱，我們先在這裡等天使們離開吧。」

飛了兩分鐘左右才飛到盡頭，聖德芬放下冰冷的瑪格麗特，終於有時間冷靜下來思考。

石地上的瑪格麗特安祥地閉眼沉睡，乍看與活人無異，只是沒有呼吸，沒有心跳，像時間被凍結了一樣。身上沒有任何傷口，白袍依舊潔白無瑕，為什麼會……死掉呢？

巴力西卜說：「大概是天使把她的肉身救回來了。」

「所以瑪格麗特還活著嗎？」

「不，天使救回她的肉身，但搶走了她的靈魂，讓聖子的部分歸還聖主。肉身沒了靈魂，一部分失蹤，是個活死人。」

聖德芬緊張追問：「要是們找回她失落的靈魂就能復活對吧？」

「本王也不知道，沒聽說過有人類能成功復活的。」巴力西卜嚴厲道：「小妮子，現在沒有時間傷感，妳要從那女教宗的身體觸摸她最後的記憶，蒐集有關聖主的線索。」

「蟾蜍仔，你是為了對付聖主，才幫我把瑪格麗特找回來嗎？」

「當然。我們若無法對抗聖主，最終整個魔界都要一起陪葬。」

沒錯，再美好的日子早晚都會結束，人類的生命也是如此。她也不能再像小孩子一樣依靠大人。本來就決定要自己面對，現在有蟾蜍仔在身邊已是幸運。

聖德芬將手輕放在瑪格麗特胸前，聖魔力互相同步；有陌生的記憶湧進腦海，昔日號角的音波震動著她體內血液。

但在第七位天使吹號發聲的時候，神的奧祕，就成全了，正如神所傳給他僕人眾先知的佳音。

——《啟示錄》（10：7）

「世上的國成了我主和主基督的國；祂要作王，直到永永遠遠。」

那是一個月明星稀的晚上，皎潔圓月映在浩瀚海面，更有千萬成群的天使的倒影從月而下；以往聚居月球的天使終於重返家園，因為家園已再度成為聖主的國。

聖父、聖子、聖靈在月上重組，率領遭流放的天使降落在太平洋中央；眾天使列隊兩側，三大天使伴隨聖主身旁，散發光芒的老人站在海上感慨：「終於，都回來了，我的身體，還有我的星球。」

冷靜的拉斐爾報告：「數日前釋放了貝西摩斯與席茲，牠們會將一切『世界』的文明摧毀，大地與天空再次歸順吾主，這場悠久的戰爭亦快要結束。」

慈祥的加百列說：「其餘天使長相繼復活，惡魔則陸續被消滅，不容萬鬼之母污染聖土。」

正義的米迦勒說：「三千年前，人類背叛了聖主的愛，人類的善惡終將接受審判。」

老人沉默良久，祂沒有實體，只有光，一眨眼就能擾動星輝，吐息是夜空的彩虹。「路西法，這次你的功勞不小，果然是那個人類的兒子。」

烏列爾回答：「可惜那是一段需要抹去的記憶。」

「不對，你的誕生有意義。」聖主說：「最初受膏成為以色列人的國王的是掃羅，但他晚年戀棧權位，違背了我的旨意，我只好取走他和他兒子的王位，並親自膏立大衛為以色列的第二任國王。大衛是蒙愛的人，他流著天使與人類的血，血脈代代相承。他的兒子所羅門更加優秀，他不求財富，只求智慧，於是我便把能使役天使與魔神的印戒賜予他，讓他行使我的權柄，如同我親兒子一樣。可惜後來所羅門受魔鬼誘惑，甚至為了報復天使竟與惡龍交配。幸而你棄暗投明，這象徵著正義和光明的勝利，這才是最大的意義。當天上伊甸園重建之時，你便是地上彌賽亞王國的國王，要以彌賽亞的名義傳播主的福音。那時你就不用背負撒旦之子路西法之名，也不用偷偷摸摸過著雙重生活，而是堂堂正正的第四大天使，光明天使烏列爾。」

「無上光榮。」捨棄了路西法身分的烏列爾冷冷道：「不過，叛徒可不限於人類。」

全知全能的老人道：「聖德芬嗎？」

「不久前我在地上見過聖德芬，她正在尋找蘇梓我與撒旦的下落。」

聖主臉上的光芒好比烏雲閉日，嘆道：「聖德芬跟所羅門一樣受到阿斯摩太迷惑，那麼優先處理的事項已很明顯。」

「阿斯摩太與聖德芬。」烏列爾說：「阿斯摩太如今在魔界撒馬利亞待產，但要從正面進攻魔界太花時間。」

「但你身上還有魔龍的血，若是你的話，應該能直接傳送到魔界。」

烏列爾冷笑點頭。

於是聖主揚手，將天上三分之一繁星的聖魔力分享給烏列爾，命令道：「你現在立即起行，消滅阿斯摩太的靈魂。至於聖德芬……」

「她下一站就會去香港救回昔日的同伴，只要在香港守候便能找到她。」

拉斐爾則向聖主請纓：「請把聖德芬交給在下，在下保證這次會重組她的記憶，修復她的錯誤……」

◇

「哇哇！蟾蜍仔不好了！」

聖德芬從陌生的記憶中逃出，不但有瑪格麗特的記憶，還沾有部分對聖主的印象。同時天使的魔力逐步逼近，如同記憶所述，此時拉斐爾正在香港等著她！

9

已是坑洞的最盡頭了，聖德芬收起聖光，屏息靜氣，整個人僵硬起來不敢發出半點聲音。可是洞內魔法回音漸近，巴力西卜伸舌感受到風向改變。

巴力西卜道：「空氣被困住了，天使已築起禁移結界。」

聖德芬皺眉回答：「這種陰森的魔力一定是拉斐爾……」

語畢，青色寒光照亮洞窟，一位老婦站在唯一的出口，嘲弄道：「終於找到妳了，迷途的羔羊。」

「聖、聖德芬可沒事要找你這老婆婆。」

「不用那麼見外。」拉斐爾笑道：「跟我回家吧，上次沒有將妳徹底重組是我的責任，這次不能再讓妳逃脫……況且妳也無路可逃。」

「別小看聖德芬！」

語音剛落，聖德芬原地變大百倍——舉手綻破洞頂，巨大天使破土而出，地洞碎石紛亂塌下；巴力西卜則用舌頭高速吞下土石，一方面掩護瑪格麗特，另一方面跟著聖德芬一起放大！一陣轟隆雷鳴，大地變形，拉斐爾同樣以百尺巨軀擋在天地間。

三個巨物對峙，依大小排序，拉斐爾介於聖德芬與巴力西卜之間。拉斐爾看向巴力西卜，冷道：「這裡是聖主的土地，豈容你此等妖魔存在？」

他召來手杖，杖端焚燒著能點燃世界的聖火，好比坐鎮伊甸園門口的火劍。劍焰破空劃去，巴力西卜的蛙腿奮力躍開，短足捉住瑪格麗特打算躍到後方，卻見大地裂開，垂直十二道火柱正向自己撲來——

千鈞一髮間，聖德芬抬起腳下的山丘，擲向龜裂大地塞住噴火口，好讓巴力西卜跨過減弱的火舌，避開一劫。

拉斐爾怒道：「妳居然為了救一頭惡魔，向天使同伴動手？」

「我不能讓你傷害任何人，包括蟾蜍仔！」

「所以就選擇傷害天使了嗎？別再令人失望了。」

以劍代言，一撮火在聖德芬眼前高速掠過，她雙目刺痛，下一瞬間劍身便已刺向她的胸腔——但見輪中輪浮起格擋，此神物的外輪和內輪獨立高速旋轉，就連火焰都不讓通過。接著聖德芬乘勝追擊，箭步衝刺擊拳，即將擊中拉斐爾前方的一吋時，卻被對方閃開。

——瞧瞧本王的厲害！

巴力西卜的舌頭感應到拉斐爾的存在，粗厚長舌當頭棒打！拉斐爾不及準備，雙腿被打陷入地，只好展開六翼拍打再退——但沙石如子彈從巴力西卜口中吐出，拉斐爾舞火劍且擋且退；同時聖德芬從旁攔截，時機配合得完美，竟成功將拉斐爾的六翼撲倒，萬木震盪葉落。

「小妮子幹得好！」

聖德芬騎在拉斐爾身上大叫：看你敢不敢欺負我們！」

「光憑一身蠻力有何用？」拉斐爾嘲諷道：「還是妳想殺死老身？不可能，妳沒有殺死天使的權限，連我也沒有。」

拉斐爾重燃手上火劍猛力一砍，聖德芬心口灼燙整個人彈飛；不過燒焦的連身裙馬上復原，天使的劍殺不死天使。

「可是天使能殺死惡魔呢。」拉斐爾劍指蟾蜍。「你這個腓尼基的異神，除去你就是正義的彰顯！」

巴力西卜同樣大喝：「卑賤天使，今天就要給祖宗報仇！」

頃刻亂石穿空，巴力西卜吐出飛石毒霧，但在三大天使前根本不值一提。只見拉斐爾六翼同光，劍上火柱燃燒千里，輕輕一揮便將碎石化成流星反向墜，他再提劍刺向巴力西卜，巴力西卜無處可逃只好吸納天地之氣，試圖將火焰一併吞下——他反遭聖火灼傷，整個蟾蜍身著火被打回原形，變小跌落在地。

「死不足惜！」

拉斐爾又再一道烈焰直劈，聖德芬連忙撲去用背擋下，半邊翅膀都被燒成焦黑。

「蟾蜍仔你沒事吧！」

巴力西卜在聖德芬掌中虛弱地說：「小妮子……想不到本王會被妳救……」

「我已經想清楚了，我要保護的不是天使或惡魔，我要保護會保護聖德芬的人！」她抱起巴力西卜便拔腿逃跑。

拉斐爾吃了一驚，立即鼓翼飛截。「別再掙扎了，你們逃不出聖主的土地！」

「噢噢噢哇哇啊啊！」

背後魔力劈來，但聖德芬的視線沒離開遠方的結界盡頭，知道只要突破結界，便能發動聖魔法逃遁魔界！她遂抱起巴力西卜起飛，天上火球紛紛轟下，她拖著映著火光的身體直衝向目標，任何東西都無法動搖她的意志，直至結界彼端——

「安全！」聖德芬雙手伸前像投手撲壘，讓巴力西卜越過結界，緊張地說：「蟾蜍仔趁現在離開吧！」

巴力西卜來不及說什麼，聖德芬便大力將他抛走，扔到拉斐爾找不到的地方。

「聖德芬，妳這樣做又何必？」拉斐爾緩緩走來。

少女天使堅定地說：「既然聖德芬不會死，就沒什麼好怕了！聖德芬會堅持下去，直到喚醒笨蛋來救我！」

「笨蛋……蘇梓我嗎？」拉斐爾冷笑。「那個人的氣息已不存在，跟阿撒托斯一同湮滅了。」

「不可能！娜瑪媽媽說過只要我們有危險，笨蛋就會出來救我們。聖德芬已經保護了蘇梓我的朋友，蘇梓我快出來跟聖德芬一起打壞人！」

「壞人？」拉斐爾面色一沉。「妳真的壞掉了，不得不修理了。」

只見他拿出封印天使的約櫃，聖德芬沒有理會，只是繼續大聲呼喊蘇梓我的名字，直至十三重天外。

10

魔界撒馬利亞。拉斐爾在香港埋伏聖德芬的同夜，烏列爾的步履有如斷續的閃光，逐秒順移，在撒馬利亞城堡燈火的掩護下穿梭前進，士兵都無法察覺這片光的魅影。他輕而易舉闖入王宮，僅花一分鐘便從進入了阿斯摩太的寢室。

中央是緋色羅帳，一道女子倩影躺臥床上。烏列爾拔出灰啞劍，不屑地道：「哼，就只會玩這種小把戲。」

橫劍一掃，帷幔和女子身影斷成碎片，同時玻璃窗劇震爆破，連同牆壁一起被從外而來的魔法大砲炸出大洞，隨即一隊重裝士兵衝入室內、包圍住烏列爾。

「叛徒路西法，蘇哥哥的『不肖子』，思思今天就要替蘇哥哥教訓你這卑鄙小人！」

夏思思率兵突襲，霎時有七光纏身與烏列爾的聖光爭輝，她再放出巨蟒從地板破出、咬向烏列爾！烏列爾馬上往天花板轟出一大洞逃往魔空，在空中冷道：「為了捕殺我，不惜將整個王宮變成誘餌，不錯。」

夏思思回道：「就算你的力量媲美撒旦大人，但敢單槍匹馬前來撒馬利亞，思思就讓你橫著離開！弓箭手放箭！」

此時烏列爾才發現城堡四周均以最少的士兵布成包圍箭陣，密不透風，這一定是出自雅典娜之手。雅典娜還有阿提蜜絲等出色的弓箭手……不對，千箭萬箭間暗藏毀滅世界的火種，是梵天神箭！

火箭破空之聲有如龍嘯，魔空燒焦一道火痕；正當火箭命中之際，烏列爾卻綻放閃光，突然就消失了。

夏思思驚道：「他跑去哪裡了？」

頭頂颳起黑色風暴，埃力格舉槍答道：「空中的守衛就交給黑翼騎士吧！」

地上亦陸續有萬兵湧進城內，雅典娜親自上陣，重重包圍城堡不讓烏列爾逃脫。

烏列爾的冷笑聲在魔空迴響：「我看你們搞錯了重點，我今天來，不是要跟你們戰鬥，目標始終只有一個。」

忽見城堡地下一角築起光球狀的聖光結界，光輝眩目無人能夠直視。那位置正好是娜瑪的藏身之所——

「快追上去，裡面只有小娜娜和她母親！」

然而借助聖主之力設下的結界非短時間內能破解，烏列爾已達成他的目的。他走向地下密室，釋放強大威壓，虛弱的娜瑪滿身冷汗，更別說是位階不及她的阿格蕾了。

「嗚……蘇梓我……」

◇

蘇梓我……蘇梓我……

蘇梓我猛然睜開雙眼，但其實真身並未睜眼，更像是靈魂出竅。他回頭看見自己的身體藏在肉塊中，咚咚、咚咚，四周有節奏地在規律鼓動。

沒有溫度，不，是因為沒有肉體才沒有感覺。究竟發生什麼事？包圍他肉身的血管發光，赤光照亮無貌者的面影，奈亞拉托提普像蘇梓我一樣虛無縹緲，相視而立。

「居然能夠醒來。」

蘇梓我反問：「阿撒托斯的夜魔使者，你不是被娜瑪她們殺死了？」

「只要阿撒托斯大人的意識尚在，在下就不會消失。」奈亞拉托提普對蘇梓我說：「都是你的錯，才使吾主降臨失敗，要是消失的是你就好了。」

靈魂狀態的蘇梓我架起鐮刀，可是夜魔沒有要戰鬥的打算。他告訴蘇梓我：「放棄吧，聖主已經復活，誰都無法改變這局面。倒是你，如果能宣誓效忠阿撒托斯大人，我就可以讓你成為新生的神祇，在深淵的一隅生長。」

蘇梓我大怒。「該效忠的人是你們才對！阿撒托斯在哪裡？我們的決鬥還沒有結束！」

「真是有活力，但人類如此低等的生物，就算怎麼努力都改變不了世界。人類的生命是神賜予的，你們也該知分寸。」奈亞拉托提普嘆道：「算了，幫你認清現實來得更直接吧。」

夜魔一揮手，散出點點磷光，磷光依附肉壁化成環狀屏幕。螢幕正上演著末日世界的景象：拉斐爾將聖德芬釘在十字架上，阿格蕾為保護娜瑪而遭烏列爾的光槍刺穿肩膀；加百列在地上傳福音、行神蹟，萬民朝拜天使的降臨，慶祝世界終於恢復希望。

所有壞事都是惡魔一族與邪神所為，現在聖主來臨，親手打敗兩大末日巨獸，成全了大能。信仰歸一，天地都屬於聖主，祂會派遣地上的王來重建人類文明，帶領人類重生。

賞善罰惡，有罪的人將會被消滅。有罪人拚死衝撞聖主，可是他們忘了所有魔法對聖主都不會奏效，就連刀劍武器都無法對祂造成傷害，有形無形者皆是聖主的僕人。

「在『那顆』星球上的一切事物，無論生死，都無法違抗聖主，祂已成無敵的存在。」

「荒謬，本王可不會歸順那東西的。」

「你連肉身都沒了，就一般意義而言，肉身和靈魂分離就是死亡，已死的你能做什——」

但蘇梓我竟形神合一，瞬揮鐮刀砍下了夜魔頭顱。他再次隱約聽見有人呼喚自己的名字，不能在這裡浪費時間了。蘇梓我重新連接上肉體，從黏著的肉塊中爬出；眼前一切淨是血紅，像被大怪獸吞下肚中，被凹凸不平的血肉纖維包圍。

於是他用大鐮砍斷肉壁，肉壁受刺激之下打開了通往上方的窄道。蘇梓我鑿壁爬行，終於看見出口，爬到洞外卻是荒涼一片；頭頂是浩瀚星空，大地是一片灰白的世界，唯獨遠方地平線有個詭異至極的畫面——地球從山脈間升起了。

11

孤寂大地萬籟俱寂，頭頂浩瀚星空，腳踏無盡灰白，蘇梓我看著地球升起的景象，驚嘆莫非自己變成嫦娥，來到了月亮上？

「不是……娥……也不是月……」一道朦朧黑影扭曲變形，聲音斷斷續續，只隱約辨出是女聲，以魔法傳話進腦中：「你站在……阿撒托斯的身體……即是掠日彗星……」

蘇梓我驚問：「這聲音……是萬鬼之母？」

同時奈亞拉托提普再次現身一角，他也以魔法傳音超越空間大喝：「萬鬼之母！妳怎麼能入侵阿撒托斯大人！」

黑影傳音：「……看見藍色星球……已進入『世界』十萬公里……」

說著同時，一股魔力波掠過，同時黑影的輪廓也變得更清晰，女性的彩色身影浮現。萬鬼之母說：「現在清楚些了吧？」

蘇梓我不解。「剛才好像有股力量掃過……」

「以人類的語言來說，吹來的是太陽風，而那些帶電的粒子被地球磁場捕獲後，在地球的輻射層聚集，於是妾身的力量也得以補充。畢竟這裡距離『世界』十萬公里，妾身的力量有時不太穩定。」

月球和地球相距約四萬公里，換言之，阿撒托斯現在的距離又遠了月球一倍以上。

夜魔回應：「萬鬼之母的本質是『世界』的純魔力……原來已進入『世界』的魔力帶。」

萬鬼之母補充：「妾身就像地球的電磁力，而你們正在穿越地球輻射層的邊緣，剛好是妾身能力所及的極限。」

說著同時，萬鬼之母的影像一閃一閃的，像隨時都要消失似的。

奈亞拉托提普警戒道：「妳到底有什麼企圖？休想傷害阿撒托斯大人。」

「沒這必要，在召喚阿撒托斯降臨的儀式失敗那一刻開始，阿撒托斯就注定要毀滅了。」萬鬼之母解釋：「阿撒托斯本是『深淵』釋放到十三重天外的精氣，並化成宇宙間的一顆彗星，在星星間穿梭。阿撒托斯從不直接參與母星的創造，只透過思想支配古神創造萬物。他靠近星球時，星球上的生物就得以繁盛；遠離星球時，生物就變得寂靜。」

如此創造使天地生長有規律，可惜一切都被「大碰撞」破壞了。「世界」與「深淵」融合一起，地球運行軌道和速度都起了變化，連帶影響了阿撒托斯的支配力。

「只要距離和速度起了些微變化就會改變接收程度，就像舊式收音機，頻率稍偏了些就會有雜音。因此在『大碰撞』後，阿撒托斯的思想夾雜了邪念，導致地上古神邪化，『深淵』才要創造出另一批新神來取代阿撒托斯的眷屬，他們便是聖主與天使。」

奈亞拉托提普本已不悅，聽見聖主之名更是憤慨。「絕不容許妳誣衊阿撒托斯大人！速速歸去，否則就算一死也要將妳一同陪葬！」

萬鬼之母卻冷靜回應：「過去的事就暫且擱下，接下來可是關乎阿撒托斯的存亡。你也很清楚『大碰撞』改變了阿撒托斯的軌跡，變得更靠近太陽，每千年掠過太陽表面僅剩萬餘公里；那才是星系內最強大的存在，就算是阿撒托斯都無法抗之。

「每次經過太陽，阿撒托斯的身體都會融化一部分。如今他的力量已大不如前，大概承受不了下次的靠近吧。所以你們才千方百計想讓阿撒托斯回歸『深淵』，可惜召喚被蘇梓我破壞失敗了，降臨不成甚至反被蘇梓我吸來，變成現在的情況。」

「所以妳是特意來嘲笑阿撒托斯大人的？」

「不，我是來提議合作的。縱然阿撒托斯錯過了最後一次轉移，但妾身能帶你們回歸地球。」

「這有何用？撒旦已死，聖主三位一體復活，天地落入聖主和天使的掌控。阿撒托斯大人再也得不到『深淵』的注視，『世界』早晚也會被消滅。」

蘇梓我在旁聽見撒旦戰死、聖主復活，不禁大驚。

萬鬼之母回答夜魔：「非常遺憾路西法最終選擇天使一方，他擁有人類血統要成為人類的王，可是我們還有最後能與其對抗的人類。」

奈亞拉托提普反問：「妳要讓那人類成為另一個彌賽亞？這怎麼可能，他和路西法相比，還差了幾千年的修行呢！」

「有個速成方法，只要妾身把『世界』的至高靈力量灌注到蘇梓我體內，就能與路西法甚至聖主匹敵。當然蘇梓我的身體無法承受至高靈的全部力量，這正是妾身前來提出合作的原因。」

「原來妳的目的是為了阿撒托斯大人的身體，真是荒謬。」

萬鬼之母回應：「放任不管的話，阿撒托斯便會在宇宙中毀滅，只能趁阿撒托斯現在正好經過『世界』魔力範圍時，妾身才能把你們平安送走。」

奈亞拉托提普一口拒絕：「阿撒托斯大人是『深淵』的古神，沒任何理由要幫助『世界』毀滅深淵大人。」

蘇梓我打斷夜魔的話：「我不會殺死『深淵』，也不會毀滅『世界』，我要救回瑪格麗特、撒旦、聖德芬、娜瑪……我要取代『深淵』。」

奈亞拉托提普痛斥：「太放肆了！你有何資格與深淵大人相提並論？」

「就算我不能，阿撒托斯與萬鬼之母一起就可以吧。」蘇梓我命令道：「奈亞拉托提普啊，你去把本王的真意傳遞給阿撒托斯知道，我要永遠終結這場星際等級的鬧劇。」

12

頃刻間異石突起，大地起伏震盪，岩漿轟隆轟隆地噴發！彷若巨神的憤怒，阿撒托斯的生命力如此巨大；不過蘇梓我站在阿撒托斯的「肉體」上不亢不卑，十分自信。

「有結論了嗎？」

奈亞拉托提普回答：「阿撒托斯大人同意你們的交易，但有個條件；當你打敗聖主與深淵見面時，必須要聽從阿撒托斯大人做一件事。」

蘇梓我問：「什麼事，說來聽聽。」

「不行，阿撒托斯大人說在事成前都不能透露，只有在深淵面前才揭曉。蘇梓我，你必須接受且訂下靈魂的契約，否則阿撒托斯大人不會借出他的神軀。」

萬鬼之母卻警告：「這次合作大家孤注一擲，若阿撒托斯另有圖謀，我們很難在這個基礎上合作。」

奈亞拉托提普駁斥：「別說笑了，難道妳又是清清白白，沒任何隱瞞嗎？再者，阿撒托斯大人的肉體就算被消滅，靈魂依然存活於星塵中，你們無法拿此來威脅阿撒托斯大人。」

「夠了。」蘇梓我不耐地說：「為了獲得力量必須付出相應的條件，我早有所覺悟。我必須救回瑪格麗特及撒旦的力量。」

萬鬼之母斬釘截鐵回答：「無法辦到。」

「她們的靈魂應該還停留在鬼界吧？」

「沒錯，但她們都是特別的靈魂，無法輕易循環；人類不可能復活，撒旦身為龍族末裔亦無法轉生——」

「本王說她們要復活，她們就要復活。瑪格麗特不是一般人類，龍族血脈也有後繼者，她們並非無名之徒，有能力容納妳的部分。」

萬鬼之母猜到蘇梓我所說的「後繼者」，馬上愣住。「你不止想復活二人，還要借她們對付拉斐爾和烏列爾？」

「沒錯。既然聖主有能力殺死天使，同樣是至高靈的妳應該也能辦到吧？」

萬鬼之母答：「好，只要分享妾身力量，就能獲得討伐天使的權限。『世界』與『深淵』之戰本理應如此。」

◇

同一時間，香港聖火山上。

眼前是一座寸草不生的小山，山下卻綠草如茵，唯獨聖火山遭受拉斐爾的懲罰；他率領一百名天使審判聖火山上的平民、信徒……還有背叛的天使。

虛弱的聖德芬被釘在十字架上示眾，十字架下有少數獲得拉斐爾承認的信徒，他們架槍包圍其餘被判定為異端的平民，同時十字架上空有天使大喝：「懺悔、懺悔、懺悔！」

拉斐爾手執火劍，揚手喊道：「聖主戰勝一切從深淵歸來，惡魔必敗，所有曾與惡魔為伍的人必得惡果，所有信奉聖主的人必得永生！」

山上的人落荒而逃，逃往山下，但拉斐爾的追兵沒有放過他們。一輪淨化，哀鴻遍野，可是卻有人膽敢登上聖火山，與山上的天使對峙。

一名天使回報：「拉斐爾大人，有名白衣人正率領異教徒登山。」

拉斐爾答：「正義不會迴避，有客人來必定好好款待。」

幾分鐘後，一位穿著白色主教袍、以連帽斗篷遮臉的神祕人步履蹣跚，似乎受了重傷，但總算來到拉斐爾面前。

「傲慢的人類，本座要整治你的罪惡。」他隨即命令士兵射殺此名神祕人——魔風突然颳起，連帶吹開斗篷，便見頭戴后冠的瑪格麗特橫揮摩西之杖，畫出巨形魔法陣將面前士兵統統彈開！

拉斐爾大驚。「瑪格麗特！何以妳能重返人間？」

「不，我是所羅門第五十六位魔神，公爵夫人吉蒙里。現在我要執行撒馬利亞公王的命令，討伐拉斐爾！」

熟悉的魔魔法，而且不只一人。惡魔的氣息喚醒了被釘在十字架上的天使，聖德芬抬頭說：「是瑪格麗特！聖德芬要幫忙——」

語音未落，面前的天使和魔神已短兵相接，天空一連撞出七顆火球，肉眼根本追不上拉斐爾與瑪格麗特的動向。聖德芬痛苦掙扎，無奈掌上長釘封印了天使之力，幸好長釘阻不了強韌的肉舌——

「噹噹」數聲擲地，聖德芬從十字架掉了下來，巴力西卜及時用舌頭接住，並替她舔舐療傷。

「蟾蜍仔，你沒有離開嗎？」

「哈哈，若要天使相救，怎對得起巴力西卜之名！這人情本王還給妳了，是時候一起對付拉斐爾。」

「蟾蜍仔你真是一隻好蟾蜍，聖德芬也要努力！」聖德芬重新注滿聖魔力，傷口高速癒合，身體亦瞬間放大，接著召喚出輪中輪，與同樣變大的巴力西卜從左右加入戰鬥。

「不可能！你們這些死纏不休的叛徒，不可能戰勝正義的！」同樣放大的拉斐爾提起火劍垂直劈向巴力西卜，但巴力西卜一躍便飛到頭頂千里，聖火只是燒燬山上教堂，可是火光背後聖德芬的飛拳已猛然襲來——

聖德芬砰聲硬擋，換手提輪劃出火弧，拉斐爾則橫劍入侵聖德芬的架勢，靈巧化解反守為攻直刺聖德芬的心臟，卻又被她龐大的身軀撞開，完全不能放鬆半分。拉斐爾緊張心道：她什麼時候變成這麼狠？跟之前的丫頭完全不一樣！

聖德芬大叫：「聖德芬已經不是小孩子，也不是任人擺布的天使，聖德芬是娜瑪媽媽的守護天使！」

此時她的羽翼渲染出娜瑪的漆黑——墮天使，不再受聖主束縛的真正叛徒。聖德芬連環出拳把拉斐爾逼到死角，拉斐爾知道不該硬拚，反正聖德芬仍是小孩子的打架功夫，再踏前一步就能刺中並燒燬她的心臟——豈料雙腳突被長舌纏住，在空中摔了一跤。

巴力西卜大叫：「機會來了！」

聖德芬高高躍起，雙手以渾身力氣握緊輪中輪、擊向拉斐爾！拉斐爾臥地以火劍還擊，但火焰熄滅，忽繞過輪中輪重燃巨火，先一步把聖德芬轟飛上天，三大天使的尊嚴不容這新生的墮天使冒犯——

「忘記我的話會很不妙喔！」瑪格麗特沒有變大身軀，反而從死角冒出，挾鬼神界之力衝向拉斐爾！

「區區人類，妳能做到什麼？」

拉斐爾迴身舉劍——

「抱歉，本小姐正是為了討伐天使而復活的！」

瑪格麗特將萬鬼之母的權限寄宿於摩西之杖杖端，鬼光直伸千尺，不但能分開洪水，更能斬斷空間，強行分裂天使身首！

兩光交錯，只見天使血花四濺，風雲變色，三大天使之一的拉斐爾終遭斬殺，瑪格麗特看著巨大頭顱墜地、化作磷光消散。

13

——撒旦不行，龍的血脈已斷，沒有合適的軀體可以讓撒旦轉生。

——沒有這回事，我繼承撒旦的血，我的孩子就繼承我的血。

「阿斯摩太。」烏列爾提劍走近床上的娜瑪母女，冰冷聲音在地下室內迴響：「雖然與妳無仇無怨，要怪就怪妳是那個人的女人。」

娜瑪依舊痛得滿頭大汗地呻吟，但微妙的表情變化逃不過阿格蕾，她頓時緊張起來。

「乖女兒難道妳……」

「你們到鬼界一家團聚吧！」烏列爾就位引劍，娜瑪無力還擊，阿格蕾亦心亂如麻——

「鏘！」劍脊擦出火花，烏列爾手指彈出光箭，將隱形氣息擊退兩尺。

「聽說阿斯摩太身邊有個透明魔神，大概就是妳吧。」

格雷希亞手纏迷霧，霧裡匕首若隱若現。「誰都不能傷害娜瑪大人。」

「哼，沒關係的小魔給我退下！」

烏列爾大喝一聲，聲音化作強光成槍，依靠繁星神力，光芒交錯刺向格雷希亞！格雷希亞立即隱身，光槍穿透她的身體，卻傷不了她。

格雷希亞得意道：「我的技能是隱形能透光，光屬魔法對我無效——」

但見烏列爾自由操控光線，左臂單手劃圈，眾人的視覺竟隨他的手勢扭曲變形！就像哈哈鏡改變比例，烏列爾冷道：「看妳能躲多久？」

這剎那提劍，下一秒劍尖已伸到格雷希亞面前，扭曲的視覺下不可能判斷出距離。格雷希亞知道透明術無法躲避實體攻擊，連忙舉起匕首格擋；然而匕首升起，光線像穿過透鏡般上下倒轉，原來烏列爾已砍向她的胸腹——

「哇啊啊！」格雷希亞吐血倒地，衣服血跡斑斑，地上布滿一大灘血，已無力反擊。

烏列爾冷笑一聲，對毫無還擊之力的魔神不感興趣，決定留她一命見證阿斯摩太的死；往床上一看，見阿格蕾鑽到被鋪內，正在為阿斯摩太接生。

於是他垂下劍刃說：「這樣也好，給妳時間把孩子生下再跪地懇求，也許我能放過孩子一命，甚至代妳把孩子撫養成人也可以，哈哈哈，他的生死都操控在我手上。」

不久哇哇哭聲傳來，阿格蕾抱出一名女嬰。女嬰掙脫了阿格蕾的雙手，浮在空中發出魔光！漆黑魔光與烏列爾的聖光互相對抗，光暗互不相讓，最終竟驅逐了光明，地下室瞬間變暗。

幽冥間，女嬰吸收了娜瑪累積的精氣瞬間長大，薄霧消散時已是個六、七歲的女孩，比一般夢魔成長速度快了好幾倍。女孩不但擁有黑色夢魔的羽翼，更有異樣的蛇尾，或者說是龍的尾巴。

「路——西——法。」

女孩的聲音稚嫩，卻擁有越超年齡的威嚴。「誰的性命操控在你手？」她吐出的每一字句都充滿威壓，使在場生命都呼吸困難。

烏列爾神色大變。「母皇……不，妳是那人類的孩子，不是我的母皇！」

女孩以魔光蔽體，赤紅長髮垂至腳跟，目光深邃且攝魂，千年的靈魂被封印在一個小女孩的身軀上。女孩說：「說來也是，你的母親被你殺過一次，你贏過一次，但這次輪到我了吧？」

見撒旦靈魂完好無缺，完整地降臨到半魔女嬰身上，烏列爾無論如何都不能接受這現實，大叫：「為什麼！為什麼妳要成為那人類的女兒，為什麼總是偏袒那人類！妳才不是我的母皇！」

暗啞劍光掠去，憑空卻有荊棘禁錮住灰暗劍，同時地板伸出蔓藤纏向烏列爾！烏列爾旋即召來啟明晨星，以純粹的光線消滅魔法植物，再揚手扭曲光線，擾亂新生撒旦的視覺——

「再一次！要把假冒母皇的妖魔碎屍萬段！」

新生撒旦卻不慌不忙避開劍尖，光箭統統都只在撒旦身邊掠過。就算不靠視覺，她憑著烏列爾殺氣騰騰的呼吸聲，便已能判斷一切魔力所在，精準無誤地在劍鋒間穿梭，右手浮現龍鱗、往烏列爾的下巴轟去！

烏列爾始料未及，應聲被擊到牆上砸出大洞；碎石浮起，烏列爾面目扭成，眼冒血絲，展出六翼仰首咆嘯——

「殺！殺！殺！統統殺！」

光明再度蓋過黑暗，再生的撒旦魔力仍不到之前的一成，馬上遭聖風暴吹倒彈飛床上；娜瑪抱住撒旦亦自身難保，阿格蕾則俯身保護虛弱的格雷希亞。

桌上雜物吹倒一地，牆壁掛飾東歪西搖。娜瑪見狀咬緊牙關，拚盡全身力量擲出艷紫的閃電火！烏列爾雙目綻光，伸出單掌硬接，光電在掌中湮滅，另一手的灰啞劍更揮光而去——

一柱水流打走劍刃，烏列爾手腕一痠，只見天花板穿了一個大洞，一群不速之客在空中緊盯自己。

賽沛高舉定海神針喝道：「不容你在撒馬利亞放肆。」

雅典娜帶兵包圍，狹窄的地下室附近瞬間充斥萬千個的魔力體，雅典娜的調兵無毫破綻。

「可恨啊啊——」烏列爾咬破自己嘴唇，深深不忿，可是已遭包圍，不得不撤。

「別讓路西法逃走！」

「希臘異神休想擋路！」烏列爾朝著雅典娜大吼。

世界頓成無聲，只見烏列爾爆發啟明晨星，星辰三分之一的光輝同時綻放，眩目地一時閃盲在場萬魔！只聽見烏列爾拍翼而逃的振翅聲，待眾人恢復視覺時，魔空亮如白晝，光明天使的餘輝久久不散，但天使本人已逃去無蹤。

「一殺、一逃……不過她們沒事就好。」蘇梓我問夜魔奈亞拉托提普：「我已經答應了你主人的要求，阿撒托斯的答覆如何？」

夜魔答：「契約成立。話雖如此，不過你有能力駕馭阿撒托斯大人的神軀嗎？」

萬鬼之母道：「不必擔心，蘇梓我乃是特異靈魂，其特異之處在於他擁有極高可塑性，如海納百川。」

正常來說，好比維斯塔只能依附在跟自己一模一樣的利雅言身上，而杜氏姊弟亦由於擁有羅剎血脈才得以繼承羅剎天與羅剎女之力，兩者必須要有共通點才能結合。唯獨蘇梓我能無視限制，對古神、外來神，甚至獸族都擁有極高的適應力，因而能隨意使役魔神，讓七十二魔神之力寄宿體內，或換上地方神的神骸。

萬鬼之母說：「這是一種後天的『雜種優勢』，你的父母自小將你培育成為禽獸色狼，便是這個原因，連人魚都不放過呢。」

蘇梓我半信半疑地質問：「混血也是要遺傳到後代才有變化，不是嗎？」

「所以你的情況是『雜交優勢』，透過與眾女神結合交換了精氣，如今就算是妾身或阿撒托斯都不成問題。」

不知在諷刺還是佩服，萬鬼之母的語調依舊沒有多餘的情感。蘇梓我欣然接受：「既然如此，天下無敵的蘇梓我要送聖主一個驚喜了。」

◇

這時，在北京廢墟上聚集了幾百位末日生還者，他們坐在牧草地上，四周鳥語花香，微風中傾聽天使長加百列的教誨。

「科技的過度發展不但為人類帶來傲慢，更破壞自然生態，導致天地異變、氣候反常。正是這個原因，聖主帶著仁慈的心降臨地上，派遣天使扶正黜邪，引領大家重歸正道，拋棄惡魔的誘惑，希望大家懂得與大自然共生。」

高貴的大天使攤開手掌、托在唇前，溫柔吹出絨毛種子，漫天飛雪，散在土上綻放出色彩斑斕的鮮花。加百列的金色秀髮如瀑布披散，閃閃發光，信眾的心靈都被其美麗治癒了。

「加百列大人，之前我們誤信異教實在令人慚愧，我們知錯了。請教導我們如何遠離罪惡和誘惑！」

另一男人附和：「之前那些祭拜惡魔和邪神的邪教太可惡了，果然邪不能勝正，所有惡魔都被擊敗了吧？現在這裡才是天堂啊。」

加百列和藹笑道：「你們都是通過最後審判的善人，當然有資格享受天國。」

遠方有信徒伐木重建家園、鑽木取火烹調熱湯，還有其他低階天使指導人類耕作，眾人對天使感激不已。

有一位婦人到山上採集野果，看見天邊有奇異光芒，指天大叫：「那發光的是什麼？」

「流星嗎？還是天使？」信眾議論紛紛。

——哇哈哈哈哈！

「笑聲聽起來邪惡得令人毛骨悚然……」

於是信眾們跑來求助：「加百列大人，我們該怎麼辦？」

加百列眉頭深鎖，遂命令隨行的幾位天使上前攔截。然而不論是力天使、智天使，都雙雙被天上流星轟回地上。邪氣越來越逼近，詭異的笑聲繼續迴盪。

「哇哈哈哈！」

接著有火球劃破長空，火流星不往他方，正直直朝加百列等人而去、砰聲墜地！青草地被砸出直徑數十尺的大圓坑，揚起煙塵瀰漫，霧中人影飄揚，大笑聲仍不絕於耳。

加百列喝道：「這股魔力波長……絕不會錯，是蘇梓我！」

「唷，好久不見了，加百列。」蘇梓我全身被魔光包圍形成氣強，氣牆發出「沙沙」聲響如龍吟虎嘯，是阿撒托斯的狂言與萬鬼之母的鬼語。

加百列盯著此人，說：「上次在美國被你逃掉了，這次本座要親手收拾你。」

「不錯啊，難得妳是三大天使裡唯一的美女，我也正想把妳打包回家呢。」

「淫亂！」加百列大喝一聲，橫手一揮出現百花百草織成魔法手杖，能自由操縱大地一切。她猛地突出尖槍，喚出岩石巨牆，並連環刺向蘇梓我；蘇梓我掐緊拳頭，瞬間改變了元素指令，使岩石變成觸手，反過來向加百列攻擊。

「怎麼會這樣？」加百列揮杖斬斷觸手，再指向花叢將百花變作千蛇，千蛇飛撲向蘇梓我——蘇梓我徒手抹去蛇群生命，再變成一條條觸手捉住空中的加百列。

「真煩人！」加百列又再揮杖，面前築起以百合花堆砌而成的聖壁擋下，放出聖火試圖一併燒燬。在場信徒吶喊助威，加百列更當眾斥喝：「可恥色慾之徒，只懂此等淫邪妖術。」

蘇梓我得意笑道：「抱歉啊，剛好本王獲得了肉塊和觸手妖怪的神力，所以之前召喚阿撒托斯的這片土地上，萬物歸由本王操控。」

加百列頓時感受到不可思議的壓迫感，仔細觀察蘇梓我，見他手上不但有聖痕和獸印，更多了鬼族與邪神的黑光，甚至擁有殺死天使的權限。加百列是三大天使中年紀最小的，才剛從梵蒂岡復活了一年左右，面對眼前大魔王，內心便開始動搖。

蘇梓我見狀則挑釁：「剛才不是說得很偉大嗎，以正義和神聖的名義審判人類和惡魔？如今本魔王站在面前，妳就想逃跑嗎？」

圍觀信徒喧嘩大叫鼓譟，加百列氣得面紅耳赤，別無選擇。「面對惡魔豈能逃避，休想污辱本座。」

她再以花杖擊向蘇梓我，蘇梓我橫身閃開，不料花杖放出一抹香氣，能封印惡魔——

蘇梓我見狀揚起六翼。「本王也是深淵的子民，更比妳多出兩翼，居然敢於跟我單挑呢。看在妳的勇氣份上，我就對妳溫柔點吧。」

語畢，蘇梓我把潛藏地底的神力再次喚醒，原本北京被加百列以植披覆蓋的青草地消失，他更召喚出巨大食人花將遍地的百合統統吃掉！加百列神力瞬即變弱，一個不留神遭蘇梓我從背後擒住，壓倒地上。

「要來點刺激的，給聖主下戰書了，嘿嘿。」

15

「嗚嗚……撒旦大人，抱歉把妳生下來……」

娜瑪全身顫抖，跪在床上向龍尾女孩道歉。女孩板著臉反問：「妳在說什麼呢，母親大人——」

「啊！不行，這樣稱呼小的承受不起！」

小撒旦冷靜說教：「母親大人把我誕下來已成事實，是妳將寶貴的生命再次帶給在下的；母親大人應該要多點自信才對，如今妳可稱得上是撒旦之母呢。」

娜瑪嚇得花容失色，始終對眼前女孩不停道歉：「小的無德無能，從沒想過高攀撒旦大人，撒旦大人讓我做回普通的女子吧……」

「妳可是夏瑣侯王、大罪魔神、夢魔女王，什麼時候變成平凡女子呢？母親大人，太過謙遜也是一種侮辱。」

「嗚嗚嗚，我不敢侮辱撒旦大人，感謝撒旦大人教誨。」

小撒旦凜然站立。「母親大人請保持身分，無須向女兒下跪。」

「嗚嗚……但是妳的氣場怎麼看都是魔界之皇……」

房內也有其他魔神旁觀，阿格蕾懶洋洋道：「當母親很辛苦呢，我經常也被乖女兒責備，現在就輪到她體驗一下身為人母親的辛勞吧。」

接著門外走廊傳來女孩的喊聲：「娜瑪媽媽！娜瑪媽媽呢？」

「聖德芬！」娜瑪彈身下床，聖德芬亦跑向娜瑪，兩人互相飛撲抱在一起，只是娜瑪很快又推開了聖德芬。

「笨蛋聖德芬，聽說妳竟然獨自去了人間冒險！妳知不知道我十分害怕？每天都擔心妳會遇到什麼危險，我情願遇到危險的是我自己啊。」

小撒旦吐槽：「結果母親大人還是有遇上危險，不是嗎？」

「嗚嗚……總之媽媽好害怕……」

聖德芬見娜瑪跪下哭泣，伸手輕拍她的頭：「不用擔心，聖德芬不是一個人呢！還有蟾蜍仔和瑪格麗特出手相助，雅典娜也給我不少意見。」

「瑪格麗特還活著？太好了。」娜瑪問：「但蟾蜍仔是誰？」

「正是本王，呱呱哈哈！」

語畢巴力西卜豪氣萬千地跳進場，娜瑪看見又心驚了一下。「巴力西卜是希伯侖大公呢……嗚嗚……」

小撒旦見娜瑪哭個不停，便模仿聖德芬輕拍娜瑪頭頂。

「天啊……撒旦大人摸我的頭，究竟現在發生什麼事……」

站在一旁的夏思思皺眉問：「小娜娜是產後憂鬱嗎？」

雅典娜冰冷地回答：「娜瑪大人的笨蛋性格是產前就已經有了。」

聖德芬天真地對小撒旦笑道：「小孩，妳就是娜瑪媽媽的女兒嗎？成長速度比天使還快呢。不過聖德芬依然是妳的姊姊喔。」

小撒旦凝視聖德芬數秒，大概除了聖德芬沒人敢這麼對撒旦說話。最後小撒旦笑道：「姊姊，不對，是義姊，聖德芬姊姊，以後多多指教。」

「多多指教，撒旦妹妹！」

娜瑪喃喃道：「撒旦大人笑起來感覺也有殺氣……完全無法捉摸她的心思……」

——哇哈哈哈！

「這笑聲！」房內眾魔同時回望，便見春風滿面的蘇梓我霸氣而臨，大聲笑道：「娜瑪妳這傢伙真是沒……呃啊！」

娜瑪突然恢復精神，向蘇梓我飛踢：「你這笨蛋又擅自失蹤，差點連累聖德芬出意外！」

蘇梓我喝道：「妳這沒用的女僕，不知道是全能的蘇梓我大人救回聖德芬和瑪格麗特嗎？連安東尼那老頭都抱著女兒感謝本英雄，妳居然以怨報德飛踢我。」

娜瑪盯著蘇梓我，忽然委屈哭道：「嗚嗚，連你都欺負人家……」

夏思思冷眼旁觀，做出評斷：「果然是產後憂鬱症吧？」

「好啦好啦，辛苦妳了。」蘇梓我嘆氣說：「就放妳三天假，這三天好好休息吧。」

「不行，你要服侍我。」

「唉，隨妳開心吧。」蘇梓我無奈答應，突然見旁邊有個小女孩在偷笑，驚道：「妳就是撒旦的轉生？」

小撒旦釋放魔皇魔力，以此為證回答：「沒錯，我的父親大人。」

蘇梓我忍不住摩擦兩手臂。「哇，妳這句話真的可以殺人耶，害我起雞皮疙瘩。」

「哪有的事，父親和母親大人，你們想女兒一出生就變成孤兒嗎？」

「不，妳先讓我冷靜一下……」

蘇梓我垂頭驚嘆，馬上有另一女聲冒出：「明明是你要求將撒旦的靈魂送到女兒身上的。」

聖德芬好奇地問：「咦？那是什麼玩具，笨蛋你的戒指好像會說話……噢！」

一具變幻無狀的靈魂從蘇梓我身上脫離，萬鬼之母說：「借助蘇梓我身體遊覽魔界的經歷真是新鮮，各位好。」

小撒旦恭敬地說：「萬鬼之母，感謝妳將力量借予在下，讓在下得以擊退路西法。」

娜瑪再度受驚。「萬、萬鬼之母？突然全部厲害的大人物圍在我的床邊，一定是我在做夢吧……」

奈亞拉托提普亦現身打招呼：「只要有阿撒托斯大人存在，在下也會同在。」

蘇梓我笑道：「所以這些人都變成本王的部下了。」接著他把他的經歷簡單說了一遍。「最後本王還狠狠教訓了加百列，聖主應該很快就會有回應吧。」

雖然娜瑪只聽見最後一句。「可惡的笨蛋，又趁我遇上危險時玩其他女人。」

「哈哈哈，本王是為了大局才懲罰加百列，但玩妳是因為妳可愛，天使怎能跟妳相比。」

「嗚嗚……總之你和聖德芬平安回來就好……」

終章

天魔戰爭

1

白日、雪山，大片彩雲綻放七色光芒，彩虹氣場圍繞山頂，更有聖詩迴盪，氣氛詭異卻神聖。在席茲消滅天空的文明後，雲頂變成了人類遙不可及的地方，於是聖主在第五重天創造了伊甸園，以人類的文明來說大約在平流層的高度，比一般航機的飛行高度稍微高一點。

同樣是捲雲，好比在藍色畫布掃上彩色的雲絮。絲縷雲上有個大片森林，正中間一柱擎天是生命之樹，枝葉茂盛，庇蔭萬木生長；有結智慧之果的，有結善惡之果的，伊甸園的名字正是源於這片園林。

有光、有樹，當然少不了有水。清澈透光的河流圍繞園林，河面能映出地上萬物。聖主站在倒影前，看見聖顏添了幾分愁緒，同時神的光正好飛到伊甸園上。

烏列爾全身沾滿灰塵、黑光，降落在河邊搥地罵道：「可恨！我發誓我要親手將阿斯摩太的靈魂打散，讓她永不超生！」

「光輝的烏列爾，現在的你失去冷靜，教我如何將人類的王國交予你手上？」聖主道：「先去沐浴河中，用聖水潔淨身體和心靈。」

烏列爾搭話：「區區人類怎能打敗加百列？一定是你們失職了。」

「對手是蘇梓我！我的主人，加百列她、她遭人類當眾凌辱，羞愧下拋下軍隊逃走了！末將已經派出天使追查，但暫時沒有找到……」加百列的副手卡西爾說。

由於卡西爾曾被蘇梓我砍過一次頭，再遇蘇梓我亦猶有餘悸。聖主看見不禁搖頭，看來只能重組一次卡西爾才能用得上。

然而問題不只兩個，接著又有米迦勒神色凝重地走來，道：「拉斐爾……死了。」

烏列爾大怒：「連那個活了幾千年的大天使都敵不過人類？是誰殺死拉斐爾的？」

「瑪格麗特、聖德芬和巴力西卜。」

聖主輕嘆：「人類、天使、惡魔，何其醜陋的組合。」

米迦勒說：「看來蘇梓我不但沒有與阿撒托斯同時湮滅，反倒蘇梓我獲得了阿撒托斯的幫助、反過來挑戰我們，不能坐視不理了。」

聖主答：「阿撒托斯的從屬基本上已經全滅，不足為懼。我們真正的敵人是萬鬼之母，以及她的惡魔子民。」

米迦勒自告奮勇：「在下願意領頭為聖主大人夷平魔界，消滅萬鬼之母！」

烏列爾亦搶道：「我更熟悉魔界，應該由我領軍出征！」

聖主緩緩道：「惡魔確實是令人不安，只要他們存在一天，人類都可能會被他們誘惑。」遂對米迦勒說：「如今拉斐爾戰死，加百列下落不明，可是時不待人。立即召集所有天使，包括薩麥爾、沙利葉、巴拉基勒在內，所有號角天使皆得聽命於米迦勒。米迦勒，你即日率領第一、第二、第三聖歌團在惡魔的尾巴集合，稍後我亦會隨軍同行。」

米迦勒立即領命。「在下必定不負聖望，將地下害蟲全數滅口！」

聖主又對烏列爾下令：「第四聖歌團之前為了引誘撒旦上鉤，傷亡慘重，不過應該也補充回來了。第四聖歌團就是地上的天使，你要利用他們建立人類的王國，不能讓惡魔有機可乘、盜走信仰。」

烏列爾掩不住失望之情，但只能唯命是從。

◇

另一邊廂，魔界耶路撒冷異象頻生。原本撒旦的龍軀化成黑暗魔光升天，魔空赤紅紫靛變幻，又有風雷閃電；空中氣候極為惡劣，為戰爭更添緊張的氣氛。

唯一慶幸的是，聽說魔皇歸位了。一眾魔神貴族在巴力西卜的號召下，再次集齊耶路撒冷王宮，殿上眾說紛紜，議論不休。說撒旦復活了？這是真的嗎？

喧嚷聲中，見龍尾女孩儀態萬千地步進大殿，又有巴力西卜及其大將伊布力斯隨行，行到皇座之前。小撒旦回望眾魔，雖然是女孩子的身體，但有著與年齡毫不相稱的世故雙眸——

「諸君讓你們擔心了。」

眾魔大驚。「撒、撒旦大人？」

「但這不是陛下的聲音……」

「還有人類的氣味，這是怎麼了？」

於是小撒旦提起拳頭、一掐，魔空風雲皆集中於她的掌中；在她腳邊有黑光結界，隱約能看見結界上布滿赤鱗，龍嘯聲隨魔力飄揚，威力無限，使人睜不開眼無法直視。

在場惡魔半信半疑，此時小撒旦猛然發力咆哮！兩個一綠一藍的惡魔瞬間被吸到殿上，遭荊棘綁起。小撒旦厲聲道：「在我不在的其間，有部分惡魔私通外敵，趁亂造反，經查明已經全數制伏。巴力西卜辛苦你了。」

「哈哈！」巴力西卜大笑道：「撒旦大人只是隱藏起來看清楚誰有異心，想造反的惡魔實在太天真了！」

小撒旦面無表情地笑著，看見倒地求饒的惡魔，二話不說便以荊棘將他們刺死，滿地鮮血，再放開拳頭讓他們的靈魂飛走。

「撒旦大人英明！」

萬魔跪拜在小撒旦面前，不愧是魔界之皇，只有她的魄力才能震懾萬魔，連娜瑪都不敢抬頭仰望。小撒旦離開皇座，緩緩走近娜瑪，當眾扶她起來道：「不是說過母親大人不用下跪嗎？快起來。」

突然殿上所有目光一同集中在娜瑪身上，娜瑪不知所措地小聲說：「好想生個普通點的孩子……」

小撒旦無視了娜瑪的自言自語，對在場眾魔宣告：「一日之內，天使必定來犯。但只要一天有我坐鎮耶路撒冷，魔界絕不落入天使手中。現在，我任命阿斯摩太為耶路撒冷大公，助我擊退天使！」

「欸！為什麼是我？」

在場眾魔驚訝都不及娜瑪本人，可是蘇梓我偏偏此時不在她身邊。

2

面向烏黑百鬼從地洞嘩嘩湧出，蘇梓我閉起雙眼，一躍而下。無數靈魂掠過臉頰，感到四周越來越暗，靈魂濃度卻越來越濃密；直至最高濃度、最暗的空間，蘇梓我逆流浮沉，憑著觸覺與嗅覺前進。

「請張開眼睛。」

一睜眼，巨大洪水聲湧進蘇梓我腦海，而且眼界大開，他看見了靈魂的流動。在純白的空間中有一束藍光水平掠過，再拐直角垂直上升；又有兩束紅光平行飛來，穿透了自己的身體又消失，蘇梓我感覺到每束光線都含有無數個體生命。

好比繁忙的公路口，漫天彩光橫飛。蘇梓我很快就發現那些光束不但直線飛行，大多數更朝向同一方向，從垂直或水平方向縱橫交錯。比起交通網絡、血液管道，更像是立體的電路板。

蘇梓我感嘆道：「能感到很豐富的生命力。」

「其實今天熱鬧要多了。現在流量比起平日暴增了好幾萬倍，靈魂的循環也快撐不下去。」

萬鬼之母稍微脫離開蘇梓我的身體，以日本花魁的奢華姿態現身面前。實體都是由蘇梓我想像而來，墨黑的衣物上繡有花鳥風月，誇張的金色簪笄，還有插在髮上的櫛子。

蘇梓我問：「那些靈魂正趕往地上嗎？」

萬鬼之母說：「你知道現在地上人口剩餘多少嗎？在第七號角吹響的第一天，貝西摩斯獲釋到地上，圍繞地球跑了二十圈；席茲在天空擾亂風雲，同樣圍繞地球二十圈。牠們所引發的天災海禍，頭一天世界人口便消失了三分之一，大約是二十億人。」

而且是漫無目的地踐踏生命，沒想過回收靈魂，任由二十億人類的靈魂湧到靈魂的循環當中。其中若算上花草樹木及鳥獸蟲魚的靈魂，更是多不勝數，不用說現在人口已銳減八成，靈魂流動有如洪水猛獸。

「這可是大災難。」萬鬼之母續道：「循環系統根本應付不了如此大規模的靈魂，加上撒旦離開了樞罪之獄，結果大部分靈魂未經淨化便逼回歸地上，而且帶著邪惡和怨念。」

「可想而知，那些流失的靈魂馬上就被天使佔用了吧。」

「對。在聖主復活後，每秒都有千萬靈魂流向天上的伊甸園。聖主按照不同功能設計了不同型號的天使：例如GBL、RFL、MKL，他們負責聯繫天使、治療天使、統領天使，是天使軍團的鐵三角，即是你們說的加百列、拉斐爾、米迦勒。RFL雖然死了，但只要有足夠靈魂與時間聖主就能重造一個新的，所以妾身很慶幸你決定要跟天使速戰速決，是歷戰累積所得的直覺呢。」

蘇梓我漸漸理解，但有疑問：「那麼聖主會創造兩位相同的大天使嗎？」

萬鬼之母搖頭。「不，那樣不符合效益。假如說阿撒托斯是『深淵』製造出來最愚昧的創造神，聖主便是最睿智的造物主，聖主不會做出無益的決定。比起本身的存在，重製有利功能的天使比較有用，例如SML。」

「SML即是薩麥爾？」

萬鬼之母點頭。「是全新的薩麥爾。他是神的毒物、戰鬥系的天使，一定會想盡辦法毒殺惡魔。」

說著同時，蘇梓我與萬鬼之母降落在鬼界中心，望見無盡靈魂升天被製造為天使，蘇梓我嘆道：「此消彼長，天使軍團的戰力又增強了呢。」

萬鬼之母說：「如今靈魂決堤，天使坐收漁翁之利，我們唯有用上相同的方法對抗。首先妾身會傳授你操縱『世界』靈魂之術，用盡一切可能阻止天使取用靈魂。」

◇

同時，魔界耶路撒冷，千軍萬馬正陸續集合，圍繞主城連綿百餘里。在蘇梓我不在的戰場，娜瑪代夫領軍，統領撒馬利亞的魔軍布防，防範天使從魔空破洞入侵。

城外有五萬工兵惡魔從山路迂迴山路逼近，坐在黃金獅子上的文學少女伊西斯說：「巴巴斯、芭芭拉，你們有見到佛拉斯嗎？」

黃金獅子回答：「佛拉斯被撒旦大人借走了，他們正在用尋回術及動員魔界的所有力量，搜索所羅門魔神剩餘的神器，看看能在開戰前蒐集到多少。」

「嗯，再不登場故事就要結束了呢。」伊西斯闔起手上的故事書，遠眺耶路撒冷宏偉的城牆、城外的枯木山岳，山上有著魔力漩渦的魔空。漩渦破洞就像一雙大眼監視著魔界，氣氛詭異。

撒旦大赦天下，巴別所有罪人得以隨軍；另一路，賽沛率一萬人魚從死海而來，還有從香港撤退的利雅言與杜夕嵐等人隨撒馬利亞軍隊前往，與從墨西哥逃到魔界的瑪雅民族同為人類最後的代表。他們都是原初神器的主人。

至於巴力西卜與伊布力斯，則率領二十餘萬的希伯侖惡魔，包括西迪、艾妮等所羅門惡魔，預計將於耶路撒冷集合五十萬名以上。可是在破洞的彼岸，天使聚集在「惡魔的尾巴」的數目，已是惡魔的一倍以上。

3

魔界已完成布陣，耶路撒冷一百公里外每六十度方位都搭有衛星營地，各營之間每十公里又布置砲台據點。當中南方衛星軍營為耶路撒冷和瑪雅古神聯軍，由貝爾芬格、伊雪姬、伊雪兒三人共同指揮。

「好不容易才鼓起勇氣離開了西巴爾巴，可是又被趕回到冥界一樣的地方……」

伊雪姬抬頭凝望著惡膿般的魔空，思鄉嘆息，伊雪兒則鼓勵說：「姊姊，瑪雅古神的土地就在頭頂而已，只要擊退天使，一定能與大家一起回家的。」

此時飛瘡王匆忙趕來報告：「遇上麻煩了，我們西巴爾巴與墨西哥的士兵全都睡著了。」

伊雪姬困惑地說：「貝爾芬格女王又睡覺了吧，我也不知道怎樣跟她合作……」

伊雪兒接著說：「不過她在耶路撒冷的爵位很高，這裡三萬名惡魔都是她的手下，我們需要她的協——」

說到一半，魔空翻騰鼓動，大氣變幻萬千；破洞如魔眼正在甦醒，正在睜開，魔瘴形成螺旋狀溢散、漸漸變得稀薄，隱約有天使的聖歌聲穿透傳來。

耶路撒冷的城牆隨即點起青色火炬，整個主城就像沐浴於蒼藍火焰中；並大鑼大鼓，軍旗在火中起舞，戰爭突如其來。

「叔叔！」伊雪姬對飛瘡王道：「請叔叔盡力喚醒貝爾芬格女王。」

伊雪兒則牽著姊姊飄向鏡台，台上安置原初神器煙霧鏡，姊妹倆浮於鏡側，伊雪兒說：「暗殺王不喜歡睡覺，讓暗殺王一起接近女王，說不定能抵住她的睡眠魔法。」

「好。妳們也要萬事小心，我讓西巴爾巴其餘眾王助妳們施法。」

語音未落，耶路撒冷上方的魔眼已經打開。聖詩響徹魔空，魔空魔瘴忽變漫天星輝，是銀光閃閃的天使盔甲隱藏在魔瘴中；伊雪姬抬頭遠眺，不知天使之數有多少，只感覺到比地上戰爭更加可怕的壓迫感。

伊雪兒說：「據說天使的數目是我們的兩倍。」

伊雪姬說：「不過地上地下只有唯一缺口相連，縱然百萬之數，仍無法同時湧進。」

「所以這裡是魔界最後且最重要的天塹。」

「而且魔瘴對我們有利。」

說著同時，隱藏於空中魔瘴的天使軍團緩緩降下，陸續露出成千上萬的銀輝身影，整齊排列。領頭的是沙利葉，如赤紅滿月掛在魔空，奉神的命令前來肅清邪惡——

「虛假的耶路撒冷就在眼前，天使們，把惡魔的主殿毀滅吧！」

頃刻間萬千天使鼓翼舉劍，聲音震撼魔空！突然有一白龍駕霧飛來，帶著傲慢的獅鷲軍團以魔瘴掩護，衝向天使軍團的側翼，原來惡魔軍早有埋伏——

「天使什麼的統統給我下跪！」

在罪惡充天的末日時刻，伊琳娜以巨大龍爪掃破天使軍陣，龍軀底下更有獅鷲軍團從破口衝進天使陣中——天使舉劍還擊，可惜魔瘴掩蓋了他們雙眼，腥風血雨間只見天使翻倒慘叫，如骨牌般遭獅鷲魔軍踩踏撞飛。

先鋒陣形潰散，亂況中沙利葉下令：「大家散開！對方只是少數，只要分散擊破就不足為懼！」

白龍見此喝道：「休想逃！」遂領代表傲慢的獅鷲追擊，卻猛地迎來神聖光輝——

「這、這是聖主的神光？」

天使先鋒後方有一位光明老人，他站立於空中，頭頂光環照耀世界，竟瞬間將魔瘴蒸發！一萬對天使眼睛重燃光輝，同時銀光盔甲注入神聖能量，真真正正成為萬千星光！不讓白龍喘息，巴拉基勒率領另一隊黃金天使團支援沙利葉，揮兵突襲白龍與獅鷲軍——

金色翅膀劈下染血獅鷲，千對純白羽翼包圍白龍狩獵；伊琳娜不敵天使退回耶路撒冷，沙利葉便與巴拉基勒會合，軍團左右如蟹鉗落下，直指撒旦與耶路撒冷——

但沙利葉與巴拉基勒只是接近百步，眼睛又被黑暗蒙蔽了。撒旦看準時機釋放魔皇魔力、驅散光輝，雖然她的魔力大不如前，但站在城堡陽台上，以新生魔皇的身分在眾將面前燃燒魔光，足以換取一刻時間，並冷酷命令：「開火。」

圍繞耶路撒冷的六個軍營與砲台互相連結，結成六芒星陣，以耶路撒冷為中心召喚整個魔界規模的魔法砲擊——

耶路撒冷浮起無數交疊的魔法陣，匯集成魔皇長槍直投天際，暫時撤退的伊琳娜從沒在地上見過類似的東西，比火箭點燃更震撼萬倍；六芒星六角各自有原初神器，南陣的伊雪姬、伊雪兒各自碰觸煙霧鏡的兩端，挪移天體潮汐，放出衝擊波與閃電火、梵天神火一同轟向空中天使！

六光夾雜，六芒魔砲命中天使軍團，彷彿整個天空都要坍塌！千百天使變成火球流星墜落，天使軍陣卻意外無損；火光背後天使們高舉盾牌，互相擠靠形成天空巨盾，在聖主的祝福下硬生擋下了整個耶路撒冷的魔法攻擊，而領頭的統領天使米迦勒則沾沾自喜。

「你們惡魔的本領早被聖主看穿，這邊是動用所有天使集結的護盾，神聖不可侵犯！」

隔空對峙，小撒旦皺眉心道：被對方識破砲擊時機，他們早有準備的話魔法就無法奏效，可是要連結六芒軍陣，始終會露出馬腳被對方知道……

惡魔下屬緊張道：「撒旦大人請下命令！」

「重整空中騎兵，各陣保持魔法砲擊不能間斷，一步都別讓天使靠近，就算用屍體都要把他們堵在破洞之中。」

「能阻止的話就給本座試看看！」米迦勒高據魔空伸展六翼，背後六位高階天使分別率領六支軍團襲向六芒星的衛星軍陣——

「神的奧祕」拉結爾、「神的速度」卡西爾、「神的仰望者」卡麥爾、「神的守護者」沙法爾、「神的頌讚」耶胡迪爾、「神的美」約斐爾……

號角聲響驅逐魔瘴，光輝照暖天使黃金甲，如空中綻放的六片花瓣迎向砲火衝擊。

4

「保護煙霧鏡！」

彩色羽毛盔甲飛往半空，正是羽蛇后庫庫爾坎的轉世；她旋轉蛇槍應聲將天使的黃金胸甲打凹，同時羽蛇王特佩烏補上一刀砍下天使。兩位聯手擊落數百名金色天使，不過天使軍勢的數目遠超想像，砲火無法驅散，天使聖詩的聲音更蓋過了槍林彈雨，完全包圍南邊的軍營。

又有百名天使降落在西巴爾巴眾王的後方，他們趁原初神器發動後的空隙打算破壞神器。只見伊雪姬與伊雪兒圍在煙霧鏡的鏡台飛舞，從掌心擊出魔力，羅衣飄飄、月光交錯，黃金天使如浪倒下，暫時把來犯天使趕至山下。

然而山下連結耶路撒冷六軍營的連綿砲台亦遭天使攻擊，伊雪姬遠眺戰火滔天，這時庫庫爾坎緊張報告：「我方軍營與阿斯摩太和伊西斯的兩軍營都失去聯絡，中間千個據點已落入天使手中！」

六芒星每一角均與相對的兩角連結，若連線斷掉，六芒星的魔法陣便告失效，魔界就會失去對抗聖主的最大武器。因此伊雪姬對庫庫坎和特佩烏說：「麻煩兩位分別帶領轉生眾神奪回山下據點，六芒星缺失任何一角耶路撒冷都會有危險。」

「可是我們走了以後，就沒有人守護煙霧鏡了。」

伊雪兒答：「請相信我和姊姊，還有西巴爾巴的實力。」

伊雪姬也說：「沒時間猶豫了，不能讓天使破壞陣式。」

庫庫爾坎和特佩烏無奈帶兵離開，剩下瑪雅姊妹倆，以及仍在沉睡的其餘瑪雅士兵。偏偏這個時候，座天使沙法爾已手執一顆黑珍珠，出現在眾魔中間。

◇

另一邊廂，蘇梓我與萬鬼之母到達更深的地方。

「天使的大數我們無法承受。唯一的對抗之法，就是短暫召喚世界眾神並肩作戰。」萬鬼之母說：「世界的威望稱之為閃電，世界的慈悲稱之為海洋，世界的力量稱之為火焰，世界的公正稱之為生命，世界的智慧稱之為星晨，世界的秩序稱之為質量，世界的希望稱之為光明……妾身受『世界』之命，創造了七件神器給予眾神創造萬物，現在是時候讓他們追隨你的意志，與天使一決雌雄了。」

蘇梓我有疑問：「那為什麼光明的原初神器會落入路西法這叛徒手上？」

「那是作為世界與深淵友好的象徵，以光明贈與深淵的子民閃米族人，路西法則是光明的後繼者。他也是一個充滿可能性的雜種神，跟你十分相似，傲慢、好勝、易怒，連自己親母也能下手。他擁有成為人類的王的力量，可惜悖離了『世界』的意志。」

萬鬼之母對蘇梓我說：「你與路西法不一樣。雖然你沒有成為彌賽亞的力量，但你具備王的器量，是在地上成長的人類才有的特質。天上太過冰冷，地下亦充滿瘴氣，人類的世界是最暖和的。而且你有許多幫助你的朋友，所以才沒有步上路西法的結局。妾身相信你一定能戰勝光明，說不定能創造出超越『深淵』和『世界』的世界。」

聽著萬鬼之母平靜的語調，蘇梓我問：「那時妳會在哪裡？」

「只要『世界』存在，我作為『世界』的思想便不會消失。不過妾身需要消耗僅存的力量，以召喚出六個原始文明眾神，待到那時，妾身便會退居幕後，默默看守你們的世界。」

——站住。

忽然有道冷漠的靈魂聲音喝道：「來者何人，報上名來。」

萬鬼之母反問：「難道你們已忘了妾身的存在？特斯卡特利波卡。」

一陣無常的風潮消散，一位身披美洲豹、手持盾矛、腳踏鏡子的壯漢在混沌中現形。壯漢驚道：「『世界』的使者，上次見面已經不知何時……」

萬鬼之母答：「你我一別，美索亞美利加的太陽已經毀滅了四次。」

「所以這是第五次太陽的毀滅嗎？」

「也是第六次太陽的上升。」萬鬼之母說：「特斯卡特利波卡，你是美索亞美利加的主神，星晨鏡的第一代主人，現在我命令你率領美索亞美利加眾神參戰，與『深淵』的王國決戰。」

美索亞美利加——即中部美洲。遠古時期他們得星晨鏡（煙霧鏡）作為原初神器，逐漸發展成瑪雅文明、阿茲特克文明，尤其擅長天文，擁有特殊的太陽曆法。

特斯卡特利波卡仔細打量蘇梓我，問：「你就是戰爭的首領嗎？能說服美索亞美利加眾神的只有一種東西。」

蘇梓我大笑道：「我會讓你無法輕視人類的智慧。」

◇

——砰砰！煙塵中，南邊陣營的欄柵塌下，頓成廢墟，瑪雅眾神遭無數黑影蹂躪。

座天使沙法爾手上的黑珍珠能操控一切影子，一千眾神，就有一千對立的影子；加上一萬天使有一萬影子隨行，沙法爾的部下之數是伊雪姬姊妹的百倍，單靠西巴爾巴眾王已無法阻擋天使軍勢。

伊雪姬姊妹亦元氣大傷，目睹同伴一個個倒下，自己卻無能為力。天使兵團已經提劍衝向軍中帳篷，那裡正是熟睡中的墨西哥教會的士兵，也是瑪雅眾神的子民——

「不可以！不可以傷害他們！」

沙法爾殘忍下令：「讓那些罪人在睡夢中死去吧。」

天使士兵手起刀落，決定先殺死人類教會的首領——卻有魔光從死角而來，竟將天使瞬間蒸發！同時天邊飛來黑影，沙法爾就算有天使的眼力仍無法看破黑影軌跡，閃避不及吃了飛瘡王一發長槍，頓然慘叫一聲！

飛瘡王的黑色盔甲有淡光氣場，這一瞬間，美索亞美利加的眾神、子民，得到祝福了。

5

從煙霧和夜風的空間一轉，眼前雪白無際，蘇梓我的雙腿沉在雪中，寒意從腳底傳遍全身，吐息也有冰晶飄浮。

寒風凜冽，蘇梓我抬頭遠眺，在白濛濛的盡頭隱若看見一座浮空小島。萬鬼之母道：「該地正是奧林柏斯的山頂，空中的綠洲。妾身很期待你的表現。」

不久之前，特斯卡特利波卡要求蘇梓我用智慧說服他，於是蘇梓我展示了人類的智慧：昔日的玉米人已能掌握天體運行，甚至飛往太空，這是人類累積了幾千年的文明。

特斯卡特利波卡是美索亞美利加的主神，不但孤立於歐亞大陸外，對地球以外的世界尤其陌生。於是蘇梓我向他分享了阿撒托斯的視野，滿足了特斯卡特利波卡的好奇心，他便答應讓美索亞美利加諸神加入惡魔陣營。

因此，蘇梓我和萬鬼之母的下一個目標便是古希臘文明。雖說蘇梓我與奧林柏斯十二神有過一面之緣，但同時也有些過節。他心想，只能從宙斯入手，說服眾神。

冒著風雪上山，蘇梓我呼風喚雷在雪中開闢山路，分隔暴雪直飛山頂，果然是一片翠綠仙境；山澗流到大理石的眾神殿中，越過圓柱陣列便看見一對壯男美女的神祇安座殿上。男的滿身肌肉，瞳眸有紫色電弧，臉上皺紋顯得更有威嚴，他便是奧林柏斯的主神宙斯。至於旁邊被繩子綑綁的，蘇梓我認出她是天后赫拉。

蘇梓我問：「沒有打擾你們夫婦倆吧？」

宙斯大笑道：「不用在意，這是情趣。」

赫拉則瞄看蘇梓我說：「想不到當時的人類竟有資格與『世界』的使者同行。」

萬鬼之母答：「現在蘇梓我已是妾身的代行者，今天前來正是以『世界』的名義希望你們助他一臂之力，推翻『深淵』的彌賽亞。」

宙斯喃喃道：「彌賽亞，人類的王，路西法得聖主的力量統領了地上世界。這些日子本王透過雅典娜的眼睛，看到很多有趣的事——」

蘇梓我插話：「你這色老頭是偷窺狂嗎！」

「汝的身體看過好幾遍，那是本王看過最無趣的事物，跟本王相比實在差太遠了。」

這時有另一女神打斷兩男人的對話。「宙斯大人，那些話題就到此為止吧。」

「德墨忒爾……確實是妳最先看上這人類，現在妳認為如何？」

豐收女神德墨忒爾微笑道：「我們原先希望打倒聖教，現在從結果而言不是挺成功的嗎？雖然弄得人類都幾乎滅絕了。」

「一模一樣啊……」宙斯嘆氣：「跟三千年前天魔戰爭一樣，最後希臘的子民被侵略，無一倖免。我說過本王最遺憾的，便是三千年前置之度外沒參與天魔戰爭，如果能改變過去，本王什麼條件也不在乎。」

萬鬼之母道：「就算是妾身，也無法違反因果定律、改變過去。不過你能夠改變未來。」

「本王知道你們的計畫，連不喜歡干涉人類的萬鬼之母都放下包袱，借助人類的身體，為的就是要喚起古神復活這短暫的奇蹟。很有趣不是嗎？」

蘇梓我問：「那色老頭答應加入我們嗎？」

宙斯搖頭：「這不是由本王決定的事。本王對男人實在沒有興趣，決定權就交給雅典娜吧。

她一直留在你們身邊，你是否值得讓雅典娜效力，她最清楚不過。」

◇

軍營周邊充斥刀劍與廝殺噪音，雅典娜卻安坐陣中，一邊觀看頭頂上天使與夢魔對決，一邊喝茶輕聲說著，聲音就像雜音中的一道清流。反觀娜瑪才剛剛誕下小撒旦，馬上又要執起閃雷火鎮守一方、六芒星的一角，忙個不停。

「娜瑪大人。」

雅典娜望見娜瑪抱怨的眼神，冷靜說：「我已沒有神力，而且神盾也送給令千金了，所以只能替娜瑪大人加油。」

「噢噢噢！」兩人後方有個大天使舉著神盾衝來衝去，用力跑步，震得連雅典娜的茶几都劇烈搖晃。只見天空一堆天使被撞飛，可是娜瑪不忍看見聖德芬要對自己同族動干戈，想著自己有更大的力量就好了。

「這沒有問題，讓我借妳力量吧。」雅典娜伸開手掌，放出靈光讓娜瑪手中的閃電火吸去。娜瑪感覺閃電火變得更沉重了。

「這是？」

「最初父神借予妳的閃電火並非全部，畢竟當時對妳認知不多。不過現在娜瑪大人已獲得父神的肯定，可以用上閃電火的全部力量。」

娜瑪全身充滿電能，閃閃發光，連走路都有雷霆隨行，更腳踏七色彩雲。她喜道：「這力量……本小姐又變得更厲害了！」

「對，娜瑪大人可以用那位天使試一下。」

隨著雅典娜手指方向，一個蒙眼天使在聖樂伴奏下緩緩降臨。那些聖詩冰冷刺骨，娜瑪雙唇顫抖地說：「是薩、薩麥爾……」

這個薩麥爾是聖主重新創造的，他對娜瑪沒有印象，只記得阿斯摩太曾死在自己手上。

「阿斯摩太……」薩麥爾吐出毒霧，冷酷地說：「為了得到聖主的愛，妳轉世幾次，我就殺妳幾次。」

娜瑪左手劃圈以雲霧作盾，右手持閃電說：「本小姐也……也一定要征服你這殺人凶手！」

6

六芒星的西北角電光縱橫，銜接天地紫焰一色，威嚴的雷鳴響徹耶路撒冷。米迦勒不得不派出薩麥爾迎戰阿斯摩太，原本負責侵略西北軍陣的權天使耶胡迪爾則拿起鞭子與聖德芬對上。

「米迦勒大人，」沙利葉手持彎月鐮刀請示：「不如讓我上陣進攻六芒星陣吧，我無法忍受假冒月光的惡魔。」

米迦勒坐在半空的聖座上鳥瞰戰場，凝重地對沙利葉說：「撒旦的六芒星陣有六角六線互相掩互，加上六柱原初神器，是惡魔的數字。我方以為南陣有破綻時，貝爾芬格卻突然醒來與雙月女神一同伏擊。耶路撒冷布置了六百六十六個陷阱，但逃不出本座的法眼。」

然而米迦勒邊說邊搖頭，又喃喃自語：「可是惡魔的氣勢不可思議地變強了，那個阿斯摩太亦然……」

「他們不過是垂死的野獸，所以變得凶狠。但一頭重傷的狗又怎能咬死獅子？米迦勒大人太過小心了。」

見耶路撒冷六個方位陸續亮起魔光，城牆依舊固若金湯，米迦勒便道：「原本以為一日之內能攻破撒旦，看樣子要多拖延兩天。」然而這並非米迦勒最擔心的事，他看見惡魔覺醒，卻無法解釋原因，肯定有未知的力量作祟。

「果然那個人類要行動了嗎，但願烏列爾別再讓聖主失望了。」

◇

此時烏列爾坐鎮地上的耶路撒冷，佔領人類聖地，以肥沃月灣作為據點，重建人類王國。

那些通過審判的人類不論男女，全都只披上樸素麻衣，一視同仁，兩人一組搬運岩石堆建救世主的聖殿，就像昔日以色列人在聖殿山興建第一聖殿那樣。

在蓋到一半的大殿上，烏列爾坐於王座，聆聽他四位原屬墮天使的部下報告。哈魯特說：「歐洲大陸的人類同意接受烏列爾大人的照拂，現時已重建了四個以光明命名的村落，希望邀請天使前往留宿。」

烏列爾點頭。「只是毫不起眼的地方，每個村落派十位天使前往即可。」

馬魯特說：「東方沿岸的地區依然有不少頑固的人類躲在山中，不願意接受天使的福音，尤其是蘇梓我曾留下足跡的地方……」

蘇梓我的名字觸碰了烏列爾的神經，他怒目冷道：「要讓所有人知道我是地上的王，天地萬物皆要服從我的命令。你去讓那地方地震七天，降下冰雹七天。七天後，他們若不服從，就讓大地吞食他們的子女，讓天空落下火焰燒死他們的父母——」

此時墮天使蒙卡爾衝上殿前報告：「發現人類的行蹤了。可是加百列大人不在他手上。」

烏列爾推開哈魯特與馬魯特，走到蒙卡爾面前質問：「我不在乎加百列，快告訴我蘇梓我在哪裡！」

「在海、海上，太平洋。」

「只有他一人？」

「沒看到軍隊，只有他和空中花園，空中花園從海底升上來了。」

烏列爾自言自語：「是海洋……那人類有備而來。」

「大人，天空和大地都已歸順吾主，唯獨海洋充滿未知，恐怕這是人類設下的陷阱。」

「馬上召集聖歌團所有天使。」烏列爾道：「不惜任何代價，一定要將那人類殺死。」

◇

另一邊廂，蘇梓我站在空中花園的跑道上等侯了半天，此刻感到前所未有的平靜，在接觸世界文明、古今主神後，他重臨地上，將沉沒海底的空中花園復活過來。

本來按照計畫，在天使吹響七支號角後，三隻末日巨獸應該會踏平海洋、大地、天空，重置一切，將一切權柄奉還聖主。豈料水中巨蛇利維坦在末日前已被蘇梓我殺死，即使負上弒親之罪，那一刀也是雙親留給他最後的禮物。

大海依然自由，蘇梓我與空中花園浮在海上，迎接五路天使在上空逼近。一望天使之數十萬有餘，中間是路西法親率第四聖歌團，兩側分別是哈魯特與馬魯特、蒙卡爾與納基爾，還有數之不盡的光點隨四位墮天使同行。

反觀蘇梓我，他獨自面對烏列爾的天使大軍，兩方接近至兩百尺的距離，他隔空傳音：「路西法，本王單獨前來，難道你怕死不敢與本王單挑？」

烏列爾回答：「蘇梓我，你的卑鄙性格世人皆知，無須白費氣力耍小把戲，有什麼真本事儘管拿出來。我也會用盡全力將你碎屍萬段，拆下你的根根骨頭，用你的血來祭主。」

語畢，烏列爾揚手命令左翼哈魯特軍團前進，青空響起聖樂逼近。兩萬名天使全都裝備精良，一身銀甲銀劍銀盾，並得烏列爾的光輝祝福，有如漫天星宿蓋在蘇梓我的天頂。

蘇梓我見狀大笑，同樣揮手隔空在海面喚出漩渦——漩渦隨手勢而動，橫跨百尺，中央冒出一位鷹首人身的男神，頭頂火球，腳踏沙丘從海中升起；頃刻波濤洶湧，更有八柱方尖碑圍繞沙丘、兀立海中，每次浪打都響起古神的咆哮，與空中聖樂對峙。

那是古埃及的創世神話，太陽神拉從原初之水誕生，創造「原始丘」為立足之地，創造萬物。此時拉以手中權杖召喚出不死鳥破海而出，成為拉的座駕，讓太陽在海平線上升起。另外八柱分別化作七位古神：舒、忒弗努特、蓋勃、努特、奧西里斯、塞特和涅弗提斯，並從海平線召來七艘三桅帆船，每艘帆船均載有一千名古埃及弓箭手。

戰船在空中划槳逼近天使軍團，兩側又跑來無數黑貓在旁掩護。牠們是拉神的女兒，芭絲特與塞赫麥特的侍從，也是精通魔法的黑貓軍團，尖牙利齒在不死鳥的火光下張牙舞爪，一時間磅礴氣勢佔據了蘇梓我一方的海面。

蘇梓我喝令：「古埃及的戰士們，將敵人的天使踏平吧！」

7

空中的埃及艦隊射出千矢，對方前排天使舉盾前進；忽然盾牌縫隙當中鑽出一灘發光的水，隨風飛來再變成冰刃劈向帆船！同時一陣火光攔截冰刃，拉神駕著不死鳥用權杖撥開變幻的水，在他身後的飛天黑貓便吐出火球燒向那水。

它是水天使的身體，還原輪廓後，哈魯特徒手化解火球，冷卻四周空間，與拉神的烈火和其餘眾神廝鬥。

在後方看著的烏列爾不是滋味。「為什麼世界充滿愚昧眾神，統統都被你拉攏。」

「哈哈，你就乖乖認輸吧。」蘇梓我站在空中花園的邊緣，伸出左手移開大海，一座白綠相間的奧林柏斯山便從浪濤中湧出。

德墨忒爾吹響豐裕之角，天空鋪出一條麥穗的路，路上宙斯乘光陰車而來；左邊有戰神阿瑞斯，右邊有海神波賽頓，加上勝利女神尼克舉軍旗飛在上空，風神、雨神，一切氣象皆隨光陰車後，帶領希臘步兵列隊前進。

烏列爾見狀便推右路蒙卡爾的天使軍團應戰，又讓納基爾從旁夾擊。他們墮天使受傷都會瞬間治癒，只有同時被殺才會同步停止運作。然而空中混戰，茫茫神海之中找出兩位天使擊殺談何容易？所以戰場又變成蒙卡爾與納基爾的屠宰場，兩名天使肆無忌憚地穿梭眾神之中，砍下英靈士兵。

士兵紛紛掉進海中，海面反射著變形的藍天。蘇梓我在海面召喚出另一個天空之神。鑼鼓喧天，昊天玄穹上帝坐在轎上登天，另有五方天帝乘五轎同行；海中央浮起混沌的蛋，盤古開天闢地、一斧定乾坤，將蛋劈成清濁兩半，便有諸風神、星君、川神、雨神帶領天兵天將，舉劍喊陣衝入戰場。

滿天神魔亂舞，但華夏眾神皆來自山海自然，烏列爾便派遣能使役植物的馬魯特。此時四路天使齊發，蘇梓我應對狀況再喚出巨大白色生物出海，是一隻五首十牙白色神象。

白象名為愛羅婆多，是吠陀主神因陀羅的座駕；因陀羅手執金剛杵，站在象背上率領提婆神族從乳海而出應戰。頃刻四族原初文明與四路墮天使軍隊便在空中花園前短兵相接，打起來勢均力敵，寸步不讓。

烏列爾剩下能調動的還有精銳的天使聖歌團，蘇梓我亦有美索亞美利加與美索不達米亞的眾神，他盡一切方法都要製造出親手收拾烏列爾的機會，兩人恩怨始終要來個了斷。

◇

另一個要了斷恩怨的，便是娜瑪與薩麥爾。重生的薩麥爾是天使長等級，而娜瑪在眾多經歷後累積了能與大天使匹敵的力量，不再單靠蘇梓我的精氣。

空中兩人對峙，薩麥爾蒙眼揮劍，娜瑪化成一道閃電避開，瞬閃至薩麥爾背後猛刺一槍！盲眼的薩麥爾對光影特別敏感，亦能在喧囂中分辨雷聲距離，橫移半步便以劍擋開娜瑪的雷霆，劍刃擦出電光反劈向她的脖子——

娜瑪再次化成紫雷，且一分為四，四雷齊發從左右突襲！薩麥爾則使劍一分成雙，劍來劍往砍斷四方閃電；兩方閃電交戰連呼吸的空隙都沒有，怕任何一瞬的破綻會被對方捉住。

電光之間交手百招，身處雷陣內的薩麥爾漸感身體麻痺、不受控制，竟發現娜瑪每次交鋒都以風入雷入侵自己的身體，最終電流佔據天使體內。

「什麼時候她擁有如此神力？」薩麥爾交叉雙劍擋在面前。

娜瑪垂槍堅定回答：「第一次天魔之戰，天使設計封印印戒，又用天使潛伏在蘇萊曼王身邊，而你更背叛蘇萊曼王殺死阿斯摩太一世，導致地方神族大敗。但今天不一樣了，阿斯摩太會殺死薩麥爾，天魔戰爭的結局由本小姐親手改寫！」

話語隨電流注進薩麥爾腦海，一陣紫光迎面逼近，原本盲眼的薩麥爾都頓感雙眼刺痛，而另一痛楚已穿胸而來，雷霆長槍貫穿他的胸膛，將他燒成焦黑。

薩麥爾意識尚在，斷斷續續道：「可惜……妳沒有……殺死天使的權限……」

全身麻痺，機械一般的動作，薩麥爾仍大力推開娜瑪，娜瑪卻又化成閃電繞了半圈，從後再刺一槍——

「天魔戰爭由本小姐手上終結，只要將你打成無數碎片，就算你兩千年後能復活，也不會再有人幫你重製！」

語畢，娜瑪以光速來回飛行，四面八方貫穿薩麥爾的身體，薩麥爾呈大字型攤開四肢、在雷光中被肢解，羽毛吹散，直至天使的力量變成無窮小。

8

「薩麥爾的魔力波段消失了。」

在滿天魔光交錯襯托下，米迦勒高踞魔空，聽完報告面不改色。「新造的薩麥爾還是火候不夠……同時證明邪惡的力量奸詐狡猾，詭計多端，真是這星球的毒瘤。」

他望見天使軍團於耶路撒冷周圍六角停滯不前，是阿斯摩太等魔神又進化了。

米迦勒陷入沉思，這時從地面傳來天使報信：「剛在地上大海發現蘇梓我行蹤，烏列爾大人正帶領聖歌團討伐魔王。」

米迦勒聞言竊笑。「總算等到他露出尾巴，很好。」

天使長巴拉基勒附和：「換言之，蘇梓我不在魔界，此刻正是千載難逢的好時機。」

「立刻通知所有天使準備，突擊魔界的偽都。」

這時頭頂傳來祥和聲音，問道：「親愛的米迦勒，你需要幫忙嗎？」

米迦勒說道：「感謝吾主的體貼，但請祢保留力量便可；還有萬鬼之母與『世界』作祟，在此之前沒必要將神力浪費於魔界小魔身上。」

米迦勒語畢，展六翼，將自身化作生命之樹與伊甸結合，吸收地上萬民信仰，身體放大數倍，揚起風暴，飛往天頂撐起魔空破洞。暗湧漩渦從空中缺口而來，他左手按住一邊魔空，右手按住另一邊漩渦，奮力一喝，空中破洞便撐大了一圈；更多的信仰從缺口流進六翼，米迦勒再放大身軀，兩臂橫跨百尺再推開天空，地上陽光如射燈照在魔界的耶路撒冷城上，瘴氣亦被聖歌聲波取代。

然而地上光芒很快又被天使遮蔽，上萬羽翼黑影投射在耶路撒冷，米迦勒的真正用意是從擴大惡魔的尾巴，引進更多天使入侵魔界。

此時小撒旦站在城堡陽台上，緊皺眉頭心知不妙，原本的膠著狀態勢要崩塌，米迦勒此舉並非要讓所有天使進場這般簡單。

米迦勒威風凜凜背著聖光宣告：「不只你們這些惡魔擁有祕密武器，本座亦有終結所有惡魔的聖器。」

他高舉總領天使之劍，該劍為聖主親賜天使之首，給予米迦勒討伐一切邪惡的權柄武器；劍身綻放灼熱光芒，光芒如同聖主的光，惡魔皆不敢直視，除了撒旦。

撒旦集中魔力於瞳，瞪眼驚嘆：「那把劍……絕對不正常。」

米迦勒的笑聲響徹魔都，先瞄看六芒星陣一角，便往埃及惡魔的軍陣凌空刺出一劍！

相距百尺，但天使聖力瞬間轟向地面，頓然炸出巨大深坑，比惡魔的任何砲擊都要強大不知數倍。

就連理解世間所有魔法的伊西斯都感到訝異，騎著黃金獅子拚命閃躲。可惜那些從巴別一直跟隨她的惡魔卻在眨眼之間化為灰燼，米迦勒剛才的一擊究竟是何等威力？

撒旦看在眼中，喃喃道：「米迦勒的佩劍一直都在腰間，可是力量在開天時瞬間暴漲……百萬天使湧入，難道聖劍的神魔力是看天使數量而增強？」

身旁的巴力西卜說：「聽起來很棘手呢。」

撒旦面色一沉。「不，立即傳令六方，要再來一次六芒星的魔法砲擊！」

耶路撒冷城牆隨即燃起蒼焰，一方的夏思思看見，便召喚出七光鎧甲保護杜夕嵐射出梵天神箭；其餘五件原初神器從六角齊發，匯聚魔都之上隨撒旦命令轟出一杜混沌魔光！

之前全體天使列陣舉盾抵抗，然而如今米迦勒獨自攜劍上前，迎向魔光揮劍，劍尖入光，魔光便消失殆盡。他輕鬆便將全魔界的魔力驅散，連消帶打向魔都劈出劍氣，使城牆崩了一角！

「米迦勒手上的劍，隨附近每多一個天使，劍上神魔力就會翻一倍。最初只是十分微弱，幾乎無法察覺其存在，可是多一個天使就是兩倍，多兩個就是四倍……」撒旦解說。

巴力西卜數著手指。「三個就是八倍，四個十六倍，五個三十二倍……十個的話是……」

天才兒童撒旦回答：「一千零二十四倍，二的十次方。」

巴力西卜又問：「假如天使有一百萬的話，是幾倍的威力？」

「無法測量。二的一萬次方已是三千位數。一億是九位數，三千位數就是一億乘三千次。」撒旦續道：「一百萬的情況，二的百萬次方可是無窮大。」

巴力西卜一臉困惑，但見撒旦眉頭深鎖，不敢再打擾她的思緒。

至於米迦勒，他緊握總領天使之劍，劍尖朝向魔都撒旦所在，喝令道：「所有的天使啊，最終決戰就在此刻，是將惡魔永遠逐出此地的時候了！」

光輝的天使如雨降下，任何惡魔都無法擋在米迦勒劍前，撒旦在米迦勒的影子下變得渺小。

撒旦道：「沒有退路，就由我來接招吧！」她化成紅龍飛天，展開聖經中米迦勒與撒旦之戰。

9

北方宙斯轟出閃電，南方因陀羅揮舞雷鳴，昊天上帝繪畫陰陽圓陣擊退來犯天使，拉神召喚鷹隼黑貓淹沒天空。五首十牙神象踏步的衝擊聲、不死鳥的灼熱溫度；聖歌團的詩歌、雙子天使的刀劍，墮天使的恫嚇，海上風起雲湧，第四聖歌團隨烏列爾的號令出征。

烏列爾放出啟明晨星定在胸前，他成為太陽，第四聖歌團每位天分享其光芒成為星晨，即使是白晝，亦能清楚看見無數星晨衝著蘇梓我而來。蘇梓我站在空中花園，雙手升起兩道擎天海柱；一柱是阿茲特克主神特斯卡特利波卡，他一身黑曜石盔甲，表面纏繞夜風，吹起暮色使天上星晨黯淡半分；另一柱是蘇美爾的天空之神，他同樣召來兩河流域的繁星與天使星晨對抗。

就在陰晴無常的星空下，蘇梓我與烏列爾同時浮起相同想法，化成流星往對方撞去！任憑周圍如何混戰，都不及兩人巨力相撞，海面頓時翻起漩渦巨浪；烏列爾捉緊一線光劈向蘇梓我，蘇梓我則伸出龍臂轉了一圈化解光刃；交集瞬間雙方交手十招，最後稍微退開十步互相對峙。

烏列爾首先吭聲：「終於能親手殺死你。」

蘇梓我答：「這是我的台詞。你不只對我，也曾對我的孩子出手對吧？」

烏列爾冷笑。「不知你說是火山島上的，還是那淫魔的，反正兩個都該殺。」

「那你犯了一輩子最後一個錯誤。」

蘇梓我瞬移身影，黑白六翼的殘像掠過眼前，背後畫出巨大魔法圓陣。外圍七個魔法字母重疊陣中，魔力倍增，七種原罪纏成一柱直轟向光明天使，烏列爾馬上爆炸成光屑紛飛——

豈料空間變異，霎時冒出無數烏列爾包圍蘇梓我，光影搖晃，聲音迴響：「如今我是聖主在地上的代行者，控制大氣中的任何光輝，跟你不是同等檔次了。我是天上最光亮的晨星，你只能抬頭仰望。」

「一直自吹自擂的星星還是頭一次見。」

蘇梓我右臂龍化，左手召來軒轅之劍，交錯攻擊在重重光影中擊滅烏列爾的幻象——但見景物變形，烏列爾的幻影十變百，百變千，旋轉又放大縮小布滿眼前。烏列爾已入侵蘇梓我的視覺，但凡與光線有關的事物他都能隨心所欲操控，蘇梓我只能看見虛假的幻象。

但強大魔力非虛，千百天使同時亮劍，灰啞劍身如龍吟共鳴，毛骨悚然。蘇梓我知道眼睛不可靠，遂閉目以龍鱗感應魔力波段企圖找出本體，卻大吃一驚——

「我就是光，光就是我；幻影即是本體，本體即是幻影。」

千刃凌雲，光如雨降，劍影灰光迎面襲來，根本沒有任何生路。不過蘇梓我同時察覺異樣，烏列爾不但自我無限分裂，就連手上的灰啞劍也不斷複製；蘇梓我已達創造神之境，眼前又有一千把灰啞劍擺出不同角度，便借助萬鬼之母的力量造出相同武器，誓要滅敵。

他站穩雲上，擺出架勢連環格擋千刃，又在刃口間躍步穿梭，使用轉移之術、預視之術，抓緊千個幻象之間唯一不協調的缺口鑽出——

「你這忘本的半龍人，本王就要用你刺殺撒旦的劍來討伐你！」

「哼，你能用劍殺死『光』嗎？」

千面回頭，烏列爾重整陣列迎擊。他控制光影視象，卻不料蘇梓我忽然吟唱令人瘋狂的咒語——阿撒托斯的古神語，那是超越任何生物能承受的語言，只有天使和邪神一脈能免疫，但不包括烏列爾。烏列爾繼承了不同種族的優勢，也同時繼承了弱點，一時間千個幻象都出現干擾，不再同步，蘇梓我一劍剖開空中百對六翼，無數烏列爾的分身從天空殞落，只有本體離群脫離。

此刻蘇梓我即使閉目亦能辨出唯一的烏列爾，便提劍衝前進擊。烏列爾氣急敗壞，但天使甚至是皇太子的尊嚴都不能被眼前匹夫傷害，便怒吼一聲自毀耳膜，再凝聚魔力蓋上一層皮膚隔絕，攜劍反擊！

光與暗再度空中交戰，戰至天昏地暗，蘇梓我放棄視覺，烏列爾則放棄聽覺，也許兩人還有無數髒話想咒罵對方，但以劍代言交錯廝鬥；招招捨命致命，退縮者死；就算同場有十萬神魔大戰，都不及兩人互相消耗的魔力龐大。

直至所有花招都欺騙不了對方，蘇梓我與烏列爾鼓動全身魔力對砍。一砍，兩把灰啞劍刃撞出震天巨響；再砍，兩人同時不由自主彈開；三砍，蘇梓我震退百尺，烏列爾卻退後更多。不知何時開始，坐擁三分之一星晨的烏列爾漸覺乏力，反倒蘇梓我的魔力始終源源不絕。

「差不多要結束了吧。」

蘇梓我全力貫注劍上，與烏列爾交鋒相擊，雙劍不堪巨大碰撞同時折斷，他們則換赤手空拳，拳風來往；但一人得撒旦眷顧，一人失去了撒旦，獸印在蘇梓我手上放出異樣黑光籠罩烏列爾的聖光，猛力抓住其正面便將他押到海中！

轟起千尺浪花，兩人沉進萬尺海底，這裡不再是聖主支配的空間，而是「世界」支配的地方，漆黑一色。

海底只有巨大赤龍，與不完全的半龍重傷掙扎；但半龍只餘下求生本能，赤龍毫不留情將其撕碎，壓斷骨頭，刺破血肉，以生物本能用盡一切原始方法殺死烏列爾，海水漸漸染紅。

10

魔空仍有千軍萬馬交錯廝殺，但誰都不敢靠近耶路撒冷上空，不敢闖入米迦勒目光所達之處。

米迦勒每劍都帶有毀滅世界之勢，帶著聖魔法砍向撒旦；砰砰巨響、空間震盪，撒旦只管在外圍逃命已耗盡心神，無閒思考反擊。

然而總領天使之劍的力量無遠弗屆，米迦勒再往撒旦四方分別劈出四刃，其中一道氣刃掠過撒旦頭頂，她抬頭一看，竟見空間整齊斷開，四道劍刃在周圍畫出無形牢籠將自己困住。

「魔界之皇只有這點實力嗎？」

米迦勒瞬間逼近，撒旦憑空召喚劇毒荊棘織成網狀，卻被天使劍尖一下戳破。此時米迦勒如同掠食者，撒旦是草原上逃離獵殺的羚羊。米迦勒冷不防六翼齊動，繞到撒旦面前！兩方相隔不足數十餘尺，撒旦只好驅動紅龍力量在胸前喚出巨爪，從上而下垂直揮落——卻不及米迦勒快劍一刺，在撒旦還沒有使盡全力前就劈下龍爪，直指撒旦胸膛！

撒旦困在女孩的身軀裡變弱了，但幾千年的戰鬥本能讓她即時反應，千鈞一髮間以龍尾擋下致命攻擊；龍鱗碎落，巨力將撒旦打出百尺，天旋地轉滾了數圈，又見米迦勒乘勝來襲，運力劍背重擊，女孩如砲彈般轟墜耶路撒冷、炸毀皇宮一角！

「撒旦大人！」巴力西卜身陷天使包圍仍奮力躍數百尺，打算前去支援，卻被飛來的一槍插在面前擋路。

「誰都別想打擾米迦勒天使長的雅興。」

巴拉基勒降臨執槍，以自身迴旋再連環刺槍，一套攻勢如流水行雲；巴力西卜的戰鬥風格則截然不同，以暴力加上舌頭如鐵鎚擲地，再張開大口深吸口氣——巴拉基勒身邊幾十名護衛天使頓時被生吞吸入！巴拉基勒本人原地舞槍，颳起同等風暴與巴力西卜對抗，馬上短兵相接；雙方都不處下風，巴力西卜無法越過大天使支援撒旦。

如今綜觀魔界，能凌駕天使的只有娜瑪與瑪格麗特，然而天使眾多，她們同樣被不同天使圍困，耶路撒冷的六芒戰陣亦開始呈現崩潰之象。

撒旦與魔界共生，她在皇宮瓦礫堆中再次升起，漸覺能力減退，眼中的總領天使之劍，其聖魔力是何等耀眼，那種力量不應該存在於世，撒旦感嘆：「那把劍……正在燃燒這顆星球的生命力……」

米迦勒高高在上地大笑：「這顆星球本就沒有你們的位置，今天本座就要用這把劍來分割世界、毀滅世界！」

三對純白羽翼與手中聖劍在天上亂舞，米迦勒的劍刃越舞越快，一陣雷鳴地動，魔空竟被割成一塊塊巨大碎片，紛紛墜下！大地同樣隨他的劍刃裂開，名副其實毀天滅地。

空中的惡魔飛兵亦力還擊，而撒旦面對比自己強大無限倍的總領天使，一時束手無策；只見惡魔空軍敗退，連夢魔都紛紛撤退了。

這感覺有些奇怪，奇怪是耶路撒冷有剎那間安靜下來，而且夢魔是在娜瑪的指揮下撤退——

米迦勒提劍喊道：「惡魔已成敗勢，以誅滅撒旦作為結束！」

劍刃直指撒旦，但同時混沌魔柱從六方匯聚轟天，在無數的天使間炸出巨大缺口！如巨大煙火，天使紛紛著火墜落，被衝擊波震破羽翼，米迦勒與撒旦皆是震驚。

撒旦心道：是原初神器的砲擊。可是我在不久前才下令發動，距離再發動的時間至少還有十分鐘才對。而且也沒人指揮……不對，能指揮那六人的只有他……

米迦勒大喝：「別自亂陣腳，只不過是吃了一砲，趕快重整軍勢包圍——」

話未畢，另一道巨大光柱從天而降，在天使背後死角逼近！下一瞬，無數天使在光輝中蒸發，一時間天使陣型潰散，便見一人絕世獨立踏在眾天使的頭頂上空嘲笑。

米迦勒抬頭查看，「竟然是蘇梓我，烏列爾輸了嗎！」

蘇梓我輕蔑冷笑：「那鼠輩不值一提。」

「哼，不知天高地厚的惡魔，看我代表正義，誅滅罪惡！」

米迦勒鼓翼，蘇梓我卻同樣一抹切斷空間，隔著障壁說：「你沒資格與本王交手，我要找的是那個發光的老頭。」

聖主面前仍有無數天使，於是蘇梓我雙手操縱空間，強行剝離空間作為左右手的武器，亂砸擊落天使，如同摧毀積木方塊。米迦勒憤怒，飛向蘇梓我時卻被撒旦刺出荊棘制止。

「你的對手在這裡！」

米迦勒見撒旦遍體鱗傷，不屑與之糾纏，欲一劍了斷——不料劍氣遭龍爪化解，劍身亦被荊棘綁住；縱然切斷一百，撒旦同時重生一百尖刺與玫瑰花，散出毒霧掩蓋天使視線。

「妳……突然變強了？」

「是你變弱。」

總領天使之劍，因應同場天使增加，力量等比級數暴增；因應同場天使減滅，力量等比級數暴跌——

「即使如此，也休得小看天使之首的本座的神力！」

「這邊也是惡魔之首，在自己家園土地上，本王不會戰敗！」

米迦勒攜劍進戰，鋒利劍刃掠過撒旦雙眼！撒旦閃避連帶翻騰化成紅龍升天，咆哮一聲舉爪相抗，與米迦勒在天地間展開決戰。

11

「反攻天使！助陣撒旦大人！」

隨娜瑪疾呼，撒馬利亞眾將飛天追擊天使；尤以瑪格麗特最為突出，高舉摩西之杖逼退約斐爾，同時向天使長拉結爾宣戰：

「那個竄改歷史、逐一將地方神的名字變成惡魔的就是你吧。」

拉結爾手持《大奧祕書》冷靜反駁：「惡魔都像妳一樣，背叛聖主、自甘墮落，歸類為惡魔與人。妳現在也不過是人類的使魔罷了。」

「使魔契約是我和蘇梓我的連結，你們這些沒感情的生物是不會明白的。」

語畢，兩方武器同時放出魔光，如雙龍交纏。只是瑪格麗特的黑刃較為鋒利，能削斷白光，直擊天使；拉結爾扔掉了奧祕書，瑪格麗特則腳踏插翼長靴追擊，電光石火，果斷在天使額頭蓋上世界字母的印記——

又再擊落一名天使，拉結爾的軍團一路受挫，連同米迦勒的力量亦遞減百倍，劍刃竟無法再劈斷空間。

反觀紅龍氣勢正盛，撒旦漸漸適應這半龍身軀，連環放出重重爪影，任意挪動耶路撒冷的氣牆化成自身龍盔護體，發狂進擊，不讓米迦勒有喘息的機會。

米迦勒內心煩躁，眼前魔皇何其囂張，竟害得自己在聖主面前出洋相！他被憤怒蒙蔽雙眼，連聖魔法都無法揮灑自如，不知自己已中了撒旦的陷阱。

撒旦始終老謀深算，處處挑釁米迦勒，既然力量比不上天使就讓其自取滅亡；只見撒旦迎刃有餘、龍翔天際，氣勢反過來壓住六翼大天使——

「米迦勒。」聖主密音道：「不能落入惡魔的圈套，保持美德應戰吧，若被拖延時間只會讓聖劍法力歸零。」

米迦勒恍然大悟，得聖主指引後六翼變得更大，聖魔力再次充盈，再向撒旦全力進擊——火光四起，撒旦連忙張開多層結界均遭聖劍破壞，果然只是虛張聲勢。

「受死吧，撒旦！」

撒旦屏息準備接下重擊，不料米迦勒的聖劍忽然頓了幾分，原來是夜魔奈亞拉托提普正好加入戰陣。

奈亞拉托提普作為阿撒托斯的使者與天使誓不兩立，魔界山上海上冒現觸手突襲天使，天使的嘶叫蓋過了聖樂詩篇。

奈亞拉托提普說：「剛才蘇梓我使出吾主的大能，無可否認他已是阿撒托斯大人的代行，在下亦為蘇梓我全力應戰。」

旁邊站著芭碧蘿，她一邊抱著白畫紙寫生，一邊回答：「還有萬鬼之母的力量，兩者神力在他身上結合了。」

「吾主很久以前便對萬鬼之母充滿好奇，異星的至高靈，也是異性的存在。」

芭碧蘿平靜回應：「可惜同屬至高靈的我沒有同等神力，只能用畫筆記錄這場天魔戰爭。」

她握著鉛筆輕掃，劃出一線線密集箭雨，快速描繪六芒星陣。畫紙上，惡魔軍隊士氣如虹扭回劣勢，將天使殺個片甲不留。

米迦勒的聖劍鋒芒不再，與撒旦戰成平手。

聖主搖頭嘆息：「人類作惡太多，這顆星球卻要為他們付出代價……」

另一邊蘇梓我踏著魔瘴走近，兩人之間天使全軍覆沒，他說道：「如果殺死祢也是一種惡的話，這罪惡我願意為世界承擔。」

「你連自己闖下什麼禍都不知道。」

聖主揚手一揮白色衣袖，四周便翻起波濤巨雲奔往蘇梓我——蘇梓我見狀黑白六翼齊驅，拔出火劍雙燒雲霧光波，連天空都在燃燒，更砍去聖主光芒，便見老人外表與人類無異。

聖主以憐憫的目光注視蘇梓我，說：「你不配擁有天使的祝福。」

接著祂強制回收了蘇梓我的火劍、六翼，奪其力量，再轟出神力往蘇梓我襲去！蘇梓我提鐮刀、提雷斧，左右開弓，卻無法承受聖主巨能，刀斧碰到聖光便灰飛煙滅。

此時萬鬼之母與蘇梓我靈魂對話：「唯有『世界』的武器才能與『深淵』聖主對抗，你要駕馭『世界』的一切神器。」

文明來自於力量，創造世界文明的同樣是能毀滅文明的武器；蘇梓我將方才從烏列爾手上奪下的啟明晨星放在面前，同時喚出六芒星陣將六器半月型地攤在前方，與所有原初神器連結在一起；眼角一動，閃電火便成為蘇梓我的眼神瞬發轟向聖主——

不是娜瑪的閃電火、也不是宙斯的，萬鬼之母的電光更加耀眼，掠過長空燒淨『深淵』的力量；聖主意識到真正的對手出現，便避開奔雷，同樣召喚出屬於祂的戰裝登場。

首先感到力量被抽走的是聖德芬，她手邊兩件神器，輪中輪應聖主號召飛升天際，飛到其腳下左前方，成為四輪之一。

此刻以光輝為骨架的王座戰車成形。從輪中輪開始，四輪之間沒有輪軸，每輪均能四方移動，輪框長有翅膀能垂直升降。因此前方四匹戰馬並非只用來牽車，牠們分別為白、紅、黑、綠，代表福音、屠殺、饑荒、死亡，是忠心耿耿的僕人。聖主站在四輪中央，左右有兩柱，一柱代表王權，另一柱則延伸至頭上，有十二星的冠冕，作為王座戰車的篷篷以遮擋諸惡。

這是審判敵人的戰車，萬王之王的戰車；輪中輪能踏遍任何地方，代表任何空間都屬於聖主的支配；四匹戰馬的蹄聲撼天動地，代表聖主的大能戰勝一切，不辱它作為聖主最終裝備的名號。

12

聖主拔出車上權杖，指示戰馬，四匹戰馬高聲啼叫，若百萬走獸同時咆哮。王座戰車是審判惡人的戰車，隨聖主念動武裝奧祕法陣於車前，四馬馳騁天際，高速掠過從不同方位連轟四砲！四枚載滿瘟疫的砲彈直衝蘇梓我，寬恕限期過後，聖主的判罰是不帶憐憫的。瘟疫病毒能輕易殺死任何生命，比起地上任何毒物都要致命。蘇梓我身為創造神的合體、眾多生命的集合體，自旋面向四枚瘟疫砲彈，手指輕彈羅列面前的梵天神箭，頃刻吐出燃燒天空的大火，把瘟疫全數淨化。

這次換蘇梓我主動出擊，接上繁星天秤挪移空間重量，在王座戰車前築起尖刺馬柵擋路——四匹戰馬奮力屈膝踼蹄，幾乎人仰馬翻，幸而聖主為戰馬添上羽翼讓牠們拐彎避開，車軌碾破空間，魔空崩開一個大缺口。

聖主又再呼喚冰雹反撲惡魔火焰，兩股巨力相撞，耶路撒冷隨即斷開兩半，從南到北陷出巨大裂縫深坑，吞下無數魔神；天上『深淵』與『世界』的氣流漩渦捲起無數天使，自從這顆星球誕生以來都未曾見過如此戰鬥。

這是至高靈之間的決鬥、宇宙尺度的魔法，任何計謀都顯得渺小，都淹沒在創造主神域之內。此刻魔空每吋都瀰漫神聖光輝，紫電霹靂發光，一陣聖風吹過，空中魔瘴化成電弧的草原，成為兩人決鬥的舞台。

蘇梓我以閃電火替整片天注滿了電能，很多天使惡魔都被頭頂華光吸引而垂下武器。此時伊西斯讚嘆道：「好美麗的戰場，比起任何神話故事都要奢華。」

伊西斯借出了荷魯斯之眼，此時她雙眼只有其形，靈魂處於戰場之上；閉眼亦能親歷兩人中間，使她坐在獅背上嘆為觀止。

見蘇梓我用上神眼為空氣注入生命，結合阿撒托斯的力量，憑空創造觸手生物抓住聖主車輪；聖主則指揮聖歌團加強奏樂，鼓聲、鈴聲、琴聲、號角聲，全都化成聖主榮耀的巨大砍刀，結合戰車如揮舞砍刀的半人馬神，將觸手連同空間一起埋葬。

砍刀割穿魔瘴，魔空又再崩塌三分之一，壓垮耶路撒冷所有建築物，城外山頭布滿空間剝落的碎片，地脈變形，六芒星陣不復原狀。聖主與蘇梓我互相比拚神力，一方蘇梓我已進化，另一方聖主亦剛好復活，力量互相平衡，天秤沒有傾向任何一方，只是白白消耗著星球的生命。

雅典娜放下茶杯，凝重地說：「如此下去，恐怕還未分出勝負，魔界便不堪兩方力量而崩塌。」

娜瑪問：「這……會變成怎樣？」

「魔界只不過是魔海上一片陸地，若不堪神力，首先耶路撒冷以外的地方會消失在漆黑中；魔界與鬼界的界線漸漸模糊，人間界也是一樣。沒有魔界，鬼界與地上世界便融合在一起。」

「以後再無分人鬼神了嗎……」

「無論如何都要分出勝負，正如『深淵』和『世界』只能有一方活下，地上沒有空位給人鬼神同住了。」

果然，耶路撒冷出現前所未見的巨大地震，遠方山脈陷落、消失於海平線中。魔界不穩，蘇梓我與聖主間的戰鬥更像在加速拆毀魔界的梁柱。於是蘇梓我有所顧忌之下，反被聖主的聖車壓制。

聖光淹沒了蘇梓我的視線，下一秒四匹戰馬衝鋒襲來，聖主竟以戰車直接撞了過來！猛地一發爆炸，蘇梓我失去平衡從半空掉落，同時全身疼痛，四匹戰馬不斷踐踏蘇梓我將他踢到地上——

轟隆一聲，蘇梓我的背脊陷沒在耶路撒冷的土地，接著隨大地一同沉沒！王座戰車繼續將他推下四重地、五重地，由聖輝空間轉眼推向幽暗冷處，甚至穿越樞罪之獄，甚至重力反轉，最終不知身在何方。

回神過來，蘇梓我已失去所有感覺，或者說是所有感覺都連在一起。即使漆黑，但他能看見聲音；即使冰冷，但他能感受到氣味；即使寂靜，但他能聽見戰車與老人的模樣倒轉擋在面前。

對話不用嘴巴開闔，蘇梓我心道：這是……

「次元的邊境，這個星球核心與創造主之間的界線。」

蘇梓我看見莊嚴弦樂符號飄揚，又見聖主沉聲說：「在解決你之後，我便能越過次元的幔帷，在另一端消滅『世界』。」

聖主所說的幔帷就在浩瀚宇宙中一片輕紗，好比全像投影，立體畫面重疊成為一匹能圍繞地球幾億圈的長布。古人有畫清明上河圖以長卷記載京城百里的繁華風光，但星球的長卷不但記載了地上地下每吋土地的畫面，更是穿梭古今，森羅萬象，由時間空間構成了星球原初的存在。

而「世界」和「深淵」就只是一紗之隔，如今蘇梓我與聖主戰得兩敗俱傷，「世界」和「深淵」同樣虛弱不堪；只要其中一方倒下，「世界」與「深淵」之間的戰爭就會終結。

13

「蘇梓我，你還在用那七件東西對抗嗎？」

蘇梓我心神一晃，竟有殺氣襲來！只聽見車上老人橫手一撥，手牽百線散射，自己卻仍未適應虛幻空間，脖子一涼，面前影像旋轉一圈便墜落兩尺，打側看著王座車輪，蘇梓我直覺知道自己身首異處！

同時魔都已成一片廢墟，屍橫遍山，腥臭熏天；天空大地到處都是破洞、空間的缺口，在蘇梓我與聖主離去之後，耶路撒冷的焦點又落在米迦勒與撒旦身上。

天上刀光劍影，米迦勒迅雷劈劍卻被撒旦打斷了！不是撒旦特別厲害，而是米迦勒的聖劍已無力量，撒旦便繼續挑釁：

「米迦勒，我告訴你，三千年前天魔戰爭我是唯一的倖存者，本王背負著幾萬地方神的夙願，從來沒想過要敗給你，半點都沒！」

雄渾叫聲、紅龍飛天，以龐大身軀力壓住米迦勒；米迦勒則雙手捉住撒旦的龍爪，六翼天使與紅翼魔龍在空中摔跤。

米迦勒駁道：「三千年前被妳逃掉，留妳一命，這已是主的恩典。然而人類受惡魔誘惑墮落，殺害天使，這便是吾主要用懲罰來讓世人覺醒的理由。既然妳三千年執迷不悟，便是死不足惜！」

米迦勒帶著幾千年的自尊運勁摀向撒旦，撒旦橫臂硬擋應聲飛掉染血龍鱗。有如被千針刺穿每條血管，撒旦痛得怒哮震天，揮爪還擊，打得米迦勒當場吐血。

撒旦喝道：「此地是本王居城，天使的優勢已經過去，就連聖主都不在，這次由我拿下天使長的首級！」

紅龍猛地露出鋒利五爪，綻放寒光。米迦勒見撒旦雙瞳亮如火炬，瞄準自己心臟，居然感到心寒不安。他心道，難道要在這裡輸給撒旦？帶上戰場的天使已傷亡慘重，若再有差池，天使可能無法征服惡魔的偽都。

——砰！利爪半月劃下無數白羽亂飛，只見米迦勒變得像羽翼未豐的天使，撒旦嘲諷道：「看來你的實力也不過如此，回去聖主的懷抱救饒吧。」

「對……不能令聖主失望……唯有這個方法……」

撒旦一怔，見米迦勒有所覺悟吃了一驚。米迦勒像脫胎換骨般，竟奮不顧身衝向撒旦，看似錯漏百出地大力揮拳——理所當然落空，撒旦避開，卻同時面對面至近的距離，此時米迦勒體內血液發光、透遍四肢！

待撒旦意識到米迦勒超出負荷時已經太晚，見他張開雙臂形成十字，撒旦想迴避雙腿卻動彈不得……

「跟本座一起回歸吾主，接受審判吧！」

為不負主命，米迦勒竟然打算將撒旦綁在一起爆炸——巨大火球瞬間吞沒了耶路撒冷，方圓百里山川海脈無一倖免！然而火焰沒有把生物燒死，就像一塊柔軟的布掠過一切，最後縮作一團黑煙；裡面女孩從空中墜地，娜瑪連忙跑上前扶起撒旦，但見撒旦的龍尾已經全黑、沒有血色，躺在懷中只有嬰兒般的重量。

撒旦說：「不礙事……米迦勒死了……至少惡魔軍隊贏了……」

「為什麼撒旦大人會傷成這樣……不要啊……」

撒旦虛弱但拚盡力氣交代：「十字架是龍族的剋星……米迦勒這次衝著我而來……所以母親大人……今次恐怕龍族要滅亡……」

娜瑪睜大眼睛，淚光閃閃。

撒旦續道：「不過……撒旦沒有死……不能讓族人看見本王現在的樣子……快扶我回去皇宮……」

娜瑪抹去眼淚看見皇宮只剩下一堆亂石，僅有一間開了個大破洞的房間能夠容身。她知道撒旦的意思，不想自己與天使同歸於盡的消息傳開，希望惡魔能一鼓作氣打敗剩餘的天使，但這對娜瑪來說太過殘忍。

娜瑪感覺到撒旦的生命漸漸流失，越來越輕。

「還有一件事……佛拉斯應該回來了……」

直到最後一刻撒旦還是記掛戰事。伊西斯的部下、赤黃大漢佛拉斯站在廢墟一角，見撒旦重傷如此，便道：「大人吩咐的東西我已經把全部找回來。」

「這樣啊……那本王便稍微休息一下……」

撒旦便放鬆身體，闔上雙眼，不知是死是活。娜瑪低聲問佛拉斯：「撒旦大人吩咐你去蒐集所羅門魔神的神器，對吧？」

佛拉斯搖頭。「是的，只是我對撒旦大人撒了謊……其實只找到第七十二位的盜賊鞭，其餘不論魔神和神器都下落不明。」

第七十二位魔神安杜馬利烏士，他本人已經不在，名號也不在；只留下長鞭神器與佛拉斯的法術類似，能夠將東西物歸原主。

佛拉斯將蛇皮的魔鞭交給娜瑪，問：「蘇大人何在？」

「他與聖主一直打到深坑之下，消失了……」

「原來剛才我見到有黑影鑽到鬼界，那就是蘇大人。」

娜瑪又抹眼淚。「接下來就交給我吧，我去找蘇梓我。你留在這裡保護撒旦大人，就算有一絲希望都不能讓她離開。」

惡魔與天使殘兵的戰爭還沒結束，四周槍來刀往的喊殺聲從沒停下，蘇梓我與聖主決戰也是勝負未明；就算沒有閃電火在手，娜瑪也要親自前往鬼界一趟幫助蘇梓我。她的直覺告訴自己應該這麼做。

14

「活過來吧！」女聲與符號闖進眼窩。「看那悠久的聲音，聽那萬象的生命，蘇梓我活過來吧！」

再度天旋地轉，蘇梓我摸摸自己的脖子，滿手血腥，但身體完好無缺。蘇梓我猶有餘悸，自言自語：「剛才我被斬首了？」

萬鬼之母答：「此地是創造神的領域，蘊藏森羅生命力量，即使身首異處亦無礙。」

在王座戰車上的聖主插話：「具體情況由我來告訴你吧。」

頃刻，大氣中充滿無限條形狀不定、非常微小的弦線，像蚯蚓般飄浮。聖主沒有表情，只是一手輕撥，接著整個空間的弦線一同共鳴，竟把視界變成紅色，刺盲了蘇梓我的雙眼。

連耳膜也震破了，不過所有感官混在一起，這是最原始的生物狀態；聖主顯得十分適應，又用弦線活生生割下蘇梓我雙臂——

然而蘇梓我感到生命力一湧而上，化成針線縫合他的肩膀，又填滿眼窩重新長回眼睛，全部不過是一秒間的事，蘇梓我又再站在聖主面前。

「怎麼樣？死了兩次的滋味。」

蘇梓我頓悟過來。「原來如此。最接近『世界』和『深淵』的地方，這裡擁有足以創造萬物的能量。」

同時純粹的生命力吸收體內，無論蘇梓我如何被碎屍萬段，以星球的名義不費吹灰之力就能復原，甚至復活。在這裡，死亡是不存在的。

蘇梓我問聖主：「既然你無法殺死我，為何要將我帶來此地？」

聖主答：「有件事你弄錯了，我從來都不想殺死人類，我只想人類獲得救贖，用不著取你性命。既然烏列爾不在，你最有資格成為人類的王，何不懺悔自己的罪行，改過自新？」

「鬼話連篇，結果有幾十億人死在天使手上，你還能冠冕堂皇地說這番話？」

「大罪越深，懲罰越重，公義才得以彰顯。再者，如今人類文明滅絕，就算你要殺死所有的天使，到頭來又能得到什麼？你能為星球做到什麼？」

「我可以用你的血來開路——」

蘇梓我伸手默默呼喊萬方創造大能，在萬鬼之母的命令下把七器合而為一，成為蘇梓我大鐮；在眾多神器當中，始終是大鐮最為得心應手，畢竟是娜瑪送給他的第一件武器。

聖主嘆氣道：「好吧，反叛也是救贖的一部分，我再陪你一陣子。」遂以王權操控戰車飛馳，戰馬踏在混沌上揚起黑色塵埃，魔法陣就在車頭向蘇梓我連環砲發——

數柱聖光全部命中，就算蘇梓我用大鐮相擋仍無法承受，胸骨肋骨啪斷了一排。

「你無法戰勝光明的。」

聖主從容有餘，反觀蘇梓我一路千辛萬苦地追擊，握緊大鐮衝向戰車，仍被戰車輕易躲開。

——咔嚓。

不料王座戰車抖了一下，聖主感到車輪有異，蘇梓我窮追不捨又再飛來。

「也並非一切都是你的棋子。」蘇梓我加速飛去，他察覺到戰車的左前輪，轉動頻率竟與其餘三輪不一致，那就是戰車的弱點——

一、二、三、四刀，砍落四個馬頭，蘇梓我一踏馬背躍到聖主面前起劫劈下！應聲一刀兩斷，剖開一半的聖體墜車，肉身在虛幻中翻滾數圈，又再直接長出血肉復活。

只是復活的聖主表情有點僵硬，吃了一驚。「想不到你竟然能傷害到我。」

「已經來到這地步，我也沒有回頭的路了。」

語畢，蘇梓我又再跑向聖主砍下他的頭顱！聖主復活，五指一張又把蘇梓我切成五份。血肉橫飛，腥臭麻木了蘇梓我的聽覺，只管依循本能將聖主一次次殺死。

接著空間劇盪，四周神力像嘩鬼亂飛、愈益混亂；此時蘇梓我又遭刺穿心臟，心臟停止了七十七次，連基本的痛覺得都快麻木。至於聖主大概死了六十六次，兩人光暗相拒，猛烈撞擊後退開百步，聖主便靜坐在幔帷前安祥說：

「你的信念很強，在我意料之外，就那麼想殺死天使嗎？」

蘇梓我沉默不語，聖主續道：「在我們生死交替的同時，這顆星球，不，我們甚至在消耗『世界』和『深淵』的生命，我想此刻魔界也差不多快毀滅了吧。告訴我，你殺死『深淵』之後打算要怎麼辦。」

蘇梓我終於開口。「我不會殺死天使。只要聖德芬在，我絕不會殺絕天使，不能讓那女孩傷心。」

「天使與惡魔已無法共存，亦沒有多餘的靈魂分給人類，到頭來你什麼事都解決不了，就算將天使封印起來，三千年後同樣的悲劇只會重複上演。」

「由我來取代『深淵』，改寫一切法則，世上再無天使、魔神、死靈、鬼族，一切的一切……他們都將會成為平凡的人類，活在自己的土地上。」

「人類的價值並非那麼珍貴，為了一堆工蜂而放棄蜂后，這就是你的決定嗎？」

「沒錯，既然是最平凡的人類贏了，我有資格決定這顆星球的命運吧。」

蘇梓我逐步走向聖主，試探對方會否阻止自己越過幔帷，到另一邊取代「深淵」。也沒什麼可怕，大不了一死一復活，但當蘇梓我走到聖主面前時，聖主說：「放棄吧，只要你越過幔帷，你再也不是人類，是孤獨的至高神了。」

「即使如此，這是能解決所有問題的最好方法，以後不會再有天魔戰爭，不會有神魔的殺戮。」蘇梓我嘆氣說：「已經夠了，我得到了這麼多，是時候要償還你們所說的罪……」

15

——笨蛋站住！

最熟悉的聲音，蘇梓我回頭看，正是娜瑪。

「妳……妳是怎麼來的……」

「我不來的話，你打算就這樣離開嗎？」

蘇梓我別開臉，一言不發。

「看著我啊！」娜瑪全身顫抖地質問：「我是你的女僕啊，主人走了我怎麼辦？」

「我記得我們已沒有契約了……」

「大笨蛋！全宇宙最大的笨蛋！」娜瑪盯著蘇梓我：「這些日子我們已經很少見面了，你在樞罪之獄自閉幾個月，然後又跟阿撒托斯飛去不知什麼空間失蹤幾星期，最後剩下我一個人留守魔界，現在你又想拋下我獨自離開嗎？你不愛我了嗎？」

「我也不想拋下妳！」蘇梓我忽然崩潰，如斷線木偶脫力坐下。「只是見到妳的話……我會捨不得以往的日子。誰不想快樂的日子可以直到永遠？但我還可以怎麼辦？殺了深淵嗎？殺死聖德芬嗎？還是殺死世界？還是由得世界滅亡……我沒有選擇！」

蘇梓我雙眼通紅，娜瑪這是第一次看見他在哭。大概很久之前他便有這決定，都是一個人的決定。娜瑪看不清楚眼前方向，只是跑上前捉住蘇梓我、抱緊，害怕只要一放手，他就會在夜風中消失。

「我跟你一起，我跟你一起代替『深淵』和『世界』。」

蘇梓我說：「那裡是星晨的核心，撒旦曾經困在樞罪之獄幾千年，如果我們跨過帷幔，那就是幾萬年幾百萬年……」

「一億年、一百億年，我們永永遠遠在一起好嗎？」

「娜瑪……」蘇梓我的頭靠在娜瑪身上。「嗯，永遠都在一起。」

一對愛人擁吻，旁邊一言不發的聖主吭聲：「這就是你們的選擇……」語畢，祂化成點點光球，像碎雪落下，落下花瓣為兩人開路。聖樂中，蘇梓我與娜瑪手牽手踏在白色路上，步入永恆……

◇

伊西斯閉著眼，坐在獅背上仰望，喃喃道：「這就是故事的結局嗎？」

芭芭拉興高采烈地跑來：「伊西斯大人！天使軍團開始撤退了！我們打勝仗啦！」

歡呼聲如浪從八方撲來，一浪接一浪、萬魔歡騰。還有倖存的人族、人魚族、夢魔族、獸人族，都紛紛拋下手中武器，脫掉頭盔，高聲抒發從天使手中解放的喜悅。

相同的口號不斷迴響：「撒旦大人萬歲！撒馬利亞大公萬歲！耶路撒冷萬歲！」

佛拉斯道：「一定是蘇大公戰勝聖主了，伊西斯大人也來慶祝吧！」

但見伊西斯沒有表情，芭芭拉問：「為何大人仍悶悶不樂？」

「看吧。」伊西斯伸手，指尖與所羅門主人連結的魔力如煙霧般不穩定，漸漸消散。巴巴斯亦感到所羅門契約消失，在歡樂祥和中黯然失色。

伊西斯說：「魔界要搬家了。你們去通知其他人準備吧，新的故事快要開始。」

迎接由蘇梓我與娜瑪的犧牲所建立的，沒有魔法、沒有神族的新世界……

◇

三年後。

黃金稻海一望無際，今年新耶路撒冷的農作物大豐收，農民都忙於收割，不知不覺已是夜幕低垂。滿天繁星，有獵戶滿載而歸，與居民圍在火堆前分享收穫。

在羊柵旁有一排簡陋的石屋，其中一戶的窗戶仍然亮著，在布簾下透露柔和的油燈火光。還是起步不久的文明，新耶路撒冷保留了前人部分知識，就算只有人類，他們相信有朝一日必定可以重建人類的文明。

「笨蛋撒旦！今天的衣服還沒有洗呢。」

「姊姊大人真是嚴格……」撒旦長高了不少，但站在聖德芬前還是矮了半顆頭。撒旦動一動手指，輕道：「不過沒有魔法實在不方便。」

「這不是藉口啊，快點把衣服洗好晾好，不然明天烏兒沒乾淨衣服穿了。」

沒了天使的純白連身裙，聖德芬繼承了女僕裙在督促妹妹，擺起大姊姊的架子。不過又擔心自己太兇，又慰問撒旦：「不會感到哪裡不舒服吧？」

「沒有問題，已經不是龍族了，再也不用害怕十字架。」

「那就快點幫手做家務呢！還有明天功課做完了沒？」

天使和惡魔也再無分彼此，最近也有天使加入新耶路撒冷的村莊定居。聖德芬望向窗外，看見流星劃過，心道：這樣娜瑪媽媽會高興吧……

◇

——說不定蘇梓我變成天上星星在偷看我們呢？

月下河畔坐著幾個跟蘇梓我有關的女人。這時瑪格麗特躺下來拍打草地抱怨：「可惡的蘇梓我，最後跟娜瑪私奔了，到最後還是沒有實現娶本小姐的承諾啊！」

「誰都比不過小娜娜嘛……」夏思思苦笑。

利雅言微笑道：「既然蘇梓我變成了這個世界的神，說不定剛才的晚風也是他的身體。」

杜夕嵐「啊」了一聲。「難怪剛才的風有種淫穢的感覺。」

迦蘭笑道：「想起來，最初蘇梓我就是化成聖泉裡的霧氣，讓我懷下烏兒的。」

「總覺得他不會就這樣消失了。」孔穎君說：「因為是那蘇梓我嘛。」

一別三年，晚上總會想起蘇梓我和娜瑪吵吵鬧鬧，既懷念又好笑。不過沒有人責怪蘇梓我與娜瑪的不告而別。接著，突然有一道女聲傳來。

「不、不得了！」

「加百列？」利雅言問：「妳又被原本天使的部落欺負了嗎？」

「不、不是啦……」加百列氣喘吁吁地說：「剛才我看到天上有流星飛過，然後砰砰！就掉下人來了！是他們啊！」

16

「嗯，永遠都在一起。」

那一日，蘇梓我牽著娜瑪的手，穿越白色長廊，走向無窮時空的帷幔。他知道「世界」和「深淵」正在另一邊等他。

雖然輕紗飄逸，蘇梓我掀開時比想像沉重，是歷史的重量。紗紡上記載了這顆星球的誕生，直到現在，兩位星晨核心如風中殘燭。

彷彿踏進了另一個次元空間，眼前有無數泡泡在飄浮、結合、爆破，像是剛剛吹出的泡泡，越接近中心泡沫越多。而在幻彩光影中心站著一對男女，蘇梓我看著男的，說：「你是深淵，旁邊是世界。」

男子面色蒼白，但名為「深淵」的他眼神依然深邃，說：「感謝你們，給我看了這麼一個有趣的故事。」

另一位同樣氣息虛弱，像個薄命美人，名為「世界」的星晨核心感嘆：「已經活了多少年呢？最後總算有點意思。」

「五十億年，很長啊。」

「因為歷史太過久遠，就算是星核也是有壽命的。」世界道：「你們已經知道這顆星球所面對的困境，像我和深淵已老得不可救藥，改變不了未來，只能讓新人來創造新的世界了。」

深淵再向蘇梓我確認：「你願意接手，成為星晨的主人嗎？」

──慢著。

萬鬼之母突然出現，對蘇梓我說：「能把這個任務交給我嗎？再說妾身作為『世界』的至高靈，能更體諒『世界』的想法，可以從人類之間取得平衡……更重要的是，你和阿斯摩太已經夠累了，接下來就讓妾身做回本分吧。」

第一次看見萬鬼之母流露出接近人類的表情，蘇梓我有點意外，問：「妳不怕寂寞？」

「本來妾身就是存在的本身，只是單純的存在罷了。」

娜瑪連忙追問：「這樣我和蘇梓我都可以離開嗎？深淵會怎麼樣呢？」

此時夜魔奈亞拉托提普作為阿撒托斯的使者，又出現眾人眼前，說：「蘇先生與吾主阿撒托斯之前的交易，是時候兌現了。」

「什麼交易？」

「當你打敗聖主與『深淵』見面之時，必須要聽從阿撒托斯大人做一件事。」夜魔引述當時阿撒托斯所提出的條件，確實有這麼一個承諾，而且不能反悔。

所以阿撒托斯的要求是什麼？夜魔說：「阿撒托斯想殺死你們，成為唯一的神──」

四周氣場剎那間凍結，奈亞拉托提普續道：「不過，吾主改變主意了。如果萬鬼之母要成為『世界』，阿撒托斯大人就成為『深淵』，吾主對萬鬼之母實在太感興趣。」

蘇梓我嘆氣。「什麼啊，最後還是最原始的慾望呢……」

奈亞拉托提普回應：「其中一個改變吾主想法也是你和阿斯摩太，你們的關係不像僅止於肉慾，而是一種奇怪的程式錯誤。」

萬鬼之母平靜笑道：「沒問題，反正有阿撒托斯的幫助，妾身會比較輕鬆，也更容易執行你們的願望。」

蘇梓我笑問：「阿撒托斯可是觸手肉塊，妳承受得了嗎？」

「你也未免小看了妾身。」萬鬼之母告訴蘇梓我與娜瑪：「接下來我們要把你們兩人的力量拿走，你和阿斯摩太，不對，是和娜瑪，作為凡人，去尋回凡人的幸福吧。」

「嗯！」娜瑪喜極而泣。「謝謝兩位。」

原本的世界和深淵亦有了共識，與蘇梓我和娜瑪道別：「趕快離開吧，等下我們要重組法規，星核的門也要關上，再不走就晚了。」

在重力異常的區域，多留一秒不知等於地上何月何日。於是蘇梓我向現任與下任的世界和深淵道別，牽著娜瑪回頭離開；回到帷幔的另一端，抬頭看見九重地的破洞正在收縮。

「一起回家吧。」

「嗯。」

蘇梓我抱著娜瑪上升——下一瞬間，一拳頭迎面重擊，蘇梓我整個人像砲彈飛開數尺！

娜瑪連忙追去，卻被人抓住肩膀，被匕首在她胸上劈下一刀！

忽然血腥味充斥，蘇梓我面前竟是個長得跟自己十分相像的人……不，是披頭散髮的路西法！

只見他不斷瘋狂大叫：「我終於想起來了！我終於想起來了！」

蘇梓我驚訝路西法怎麼沒死……啊……一定是帶著垂死的身軀來到這裡復活。冷靜下來，娜瑪的傷口也在萬象空間自動癒合，不用擔心；但該死的，到最後關頭這個人還是要破壞好事嗎？他這副德性是什麼情況？

「哈哈哈！看見你吃驚的樣子太可笑了！你一定一直在困惑，為何我們這麼相像吧？我終於想起來了！」路西法大叫：「二十年前，有對夫妻研究古神傳承，想要繼承所羅門的印戒，想要蘇萊曼的血脈！在萬鬼之母的穿針引線下，我就幫了他們一把。你的基因是來自我的，我才是你的父輩！」

蘇梓我回罵：「你這混蛋以為我會相信？別擋路，不然我再殺你十遍——」

一發暗黑魔彈轟向蘇梓我，頓成黑煙，娜瑪爬起緊張大叫：「笨蛋！你要小心路西法，他已經瘋了！」

而且蘇梓我已交出所有力量，娜瑪亦然，偏偏路西法帶著天使大能而來。只有當九重地的大門關閉，世界法則重組，天使及路西法的力量才會消失。然而關上大門，意味著誰都無法離開這裡，到時就算殺死路西法亦無補於事。

娜瑪是那樣期待與他回到地上，再見到聖德芬，再見到撒旦，再見到烏兒……可是偏偏這時沒有魔力，路西法亦是看準這機會才來報仇，他和蘇梓我就像本體和影子難以分割。

「告訴你吧。」路西法說：「我打算把你們關在這裡，然後我用你的樣子，用救世主的身分回到地上。到時我就是真真正正，甚至在無能的天使之上、惡魔之上，唯一的萬王之王！」

蘇梓我忽然覺得路西法很可憐，但此刻只能拚命打倒他，就是為了帶娜瑪回家。他衝前揮拳，卻被路西法畫出魔法陣、以魔光砲彈回擊，炸得血肉橫飛。接著一次又一次復活，但人類的身體不及天使，眼見大門逐漸關上——

「娜瑪妳先走。」

「不要！我們說過永遠在一起，你到哪裡我就在哪裡。」娜瑪奔跑撲向蘇梓我，不讓他獨自受苦，要死便死在一塊。

「為什麼妳要維護那人？既然如此我就成全你們！」路西法喚出長刀，手起刀落——

刀刃逼近，娜瑪與蘇梓我一同發光，娜瑪帶來的第七十二位神器與蘇梓我右手獸印共鳴！

「啊啊啊！」蘇梓我拚盡畢生力氣，甚至運氣也好，抑或要付出任何東西也行，總之要喚醒印戒內尚有連結的魔神。

路西法冷聲道：「就算你把所有魔神召回也打不過我，我可是大天使烏列爾！」

巨力將蘇梓我震開，路西法提刀在空中追斬，蘇梓我一邊用肉身抵擋一邊蒐集魔神之力，大約只有二十位的力量。

20／72的力量……遠不及路西法的瘋狂。

光刀沾滿蘇梓我的血，蘇梓我也逼得發瘋，賭上性命召喚——25／72的力量，還是被天使一刀砍下頭顱！

但蘇梓我唯獨意志力不輸給對方，馬上復活召喚魔法還擊——30／72的魔力，路西法照樣把蘇梓我炸到牆上，單方面凌虐蘇梓我，把他砍得不似人形。

娜瑪哭道：「不要再打了……路西法……求求你放過蘇梓我……」

「我不懂，為什麼妳要為他求請！母皇大人！啊啊啊！」路西法發狂亂砍蘇梓我，同時一分一秒過去，星核大門只剩下一點縫隙。

蘇梓我氣喘吁吁地亂抓，希望手邊有什麼東西能對抗眼前這可憐的人；也許他說的都是實話，不過娜瑪不該受牽連。

下意識想向世界、深淵、萬鬼之母、阿撒托斯求助，但星核不能直接干涉星晨之事，就算爬回帷幔的另一端也不知會發生何事……

蘇梓我走投無路，右手放在帷幔上——突然有無數靈魂回應，一併湧進右手獸印，將他的右手擠成血肉模糊，卻伴隨更強的魔力。

路西法見蘇梓我有異，猛地大刀砍去，蘇梓我右手一抹劃出凌空巨鐮格擋——

72／72，蘇梓我化成赤鱗巨人，背上更插一對燃燒巨翼照亮洪荒！這是完全集滿七十二魔神的力量，但為何會在此時……

「不可能……我是你……你是我……不可能！」路西法難以置信，放大身體壓向蘇梓我——宇宙縱橫古今的帷幕，有源源不絕的力量湧進蘇梓我體內，82／72……92／72……154／72……蘇梓我知道，這是歷代的所羅門魔神，超越了時空，在此刻一同把力量借給了他。

288／72……

「我明明把其他魔神搶走……最後還是沒有選上我……」

一個接一個魔神影子閃入蘇梓我眼簾，海妖、騎士、巨蛇、古神……最後是一對男女。是蘇萊曼與另一個娜瑪。他們對蘇梓我點頭、微笑，然後夫婦倆的靈寄宿手中。

巨大光鐮蓋過路西法的仇恨，但在粉碎路西法前收了手；而且收手亦太晚，強烈光芒與晨星核心融合，四周空間變得不穩定，隨時都要坍塌！大門只剩一線縫隙，蘇梓我衝拳轟開縫隙，回頭呼喊娜瑪……卻見娜瑪的下半身被空間的碎塊活埋！

「蘇梓我……救我……」

此時晨星法則已開始改寫，新生的世界與深淵要釋放力量通往地上，將蘇梓我推往地面！蘇梓我怎麼伸手都抓不到娜瑪，只見娜瑪的身影越來越遠，同時傷痕累累的路西法拿著大刀走近她，他們都是被遺棄到另一邊的人……

「為什麼？蘇萊曼的記憶同樣湧進我的腦海，我究竟是誰？」路西法面容扭曲，緊握大刀，想把面前一切煩惱砍斷，將娜瑪殺死。

「——光明之子，別再執迷不悟了。」

祥和的聲音在傳入路西法腦中，光和暗的魔力在體內糾纏，路西法感到頭腦快要爆炸，全身像充血般十分痛苦——痛楚卻又漸漸緩和了。

響在腦內的是聖主的聲音：「路西法，你是最純潔的孩子，卻在人間沾污了數千年的歲月，現在變回那個撒旦所愛的孩子吧。」

路西法和蘇梓我，兩個相反又相同的人，唯一的分別是蘇梓我遇上了娜瑪，而娜瑪就在路西法面前，她的命運由路西法決定——

「走！」路西法砍刀劈碎瓦礫，大力把娜瑪推向蘇梓我！路西法的身影漸遠，直至遭黑色洪水淹沒，轉眼間滿天繁星；在無重力的空間，蘇梓我捉住娜瑪雙手，十指緊扣，抱在一起，穿梭繁星天幕直墜大地——

砰聲巨響！蘇梓我感覺到紮紮實實的痛，抱住娜瑪，代她承受著陸的痛楚。

「娜、娜、娜、娜瑪媽媽！」

熟悉的聲音靠近。「娜瑪媽媽！嗚嗚嗚嗚……妳終於家了……嗚嗚嗚嗚……」

娜瑪站起來抱住聖德芬，一臉茫然，卻是幸福的感覺、溫暖的觸感。

蘇梓我也站起來問聖德芬：「我們回來了？」

「哼，大笨蛋！你把娜瑪媽媽抓到哪裡去了！我才不會理你！」

聖德芬邊哭邊罵，又腳踢蘇梓我，蘇梓我也不計較了。回頭再看，熟悉的臉都在。

「你又逃課了嗎？」孔穎君代表身後眾女笑問。

「嗯……稍微遊歷了世界盡頭，然後我回家了。」

（末日前，我把惡魔少女誘拐回家了！　全系列完）

國家圖書館出版品預行編目資料

末日前，我把惡魔少女誘拐回家了！/ 黑貓C著.--初版.--台北市：奇幻基地，城邦文化發行；家庭傳媒城邦分公司發行 2019.11（民108.11）
面： 公分. –（境外之城：98）
ISBN 978-986-97944-7-3（第五冊：平裝）

857.81 108014859

ISBN 978-986-97944-7-3

Printed in Taiwan.

境外之城 098

末日前，我把惡魔少女誘拐回家了！5【完】

作　　者／黑貓C
企畫選書人／張世國
責任編輯／劉瑄

發行人／何飛鵬
副總編輯／王雪莉
業務經理／李振東
行銷企劃／陳姿億
資深版權專員／許儀盈
版權行政暨數位業務專員／陳玉鈴
法律顧問／元禾法律事務所　王子文律師
出版／奇幻基地出版
城邦文化事業股份有限公司
台北市104民生東路二段141號8樓
電話：(02)25007008　傳眞：(02)25027676
網址：www.ffoundation.com.tw
e-mail：ffoundation@cite.com.tw
發行／英屬蓋曼群島商家庭傳媒股份有限公司城邦分公司
台北市104民生東路二段141號11樓
書虫客服服務專線：(02)25007718・(02)25007719
24小時傳眞服務：(02)25170999・(02)25001991
服務時間：週一至週五09:30-12:00・13:30-17:00
郵撥帳號：19863813　戶名：書虫股份有限公司
讀者服務信箱 E-mail：service@readingclub.com.tw
歡迎光臨城邦讀書花園 網址：www.cite.com.tw
香港發行所／城邦（香港）出版集團有限公司
香港灣仔駱克道193號東超商業中心1樓
電話：(852) 2508-6231 傳眞：(852) 2578-9337
馬新發行所／城邦（馬新）出版集團
【Cite(M)Sdn. Bhd.(458372U)】
11, Jalan 30D/146, Desa Tasik,
Sungai Besi, 57000 Kuala Lumpur, Malaysia.
電話：(603) 90578822　傳眞：(603) 90576622

封面插圖／Fori
封面設計／李涵硯
排　　版／極翔企業有限公司
印　　刷／高典印刷有限公司
■2019年（民108）10月31日初版一刷

售價／330元

廣　告　回　函
北區郵政管理登記證
台北廣字第000791號
郵資已付，免貼郵票

104台北市民生東路二段141號11樓

英屬蓋曼群島商家庭傳媒股份有限公司城邦分公司 收

請沿虛線對摺，謝謝

奇幻基地

每個人都有一本奇幻文學的啓蒙書

奇幻基地官網：http://www.ffoundation.com.tw
奇幻基地粉絲團：http://www.facebook.com/ffoundation

書號：**1HO098**　　書名：末日前，我把惡魔少女誘拐回家了！5【完】

請於此處用膠水黏貼

奇幻基地

讀者回函卡

謝謝您購買我們出版的書籍！請費心填寫此回函卡，我們將不定期寄上城邦集團最新的出版訊息。

姓名：______________________　性別：☐男　☐女

生日：西元__________年__________月__________日

地址：______________________

聯絡電話：______________傳真：______________

E-mail：______________________

學歷：☐1.小學　☐2.國中　☐3.高中　☐4.大專　☐5.研究所以上

職業：☐1.學生　☐2.軍公教　☐3.服務　☐4.金融　☐5.製造　☐6.資訊

☐7.傳播　☐8.自由業　☐9.農漁牧　☐10.家管　☐11.退休

☐12.其他______________________

您從何種方式得知本書消息？

☐1.書店　☐2.網路　☐3.報紙　☐4.雜誌　☐5.廣播　☐6.電視

☐7.親友推薦　☐8.其他______________

您通常以何種方式購書？

☐1.書店　☐2.網路　☐3.傳真訂購　☐4.郵局劃撥　☐5.其他

您購買本書的原因是（單選）

☐1.封面吸引人　☐2.內容豐富　☐3.價格合理

您喜歡以下哪一種類型的書籍？（可複選）

☐1.科幻　☐2.魔法奇幻　☐3.恐怖　☐4.偵探推理

☐5.實用類型工具書籍

為提供訂購、行銷、客戶管理或其他合於營業登記項目或章程所定業務之目的，英屬蓋曼群島商家庭傳媒（股）公司城邦分公司，於本集團之營運期間及地區內，將以電郵、傳真、電話、簡訊、郵寄或其他公告方式利用您提供之資料（資料類別：C001、C002、C003、C011等）。利用對象除本集團外，亦可能包括相關服務的協力機構。如您有依個資法第三條或其他需服務之處，得致電本公司客服中心電話 (02)25007718請求協助。相關資料如為非必要項目，不提供亦不影響您的權益。

1. C001辨識個人者：如消費者之姓名、地址、電話、電子郵件等資訊。
2. C002辨識財務者：如信用卡或轉帳帳戶資訊。
3. C003政府資料中之辨識者：如身分證字號或護照號碼（外國人）。
4. C011個人描述：如性別、國籍、出生年月日。

對我們的建議：______________________

____

____

請於此處用膠水黏貼